刘晓玲◎著

# 敦煌僧诗研究

中国社会科学出版社

图书在版编目（CIP）数据

敦煌僧诗研究/刘晓玲著.—北京：中国社会科学出版社，2016.11
ISBN 978-7-5161-9180-4

Ⅰ.①敦… Ⅱ.①刘… Ⅲ.①古典诗歌—诗歌研究—中国 Ⅳ.①I207.22

中国版本图书馆 CIP 数据核字（2016）第 261128 号

出 版 人　赵剑英
责任编辑　王　茵　张　潜
责任校对　胡新芳
责任印制　王　超

出　　　版　中国社会科学出版社
社　　　址　北京鼓楼西大街甲 158 号
邮　　　编　100720
网　　　址　http://www.csspw.cn
发 行 部　010-84083685
门 市 部　010-84029450
经　　　销　新华书店及其他书店

印　　　刷　北京君升印刷有限公司
装　　　订　廊坊市广阳区广增装订厂
版　　　次　2016 年 11 月第 1 版
印　　　次　2016 年 11 月第 1 次印刷

开　　　本　710×1000　1/16
印　　　张　17.25
插　　　页　2
字　　　数　248 千字
定　　　价　66.00 元

# 目 录

# 绪 论

## 一 敦煌僧诗的概念

关于敦煌僧诗的概念较少有专家专门谈及，项楚先生在《敦煌诗歌导论》中将其冠之以佛教诗歌之名，并采用佛教义理诗、佛教劝善诗、佛教寓言诗、禅宗歌偈、僧徒篇咏等四个类别直接展开内容分析，并没有给出一个可供参考的定义。汪泛舟先生在《敦煌石窟僧诗的价值与意义》和《敦煌僧诗补论》中均谈道：僧人们的交往唱和与抒情志事的作品，以及由外地僧人或商旅携带并流传至敦煌的作品、世俗颂扬僧人的作品等，汇成了浩瀚的敦煌佛教文学海洋，而僧诗就是其中最宝贵的组成部分。强调了僧诗的影响力，但何谓敦煌僧诗，面貌还是不太清晰。陆永峰先生在《唐代僧诗概论》中认为唐代僧诗的主要创作群体是诗僧，即以创作诗歌显名于世的人。胡大浚先生在《唐代诗僧与唐僧诗述略》（上）开篇道：唐代是我国诗僧大量涌现，僧诗创作风华毕陈的时代。论及诗僧，大都以为是僧人工于诗者的尊称。至于僧诗的概念亦未论及。可见，一般论僧诗者笼统地以为僧诗为僧人创作的诗歌，那敦煌僧诗即是敦煌僧人创作的诗歌。这种概念自然不符合敦煌僧诗真实的情况，因为敦煌僧诗是传播和创作相结合的产物。就传播而言，大量的外地高僧的诗、偈、歌、赞出现在敦煌石窟中，它们有明确的著作权的归属，显然它们流入敦煌是敦煌僧人有意或无意的选择；有直接对敦煌民众实施佛教教化的诗歌，明显是借助诗的外壳进行佛教文化传播，这是一支与主流儒学教化相对的，构成敦煌文化精神的一支重要力量；还有在敦煌众宗教教门中独树一帜的以传播五台山文殊信仰与净土宗信仰结合的诗赞。就创作而言，有当地和外来高僧诗作及佚名诗作。它们或是唱和的记录或是修行的感悟。所以敦煌僧诗是一个复杂的综合体。给出一个明确的定义，一方面可以便于研究者对敦煌僧诗从众多的佛教文学作品中分离出来，呈现出自己的面貌，另一方面也为深入地进行理论研究打下一定的基础。

在翻阅和解读了大量的敦煌僧诗及拜读了前贤研究成果的基础上，笔者明知自我能力有限，但为了研究的方便，为敦煌僧诗下了一个粗浅的定义：敦煌僧诗主要是指在敦煌石窟中发现的那些以僧人为作者或在僧人的立场上，用与一般文人诗歌相似的外在形式，展示 2 世纪后半叶到 11 世纪初叶僧人的社会生活，揭示僧徒真实的精神世界的文学写卷。（注：有些写卷还具有鲜明的敦煌地域色彩。）

这是一个较为广义的敦煌僧诗的概念，笔者需要给予必要的解释：首先，就敦煌僧诗创作时间跨度而言，本研究中特指在敦煌石窟中发现的作于 2 世纪后半叶至 11 世纪初叶反映僧人世界的诗歌的总称。需要指出的是，敦煌石窟中出土的最早的文献，其年代为公元 4 世纪或其以后，但敦煌僧诗作品的创作年代最早可追溯到公元 2 世纪后半叶摩拏罗尊者的歌偈，被抄写在敦煌文献上当然是在 4 世纪或其以后。被抄写，便是被传播。因而笔者采用敦煌僧诗最早的作品作于公元 2 世纪后半叶之说。这个出现在敦煌石窟的最早的作品，其偈曰："心随万境转，转处实能幽。随流忍得性，无喜亦无忧。"（S. 2165）此偈收入徐俊先生的《敦煌诗集残卷辑考》[①] 和汪泛舟先生的《敦煌石窟僧诗校释》[②] 等，与《景德传灯录》卷二、《祖堂集》卷二所录，只有微小的变化。如《祖堂集》云："无喜复无忧"。《敦煌诗集残卷辑考》和《敦煌石窟僧诗校释》中均是"无喜亦无忧。"可见传抄使然。摩拏罗尊者是天竺诸祖中第二十二祖，是那提国常自在王之子，姓刹帝利，名大力尊，因遇婆修祖师出家

---

① 徐俊：《敦煌诗集残卷辑考》，中华书局 2000 年版，第 541 页。
② 汪泛舟：《敦煌石窟僧诗校释》，香港和平图书有限公司 2002 年版，第 122 页。

传法，寂灭于汉桓帝十八年乙巳岁。（见于《祖堂集》，《景德传灯录》则云：当后汉桓帝十九年乙巳岁矣。）乙巳为汉桓帝十九年，即延熹八年（165 年），所以敦煌石窟最早的僧诗应作于 2 世纪后半叶（汪泛舟先生认为是 3 世纪），虽说有人认为此诗是伪托，但无实据。最晚的僧诗作者是敦煌高僧释道真，俗姓张，出家于沙州三界寺，后唐长兴五年（934 年）为比丘，后汉乾祐元年（948 年）为三界寺观音院主，北宋乾德二年（964 年）授徒施戒，宋太宗雍熙三年（986 年）任沙州都僧录。据郑炳林先生《敦煌碑铭赞校辑》考证得知，公元 996 年，释道真还在世，其后的高僧写诗作赋的活动记载较少，所以可以断定敦煌僧诗创作活动应截止于 10 世纪末或 11 世纪初。

其次，就敦煌僧诗的内容而言，僧诗就是指僧人的诗歌，包含站在僧人立场上所作的一切诗歌。这里提出"在僧人立场上"特别强调了僧的含义，"僧"在佛教里解释为"僧伽"，指由比丘四人构成的一众，并非单独个体。僧还有个美誉叫"僧宝"，是佛法僧三宝之一。丁福宝先生编著的《佛学大辞典》解释为："三乘圣众，既发真无漏智，为世所归敬之福田者。"所以僧人关注的对象和看待事物的角度与俗众是不同的，因僧俗分别代表着出世与入世，所以研读僧诗，必须关照到这一基本概念，僧人作为无上智慧的追求者，其话语体系是自足的，因而僧诗的研究者作为信息的接收者，需从跨文化交流的角度明确信息发出者的角色定位，读懂构成其话语体系的编码簿及编码的含义，方可减少用入世的价值观对其进行批评时存在的偏颇。本研究力图将僧诗置于其应有的价值体系中，以便在此基础上给予敦煌僧诗符合本意的解读。

基于这种认识，我们发现敦煌僧诗的构成情况比较复杂，敦煌僧诗作者来源较为繁杂。第一，有 49 位署名的大德高僧并非敦煌籍，但他们的作品对敦煌僧界的影响力是不容置疑的，其中法照和尚与王梵志的作品对敦煌僧俗的精神的影响又各不相同。但是所有这些作品存在一致之处，就是它们主要发挥着文化传播和教化的作用。第二，敦煌当地也有一批善于创作的高僧，他们的创作实践，在敦煌写卷中留下了他们的活动和思想的印记，他们代表了敦煌僧诗创作的水平。第三，敦煌写卷中还存在大量的佚名诗僧，他们的作品多是僧人修禅、唱和甚至是处于入世生活中内心真实活动的记录。不少诗作还带有明显的敦煌的地域色彩。这些佚名诗与敦煌高僧的作品共同构成敦煌僧诗创作的重要部分。

关于敦煌僧诗中敦煌的地域色彩问题，曾有学者试图专门针对有署名的敦煌僧人的诗作或有明显的敦煌地域色彩的诗歌加以分析研究，这样，敦煌石窟中众多的佚名僧诗和外地高僧的偈颂就被排除在敦煌僧诗研究范围之外，但是对敦煌僧人的宗教倾向研究离不开敦煌文书中保存着的其对外地大德的诗偈选择和探查。如果说，魏晋时期中原文学伴随佛教翻译的深入，创作走向自觉的话，中原地区的诗僧无疑也自觉于偈颂的创作实践，如出现在敦煌石窟中的释道安、释慧远、释宝志、释亡名等人的作品。敦煌僧诗中敦煌僧人署名的创作是零星的，而众多佚名诗作不可能没有敦煌僧人的心血，可是史料中尚无从对此加以考证。如果将这两部分内容删除，则不足以全面反映敦煌僧人的精神世界。也有研究者直接将敦煌域外大德的诗偈当做敦煌僧诗研究，这就容易造成敦煌僧诗概念模糊的现象。所以目前看到的敦煌石窟中的僧诗既有敦煌当地僧人的作品，又有敦煌以外的大师的作品，还有众多难以考证的佚名诗人反映僧人修行的作品；还有具有明显的敦煌地域色彩，为僧人所作，内容也僧也俗，可僧可俗的诗；亦有托王梵志之名进行开蒙启智的佛理白话诗。这些都成为我们了解敦煌僧界，甚至了解敦煌凡俗世界的心理透视镜。如果将外地大德作品看做文化传播中敦煌僧人的选择，对佚名诗亦作具体的分析的话，敦煌僧诗的面貌就比较清晰了。

再次，从敦煌僧诗的形式来看，需解释"与文人诗歌相似"的含义。先说文人诗歌，作为诗的国度，中国文人利用中国文字形象的外貌，汉语词语富于平仄的节奏、画面组接的灵活性与丰富性，中国思维的直觉顿悟的特点，中国哲学的天人合一的理念，吸取民歌表达情感的语言方式等，来表达诗人的情感和志向，形成了与小说、戏剧、散文并列的一种文学样式，这被称为诗歌。其次，关于"相似"含义，指的是僧诗与文人诗在以上语言技巧的运用方面存在相近的特征。但其表达方式的侧重点及其内涵又存在明显的差异性。僧诗包括敦煌僧诗主要是指"歌""偈""赞"。其描绘对象多为人，表达的方式多为叙述、抒情、议论，与代表儒学主流文化的，以描绘景色为主，将诗人的情感含蓄地融于景色中的诗歌不同。前者直白，后者蕴藉；前者外展，后者内敛；前者随性，后者冲和。总之，二者审美情趣迥然不同。更为重要的差别是"歌""偈""赞"所反映的世界及爱憎倾向明显有别于文人诗歌。

在中国文学史上，文人诗歌是诗歌的主导潮流，因而没有给"歌""偈""赞"应有的位置，敦煌僧诗又由于历史、地域的特殊性，内容、形式的复杂性，加之历来文人对僧诗，一般多从世俗世界的视角进行评判，难得见到它的庐山真面目。可是浓重的"歌""偈""赞"的味道就是敦煌僧诗的本色，如果去掉了这一味道，僧诗就没特色了。就是敦煌三卷本《王梵志诗集》，也是"但以佛教道法，无我苦空，知先薄之福缘，悉后微之因果。撰修劝善，诚劝非违"。"劝"，勉励，勉力。如《诗经·邶风·燕燕》：先君之思，以勖寡人。可见其影响深远，以至于梵志体诗歌，引起后世文学大家的关注。但是由于僧诗的创作与评价之间在文学史上并未能达成共识，僧人诗作备受冷落。这就有了拾得所说"我诗也是诗"的呐喊，这是诗僧和僧诗的尴尬。在《唐才子传》中有不少僧人，他们被称为诗僧，同时也因奔走豪门遭到非议。由于众说纷纭，莫衷一是，为慎重起见，在对敦煌僧诗的校释（注）及散片方面做的研究中，一些大家如王重民、陈祚龙、任二北、汪泛舟、徐俊等，尽可能保持敦煌僧诗的原貌。但是，目前对于敦煌僧人诗歌的总体形象还是很朦胧，笔者不揣浅陋，试图在前辈的研究基础上进一步加以整理，对敦煌僧诗创作的总体情况加以勾勒。根据敦煌石窟的僧诗的材料，笔者认为除明确的大德作品外，凡是佚名的或证明是敦煌僧人所做的反映僧人世界的诗作都属于敦煌僧诗的范围。包括从身份上来看，确知为敦煌僧人，或虽然佚名但从内容分析为僧人参与改造的诗偈，而无著作权纠纷的佚名诗人；就风格而言，可以是格律诗也可以是白话诗；从形式上看，可以是规范的五言、七言诗，也可以是三言、四言、六言、杂言的"偈""赞"。因为只有这样才能真实地反映佛教与敦煌社会的真实面貌，当然，正如朱凤玉先生所言，不是所有的韵文都可作为僧诗的，为了宣传佛教教理，有不少说唱文学作品本身就是韵文。如《讲经文》等，但其中一些精彩的诗歌部分依然可作为僧诗来看待。

历史时期人们不将偈赞纳入诗歌的范围之内，主要原因是用世俗的眼光将其看为异类的缘故。"由于僧侣例被视为方外之人，僧诗总让人感到是士大夫作品的异类，向来被排列在历代诗歌卷帙之末，或者干脆不予收录。"①《全唐诗·凡例》云："《唐音统籖》有道家章咒、释氏偈颂二十八卷，《全唐诗》所无，本非诗歌之流，删。"②真是毫不客气。《御制全唐文》云："至释、道章咒偈颂等类，全行删去，以防流弊，以正人心。"③ 根据《论语·述而》中"子不语怪力乱神"的教导，士大夫将佛家偈赞历来清扫出诗歌队伍，一般人难得一见，自然研究者甚少，这也就彰显出敦煌僧诗的弥足珍贵。

佛门自身如何看待诗歌呢？佛教徒称本教为内教，经藏为内典，佛学为内学，而将此外的教派称为外道、外学。《根本说一切有部毗奈耶杂事》卷六云："不应愚痴少慧不分明者令学外书。自知明慧多闻强识能摧外道者，方可学习。"④ 再看佛家著书，有语录与别裁之分，语录属于明心见性、探索佛理的结集，而与世俗生活有关的诗咏序记、书牍论传等为别裁、外学。明人胡震亨在《唐音癸籖》中写道："毕竟诗为教乘中外学，向把茅底只影苦吟，犹恐为梵纲所未许，可挟之涉世，同俗人具尽乎？"⑤ 其中含义是，出家僧徒已割断尘缘，不参与俗家生活，如若纯属个人有写诗的爱好，尚且不可违逆梵纲，若堂而皇之与凡俗交流，那就与俗人一起完结了。可见僧家与俗世为两个对立不相容的世界。拾得曾说"我诗也是诗，有人唤作偈"，极力宣称，偈即是禅林中之诗。但其他诗僧也有不同观

---

① 王秀林：《晚唐五代诗僧群体研究》，中华书局 2008 年版，第 8 页。
② （清）彭定求等编：《全唐诗》，中华书局 1960 年版，第 4 页。
③ 《御制全唐文》第一册，中华书局 1983 年版，第 3 页。
④ （唐）义净译：《根本说一切有部毗奈耶杂事》卷六，《大正藏》，大正新修藏经刊行会，1960 年，第二十四册 232b 页。
⑤ （明）胡震亨：《唐音癸籖》29 卷，上海古籍出版社 1981 年版，第 302 页。

点，晚唐僧人齐己在《龙牙和尚偈颂并序》中云："洎咸通初，有新丰、白崖二大师所作，多流于禅林，虽体同于诗，厥旨非诗也。"① 齐己认为禅林之作非诗。这样，世俗本来难于理解禅林中人，他们的作品又不以为是诗，那么在权威的诗集中僧人的作品不列入其中就成常理了。

根据文学发展史研究，中国文学的自觉在魏晋南北朝时期，其中鲜明的标志就是讲究声韵，这一鲜明的特征是佛教文化传播的副产品，却极大地推进了中国诗歌的发展和完善。对佛学而言，则是借助玄学的理论诠释了佛理，借助诗歌形式形象地表现了佛理。汤用彤先生说："自魏晋中华教化与佛学结合以来，重要之事约有二端，一为玄理之契合，一为文字之表现。"② 这里指在佛经的翻译过程中，遇到佛经的再创造问题，形式和内容的契合表达佛经本真义理是佛经翻译的核心任务，但当时的翻译以机械的直译为主，没有完全考虑到汉语独立于梵语之外的体系特征和中国信徒对文字的感知的习惯，于是形成对佛经的误读，也影响了佛经自身审美表现。面对梵语汉语两张皮的翻译状况，西域翻译家鸠摩罗什表现出厌恶的情绪。他给弟子慧睿讲西方的辞体时说："天竺国俗，甚重文制，其宫商体韵，以入弦为善。凡觐国王，必有赞德，见佛之仪，以歌叹为贵，经中偈颂，皆其式也。但改梵为秦，失其藻蔚，虽得大意，殊隔文体。有似嚼饭与人，非徒失味，乃令呕吐也。"③ 可见他对一一对应的直译方法持反对态度，也难怪，汉语与梵语本属两种不同的语系，直译很可能原意及韵味尽失。通过他的解说，我们知道了佛经中本来就存在歌咏体的偈颂，讲究节奏和韵调。在吉藏《百论疏》卷上有偈的解释："偈有二种：一者通偈，二者别偈。言别偈者，谓四言、五言、六言、七言，皆以四句而成，目之为偈，谓别偈也。通偈，为首卢偈，释道安云：盖是胡人数经法也，莫问长行

① 齐己：《龙牙和尚偈颂并序》，（南宋）释子昇，如佑《禅门诸祖师偈颂》卷上，见《卍续藏经》，第116册，第921页。
② 汤用彤：《隋唐佛教史稿》，中华书局1982年版，第193页。
③ （梁）释慧皎：《高僧传》，朱恒夫、王学钧、赵益注译，陕西人民出版社2010年版，第76页。

与偈，但令三十二字满，即便名偈，谓通偈也。"① 由此，通常所说的偈颂即是"别偈"。鸠摩罗什曾就佛经翻译问题与僧睿说，印度觐见君王赞美的语言音韵和谐，即是偈中的"别偈"。偈颂即是伴随佛教法事梵呗时的文辞，它是能和乐歌唱的，梵原为印度语"梵摩"的省称，清净之义，呗是印度语"呗匿"的省称，歌颂或赞颂之义。僧人做法事唱梵呗，需要辞词偈颂。应该说，偈颂就是歌唱佛国的诗歌。"梵呗以歌咏佛教的偈颂为主，其体裁类似乐府。"在翻译和法事活动中，僧人借助民间音乐，清除世俗情感，贯穿佛子的清净意境，创造出新的样式这就是佛曲。正如古典诗歌在发展过程中远离音乐管弦，按照中国语言自身的特征，创造出音韵和谐的、意境自备的诗歌一样，佛子的偈颂在翻译中适应了中国语言特点，不失美感，又准确表达了佛经的含义。由此，"歌""偈""赞"其本源就是诗歌。所以我们认为，敦煌僧诗就是敦煌石窟中以"歌""偈""赞"为主要体裁，以议论抒情为主要表达方式，集中反映僧人对现实生活的评价、对生命的思考及对超越生命的内心体验的文学形式。敦煌僧诗包括当地高僧的作品，大量的佚名诗作，当地僧人的碑铭赞中诗歌等，或反映社会的风云变幻，或反映敦煌社会的教化的成分构成，或反映敦煌社会的宗教信仰倾向，等等，它们均可作为本研究的对象及内容。

综上所述，笔者以为敦煌僧诗的研究应将石窟中能够搜检到的所有与僧人生活相关的结构完整或比较完整，语意明确的"诗""偈""赞"都纳入关注的范围，它们或影响敦煌僧人的思想或直接是敦煌僧人思想生活的体现。其中包括大德高僧揭示佛理的偈颂；僧人集体读经，僧人从事法事活动时的佛赞；僧人从政时的内心活动的文本反映；僧人独自的修行觉悟时的心理体验；僧人之间的唱和酬答，僧人对凡俗世人的教化；僧人与凡俗之间的交流；凡俗对佛教世界的认知等。从而可以使我们能够对唐至宋初时期，特别是归义军时期，敦煌作为一个相对独立的地方政权地域性的佛教的价

---

① （隋）吉藏：《中观论疏》，见《大正藏》，大正新修藏经刊行会，1960 年，第四十二册 727a 页。

值，从僧诗一角给予较为系统的勾勒和复原。

## 二　敦煌僧诗的研究现状及本书的任务

敦煌僧诗的研究经历了一个由搜集、整理、校注（校对，注释）、考释（考辨，解释）到主题、形式、专题研究和整体研究的过程。其中整理注释的成果，代表性的著作有：高嵩《敦煌唐人诗集残卷考释》（宁夏人民出版社 1982 年版）；柴剑虹《〈敦煌唐人诗集残卷（伯 2555）〉初探》（《敦煌学论文集》，甘肃人民出版社 1985 年版）；张锡厚《王梵志诗研究汇录》（上海古籍出版社 1990 年版）；项楚《敦煌诗歌导论》（台北新文丰出版公司 1993 年版）；徐俊编纂《敦煌诗集残卷辑考》（中华书局 2000 年版）；项楚《敦煌歌辞总编匡补》（巴蜀书社 2000 年版）；汪泛舟《敦煌石窟僧诗校释》（香港和平图书有限公司 2002 年版）；任半塘编著《敦煌歌辞总编》上、中、下三册（上海古籍出版社 2006 年版）；项楚校注《王梵志诗校注》（增订本，上海古籍出版社 2010 年版）等。以上著作部分或全部内容涉及僧诗。代表性的僧诗研究论文有：潘重规《敦煌唐人陷蕃诗集残卷作者的新探测》（《汉学研究》1985 年第 6 期）；郑炳林《敦煌文书 S. 373 号李存勖唐玄奘诗证误》（《敦煌学辑刊》1991 年第 1 期）；张鸿勋《敦煌讲唱文学韵例初探》（《敦煌研究》1993 年总 2 期）；齐陈骏、寒沁《河西都僧统唐悟真作品和见载文献系年》（《敦煌学辑刊》1993 年第 2 期）；施萍婷《法照与敦煌文学》（《社科纵横》1994 年第 4 期）；张先堂《敦煌写本唐悟真与京僧、朝官酬赠诗新校》（《社科纵横》1996 年第 1 期）；陈国灿《敦煌五十九首佚名氏诗历史背景新探》（《敦煌吐鲁番研究》1997 年第 2 期）；张锡厚《敦煌诗歌考论》（《敦煌学辑刊》1999 年第 2 期）；徐俊《敦煌写本诗歌续考》（《敦煌研究》2002 年第 5 期）；张子开《敦煌文献中的白话禅诗》（《敦煌学辑刊》2003 年第 1 期）；王志鹏《敦煌写卷 P. 2555〈白云歌〉再探》（《敦煌研究》2004 年第 6 期）；胡大浚《唐代诗僧与唐僧诗述略》（《兰州交通大学大学学报》2009 年第 5 期）；汪泛舟《敦煌讲唱文学语言审美追求》（《敦煌研究》1992 年第 2 期）等。汪泛舟还就敦煌僧诗发表了系列论文，包括《敦煌石窟僧诗的价值与意义》，《论敦煌石窟僧诗的功利性》，《敦煌僧诗补论》，《敦煌诗述异》，《敦煌〈九相观诗〉地域时代及其他》，《敦煌诗词补正与考源》等。（均见《敦煌石窟僧诗校释·附录》第 274—313 页，香港和平图书有限公司 2002 年版）

近年来，一些学者对敦煌僧诗的研究又有了新的发展。王秀林《晚唐五代诗僧群体研究》（中华书局 2008 年版）将唐悟真专门纳入"长安诗僧群体"的研究范畴，对唐悟真的创作情况做了介绍。查明昊《唐五代敦煌诗僧群体研究》（《晋阳学刊》2008 年第 3 期）对敦煌当地僧人的作品分作三个阶段进行了研究，表明敦煌僧诗的研究正在深入。伏俊琏《唐代敦煌高僧悟真入长安事考略》（《敦煌研究》2010 年第 3 期），则对悟真在长安游览的佛寺、酬唱的僧人及相关的诗文进行了深入考证。

虽然敦煌僧诗研究已取得较多成果，但是，我们对敦煌僧诗认识还不是十分清晰的，系统研究还有待深入。从僧诗的数量来看，已被确认的有"千余首的数量"，其实还有逾千首的敦煌僧诗掩藏在其他文献中亟待挖掘，它们集中出现于讲经文、变文、因缘等说唱类文学中。其中的讲经文是指唐宋时期寺院俗讲经僧进行俗讲时的底本，代表性的篇章有 S.4571《维摩诘经讲经文》，P.3808《长兴四年中兴殿应圣节讲经文》，P.2133《金刚般若波罗蜜讲经文》，P.2931、P.2955《佛说阿弥陀经讲经文》，P.2418《父母恩重经讲经文》，P.2305、P.2133《妙法莲华经讲经文》，P.2133《观音经讲经文》，P.3093《佛说观弥勒菩萨上生兜率天经讲经文》等。变文，为唐五代民间说唱技艺"转变"的底本。"转变"即是说唱变文。其中有不少是关于佛教题材的。如：北图 8437、北图 8438、北图 8671《八相成道变》，P.2187《破魔变》，P.3485、P.4988V《目连变文》，北图 8443、北图 8444、北图 8445、北图 8719、北图 7707《目连救母变文》，S.2614、P.3014《大目乾连冥间救母变文并图一卷》，S.3941、P.3051《频婆娑罗王后宫采女功德意供养塔生天因缘变》等。因缘，也称缘起，是一种演绎佛教因缘故事而不解读经文的说唱艺术，即讲说因缘的底本。主要有：日本龙谷大学藏《悉达太子修道因缘》，P.3048《难陀出家缘起》，P.3375V《欢喜国王因缘》，P.3048《丑女缘起》，P.2193《目连缘起》，S.1625《佛图澄和尚缘起》。这些说唱类文学作品，大多为散韵结合，散的部分往往起连接作用，韵的部分则以七言或六言呈现主体，有的整体是韵文，以七言为主，兼有三言不等，如S.4571《维摩诘经讲经文》，S.2614、P.3014《大目乾连冥间救母变文并图一卷》等。目前学界只将它们作为独立的文学样式进行研究，即便从中选出的僧诗也不及实际的十分之一。若将它们纳入僧诗的研究范畴，僧诗的研究范围必将扩大。

已纳入敦煌僧诗研究范围的诗歌自身还不完备。主要是敦煌僧诗与其他文献的命运一样被劫掠到世界各处，有不少是学者在搜寻中再次拼接的，有的残破，无法辨识。另外，敦煌僧诗本身散见于各种文献之中，搜检存在一定困难，目前为止，尚未有敦煌僧诗全本面世。直接对敦煌石窟僧诗命名的集本，有汪泛舟先生的《敦煌石窟僧诗校释》，他在校释与编排说明中写道："敦煌石窟诗歌是由世俗与宗教两个方面组成的，僧诗则是其中最有特色与数量最多的方面，而《敦煌石窟僧诗校释》也是选取其中的主要部分。"其中的原因有三个，一是关于王梵志的诗已有张锡厚、项楚、朱凤玉诸家有校辑问世。二是对诗味不浓，篇幅过长，过于散化口语化的作品不选。三是苏联卷未公布，海内有些外散卷在2002年时还不太清楚。徐俊先生著有《敦煌诗集残卷辑考》，其排序先是较为严整的敦煌诗集残卷辑考，后则为敦煌遗书诗歌散录。具体又以国别来进行诗歌排列分别是法藏部分、英藏部分、中日俄藏部分等，书中将世俗文人诗与宗教诗部分未能分别结集。

从目前已取得的研究成果而言，如敦煌外高僧大德的诗作、本地僧人的作品、法照及其与敦煌五台山信仰相关的诗作、王梵志诗等，它们有的成果已成为丰碑和典范，但它们只是敦煌僧诗全集中的子集，不足以全面反映敦煌僧诗的面貌与风格特征，而且它们与敦煌社会的关联度尚需深入探讨。如关于五台山文殊菩萨信仰在敦煌的历史，法照及其僧徒的五会念佛的作品为什么会出现在敦煌石窟中，相关的诗作类型及其表现形式等都不甚了解。这些都为敦煌僧诗研究的再扩大再深入提供了可能。

"在新时期，我们应该从文学史观出发，将敦煌文学作品真正置于敦煌历史文化长河中考察；从文本内容与形式着手，去探讨敦煌文学的艺术本色、声律特点，真正实现敦煌文学研究回归文学的目的。"① 而"就文学内容而论，民间通俗诗歌与唐代文士作品不同，深具社会性与时代性，而宗教诗歌中则呈现出敦煌地区特有的僧俗宗教思想与信仰内涵。从文学形式而论敦煌诗歌深受瞩目的通俗白话诗特色一般仅有笼统印象"②。所以敦煌僧诗作为敦煌诗歌的重要组成部分，尚有进一步挖掘的必要，也存在较多的研究空间。

根据转型期敦煌文学研究的要求，结合以上敦煌僧诗研究的具体现状，本研究需要完成以下任务：第一，目前敦煌僧诗概念还处于模糊状态，因此，本研究的首要任务是给予敦煌僧诗一个明确的定义，以方便推进敦煌僧诗的研究进程。第二，敦煌僧诗来源广泛，形式多样，内容丰富，而且有 48 位的外地高僧的悟禅心得，如何对待它们的存在，是本研究需解决的问题，若只作为历史文献资料贮存，作为对于高僧个体研究材料的补充或补正似乎无不可；但这样的话它们对敦煌僧界的作用就被忽略了，而且敦煌僧人对长达八个世纪的敦煌域外高僧诗偈的选择存在着明显倾向性，这个倾向是域外高僧对敦煌僧界信仰的影响力的具体表现，也是敦煌僧诗的一个特性，本研究需要结合敦煌写卷对倾向的渊源通过高僧诸类史传加以考辨，从而加以确认。第三，敦煌石窟僧诗中有大量的佚名诗作，集中反映创作者对佛国的想象，对世俗世界的态度，对人的生命价值的认识，对僧人修行要求及修行方法的指导等，这些诗作都没有明显年代特征，但数量可观，其深层含义到目前为止还没完全被重视，更多的是作为史料呈现着，或者作为分析的范例零星地被使用。

---

① 柴剑虹：《转型期敦煌文学研究的新课题》（在 2006 年 9 月 7—11 日 "转型期的敦煌学——继承与发展敦煌学国际研讨会"上提交的论文），转引自朱凤玉《百年来敦煌文学研究之考察》，民族出版社 2012 年版，第 38 页。

② 朱凤玉：《百年来敦煌文学研究之考察》，民族出版社 2012 年版，第 40 页。

本研究拟对佚名僧诗进行分类研究，以便充实敦煌僧诗的内涵，揭示儒释观念融汇在敦煌僧诗中的特点。第四，敦煌僧诗中的"五会念佛"赞是与"五会念佛"仪轨的创立者法照及弥勒净土、弥陀净土、特别是文殊净土同时出现的概念，本研究需从赞的内容出发，考辨出敦煌"五会念佛"与敦煌净土信仰的关系，证得法照在敦煌弘法的结论，并分析法照的"五会念佛"的行为在文献中不显的原因。第五，敦煌本王梵志诗集中一个重要的方面是佛教诗歌，且与其他僧诗在语言上和诗人角色定位存在差异，本研究需在考辨作者的基础上，通过诗歌本体分析，证明王梵志诗对敦煌世俗社会的直接影响。第六，对于敦煌僧诗中丰富的思想内涵和富有特色的艺术风格，前人虽做过不少研究，但多数成果零出散见，还需要对其进一步深入揭示和予以总体上的把握和归纳。第七，本研究将对业已形成的对敦煌僧诗现实意义的价值判断做一必要的修正，因为仅站在世俗的立场上评判僧人的世界，敦煌僧诗的价值判断似乎难以保证全面和恰如其分。这些问题本研究也许不能完全解决，但我们试图做一番努力，从僧诗本身入手，回到僧诗创作的源头进行梳理和考辨，并在分析原文的基础上，借以审视历史时期真实的敦煌宗教及其作为，从而给予敦煌僧诗以较为恰切的评价。

## 三 敦煌僧诗研究的学术意义及其现实价值

从目前敦煌僧诗的研究情况来看，已经有一定数量的较高质量的僧诗及校释结集出版，为进一步廓清敦煌僧诗的内容、特点、风格提供了可靠的研究基础；另外，较多数量的局部的研究成果，为研究的深入化和系统化提供了可能。根据已有的研究成果，笔者认为对敦煌僧诗进行系统研究的时机业已成熟。颜廷亮先生在若干年前发表的《敦煌文学的当务之急》中提出，敦煌文学的理论层次的研究和敦煌文学的历时性研究是当务之急的观点，他认为为了对敦煌文学有准确的认识，需要在微观和具体研究的基础上，强化理论研究；为了对敦煌文学的形成、发展、繁荣、消亡有明确的界定，需要进行历时性的研究。这些高屋建瓴的认识也同样适合敦煌僧诗的研究状况。前贤已在敦煌僧诗的搜集、整理、校注（校对，注释）、考释（考辨，解释）方面已做了许多功课，在主题、形式及专题研究方面已有相当多的成果，本研究拟在业已系统地搜集、整理出的敦煌僧诗作品的基础上，找到敦煌僧诗多源头的成因，深入揭示其思想内涵与艺术特色，通过对对象的具体分析，从敦煌僧诗时间跨度、敦煌僧诗的内容构成和形式表现上对敦煌僧诗的概念给予界定。这一概念的界定，将便于研究者较为清晰地多层次、多角度地看待敦煌僧诗。本研究还将对敦煌僧诗本体的内容、形式及审美风格进行分析，通过其形成的外部环境和历史背景，对敦煌僧诗的形成、发展做一历时性的考察，从总体上为敦煌僧诗理出一条基本的发展脉络，为进一步的研究提供或可探讨的思路。本研究将对敦煌僧诗进行分类观察，从而将研究具体化，而且在具体研究过程中将内容的分析与词语考释相结合，以便凸显僧诗的禅理或佛教的传播价值，这样敦煌僧诗的研究便可进入对僧人精神层面的考察，从而为敦煌僧诗的跨文化研究提供一定思考。本研究将在主题认识的基础上对敦煌僧诗的特点和风格给予揭示，将对敦煌僧诗的形象做一整体的勾勒，为敦煌僧诗研究的进一步丰富化、细致化做一定努力。总之，本研究在以上诸方面的努力，必将有利于敦煌僧诗研究的系统化与理论化。

敦煌僧诗的研究不仅有一定的学术价值，同时也有一定的实践意义。敦煌僧诗作为特定时代和地域的文化产物，曾经深刻地影响了当时当地僧俗的思想与生活，在全球化时代的今天，有必要以普世的视角进行关照进而挖掘出它的新价值，使敦煌僧诗不仅只停留在历史文献中，更能为人们自我认识的提高提供若干借鉴。作为"华戎所交一都会"的敦煌，在唐代前期是经济繁荣、交通发达、佛教文化艺术兴盛的，中央王朝从内陆通往亚欧的重镇；安史之乱后，中原王朝无暇西顾，德宗贞元二年（786 年）沙州被吐蕃占领，就此开始了吐蕃对敦煌 62 年的统治时期；随着宣宗大中二年（848 年），敦煌豪族张议潮率领民众发动起义成功，收复了沙州和瓜州及河西一带，回归大唐，敦煌正式进入长达 185 年的归义军统治时期，敦煌由此成为河西一个特殊的地理单元，既保留了传统的儒家文化特征，同时又以佛国的色彩与邻邦相呼应。敦煌僧诗，从一个侧面反映出处于文化交流的西部重镇——敦煌佛教僧徒在普通民众心中所发挥的心灵慰藉作用，在对敦煌僧诗的考辨中，可以清晰地看出归义军前期僧诗主要受禅宗的影响而后期则主要表现出净土宗的作用。

无论怎样，佛教对于敦煌人心灵的自我拯救或因得到帮助而获得救赎，都对今人有启示意义。今天，不少人将过多的精力投入到功利的追求中，社会呈现出的是喧嚣与浮躁。在《天津市艺术博物馆藏敦煌遗书目录》，津136背与津194背存有佚名诗作"禅定消长夜，心中不觉寒。常观三界内，无有一人安"。《六祖坛经》评注者王月清先生在论及《坛经》的思想价值对现代社会人生的现实指导意义时写道：现代社会"许多人感到在人心不古的情境中无法调适自我，无法寻回迷失的自性，因此，充满紧张、焦虑的人们希望从人类文明的优秀成果中找到使精神家园宁静安宁的调节剂。《坛经》所展示的发现自我、树立自信、无著无缚、自在任运的解脱知见，恰似给焦虑与饥渴心态的人们一份清凉剂，它让人们明白：人人都有清净佛性，人人都能达到的佛地。最高的觉悟、最高的自由不是外在的东西，它就体现在现实人心之中。一旦人们为现实物欲、外在事相所迷惑，清净之心就生起妄念浮云，妄念执着便是人生痛苦、焦虑的根源"①。在禅宗世界里，智慧地追求解脱的公案甚多，最有名的是吉州青原行思禅师第一世，曾得六祖大师度为弟子但未具戒的石头希迁禅师与僧人的对话。僧问："如何是解脱？"师曰："谁缚你？"又问"如何是净土？"师曰"谁垢你？"这则公案明确表现出禅宗在开悟僧徒时对人性的自觉。石头希迁曾在某次上堂时说："吾之法门，先佛传授，不论禅定精进，唯达佛之知见，即心即佛。心佛众生。菩提烦恼，名异体一。汝等当知，自己心灵，体离断常，性非垢净，湛然圆满，凡圣齐同，应用无方，离心意识。三界六道，唯自心观。水月镜像，岂有生灭？汝能知之，无所不备。"② 对人本

---

① （唐）慧能：《六祖坛经·前言》，王月清注评，凤凰出版社2010年版，第1页。
② （宋）道元辑：《景德传灯录》，朱俊红点校，海南出版社2011年版，第385页。

性认知能力的自信可见一斑。在敦煌僧诗中，有一百三十五首直接吟诵心性的《心海集》，更有大德高僧指导开悟的禅门偈颂，这使本研究以敦煌僧诗为依据，挖掘佛教在敦煌历史时期对凡俗心灵关照的价值成为可能。

# 四　本书的研究方法

对敦煌僧诗概念、内容、形式、特点、价值的正确认识首先需要对敦煌僧诗进行全面系统的爬梳、甄别和考证，因而文献考证的方法是本文最基本和主要的方法。另外，敦煌僧诗诞生并成长于敦煌特有的历史时间和地理空间，因此敦煌在先唐时期、唐代前期、吐蕃占领时期和归义军时期的地方政局的变化，与中原王朝的关系与周边少数民族政权的关系会直接或间接地反映到僧诗创作中来，所以对于敦煌相关历史文献系统深入的了解、学习和运用，也是本研究的主要方法之一。

另外，跨文化交流研究方法的应用更便于以普世的价值观，客观地解读既已出现的文献本身，还原研究对象的本色，而且能以跨文化的视角给予观照，可能突破原有分析模式，更接近敦煌僧诗自身的真实。因为这种方法是将研究者的思维移就于僧人的世界，借助他们的心理活动，看清僧人心中所向往的世界，对现实人生的取舍和选择，对世俗世界的态度，对世俗世界与佛教世界关系的认知等。我们希望依据敦煌石窟僧诗还原出敦煌佛教僧人真实的心灵世界。

本书还将采取作品分析法、赏析法、文史兼证法、文化背景分析法等，将文学审美的方法应用于敦煌僧诗具体的作品分析中，从而凸显敦煌僧诗的特征。总之，笔者试图借助上述方法对敦煌僧诗作一外在轮廓的勾勒和内部深层的剖析，从而还原敦煌僧诗的本来面目。

# 五　本书研究的重点、难点及学术创新点

## （一）本书研究重点

首先是全面、系统地搜集、整理和认知敦煌僧诗的全部作品，复原并把握敦煌僧诗的完整面貌，这需要下相当一番功夫。在此基础上对于僧诗本体进行研读，特别是对影响敦煌文化精神的僧诗类型进行深度挖掘，从而在思想内容、表现手法中寻找敦煌僧诗的总体特征与规律。

## （二）本书研究难点

敦煌僧诗除王梵志诗、P.2555《陷蕃诗》等比较整块外，缺少以完整的体系呈现者。它们可以是修禅者抄来作为自我学习或传播佛教的参考材料，可以是在修禅悟道实践中以诗歌形式出现的文献，可以是僧人之间、僧俗之间酬答唱和时的记录，甚至不少僧诗融于其他文体中，如敦煌写卷中的讲经文、变文、因缘等文体，这些文体本身是散韵结合的写法，其中含有上千首僧诗，需要对其进行辨识和分离处理，所以，要给敦煌僧诗一个完整的面貌的确是研究的一个难点。

## （三）本书研究创新点

1. 对敦煌僧诗做了全面、系统的梳理，将外地高僧大德的诗作通过统计分析，发现了与敦煌僧诗之间的内在关系；通过对法照禅师的诗作与"五会念佛"及其相关僧诗出现的背景的回溯和内容的分析，找到了净土宗在敦煌佛教信仰中的僧诗作品及表现形式；通过对王梵志诗歌内容与形式的分析找到了敦煌僧诗佚名作者为王梵志诗作者的可能性，从而对敦煌僧诗的构成情况做了必要诠释，为敦煌僧诗及敦煌文学进一步的深入研究做出些许的贡献。

2. 给予敦煌僧诗一个也许还不算成熟的定义，但是这一定义，将敦煌域外大德的作品作为敦煌僧人学习曹溪禅的依据加以考辨，

突出了敦煌僧诗传播与本土创作的双重特性，为进一步完善敦煌僧诗概念，提出一点思考。

3. 对于具有代表性的外地及敦煌高僧大德的诗作、佚名僧诗、五台山赞、王梵志诗等重新做了认真校注、释读及其内容的剖析，使敦煌僧诗显现出较为清晰的面目。

4. 较为深入地探讨了敦煌僧诗的思想内容。笔者以僧人的视角，通过考察反映僧人理想世界的僧诗，反映现实世界的僧诗，反映僧人修禅的僧诗，反映僧人教化众生的僧诗和反映僧人与凡人世界矛盾的僧诗，探讨了僧人生活的真实世界。

5. 较为系统地提出了敦煌僧诗的艺术特色和审美风格。从敦煌僧诗关注的主题来看，南宗禅观和修行方式对敦煌佛教影响最大；同时五台山文殊信仰及相关的念佛方式伴随着和声诗的呈现，表明了净土宗观念对敦煌民间宗教的影响；另外，儒学及道教思想均存在于敦煌僧诗中，因而敦煌僧诗具有以南宗为主，兼容并蓄的特征。还有，"敦煌"及与此地域相关的地理名词反复出现在僧诗当中，成为歌咏对象，证明敦煌僧诗具有鲜明的地域色彩。同时，敦煌僧诗真实地记录了僧人面对的现实世界、理想世界及生命的主观意识，因而诗作纯真，较少雕饰。敦煌僧诗除以宗教教化为主调外，诗中还以赠答的方式反映了敦煌僧俗之间密切的关系，体现了僧人出世又入世的境界和积极关照现世人生的作为。从表达方式和语言的运用来看，敦煌僧诗以议论抒情为主描写叙述为辅，语言运用大多为白话，二者结合体现了敦煌僧诗追求哲理胜于描摹画面的审美风格。

# 第一章

# 敦煌僧诗创作时间的界定及敦煌僧界与世俗政权的关系

## 第一节　敦煌僧诗创作的时段

　　关于敦煌僧诗的时间界定可分上下限与具体的时段两种。前者，如绪论中所述：敦煌僧诗的写作年代最早的可追溯到公元 2 世纪后半叶，最迟应截止于 10 世纪末或 11 世纪初。后者，若以敦煌为基点有如下观点：徐俊先生在《敦煌诗集残卷辑考》中说："敦煌诗歌作品的时段划分，按照中原王朝的兴替可以分为先唐、唐五代、宋初三个段落。……必须指出的是以中原王朝的兴替为时段划分的依据，与敦煌历史和敦煌文学发展的实际并不完全切合，唐五代宋初的敦煌有它特殊的历史进程。在凉州、甘州、肃州、瓜州、伊州等河西地区相继陷蕃之后，唐德宗贞元二年（786 年）吐蕃攻占沙州，敦煌开始了长达七十年与中原阻隔的蕃占时期。唐宣宗大中二年（848 年）张议潮率领沙州民众起义，驱蕃归唐。大中五年（851年），唐王朝在敦煌设置沙州归义军，任命张议潮为归义军节度使。从此往后，直到宋仁宗景祐三年（1036 年）为西夏所灭，经过张氏归义军、曹氏归义军两个时期，统治敦煌一百八十余年。依据敦煌的历史进程，可以划分为吐蕃占领以前的唐朝时期、吐蕃占领时期，沙州归义军时期。"① 这种分法较为合理，傅璇琮评价说："这就不受中原王朝的兴替传统的约束，更便于展开中原文化在敦煌地区传

---

①　徐俊：《敦煌诗集残卷辑考》，中华书局 2000 年版，第 22—24 页。

播及敦煌本土文化自立发展的研究。"① 敦煌僧诗是敦煌诗的组成部分，依据徐俊先生的分法即为以上三个时期。

查明昊博士的《唐五代敦煌诗僧群体研究》一文在探讨敦煌僧诗时，将敦煌诗僧文学分为陷蕃时期——沦陷区文学，张氏归义军政权时期——光复期文学；曹氏归义军政权时期——孤岛文学。其理由是敦煌沦陷以后，由于与中原阻隔，敦煌文学被迫走上独立发展的道路，初步形成了具有地域特色的文学；张氏归义军时期，敦煌文学得到中原文学的滋养，达到了鼎盛；曹氏归义军时期，与中原联系又被阻断，敦煌文学走向衰落。这样，敦煌文学就被分成三个时期。作为文学样式之一的陷蕃时期的敦煌僧诗其代表人物和代表诗作有泰法师的《题金光明寺钟楼》，佚名诗人的《陷蕃诗》，释善来的《故李教授和尚赞附诗》，释金髻、释利济、释法舟唱和的同题诗；张氏归义军时期最有代表性的是唐悟真及其诗作。由于释悟真堪称张氏归义军时期敦煌文学的领袖，有众多的文学成就，查明昊对之均有论述，另一位诗人就是唐悟真之前的僧统翟法荣，他的作品有《春日相饯》等三首；曹氏归义军时期的代表诗僧则是释道真，其作品主要是《修龛短句并序》及乾祐三年随曹元忠巡礼莫高窟之作，还一位是释灵俊，作品名为《阙题》一首。② 对于查明昊先生的划分及理由，我们以为还有商榷的空间。问题之一是，敦煌僧诗中有不少的佚名作品，它们在敦煌文学发展中的作用是不容忽视的，但没法对其进行时代与地域的划分。问题之二是，大德作品，除了释悟真因其显赫的地位，突出的影响力，已对他及其作品的研究轮廓较为分明外，其他诗人的作品轮廓并不十分清晰，如金髻有不少作品，但他的影响力并不凸显。问题之三是，有许多的外地大德的诗作，它们怎样作用于敦煌文学等等，不甚明了，若其直接剔除，将会缩小敦煌僧诗关照的范围，客观上失掉了对敦煌僧诗的性质的准确判断。另外，据学者研究表明，处于沦陷区时代的文学受到吐蕃贵族的抑制。就佛教而言，虽然吐蕃统治者佞佛，到墀祖德

---

① 徐俊：《敦煌诗集残卷辑考》，中华书局 2000 年版，第 3—4 页。
② 查明昊：《唐五代敦煌诗僧群体研究》，《晋阳学刊》2008 年第 3 期。

赞统治的时代由僧相辅政，甚至因此导致了内乱。为了驾驭敦煌，吐蕃贵族还依靠了敦煌佛教的力量。有文献记载，在吐蕃统治时期，敦煌寺院和僧尼数增加了不少。另外一个幸事是敦煌因此避开了会昌法难，文献得到一定程度的保护。但是，我们发现吐蕃时期敦煌僧诗表达的大多为僧人赞美佛、法、僧的诗偈，即使酬唱作品，是外地诗僧在面对美丽的自然风光表达着对家乡的思念之情。还有，敦煌地区抄经，一次要动员二百九三名写经生及校勘者，抄写一部经书需三年，写经生在写经期间，家中的家畜、财物要被扣押，监督者若无法完成任务，将要受到兄弟或亲戚遭受监禁的处罚，而里正亦遭连坐，每缺一卷，受杖十下。① 所以，去除文化差异的问题，单纯论及吐蕃统治下沦陷区文学的确立，似乎不是十分妥帖。根据僧诗的创作水平，将吐蕃治下的敦煌僧诗看作敦煌当地创作的首次出现，可能更妥。

我们以为，以敦煌为基点敦煌僧诗的发展可分为四个时期：第一个阶段，吐蕃占领以前的唐朝及更早的时期，主要特征是学习和传播中原佛教义理；第二个阶段，吐蕃统治时期，敦煌当地僧诗出现，主要特征是为师启蒙，赞美佛、法、僧，扩大佛教的影响；第三个阶段，张氏归义军时期，主要特征是敦煌僧诗发展并迅速出现创作高峰，主要特征是内容丰富，形式多样；第四个阶段，曹氏归义军时期，敦煌僧诗走向衰落，主要特征是内容相对单薄，语言通俗，教化目的明显。属于归义军的两个时期差异最为明显，前者僧人的创作自然和悦激进，后者僧人的作品有浓厚的说教气息，没有前期语言的艺术美感，缺少对禅理的深度挖掘，语言也流于浅白与生活化。究其原因是敦煌僧团的地位与功能不同。前者，僧界给予世俗政权有力的支持赶走了吐蕃，圆满完成了出使中原的使命，扩大了自身对世俗的影响。后者，在中原朝代更迭，敦煌处于独立发展的阶段，世俗政权力量日益强大，敦煌宗教僧团成为世俗政权的宗教服务者，其诗歌创作受到抑制。典型的事例就是释悟真的诗作与释道真的作品。

————————————

① 林冠群：《唐代吐蕃史论集》，中国藏学出版社 2006 年版，第 430 页。

下面对此认识做一简要阐述。在敦煌僧诗的第一阶段，唐及唐以前的大德的诗偈至少有近60首被多卷抄写，而且曹溪禅历代大师的诗偈集中出现，它们或被游学僧人传播到敦煌，或是敦煌僧人自觉的选择，它们非当地僧人的创作，而是当地僧人学习禅理，悟道修行的真言集结。这些大德包括释道安、释亡名、僧璨、释慧能、释神秀、玄觉和尚、释神会、青原行思、释本净、释自在、释天然、释无名、释利涉、释法照、释宗密、释无著、释良价、释慧光、释元安、释贯休、释居遁等等，他们的诗偈对敦煌僧诗的产生有直接的意义。正是在学习中原诗偈，传播佛教义理的基础上，敦煌才有可能在独立发展的时期，创作出高水平的诗偈，如《心海集》。（关于中原大德及其诗偈对敦煌僧诗的价值，将在第二章专门讨论。）

吐蕃占领时期的敦煌僧诗，初次展示了自己的面貌。通过署名"释门副教授金髻"或诗作名称《故李教授和尚赞附诗》等可以确定释金髻、释善来等为吐蕃占领时期的诗僧，他们的作品内涵丰富，用词讲究，音韵和谐，说明敦煌僧诗创作者自身具有极高的文学素养，因而敦煌僧诗有起点高的特征。试举例证明之。

## 罗什法师赞诗

P. 2680、P. 4597、S. 276、S. 6631

诞迹本西方，利化游东国。

毗赞士三千，抠衣四圣德。

内镜操瓶里，洗涤秦王惑。

吞针糜钵①中，机戒弟子色。

传译草堂居，避地葱山侧。

驰誉五百年，垂范西方则。

这首诗五言六韵，通押"职"韵。"毗赞"，均有辅助之意。

---

① 吞针糜钵：鸠摩罗什曾被迫破戒，在说法前他告诉弟子"臭泥中生莲花，但采莲花，勿取臭泥也"。佛祖通载八云：罗什亦自谓，每讲有二小儿，登吾肩，欲障也，自是不住僧房，别立廨舍。诸僧有效之者，什聚针盈钵，谓曰："若相效能食之者，乃可蓄室耳。举已进针，如常膳，诸僧愧止。"（丁福宝：《佛学大词典》，中国书店2011年版，第2378页。）

毗,《诗经·小雅·节南山》云:"天子是毗,俾民不迷。"赞,《左传·昭公元年》云:"国无道而年谷和熟,天赞之也。"这里是同义复用。"抠衣",提裳而行,以表示尊敬、谨慎。"四圣"指罗什法师四位高足释道生、僧肇、道融、僧叡。"抠衣四圣德",形容四圣以毕恭毕敬的态度追随罗什法师的进行修行而获得高深的道行。"吞针糜钵",《高僧传》有记,姚兴曾逼迫鸠摩罗什接受十位歌舞女伎,又为其另造官署,因此在说法前,他告诉弟子"臭泥中生莲花,但采莲花,勿取臭泥也"。有僧人效仿,罗什法师就在托钵中装满银针,吞噬如常借以劝告僧人谨守戒律。"五百年",鸠摩罗什在世时是 4 世纪,释金髻生活在 9 世纪,这是个约数。

　　诗歌的内容与诗题相合,赞美了鸠摩罗什一生在东土弘扬佛法的功绩。全诗以赋的表现手法,对这位西域高僧一生中几个关键的事迹进行了铺排:一是拥有门徒三千,培养高足四人;二是受到后秦主姚兴的尊崇,在启发姚兴后,促使其完成了《通三世论》,起到传播佛理,利化东土的作用;三是即使姚兴使其破戒,依然以"吞针糜钵"的传奇告诫弟子须遵守僧人的戒律;四是在草堂寺,翻译出三百多卷经文,以流传后世。同时,诗歌还交代了鸠摩罗什的出生、责任及对后世的影响。这是首典型的叙事诗,主题是赞美佛、法、僧中僧的事业与修行,语言朴素且严守格律,因而是吐蕃占领时期敦煌僧诗的典型代表之一。

　　张氏归义军时期,是敦煌僧诗创作的一个高峰时段,不仅有署名诗僧的作品,如释悟真的《又赠沙州僧法和尚悟真辄成韵句》,释法荣的《春日相饯行一首》等,也有佚名诗作如 P. 2555《陷蕃诗》。它们均反映了这一时期创作特征:不仅内容丰富,形式多样,而且个性鲜明,儒释交融,格律讲究。试以 P. 2555《青海望敦煌之作》证明。

### 《青海望敦煌之作》P. 2555

西北指流沙,东南转路遐。

独悲留海畔,归望阻天涯。

九夏呈芳草,三时有雪花。

未能刷羽去，空此慕绒鸦。

诗歌是五言律诗，首句入韵，通押"麻"韵。颔联、颈联对仗但不十分严格，注重炼句与格律，但又不因格律而害义，创作技法圆熟。全诗突出了"独悲"的滞留南蕃难归复命的诗僧的个人形象，文人儒士的诗风明显（形成的原因后文有论）。诗僧准确地抓住了青海这个特定的地理空间的气候："九夏呈芳草，三时有雪花。"暴露出对文化差异的不适。以"西北"与"东南"的方位差，结合"阻"与"空慕"，暗示出归途的遥遥无期。"独悲"的情绪自由中来。"流沙"在谭其骧先生主编的《简明中国历史地图集》战国、秦朝的图页中，直指敦煌，在《佛学大词典》中指"蒙古大沙漠"。而蒙古大沙漠西南越过长城即是敦煌。因而诗歌里自然将流沙代指敦煌，而这种现象在敦煌僧诗中并不少见。这首并非从 P. 2555 佚名组诗中精心选择的诗歌，从创作水平上看，一定程度上与释悟真的诗歌一起构成了敦煌僧诗创作的高峰。

曹氏归义军时期，是敦煌僧诗创作的衰落期，无论是署名诗僧的作品，如释道真的《某人述》，释灵俊的《阙题》等，还是俗讲僧释愿荣的《仆射颂三首》均代表了这一时期的创作风格：语言直白朴素，缺少个人色彩，对上歌功颂德，对下工于教化。下面试以《仆射颂三首》之二例证之。

### 《仆射颂三首》（其二）P. 2187

观音世（示）现宰官身，府主唯为镇国君。
玉塞南边消殄（沴）气，黄河西面静烟尘。
封疆再政（整）还依旧，墙壁重修转更新。
君圣臣贤菩萨化，生灵尽作太平人。

诗歌七言四韵，首句即入"真"韵，唯"君"押"文"韵，属押邻韵，读来音韵和谐，但用白字明显。全诗直陈其意，语义浅明，为曹元忠及其治下的时代高唱赞歌。用"观音"比喻曹元忠的仁爱与德政。"菩萨化"有多解，既可解释为曹元忠君臣有救世济民的菩萨行为，又可以指他们受到菩萨的点化，从中可以看到净土宗对敦煌的具体影响。"玉塞"指玉门关，在本诗中即是敦煌僧诗具有敦煌地域特征的表现。这首诗与释道真诗歌风格接近（释道真的诗作将在第三章专门论述），体现了曹氏归义军地方政权的宗教喜好，而投其所好的僧诗远离了僧人对禅理的追求，比较张氏归义军时期的僧诗则少了个人形象特征。

需要指出的是：在敦煌僧诗独立创作时，对中原佛教经典和僧诗的传播并未完全停止。一方面，敦煌文献中搜检出了五代、宋初时的敦煌外域高僧的诗偈，另一方面，在敦煌文献圆鉴大师云辩的诗偈抄本后面，缀有沙州某大德在大梁遇李婉，请其抄写大师诗作并带回沙州的题记。

## 第二节　敦煌僧界与世俗政权的关系

由以上对敦煌僧诗时间问题的阐述，我们以为敦煌僧诗的内容与特征直接反映出敦煌僧人与世俗政权关系。有时二者关系密切，携手共同进行敦煌社会思想教化工作；有时二者关系疏远，表现出僧人身在世外，清闲自适的状态；有时则反映出君主僧臣主从关系。无论世俗政权对宗教界的推崇，还是宗教服务于世俗王权的现象都真实地再现了敦煌在各个历史时期社会风云的变幻，政权的更迭及不同时期归义军地方政权与僧团力量的此消彼长的情况。通过唐代吐蕃史、中国西北少数民族史，特别是归义军政权发展的轨迹，我们就会发现敦煌僧诗思想内容的变化，敦煌僧人在自我解脱、抚慰备受战争侵凌的百姓心灵中所发挥的作用，从而反映出僧诗对敦煌特有的地方文化产生的影响力。需要注意的是虽然敦煌处于多民族包围之中，又是多元文化交流聚焦的地区，特别是吐蕃统治敦煌62年的时间里，敦煌地区并未改变儒学核心价值观，在归义军时期，无论张氏归义军还是曹氏归义军政权在整个历史时期都以归属中原王朝为思想导向。同时，佛教得到了吐蕃的大力保护，而归义军的首脑，除短暂的金山国领袖张承奉外，都极其尊崇佛教，加之归义军早期的敦煌高僧大德通儒通佛者居多，因此佛教文化和儒文化就浸透在敦煌僧诗中。这种亦儒亦释的文化精神无疑与敦煌处在中原王朝统治的边缘地带，进而游离于中原王朝之外独立自主地发展有关。

依据李正宇先生《敦煌地区古代祠庙寺观简志》，结合郑炳林先生《晚唐五代归义军政权与佛教教团关系研究》，我们能够清晰地看到，敦煌僧界的影响力主要产生于吐蕃统治敦煌以后到宋初，这与敦煌僧诗集中出现的时代及其风格变化发展的线索是一致的。在吐蕃统治时期主要的诗僧有释利济、释志贞、释金髻、释法舟、释善来、沙门日进等，他们的诗作，佛教文化味道浓郁，而且诗僧有一定的表达佛教追求的自由度。历经张氏归义军时期到曹氏归义军时期，诗僧主要以唐悟真、张道真为代表，他们又各不相同，唐悟真代表敦煌僧诗创作的一个高峰，而张道真的诗作主要在于维护世俗政权的现世利益，涉及的佛教观念主要为"地狱"世界，其目的在于警诫世人。反映了敦煌僧界与世俗政权的依附关系，郑炳林先生说："从这些资料我们得知归义军时期佛教教团的地位是一直下滑的，张氏归义军时期佛教教团承担使衙幕僚和出使的职责，到曹氏归义军时期佛教教团僧官变成使衙的释吏，纯粹成了归义军政权派遣到佛教界的办事机构的人员……官府成为佛教教团上属管理机构和主要依靠对象。"① 显然，这是随着中原王朝对敦煌地方政权控制力量的减弱，乃至唐朝覆亡，而敦煌世俗政权的力量日渐强大，对宗教僧团的约束也日渐加强，宗教僧团的地位与功能也就随之发生了变化的结果。虽然，郑先生在强调敦煌僧界与世俗政权关系的发展趋势时，没有太关注中国文化中普遍存在的王权始终高于教权现象，因而没有对张氏归义军时期，僧界较高的政治地位给予必要的肯定，但对总体趋势的评价无疑是正确的。

依照李正宇先生对敦煌古代的佛寺的考证，在北宋开宝八年（975 年），敦煌修建了乾名寺，在此之前，敦煌境内敕建的尼寺有

---

① 郑炳林：《晚唐五代归义军政权与佛教教团关系研究》，《敦煌学辑刊》2005 年第 1 期。

五所，僧寺有十二所。这些佛寺就是敦煌"佛教祀神、举行宗教仪式及僧尼居止之所"①。当然这不是敦煌境内佛教寺庙的全部，从西晋最早的"仙岩寺"算起，到敦煌佛教极盛的唐宋时期，除却因法难寺庙毁坏，敦煌有记载的佛寺约四十多所，还有兰若、佛堂若干。而这十八所知名寺庙的建造及其绵延的时间足以反映敦煌僧界对敦煌世俗社会影响的轨迹，如五所尼寺。分别是普光寺，初次出现于吐蕃占领时期的辰年（788 年），在太平兴国四年（979 年）犹存；安国寺，初次出现是在吐蕃占领时期的巳年（789 年），宋淳化五年（994 年）犹存；圣光寺，由吐蕃尚书令尚乞心儿创建，北宋天禧三年（1019 年）犹存；灵修寺，唐天授二年（691 年）修建，太平兴国四年（979 年）犹存；大乘寺，始建于北周，宋天禧三年（1019 年）犹存。这五个尼寺中，有三个建于吐蕃占领时期。十二个僧寺分别是龙兴寺，唐宝应二年（763 年）初见寺名，宋天禧三年（1019 年）犹存；永安寺，初见寺名为吐蕃占领时期的辰年（788 年），宋天禧三年（1019 年）犹存；大云寺，建于唐贞观十六年（642 年），在北宋端拱元年（988 年）犹存；灵图寺，创建于唐乾封元年（666 年），宋天禧三年（1019 年）犹存；开元寺，始建于唐开元二十六年（738 年），唐乾符年间（874—880 年）犹存；乾元寺，吐蕃占领时期的辰年（788 年）初见寺名，宋太平兴国初年（796 年后）犹存；报恩寺，盛唐初年创建，宋天禧三年（1019 年）犹存；金光明寺，吐蕃占领时期的辰年（788 年）初见寺名，宋天禧三年（1019 年）犹存；莲台寺，吐蕃占领时期的辰年（788 年）初见寺名，宋天禧三年（1019 年）犹存；净土寺，吐蕃占领时期的庚申年（840 年）初见寺名，太平兴国四年（979 年）犹存；三界寺，吐蕃占领的中期（820 年）初见寺名，宋天禧三年（1019 年）犹存；法门寺，存于五代后晋年间（936—947 年），后周显德初（954 年）改为显德寺。从以上十二个僧寺看，除法门寺外，唐代建僧寺五个，吐蕃建僧寺六个，联系尼寺创建情况，说明吐蕃占领时期，敦煌佛教得到很大发展，而且以上十八个寺庙存在 200 年及以

---

① 李正宇：《敦煌地区古代祠庙寺观简志》，《敦煌学辑刊》1988 年第 1、2 期。

上的达十四个，它们是僧尼赖以生活及从事宗教事务和传播宗教思想的重要场所，存在时间越长，与世俗政权之间的联系就会越紧密。

关于唐代以前的寺庙，如法海寺、普济寺、永隆寺、福祥寺、慈悲宝幽寺等大多存于北朝时期。依据严耕望先生的统计，东晋时期敦煌籍高僧有两人，南北朝时期敦煌籍有 3 人，敦煌佛教在全国处于较高水平。①

又据《高僧传》记载，唐以前的敦煌籍高僧游学者居多如：

> 单道开，姓孟，敦煌人，……一日行七百里，至南安度一童子为沙弥。……其年冬十一月，秦州刺史上表送开……
>
> 于道邃，敦煌人，……至年十六出家事兰公为弟子……后与简公俱过江，谢庆绪大相推重……
>
> 竺昙猷，敦煌人，少苦行习禅定，后游江左止剡之石城山，乞食坐禅……王羲之闻而故往……
>
> 释道法，姓曹，敦煌人，……后游成都，至王休之费铿之请为兴乐、香积二寺主……
>
> 释法颖，姓索，敦煌人，……住凉州公府寺……元嘉末都止新亭寺，孝武南下改治此寺。
>
> 释超辩，姓张，敦煌人，……闻京师盛于佛法，乃越自西河，路由巴楚，达于建业。

由此可知，在唐以前，敦煌僧界与世俗政权之间存在一定的关系，但远没有达到吐蕃到宋初时期与敦煌世俗政权关系密切的程度。

下面试以吐蕃统治后期归义军早期，某次宗教法会情况和三界寺观音院主道真的诗歌来看宗教教团与世俗政权的关系。

《伯希和劫经录》著录 P. 3052 卷云：僧金髻、利济诗各一首。孟列夫等《苏联科学院亚洲民族研究所藏敦煌汉文写本注记目录》第 1466 号著录俄藏 105、10299，存僧志贞、法舟诗各一首。……据内容、作者及行款等项判断，可确定与 P. 3052 为同卷断裂而分置

---

① 严耕望：《魏晋南北朝佛教地理稿》，上海古籍出版社 2007 年版，第 33—57 页。

法俄两地。①

**《同前》P. 3052**

利济

良牧思弘化，吾师重契经。欲开三草喻，先例四花名。

瑞色浮春日，和风引梵声。坐承方便理，咸得悟无生。

这首五言律诗，"经"押"青"韵，"名""声""生"押"庚"韵，属于押邻韵现象，颔联、颈联对仗。仄起式，讲究粘对。"三草"，《法华经·药草喻品》：一切众生闻我法者，随力所受，住于诸地，或处于人天转轮圣王释梵诸王，是小药草；知无漏法，能得涅槃，起六神通及得三明，独处山林，行常禅定，得缘觉证，是中药草；求世尊处，我当做佛行精进定，是上药草。"四花"，《法华经》六瑞中雨华瑞之四花。即曼陀罗华，摩诃曼陀罗华（大小白莲华），曼殊沙华摩、诃曼殊沙华（大小赤莲华）。又可以分为白莲花，青莲花，红莲花和黄莲花。"方便"，有两解，对于真如而言，通于权道之智，大小乘一切佛教概称为方便。对真实而释，利物有则为方，随时而施则为便。根据诗意应为双关。

诗歌描绘了在一个春光融融、风和日丽的日子，沙州举办的一次隆重法会的情形，参加者从当地重要官吏、僧院大法师到普通百姓，盛况空前。诗人释利济将凡俗的管理与佛教内心经营进行了对比，盛赞寺院用方便凡俗的方法讲授佛理，以便参加法会的人共同感悟无生灭的道理。诗歌用平和的韵调和景色的烘托，构成淡雅和悦的格调。从行文风格来看，利济是位精通佛理又善于写诗的诗僧。

**《同前》P. 3052**

金髻

流沙郡夕有双贤，牧伯吾师应半千。法王契理青莲喻，多

---

①　柴剑虹：《俄藏敦煌诗词写卷经目录（一）》，《敦煌吐鲁番研究》第一卷，北京人学出版社1996年版，第96页。

君瞻仰白牛前。

　　韶光来照传灯座，春风往往送青烟。寮吏咸欢因骥尾，谁知今日遇弥天。

　　这首七言律诗通押"先"韵，"法王"，《释迦方志》有载：凡人极位曰轮王，圣人极位曰法王。"白牛"，白牛车的省写，为《法华经·譬喻品》三车之一。三车是声闻乘（羊车），缘觉乘（鹿车）和菩萨乘（白牛车）。"骥尾"，骏马尾，比喻凭借他人他物而成名、成功。陆倕在《赠任昉感知己赋》中有"附苍蝇于骥尾，托明镜于朝光"之语。"弥天"：指晋释道安，此典出自《高僧传》。习凿齿久闻释道安的威名，专程拜访。出于对自己学识渊博的自信，一见释道安的面，习凿齿出口即"四海习凿齿"，释道安应声答道："弥天释道安"，此诗用典盛赞佛教智慧的超绝。

　　同样是描写一场春天的法会，气氛庄严隆重。金光明寺僧人释金髻，在这首诗中对宗教在现实社会起到启智教化作用流露出了为人师的自豪感。

### 《僧人诗》P. 3052
#### 法舟

　　良牧申三请，灵山涌法泉。春光寒尚在，溪柳怆含烟。
　　诸子三车引，庭前驷马喧。故来问奥义，从此悟心猿。

　　这首相对于前面两首稍显浅白，同样写春天在敦煌某寺院里的一场法会，但直接以"良牧""三请"起笔，表达宗教界至高的导师地位，夸张的"驷马喧"指出了法会的规格高。

### 《阙题》P. 3052
#### 释志贞

　　□□□□□，□高依马前。□□□□□，□□□祇园。
　　妙理光含秀，□□□□□。□中居上首，叶里做青莲。

此诗虽缺损严重，但依稀仍可见诗意。

这组诗为四首僧诗，同时出现在 P.3052 写卷中，作者分别是利济、金髻、法舟、志贞，志贞诗只有不完全的三句，但与其他三首意相近，释志贞又是吐蕃时期重要僧人，具有史证意义，故录。释志贞，俗姓宋氏，祖籍冀州广平人。吐蕃后期归义军初期，沙州灵图寺僧人，其祖先两汉移居敦煌，隋唐成为敦煌豪门望族。宋志贞自幼聪慧，通晓事理。吐蕃占领敦煌后，弘扬佛教，成为"释氏白眉"。张议潮建立归义军后，宋志贞被任命为灵图寺法律，住持灵图寺讲坛。在讲经说法中，以通俗方式演讲经纶，在佛教界和世俗大众中均有很高声誉。后被提升为敦煌倡导法将兼毗尼藏主。敦煌文献中有咸通八年（867 年）释惠苑述、弟子恒安书的宋志贞彩真赞，名为《敦煌倡导法将兼毗尼藏主广平宋律伯彩真赞》（P.4660），其中盛赞其德行和传播宗教教化中的作用："一郡规仪，四方钦雅。离凡去俗，并伏人我。开畅玄宗，七众归化，匡救大纲，一时务霸。"释利济法师出家于金光明寺，俗姓姚氏，吐蕃统治时沙州僧人，是当时著名的写经高僧，抄写的主要佛教典籍有：《法门义集》和北图辰 46《四分律删补随机羯摩经》一卷，末有题记："午年五月八日金光明寺僧利济，初夏之内为本寺座金耀写此《羯摩》一卷，莫不研精尽思，庶流教而用之也。至六月三日毕而复记焉。"《净明经关中疏》题记："番中二年三月十七日于沙州金光明寺写讫比丘利济。"敦煌遗书中有他撰写的《故法和尚赞》《唐三藏赞》《上赞普奏》和五言诗一首。《敦煌高僧》和徐俊先生的《敦煌诗集残卷辑考》中对之均有记载。释金髻，俗姓薛，金光明寺僧人，吐蕃时期释门副教授。敦煌石窟中有多首释金髻的诗作，除了前面的作品，还有《罗什法师赞诗》一首、《罗什法师赞》、敦煌僧同题诗《玉井休微忍草生》（笔者拟题）。

从诗中反映的内容和僧人的情绪来看，是吐蕃占领时或归义军早期作品。沙州由沙门领袖和当地统治者共同管理，沙门有一定的话语权，这四首诗中有三人在诗中均涉及地方州郡长官"牧伯"。"牧伯"是州牧、方伯的合称。汉代后常用于州郡长官的尊称。《汉书·朱博传》："居牧伯之位，秉一州之统。"诗中出现的"吾师"

即僧界的三藏法师，即精通经、律、论的法师。诗中吟道，"良牧申三请"才有"坐承方便理"的机会，而且"寮吏咸欢因骥尾，谁知今日遇弥天"，三个僧人的骄傲情绪由此自然溢出。其中"骥尾"指骏马尾，这里指凭借他人他物而成名、成功。而"弥天"则来自梁慧皎的《高僧传·释道安》，其中有这样的记载："时襄阳凿齿锋辩天逸，笼罩当时。"听到道安的名声特来造访，见面就给道安以颜色，说："四海习凿齿。"道安坦然应答道："弥天释道安。"① 敦煌僧人的学识和地位堪与释道安相比，足以说明在敦煌以僧为师的现实。在金髻诗中，特别回忆了敦煌历史上僧俗密切的关系："流沙郡夕有双贤，牧伯吾师应半千"，提到敦煌的"双贤"，反映了释金髻对"即夕"的向往。根据史载，西晋时，竺法护世居敦煌，"道化周洽，时人咸谓'敦煌菩萨'"②。北魏末年，洛阳的王族东阳王元太荣任瓜州刺史，极力推进佛教的发展。"双贤"约是回顾过去敦煌地区有深厚的佛教文化传播的根基。吐蕃占领时期，敦煌地方政权与中原王权关系逐渐疏离，但吐蕃崇尚佛教，归义军早期的统治者，依然信奉佛教，且僧人的代表吴洪辩曾帮助张议潮赶走吐蕃节儿恢复了汉人政权，后又得到唐宣宗赐紫的荣耀，而吴洪辩自己出身豪门大族，自幼出家，吐蕃统治时期已经是一代名僧，张议潮本身就学于寺院，曾抄写过无名的《无名歌》。在他统治的归义军时期（862年），他曾与吴洪辩一起清理检查过敦煌寺院。所以当时的僧人有较高的社会地位，诗歌中自然流露出一种优越和自豪的味道。

随着周边环境的恶化，敦煌统治者内部的矛盾斗争日益加剧，敦煌统治者自身爱好的变迁，都僧统自身条件的限制，导致僧诗内容逐渐发生了变化。如唐悟真，本来参与大中五年（851年）的献款活动受到唐宣宗的高规格接待，赐予告身，又与京城两街高僧大德唱和，名震一时，加之唐悟真有多种作品问世，又为当时有影响力的僧俗作有相当数量的邈真赞，于是成为敦煌诗僧中当之无愧的领袖，但他当

---

① （梁）释慧皎：《高僧传》，朱恒夫、王学钧、赵益注译，陕西人民出版社2010年版，第242页。

② （梁）释慧皎：《高僧传·竺法护传》，朱恒夫、王学钧、赵益注译，陕西人民出版社2010年版，第38页。

都僧统时间较长（869—895 年），后来身体不济，曾在《百岁诗十首》前序言中写道："年逾七十，风疾相兼，动静往来，半身不遂。"所以随着僧界的地位大为下降，僧官在敦煌政治上的地位也发生了变化。这时间正是在归义军政权将转化为金山国的前夕，即张承奉争取自己的政治地位之时，他更相信谶纬的力量，此时的诗歌如《白雀歌》《龙泉神剑歌》主要是用来证明张承奉政权的合法性，如此，敦煌佛教力量自然受到抑制。但张承奉的金山国，在甘州回鹘的打击之下草草结束之后，曹议金做了归义军节度使，他需要中原政府给予政治上的支持，以壮大自身实力，又与于阗国保持着友好的关系，而于阗国王李圣天自身信佛，敦煌佛教又具有了发展空间，但曹议金更热衷开窟造像抄经布施，使佛经走向了大众，佛教为师启迪大众的作用被法事、祈福禳灾的行为所替代，僧界的地位再也回不到从前。有材料表明，在都僧统贤照时，僧界的行为就已经必须服从政界的安排。在都僧统帖中，康贤照以苛责的态度对待僧尼，以极小心态度对待当时执政的张承奉。当宗教界的行为受到限制时，这种在精神领域里的自由创作的质量也就可想而知了。

　　都僧统帖请僧尼寺纲管、徒众等：S. 1604
　　奉尚书处分，令诸寺礼忏不绝，每夜礼《大佛名经》一卷。僧尼夏中，则合勤加事业，懈怠慢烂，故令使主嗔责，僧徒尽皆受耻。大家总有心识，从今已后，不得取次。若有故违，先罚所由纲管，后科本身，一一点检……天复二年四月二十八日（902 年）帖。都僧统贤照。[①]

　　在 P. 4638《清泰四年（935 年）都僧统龙辩等上节度使曹元德牒》中龙辩自称为节度使手下的"释吏"，可见其在政界的独立性已不复存在，僧界领导都僧统的行为尚且根据节度使的喜好而动。僧诗的创作自然就不会太关注修禅养心了。因而，道真的诗作可以

_____

　　① 唐耕耦、陆宏基：《敦煌社会经济文献真迹释录》（第四辑），全国图书馆文献微缩复制中心 1990 年版，第 125 页。

看作是在"释吏"的角色定位下的作品，无怪乎在《上曹都头诗一首》前的序言中写道"偶因闲日，家事无牵，蒙王氏以呼招，乃书题於窟记"。下面是释道真的《修龛添福短句并序》（四首之一，P.2641）作于后汉乾祐二年（949年），从中即可看出，此时僧诗的创作水平。

### 《某人述》P.2641

　　白壁从来好丹青，无知个个乱提名。三途地狱交难忍，十八渧铜灌一瓶。镌龛必定添福利，凿壁多层证无生①。为报往来游玩者，辄莫于此骋书题。

　　这首七言白话诗，押"庚"韵、"青"韵，颔联颈联使用宽对。诗歌的目的性极强，主要是为了警告无知的游人在刚刚绘好的窟龛里乱画，于是用地狱的恐怖来震慑游人，同时用福报劝导游人为修窟龛多出力。诗歌语言直白，态度明朗，表达上基本没有艺术性。诗歌基本失去了吐蕃占领期、归义军早期的统治者崇尚佛教时宗教领袖的气度、学识和诗歌创作的韵味。另一首创作于天福十五年即乾祐三年（950年）的《巡礼莫高窟题壁》，诗味几乎全无。"三危山内枭世贤，结此道场下停闲。侍送门人往不绝，圣是山谷水未宽。一旬之间僧久住，感动三神赐霜树。□值牟尼威力重，此山□本住□（僧）□（田）。"诗歌虽然有残缺，但不妨碍对主题的理解。这是首七言四韵诗，表达了僧人在三危山的生活状态及对三危山的影响力，但节奏和韵调与主题不够和谐，用词直白而生硬。作为曹氏归义军时期的诗僧代表，作品的审美水平不及张氏归义军时期，若诗歌创作背景与政界有关，那就说明张道真时僧界对俗世政权的依附十分明显。因而，从宗教僧团与世俗政权关系角度出发，敦煌僧人诗作水平的高下就形成敦煌宗教教团相对独立或臣属于世俗政权的晴雨表。

---

　　① 无生，涅槃之真理，无生灭，故云无生，因而观无生之理以破生灭之烦恼。《最胜王经》一曰："无生是实，生是虚妄愚痴之人漂溺生死。如来体实，无有虚妄，名为涅槃。"（丁福保：《佛学大辞典》，中国书店2011年版，第2150页。）

# 第二章

# 敦煌域外高僧、作品及与
# 曹溪禅的渊源

从地缘的角度看敦煌僧诗可分为敦煌僧人诗作与敦煌以外的僧人诗作。目前能够搜检到的署名的敦煌之外的僧人有：摩拏罗尊者（公元 2 世纪），释道安（314—385 年），释宝志（458—514 年），傅大士（497—569 年），释亡名（齐梁时代），卫元嵩（周武帝时代），智顗（陈隋时期），释昙伦（隋唐时期），僧璨大师（？—606年），释神秀（606—706 年），释慧能（636—713 年），行思禅师（？—741 年），利涉法师（盛唐至中唐早期），释慧超（8 世纪），伏牛山自在和尚（741—821 年），真觉和尚（675—713 年），释本净（666—761 年），释神会（686—760 年），释无名（721—793年），释丹霞天然禅师（738—824 年），五台山竹林寺法照（751—838 年），释无著，唐终南山圭峰宗密禅师，草堂和尚（780—841年），释良价（807—869 年），龙牙山居遁禅师（835—923 年），澧州乐普山元安禅师（834—898 年），潭州肥田伏和尚释慧光，释贯休（832—912 年），释传楚（？—937 年），释道猷（北宋），释圆鉴（五代时期），释净觉，融禅师，释玄本，兴元府青剉山如观禅师（洛京白马遁儒禅师法嗣），释弘远，释辩章，释宗苣，释彦楚，释有孚，释建初，释太岑，释栖白，释子言，释景导，释可道，释道钧，王梵志等 48 位。（注：从释辩章至释道钧 12 位，为大中二年与唐悟真唱和者，王梵志是白话诗人集体代表。）从大德生卒年看，有明确记载的多在唐以后，唐以前的大德高僧有释道安等六位。

敦煌僧人有：释志贞（吐蕃后期），僧金髻（吐蕃时期），僧法舟（吐蕃时期），僧日进（吐蕃时期），僧利济（吐蕃时期），释善来（吐蕃占领期），释悟真（801—895年），释法荣（晚唐至归义军初期），释海晏（861—933年），释灵俊（？—五代后晋间），释愿荣（曹氏归义军时期），释道真（五代宋初）等12位。

从数量和创作影响力上看，敦煌诗僧总体上实力有些单薄，无怪乎王秀林在《唐五代诗僧群体研究》中，将唐悟真安排在长安诗僧群体里；查明昊在《敦煌诗僧群体研究》里谈到的敦煌诗僧有唐悟真、释道真、释法荣、释灵俊、僧金髻、僧法舟、僧日进、僧利济等人，通过他们的诗作可以基本勾勒出敦煌诗歌创作的情况。这样的数量当然是难以对已摘出的一千多首敦煌石窟僧诗创作情况进行概括的。所以必须看到敦煌当地诗僧的创作情况，必须直面外地大德及其诗作，还必须看到大量的佚名诗作，并且正确处理它们三者的关系，方能看清敦煌僧诗的真实面目。所以我们先对外地大德身份、所处时代及流传到敦煌的作品加以分析，发现其规律性，借以确认他们在敦煌石窟僧诗中的作用。流传到敦煌的高僧大德的作品，如：二十二祖摩拏罗尊者《祖师偈》，傅大士的《金刚经》，释宝志的《答梁武帝问如何修道四首》，智顗的《扬州顗禅师遇女赠答诗》，东土三祖僧璨的《信心铭》，四祖道信法嗣法融禅师的（也有称命禅师的）《定后吟》，周释亡名的《亡名和尚绝学箴》，东土六祖慧能的《无相颂》，五祖旁出法嗣北宗神秀禅师的《世祖偈子诗》，六祖旁出法嗣玄觉禅师的《禅门秘要诀》，六祖法嗣青原行思禅师的《思大和尚坐禅铭》，六祖旁出法嗣菏泽神会禅师的《南宗定邪正五更转后题诗》，青原下二世丹霞天然和尚的《丹霞和尚玩珠吟》，青原下四世曹洞宗的创立者洞山良价禅师的《先洞山和尚辞亲偈》等，曹洞宗实现僧俗世界转换的龙牙和尚居遁的《龙牙和尚偈》等，（在敦煌石窟僧诗中，署有作者名以居遁和尚的偈颂数量最多。）释无著的《偈》（一念净心是菩提），释伏牛山自在禅师的《嗟世三伤吟》，释无名的《无名歌》，释贯休的《禅月大师悬水精念珠诗》等，草堂和尚的《偈》，释净觉的《开心劝道禅训》，释传楚的《青峰山和尚戒肉偈》，释道猷的《寄孔目五言二十一韵并序》，释本净的《又一偈》（见道勤修道），释圆鉴的《赞普满偈》，释云伦的《卧轮禅师偈》，释利涉的《利涉法师劝善文》，释慧超《往五天竺国作五首》等等。

由于敦煌本地僧诗集中于中原地区的唐、五代、宋初，我们特将敦煌域外大德分为唐以前，唐代和五代、宋初三个时期，以便于分析。

## 第一节　唐以前高僧及其作品

### 一　释道安

《高僧传》卷五中对释道安有详细记载。释道安，俗姓卫氏，常山扶柳人，家世英儒，年七岁读书，再读能诵，乡邻嗟异。年十二出家，后受具戒，游学至邺，遇佛图澄。澄评价道安"此人远识，非尔俦也"。道安时代佛法翻译问题较多，"旧译时谬，致使深义隐没未通"。于是道安注解了《般若道行》《密迹》《安般》诸经凡二十二卷。达到了"序致渊厚，妙尽深旨，条贯既叙，文理会通，经义克明"的水平。为了整理汉到魏晋时的经典，道安撰写了《经录》，总集了经典的名目，标明了时代和译音，评价了新旧译文，使佛教众读经有了依据。魏晋年间沙门依师为姓，道安以为"大师之本，莫尊释迦，乃以释命氏"。道安率先制定了《僧尼轨范》《佛法宪章》，包括"行香、定座、上经上讲之法，常日六时、行道、饮食长时法，布萨、差使悔过法"，天下寺舍，虽则而从之。由于道安"外涉群书，善为文章，长安中衣冠子弟为诗赋者，皆依附致誉"。晋太元十年（385 年），道安无疾而终。因而释道安是十六国时期的著名高僧，僧团领袖和翻译家。中国丛林制度的创立者。在敦煌写卷 P. 3190、S. 985 及台北《敦煌卷子》散 60 号道安法师《念佛赞文》中有《身是菩提树》（一首）："身是菩提树，心是明镜台。勤勤拂掠下，不怕污尘埃。"[①] 到唐代，五祖弘忍将要传衣钵，考察其弟子神秀时，神秀巧妙地改变个别字眼成了下面样子："身是菩提

---

①　汪泛舟：《敦煌石窟僧诗校释》，香港和平图书有限公司 2002 年版，第 152 页。

树，心如明镜台。时时勤拂拭，莫遣惹尘埃。"① 弘忍的另一弟子慧能在听到上面的偈颂后，随做了首偈颂："菩提本无树，明镜亦非台。佛性常清净，何处有尘埃。"在敦煌本坛经《南宗顿教最上大乘摩诃般若波罗蜜经六祖慧能大师於韶州大梵寺施法坛经》（一卷）中是两个偈子，一个同上，另一个是："心是菩提树，身为明镜台。明镜本清净，何处染尘埃。"敦煌写卷 S.5475、散 179 卷也有抄录。

道安强调只要修道之人不断勤修，就可以保持心的干净、清净与宁静。神秀主张，需要不断勤修，以阻止外界六贼对心的侵扰。而慧能，则对人的佛性保有信心，达到了对人的佛性最高境界的认识。在这三首诗中，可以看到僧人对人的佛性认识的发展，释道安首创了以比喻的手法将抽象复杂的修行形象化、浅显化的方法，慧能将个别词语加以改变，赋予诗偈新的含义。

## 二　释亡名

释亡名，《历代三宝记》卷一一、《续高僧传》卷七都有记载。周渭滨沙门，俗姓宗氏，南郡人，本名阙殆。为梁竟陵王友，不曾婚娶。世袭衣冠，称为望族。曾事梁元帝，深见礼待。有制新文，帝多称述。梁败亡后，出家为僧，改名上蜀。后齐王入京请将谒，帝以原非沙门，欲逼令返俗，他报书云六不可，并说："所列六条，若有一斑，生则苍天厌之，神灵殛之；死则铁钳拔之，融铜灌之。"终究没有还俗。释亡名论著较多，在《历代三宝记》卷一一、《齐梁及周帝代录者》著录其文有一十二卷，在《法苑珠林》卷第一百《传记篇第一百》杂集部第三列亦有沙门亡名著作十二部十二卷，他曾对自己做如下评价："余五十而尚属文，三十而重势位。"文多清素，语多劝善。存质去华，不存粉墨，有集十卷，盛重于世。

释亡名的宗教诗对后世僧人创作产生了深远的影响，王梵志白话诗五言诗一首就是根据释亡名的《五盛阴》改写的。在敦煌变文中的《太子成道经》（P.2999）及《变文集》同卷《八相变》（北京云字 24 号）的同一首诗均来自释亡名《五苦诗》中的《病苦》，

---

①　徐俊：《敦煌诗集残卷辑考》，中华书局 2000 年版，第 929 页。

项楚先生曾著文《释亡名与敦煌文学》。① 下面是他的流传广泛的《亡名和尚绝学箴》，在《景德传灯录》卷三十载名为《息心铭》，在敦煌写卷中见于 S.2165 和 S.5692。

> 诚之哉，诚之哉！无多虑，无多知！虑多志散，知多心乱，心乱生恼，志散妨道。勿为何伤，其苦悠长。勿言何畏，其祸鼎沸。滴水不停，四海将营（盈）。织尘不拂，五岳将成。……莫视于色，莫听于声。闻声者聋，见色者盲。……舍弃淳朴，沉溺媱励。识马易奔，心猿难制。神既劳役，形必损弊。邪行终迷，修途永塑。……端坐树阴，迹灭影沉。厌生患老，随思所造。心想若灭，长死长绝。无形无相，无姓无名。无贵无渐，无辱无荣。无大无小，无重无轻，敬怡贤哲，斯道利真。

这篇韵文，是敬告学识渊博的贤哲的。这个贤哲是敬辞。文中主要分析了人的忧虑和烦恼来源，提出了解决问题的办法。即烦恼来自内心，一旦"心想若灭，长死长绝"，这才是修道的真谛。其中四言为主，兼有三言，共 41 句，有多句一韵，三句一韵，甚至句内押韵，这样在不断的转韵中形成节奏，并且虽韵调多变，但多押平声韵，因而全文语调平稳，音韵谐和且语言朴素无华。

### 三　三祖僧璨

三祖僧璨的事迹在《祖堂集》卷第二、《五灯会元》卷一、《景德传灯录》卷第三中均有记载，其中《祖堂集》主要集中于三祖向四祖道信传付衣法并交代三祖卒年。《祖堂集》和《五灯会元》则较详细地记载了在周武帝建德三年（574 年）灭佛前后到隋炀帝大业二年（606 年）间的行踪。在《景德传灯录》中记载：三祖僧璨大师者，不知何许人也。初以白衣谒二祖，既受度传法，隐于舒州皖公山。后周武帝破灭佛法，祖往来太湖县司空山，居无常处，积

---

① 《敦煌文学杂考》，原载《一九八三年全国敦煌吐鲁番学术讨论会文集文史·遗书编》下册。

十余载，时人无能知者。至隋开皇十二年壬子岁（592 年），有沙弥道信，年始十四，来礼祖。祖屡试以玄微，知其缘熟，乃付衣法。有偈："华种虽因地，从地种华生。若无人下种，华地尽无生。"师又曰："昔可大师付吾法，后往邺都行化，三十年方终。今吾得汝，何滞此乎？"即适罗浮山，优游二载，却还旧址。逾月士民奔趋，大设坛供，祖为四众广宣心要讫，于法会大树下合掌立终，即隋炀帝大业二年丙寅十月十五日也。唐玄宗谥鉴智禅师，觉寂之塔。据传《信心铭》为三祖僧璨所作，在 S.5692 中《释氏歌偈铭钞》载有《信心铭》十九句，在 P.4638 沩山和尚灵佑的《警策文》末，有《信心铭》全文。

　　《景德传灯录》卷三〇等典籍记《信心铭》全文四言共 73 韵。开始于"至道无难，唯嫌拣择"。结束于"言语道断，非去来今"。其主要内容是教导修禅者修禅即修心的道理。如："但莫憎爱，洞然明白。""绝言绝虑，无处不通。""六尘无恶，还同正觉。""万法齐观，归复自然。""真如法界，无他无自。""有即是无，无即是有。""一即一切，一切即一。"心中达到的境界即是：泯然内与外，是与非，我与他，出世与入世的界限，从而"一心不生，万法无咎"。

## 第二节　唐代高僧及其作品

### 一　唐韶州南华寺慧能

　　由于慧能在禅宗界的影响巨大，《宋高僧传》《景德传灯录》《祖堂集》《五灯会元》均有慧能的事迹。释慧能，俗姓卢氏，南海新兴人，贞观十二年（638 年）生，先天二年（713 年）示寂，享年七十六岁。《六祖坛经》直接是慧能生平、讲经、论辩的记录并以些许的差异出现了不同的版本，最早的《坛经》是成书于公元 780 年的敦煌本，全名为《南宗顿教最上乘摩诃般若波罗蜜经六祖慧能大师於韶州大梵寺施法坛经》，语言朴素，错字断句较多。其次是惠昕本，出现于晚唐或宋初。其三是契嵩本，成书于 1056 年。其四是元代 1291 年出现的宗宝本等。而目前通行版本为宗宝本，即元代光孝寺僧人宗宝改编的《六祖坛经》，在这一版本中慧能偈是："菩提本无树，明镜亦非台，本来无一物，何处惹尘埃。"惠昕本的是："菩提本无树，明镜亦非台。本来无一物，何处有尘埃。"基本无差别。徐俊先生发现《天津市艺术博物馆藏敦煌文献》（七）中的慧能偈是："身是菩提树，心如明镜台。元来何所物，何必惹尘埃。"根据内容判断，结合慧能对佛的认识，只能是后人伪作。徐俊先生根据抄写的纸张与内容证明"显后人作伪"。汪泛舟先生所录的两首慧能偈，完全来自敦煌本《坛经》。除慧能的"身是菩提树"外，还有其《无相偈》被敦煌僧人加以改写。

### 二　唐温州龙兴寺玄觉

释玄觉，姓戴氏，字明道，温州永嘉人。为唐代高僧，号真觉大师，先天二年（713 年）寂，敕谥"无相大师"。《祖堂集》第三卷、《景德传灯录》卷五、《五灯会元》、《宋高僧传》卷八均有记载。《宋高僧传》云：总角出家，龆年剃发，心源本净，智印全文，测不可思，解身深意。我与无我，恒常固知，空与不空，具足皆见。既离四病，亦服三衣，德水沐其身，所以清净。良药治其眼，所以光明。游方询道，谒韶阳能禅师而得旨焉。至若神秀门庭，遐征问法，然终得心于曹溪耳。既决所疑，能留一宿，号曰一宿觉，以先天二年（713 年）十月十七日于龙兴别院端坐入定，怡然不动。十一月十三日殡于西山之阳，春秋四十九。觉唱道著名，修证悟人，庆州刺史魏靖都辑缀之，号永嘉集是也。关于玄觉的生卒年月有不同记载，《释氏通鉴》以为卒于先天元年（712 年），《五灯全书》认为卒于开元元年（713 年）。《祖堂集》记载春秋三十九。现在通行的说法是：真觉生生卒年月是麟德二年（665 年）到先天二年（713 年），即《宋高僧传》卷八所载。关于《永嘉集》，在《景德传灯录》卷五里云："著《证道歌》一首，及禅宗悟修圆旨，自浅至深，庆州刺史魏靖辑而序之成十篇，目为《永嘉集》，并盛行于世。"可见，《证道歌》是首独立的歌偈，在敦煌写卷法藏部分，P.2104、P.2105、S.4037《释氏歌偈铭丛抄》中，录有与《景德传灯录》卷三〇完全相同的内容，名为《禅门秘要诀》，徐俊先生对真觉《证道歌》研究沿革进行了考述，确认真觉为《禅门秘要诀》，即《证道歌》的撰写者，并将《禅门秘要诀》全文录在《敦煌诗集残卷辑考》中。在敦煌写卷 P.3360、S.2165、S.6000 诸卷中还有《证道歌》内容的截抄如下：

> 穷释子，口称贫，实是身贫道不贫。贫即身上披缕褐，道即心藏无价珍。无价珍，用无尽，随物应时终不吝。六度万行体中圆，八解六通心地印。上士一决一切了，中下多闻多不信。但自怀中解垢衣，何劳向外夸精进。

这里，敦煌本《真觉和尚偈》里仅六韵，任半塘拟题为《证道歌》收录于《敦煌歌辞总编》（中），徐俊先生抄的《禅门秘要诀》即《景德传灯录》题为永嘉真觉大师《证道歌》，约 132 韵如下：（篇幅所限，录部分内容）

> 君不见，绝学无为闲道人，不除妄想不求真。无明实性即佛性，幻化空身即法身。法身觉了无一物，本源自性天真佛。五阴浮云空去来，三毒水泡虚出没。证实相，无人法，刹那灭却阿鼻业。若将妄语诳众生，自招拔舌尘沙劫。顿觉了，如来禅，六度万行体中圆。梦里明明有六趣，觉后空空无大千。……了了见，无一物，亦无人，亦无佛。大千世界海中沤，一切圣贤如电拂。假使铁轮顶上旋，定慧圆明终不失。日可冷，月可热，众魔不能坏真说。像驾峥嵘谩进途，谁见螳螂能据辙。大象不游于兔径，大悟不拘于小节。莫将管见谤苍苍，未了吾今为君诀。

《证道歌》全文的形式基本是三，三，七。七，七。与七，七。七，七。或七，七。七，七。七，七。字句相结合的句式，并不断转韵，活用佛家意象，对至高的人生哲学做了通俗的阐释。在敦煌节本中的有"六度万行体中圆"，在《景德传灯录》卷五里为"三身四智体中圆"。根据内容应为后者。因为在行文自由的情况下，自觉地运用汉语句子对仗和平仄的特点，以追求诵读悦耳的美学效果是诗偈追求的目标。试看"六度万行体中圆"为"仄仄仄平仄平平"，"三身四智体中圆"为"平平仄仄仄平平"，它们对应的是"八解六通心地印"是"仄仄仄平平仄仄"，何况出句对句中"六"重复且内容有失损，所以也应为后者。

### 三　唐洛京菏泽寺神会

《宋高僧传》卷八对其记载甚详：释神会，姓高，襄阳人也。年方幼学，厥性惇明，从师传授《五经》，克通幽赜，次寻庄老，灵府廓然。览《后汉书》，知浮图之说。由是于释教留神，乃无仕进之意，辞亲投本府国昌寺颢元法师下出家。其讽诵群经，易如反掌。全大律仪，匪贪讲贯。闻岭表曹侯溪慧能禅师盛扬法道，学者骏奔。乃学善财南方参问……居曹溪数载。十四年（755年），范阳安禄山举兵内向……（会）筑方坛，所获财帛顿支军费。代宗、郭子仪收复两京，会之济用颇有力焉。肃宗皇帝诏入内供养，将作大匠功齐力，为造菏泽寺中是也。会之敷演，显发能祖之宗风，使秀之门寂寞矣。上元元年（760年），嘱别门人，避座望空，顶礼归方丈，其夜示灭。受生九十三岁矣，即建午月十三日。神会生活区间为唐高宗总章二年（669年）至唐肃宗上元元年（760年）。《祖堂集》卷三记载："南能北秀，自神会现场，曹溪一支始方宇宙。"上元元年（760年）五月十三日终，谥真宗大师（684—758年，享年75岁）。《景德传灯录》卷五"年十四为沙弥，谒六祖""祖灭后二十年间，曹溪顿旨，沉废于荆吴，嵩岳渐门，盛于秦洛。乃入京。天宝四年（745年）方定两宗，乃著《显宗记》，盛行于世。""师于上元元年（760年）五月十三日中夜奄然而化，俗寿七十五。二年建塔于洛京龙门。"上元元年应为760年，所以神会生卒年月应为686—760年。

在敦煌写卷（P.2045写卷）中有释神会的《南宗定邪正五更转后题诗》。

真乘实罕遇，至理信幽深。欲离相非相，还将心照心。

髻中珠未得，衣里宝难寻。为报担麻者，如何不重金？

这是首五古，押"侵"韵。神会认为禅理对普通人来说，禅的理解和修行都是有难度的，首先要遇到真修的大德，又要有上上根智，而且道理的确深奥，非一般担麻者们所能解悟，何况修禅需要一个长期的过程，在这个获得解脱的过程中，是一个抽象的思考而非具体的感知，所以注重现实利益也无可厚非。

### 四　唐吉州静居寺青原行思禅师

吉州青原山静居寺行思禅师，本州安城刘氏子。幼岁出家，每群居论道，师唯默然。闻曹溪法席，乃往参礼。会下学徒虽众，师居首焉。六祖将示灭，有沙弥希迁问曰："和尚百年后，希迁未审当依附何人？"祖曰："寻思去！"后师既付法石头，唐开元二十八年（740 年）庚辰十二月十三日，升堂告众，跏趺而逝。僖宗谥"弘济禅师""归真之塔"。（释普济《五灯会元》）释道元《景德传灯录》（卷五）所载事迹较详细，生年亦不详，卒年同。可见其生活的年代是公元 741 年以前。行思在六祖八大弟子中排列第一。被行思开悟的弟子中石头希迁大师成为曹洞宗的开宗者，虽然在宗教界有"临天下，曹一角"之说，但直到南宋后曹洞宗依然在发展，可见其生命力极强，直接影响到中国禅宗的发展。在敦煌写卷中释行思有《思大和尚坐禅铭》（S. 2165）此铭又见于 P. 2104、P. 2105、S. 2037。

的思忍，秘口言。除内结，息外缘。心欲攀，口莫语。意欲诠，口莫言。除秤弃斗，密室静坐，成佛不久。

三言为主，兼有四言，"斗""久"押"有"韵。"言"押"元"韵，"攀"押删韵，"缘"押"先"韵，属于押邻韵。主体内容强调解脱成佛的方法在于断绝世俗亲情，消解内在心结，不逞口舌之快。在特定空间静坐，才有可能修成道果。

### 五　唐司空山本净和尚

本净和尚嗣六祖。俗姓张，绛州人。师上元二年（761 年）五月五日迁化，春秋九十五，敕谥大晓禅师。《宋高僧传》卷八、《祖堂集》卷三、《景德传灯录》卷五均有记载，《祖堂集》、《景德传灯录》记载较为详尽。司空山本净禅师，幼年批缁于曹溪之室授记，隶司空山无相寺。唐天宝三年（744 年），玄宗遣中使杨光庭专门拜访丈室以礼问。等回到朝堂，杨光庭将山中所遇一一向唐玄宗禀告，唐玄宗立即敕光庭诏师，十二月到京，敕住白莲亭，第二年正月十五日，召两街名僧硕学赴内道场，与师阐扬佛理。在与诸僧辩论中本净禅师有诗偈数首。

#### 《四大无主偈》

四大无主复如水，遇曲逢直无彼此。
净秽两处不生心，壅决何曾有二意。
触境但似水无心，在事纵横有何事？

#### 《见闻觉知偈》

见闻觉知无障碍，声香味触常三昧。
如鸟空中只么飞，无取无舍无憎爱。
若会应处本无心，始得名为观自在。

#### 《无修偈》

见道勤修道，不见复何修。
道性如虚空，虚空何所修。
遍观修道者，拨火觅浮沤。
但看弄傀儡，线断一时休。

#### 《道体偈》（题目自拟）

道体本无修，不修自合道。
若起修道心，此人未会道。

弃却一真性，却入闹浩浩。

忽逢修道人，第一莫向道。

### 《真妄偈》（题目自拟）

推真真无相，穷妄妄无形。

反观推穷心，知心亦假名。

会道亦如此，到头亦只宁。

### 《善恶二根不实》（题目自拟）

善即从心生，恶岂离心有。

善恶是外缘，于心实不有。

舍恶送何处，取善令谁守。

伤嗟二见人，攀缘两头走。

若悟本无心，始悔从前咎。

### 《视生如在梦》

视生如在梦，睡里实是闹。

忽觉万事休，还同睡时悟。

智者会悟梦，迷人信梦闹。

会梦无两般，一悟无别悟，

富贵与贫贱，更亦无别路

《祖堂集》卷三此首有些许的不同，内容如下：

### 《来往如梦》

亦知如在梦，睡里实是闹。

忽觉万事休，还同睡时觉。

智者会悟梦，迷人信梦闹。

会梦无两般，一悟无别悟，

富贵与贫贱，更亦无别道。

另外，生卒年月《祖堂集》卷三"师上元三年五月五日迁化，春秋九十五"敕谥"大晓禅师"。《景德传灯录》卷五"上元二年五月五日归寂"。《宋高僧传》卷八："上元二年五月五日归寂，寿龄九十五。"上元只有两年，据之可以推知本净禅师生于唐高宗乾封元年（666年），卒于唐肃宗上元二年（761年）。

敦煌写卷 P. 2104、P. 2105、S. 4037 中均记载了本净禅师的《见道勤修道》。

> 见道勤修道，不见复何修。道性如虚空，虚空何所修。
> 遍观修道者，拨火觅浮沤。但看弄傀儡，线断一时休。

以上诗偈是答复诸大德诘问时所作。敦煌写卷中《无修偈》便是答真禅师问："道既无心，佛有心否？佛之与道，是一是二？"的问题时作的。诗偈回答：所谓修道实为虚，所谓佛道二名为假名。今人修道不得法，至死也难于成佛。

"浮沤"是下雨激起的水泡，本来是虚幻不实之物，常常被佛教用来教导修禅者以此悟得人身虚假。在《景德传灯录》卷三十录有乐普和尚著名的《浮沤歌》，10 韵，描写浮沤的形象"外明莹内含虚，内外玲珑若宝珠，正在澄波看似有，及乎动着又如无"。揭示"浮沤"的本质"解达蕴空沤不实，方能明见本来真"。此处"拨火觅浮沤"的行为等同"缘木求鱼"而不可得。"但看弄傀儡，线断一时休。"比喻人身如被操纵的木偶，线断气息，生命结束一切完结，佛道自然失去修的基础。诗偈用了比喻与顶真的修辞的手法，使导悟方便通俗而生动，语脉连贯。

## 六　唐洛京伏牛山自在

《祖堂集》卷十五，所记内容简略：嗣马大师，（据《景德传灯录》卷六云：南岳怀让禅师第一世。《江西道一禅师传》记载，让之一，犹思之迁也。同源而异派。故禅法之盛始于二师。刘轲云："江西主大寂，湖南主石头。往来憧憧，不见二大士，为无知矣。"六祖能和尚谓让曰："向后佛法从汝边去，马驹踏杀天下人。"厥后江西法嗣布于天下，时号马祖。）讳自在，未睹实录，莫究化缘终始。《景德传灯录》卷七叙述自在和尚为马大师之徒。师于随州开元寺示灭，寿八十一。《宋高僧传》卷十一则记之甚详：释自在俗姓李，吴兴人也，生有奇瑞。坐则跏趺，亲党异之。辞所爱，投径山出家。从南康道一禅师法席。悬解真宗，逸踪流辈，道誉孔昭，行上优游，多隐山谷。四方禅侣丛萃其门。元和中，居洛下香山，与天然禅师为莫逆之交。所著《三伤歌》，辞理俱美。警发迷蒙，有益于代。长庆元年（821 年）在开元寺示灭，年八十一。其生卒年即开元二十九年（741 年）至长庆元年（821 年）。敦煌僧诗的代表作有自在和尚的《嗟世三伤吟》（S.5558）。

## 其一

　　伤嗟垒巢燕，虽巧无深见。修营一人巢，往徨几千转。双飞碧水头，对语虹梁畔。身缘觅食疲，口为街泥烂。驱驱九夏初，方产窠中卵。停腾怕饥渴，候食知寒暖。怜惜过於人，衔虫喂皆遍。父为理毛衣，母来将食饘。一旦翅翼成，分飞不相管。世有少智人，恳力忧家眷。男女未长成，容颜已衰變。燕子燕子听吾语，随时且过休辛苦。纵自使窠中千个儿，秋风才起皆飞去。世人世人不要忙，此言是药容思量。饶你平生子女多，三途恶业巢自须当。

　　这是杂言 15 韵的白话诗，前 11 韵为五言，后 4 韵为七言。押仄声韵，并三次转韵，"霰"韵、"翰"韵（押邻韵），"语"韵、"虞"韵、"御"韵（押邻韵），"阳"韵、"漾"韵（押邻韵）。"饘"，稠粥，《礼记·檀弓上》：哭泣之哀，齐斩之情，饘粥之食，自达天子。诗偈表达了两层意思，首先细腻描绘燕子悉心看护小燕及小燕长成无情离巢的过程，运用肖像、动作和心理描写将燕子对小燕的疼爱刻画毕肖，完全是人对子女呵护情景的再现。其次是诗人对燕子的告诫：养孩子是浪费时间却没有结果的付出。而且，糟糕的是子女再多，自造业须自担当。几经转韵，结合多层内容活化了燕子辗转辛劳的一生，借以告诫普通俗众劳碌没有多少意义反而添罪。

## 其二

伤嗟鹨刀鸟，夜夜啼天晓。坠翼脚攀枝，垂头口露草。身随露叶低，影逐风枝袅。一种情相生，尔何独枯槁？驱驱饮啄稀，役役飞腾少。不是官所差，有缘业所造。亦似世间人，贪生不觉老。吃著能几多，强自营烦恼。悲哉无眼人，织络何时了。只缘一六迷，遂成十二倒。鹨刀林里啼，山僧山僧床上笑。有人会意解推寻，不历三祇（祇）便成道。

此首是杂言 12 韵。语言结构为前 10 韵为五言，后 2 韵为七言。押"筱""皓""啸""号"韵，属于押邻韵。这里以一种林中鸟，来比拟人一生不停忙碌，自找烦恼，从而悲叹人不觉悟。与此对照赞山僧闲适而快乐的生活，以此奉劝人们早觉悟。

## 其三

伤嗟造蜜蜂，忙忙采花蕊。接翼入芳丛，分头傍烟水。抱蕊唼香滋，寻花恋春饵。驱驰如有萦，盘旋若遭魅。蹭蹬遇丝罗，飘零喂蝼蚁。才能翅翼成，方始窠巢备。恶人把火烧，哀鸣树中死。蜜是他人将，美是他人美。虚忙百草头，于身有何利？世有少智人，与此恰相似。只缘食爱牵，几度虚沈坠。百岁虚浮生，十年作童稚。一半悲与愁，一半病与瘁。除折算将来，能得几多子？更将有漏身，自翳无生理。永不见如来，都缘开眼睡。蜜蜂蜜蜂休役役，空哉终是他人吃。世人世人不要贪，留富他人有何益。

此首为杂言 18 韵，前 16 韵为五言，后 2 韵为七言。押"纸"韵、"寘"韵，属于邻韵押。究其内容，先描写蜜蜂辛勤忙碌的一生，完全与一般人的赞美相背，不客气地指出"虚忙百草头，于身有何利？"其次，分析蜜蜂的行为为贪所致，结果贪而无功。第三层劝告蜜蜂不必贪，贪而无功是无智。

### 七 唐邓州丹霞和尚

《祖堂集》卷四记载：丹霞和尚嗣石头。师讳天然，少亲儒、墨，业洞九经。初与庞居士同侣入京求选，忽夜梦日光满室。占者曰："解空之祥也。"造大寂，礼拜已，到石头参和尚。师有顶峰突然而起，大师按之曰："天然矣。"落发即毕，师礼谢度大兼谢名。大师曰："吾赐汝何名？"师曰："和尚岂不曰'天然'耶？"以元和初上龙门香山，与伏牛禅师为莫逆侣。以长庆三年（823 年）癸卯岁六月二十三日告门人，令备汤，沐讫云："吾将行矣。"乃戴笠子，策杖入屦，垂一足未至地而逝。春秋八十六。谥"智通大师""妙觉之塔"。刘轲撰碑文。（《祖堂集》卷四校注，其生卒年月为开元二十六年即公元 738 年至长庆三年即公元 823 年）《景德传灯录》卷十四：天然禅师为石头希迁法嗣，但石头为其落发之后讲戒法，师乃掩耳而出，再谒马师。未参礼便入僧堂内，骑圣僧颈而坐。时大众惊愕，遽报马师。马躬身入堂视之云："我子天然。"师即下地礼拜，曰："谢师赐法号。"因名"天然"。师长庆四年（824 年）六月二十三日告门人曰："备汤沐，吾欲行矣。"乃戴笠策杖入授屦，垂一足，未及地而化。寿八十六。《宋高僧传》卷十一有记：师少入法门，而行梗概，谒见石头禅师，默而识之，思召其自体得实者，为立名"天然"也。卒年与《景德传灯录》相同。比较三者，应为长庆三年卒，《祖堂集》有明确的干支纪年（823 年），且早于《景德传灯录》和《宋高僧传》。法号"天然"应来自石头希迁，《景德传灯录》中所载马大师赐法号，似与史实不全符。

见敦煌 P.3519 中写有《丹霞和尚玩珠吟》，在《景德传灯录》卷三十有《丹霞和尚玩珠吟》两首，其二与敦煌卷相同。

识得衣中宝，无明醉自醒。百骸虽溃散，一物镇长灵。知境浑非体，神珠不定形。悟即三身佛，迷疑万卷经。在心心可测，历耳耳难听。罔像光天地，玄泉在杳冥。本钢非锻炼，元净莫澄渟。盘泊轮朝日，玲珑瑛晓星。瑞光流不灭，真气浊还清。鉴照空洞寂，罗笼法界明。在凡功不狭，超圣果非盈。龙女心亲献，蛇王口自侵。护鹅人却活，黄雀义犹轻。解语非关舌，能言不是声。绝边弥汗漫，无际等空平。演教非为说，闻名勿认名。两边俱不守，中道不须行。见月休观指，知家罢问逞。识心心即佛，何佛更堪听。

这首诗为五言 19 韵 。押"青"韵为主，兼押"庚""侵""迥"韵。"澄渟"，澄，水静而清。渟，水深。扬雄《剧秦美新》："崇岳渟海通渎之神，咸设坛场，望受命之臻焉。"也指水清澈平静的样子。白居易《冷泉亭记》："夏之夜，吾爱其泉渟渟，风泠泠，可以蠲烦析酲，起人心情。"这里指后者。

天然深得石头希迁的真传，借玩珠谈论修禅的奥理。"悟即三身佛，迷疑万卷经。""本钢非锻炼，元净莫澄渟。"丹霞在行文中还大量用典，"龙女""蛇王""护鹅人""黄雀"等，且使用对句，形成整齐的语韵。

### 八　唐洛阳同德寺无名

《宋高僧传》十七记载：释无名，姓高氏，渤海人。祖官今西京，乃为洛阳人，冲孺（冲，幼小。谢朓《齐敬皇后哀策文》："方年冲藐，怀袖靡依。"孺，儿童。冲儒，幼小的儿童。）之龄，举措卓异，口不辛血，性不狎喧哗，邈矣出尘，年二十八，若瘦雁之出笼，投师习学。及精律藏，解一字以无疑，闻有禅宗，思千里而请决。辞飞笔健，思若泉涌。因随师游方，访祖师之遗迹，得会师付授心印。志历四方，周游五岳，曾到罗浮、双峰、皖公、镛岭、牛头、剡溪、若耶、天台、四明，罔不询问，风格高远，神操朗澈。博识者睹见便伏，僻见者发言必摧。贞元六年（790 年），往游五台，居无定所。九年十二月十二日于佛光寺（五台山）先食讫，俨然坐化，春秋七十二，腊四十三。其生卒年即开元九年（721 年）至贞元九年（793 年）。

在敦煌写卷 P. 3620、P. 3812 中有《无名歌》，但均未署名，《补全唐诗新校》、《全唐诗续拾》所收殷济诗中，《续拾》"疑非殷济诗"。陈祚龙先生认为作者为僧无名。项楚先生认为是无名氏，徐俊先生考察原《无名歌》有《讽谏今上破鲜于叔明令狐等请试僧尼及不许交易书》及邓县尉判，敕批，考证《宋高僧传》卷十七《唐洛阳同德四无名传》云："时德宗方纳鲜于叔明令狐峘料简僧尼事，时名有表直谏，并停"，证明此诗为无名作。

天下沸腾积年岁，米到千钱人失计。附郭种得二顷田，磨折不充十一税。今年苗稼看更弱，枌榆产业须抛却。不知天下有几人，只见波逃如雨脚。去去如同不系舟，随波逐水泛长流。漂泊已经千里外，谁人不带两乡愁。舞女庭前厌酒肉，不知百姓饿眠宿。君觅城外空墙匡，将军只是栽花竹。君看城外栖遑处，段段芓花如柳絮。海燕街泥欲做巢，空堂无人却飞去。所在君侯勿须恼，乱藏意害彼不知？自伤此世招得恶，名当来必酬苦果。

P.3812 缺末两句，徐俊《敦煌诗歌残卷辑考》所录即少末两句。诗歌产生于中唐，后流传于敦煌。汪泛舟等学者对此诗做过解读。诗歌内容主要描写中唐时期物价飞涨，赋税沉重民不聊生的现实，人们只得背井离乡，流离失所。但与此同时将军却悠闲自得，雅兴盎然。舞女有不知亡国恨的风范。最后，用因果循环警示人们，以阻止人们的恶性，唤醒对社会的关注。表达了僧人对社会的关切，发挥了佛教理念对人弃恶从善的教化功能。全诗七古 12 韵，属于四声通叶诗，"计、税"押去声"齐"韵，"去、絮"押去声"御"韵，"流、舟、愁"押下平声"尤"韵，"竹、肉、宿"押入声"屋"韵，"脚"押上声"筱"韵。多次韵脚转换，及四声的巧妙运用，使诗歌具有了画面感和层次感。同时，用比喻的修辞手段，形容逃难的人之多和局面的混乱。又以对比的手法揭示了社会巨大的阶层差别。加上以抒情和描写手法恰当结合，生动地表现了僧人对现实生活的感受，突出了诗人形象的现场感。

### 九　唐京兆安国寺利涉

释利涉是西域人，在《宋高僧传》卷十七中出现在护法篇章中：

"夙龄疆志，机警溢伦，宗党之中，推其达法。"结侣东游时遇到玄奘法师，礼求奘度。为人由帛高座而放旷。开元中于安国寺讲华严经，四众赴堂，迟则无容膝之位矣。玄宗朝，有颖阳人韦玎上表奏"言释道蠹政可除"。玄宗诏三教各选一百人，都集于内殿。涉，以韦为韵，作偈一首，结果，韦被贬象州。涉用凌厉的言辞，教训了韦的张狂，也保护了释道二教。唐肃宗上元二年（761年）涉入宫，太上皇认为惠忠国师不及涉。由于才学高博，备受帝王器重，又多有著述。大历中西明寺沙门圆照撰涉传，成十一卷。足见利涉的事迹和著述相当丰富。根据我国作传的习惯，利涉离世应在大历元年（766年）之前。依《宋高僧传》，利涉少年"礼求奘度"应为高宗麟德年之前，经开元年，到上元二年，再到大历元年（766年）可知利涉已越百岁高龄，在中原活动的时间从中宗705年之后到766年前共60多年的时间。为东土的传法做出了贡献。敦煌写卷北图8412（海字51），S.3287抄有《利涉法师劝善文》。

### 《利涉法师劝善文》（一首）北图8412（海字51），S.3287
#### 利涉

先亡父母告男女，我今受罪知不知。都为前生养汝等，畏汝不活造诸非。大斗小秤求他利，虚言诳语觅便宜。身口意业都不善，高心我慢镇长为。缘此将身入地狱，镬汤炉灰岂暂离。或作人身贫病苦，终身告乞不充饥。或作猪羊常被杀，或作驴马被乘骑。或作豺狼生旷野，或作鱼鳖在波池。或作虫蚁生街路，或作虮虱在人衣。自作恶业还自受，长劫偿他无了期。恐汝隔生不相识，对面相见不相知。为报后代诸人等，垂心救护不思议。

这首白话七言12韵，押"支"韵，如"宜、离、骑、饥、知、池、期"兼押"真"韵，如"议、识"，押"微"韵，如"非、衣"。"垂心"，注意、关心。全诗内容浅显，代父辈言，上一辈的众多业罪是为下一代，但造罪需自偿。以此教育下一代，对长辈多关照。这与《孟子·梁惠王》上中提出"老吾老以及人之老，幼吾幼以及人之幼"的认识观念不尽相同，与孟子近于理想相比利涉更切近现实。

### 十　唐五台山竹林寺法照

在《宋高僧传》卷二十一记载五台山竹林寺的法照，出现在《通感篇》中。全篇以法照受到神奇的五台山文殊道场感应为线，连接了法照巡礼五台的几件事。大历四年（769年）夏天在衡州东寺高楼台五会念佛道场祥云覆台寺，受到感召，大历五年（770年）四月到五台县佛光寺，被善财与难陀领入"大圣竹林寺"，礼拜了文殊与普贤。文殊授意："此世界西有阿弥陀佛，彼佛愿力不可思议，汝当令无间断，命终之后决定往生，永不退转。"二圣还为他摩顶授记。大历六年（771年）正月三十余僧人，随法照到金刚窟，亲眼目睹般若院。大历十二年（777年）九月，法照与弟子八人见东台白光数次，接着法照和弟子"众皆明见"文殊乘青毛狮子。因此法照笃革其心，修炼无旷。由于法照创立了五会念佛法，这个通感故事就是对五会念佛的肯定。施萍婷先生在《法照与敦煌文学》中对此篇做过评价，认为是"无稽之谈"，这是就故事而言的，不过法照的佛赞都与念佛有关，我们将用专门的章节探讨对法照与敦煌净土宗信仰的关系。此处我们将对敦煌文献中P. 2147、P. 4572　写卷内容、特征做初步分析。

**《有作观身赞文》（一首）**

*法照*

　　且念观身并非假，四大五蕴本非真。念念无常恒不驻，贪嗔日日渐加深。父母兄弟暂来舍，妻子眷属少时因。一朝魂散归何路，患体中成一坠尘。天堂地狱皆自作，行善作恶都由身。若能志诚求解脱，何不将入大慈门。今生同结生天会，各各相谏作善根。若能专注求实相，合掌同居免沉沦。

这首白话七言8韵诗，押"真"韵与"元"韵，属于押邻韵。主要内容与念佛相关，"且念观身并非假，四大五蕴本非真"，"若能专注求实相，合掌同居免沉沦"，劝人通过念佛舍弃凡俗，放弃短暂的肉身生活，走向佛门，求得精神的解脱，不再回到轮回的六道中，从而实现永生的目的。这是法照《五会念佛的赞文》之一。

### 十一　唐代州五台山华严寺无著

《宋高僧传》二十记载：释无著，永嘉人也，识度宽明，秉操贞确，留神大道，约志游方，抵于京师云华寺就澄观法师研习法华之教。大历二年（767年）入五台山华岩寺挂锡。据传，无著礼五台山金刚窟般若寺时，幸遇文殊菩萨现世。文殊菩萨给无著留有一偈："一念净心是菩提，胜造恒沙七宝塔，宝塔究竟碎为尘，一念净心成正觉。"另有一首偈是童子君提给无著的："面上无嗔供养具，口里无嗔吐妙香。心里无嗔是珍宝，无染无垢是真常。"无著后隐此山而终。元和中门人文一追述此事。说明无著灭寂，寿龄七八十岁。敦煌写卷 P.3641 抄有此二偈，但与《宋高僧传》有些许差异：

> 一念净心是菩提，胜造恒沙七宝塔，宝塔究竟化为尘，一念净心成正觉。
>
> 面上无嗔供养具，口里无嗔吐妙香。心里无嗔是珍宝，无染无著是真常。

这两首偈出现在敦煌僧诗中，可约略看出五台山文殊信仰在敦煌的影响。

### 十二　唐草堂和尚

圆禅师法嗣，师讳宗密。曹溪别出五世，谥定慧禅师。《景德传灯录》卷十三载：果州西充人，姓何氏。家本豪盛，髫龀通儒书，冠岁探释典。唐元和二年（807年）将宗赴贡举，偶造圆和尚法席，欣然契会，遂求披削，当年进具。师会昌元年（841年）正月六日于兴福塔院坐灭，寿六十有二。其生卒即德宗建中二年（781年）至会昌元年（841年）。曾著《禅源诸诠集都序》：写录诸家所述，诠表禅门根源道理，文字句偈，集为一藏，以贻后代。禅是天竺之语，具云禅那，翻云思维修，亦云静虑，皆是定慧之通称也，源者，是一切众生本觉真性，亦名佛性，亦名心地。悟之名慧，修之名定。定慧通名为禅。此性是禅之本源，亦名禅那理行者，此之本源是禅理，忘情契之是禅行。然今所集诸家述作，多谈禅理，少说禅行，姑且以禅源题之。《祖堂集》卷六云：师内外谙瞻，朝野钦敬。制数本大乘经纶疏抄、禅诠百卷、礼忏等，见传域内，有时史山人十问草堂和尚。《宋高僧传》卷十二，记其寿龄与前者同，只增加了裴休论撰。

敦煌僧诗中有其《草堂和尚偈》，见敦煌诗歌散录卷法藏部分（P.3641）：

> 口善心不善，谩人多对面。乞求谩得他，称道我著便。心内恒生恶，慢把金经转。只图人赞扬，还道我修善。见酒如喝蜜，啖肉拣大碗，秤斗不曾平，欺瞒天下遍。满送百般香，将谓得罪免。自做驴幸当，将谓人不见，何曾好使心，翻为地域檀。一切畜生身，总是谩人汉，钱财妻子使，受罪无人伴。悔不审思量，切要定相劝。健时不肯修，病便把佛唤。谁家观世音，救你侥幸汉。

这是首禅宗白话诗，押韵自由，有"铣""霰""翰""愿"等多个韵脚。一字一顿，节奏短促态度鲜明。诗云不做虔诚的信徒，只是为三毒所困，做样子，欺骗人，结果一定不会得到救赎。借此告诫修道者或信佛者要用善心修道，不可以沽名钓誉的俗行，来求福报。

### 十三　唐洪州洞山良价

《宋高僧传》卷十二记载：释良价，俗姓俞氏，会稽诸暨人。少孺从师于五洩山寺。年至二十一，方往嵩山具戒焉。大中末，于斯丰山，大行禅法。后在筠州洞山大兴佛法，咸通十年（869年）己丑三月，朔旦剃发披衣，令鸣钟，奄然（奄然：忽然。《后汉书·侯霸传》："未及爵命，奄然而终。"）而往。据说弟子辈大号。大师开目而起曰："出家之人心不依物是真修行。劳生息死，於悲何有？沦丧於情太巤乎？"召主事营斋："斋毕，吾其逝矣。"七天后，师端坐而绝，春秋六十三，即良价的生卒年月为元和二年（807年）至咸通十年（869年），敕谥禅师悟本。《祖堂集》卷六云："洞山和尚，嗣云喦，在洪州高安县。讳良价，姓俞，越州诸暨县人也。师自咸通十年（869年）己丑岁三月一日，剃发披衣，令击钟，俨然而往，春秋六十二，僧夏四十。勖励偈颂等并流通於参徒，宝箧笥，此中早于不录也。"《景德传灯录》卷十五：唐咸通十年（869年）三月，命剃发披衣，令击钟，俨然坐化。寿六十有三，腊四十二。文末注有：师昔在谭寻译《大藏》，纂出《大乘经要》一卷，并激励道俗偈颂等，流布诸方。在其享年上有两说，在偈颂的传播上观点不一。显然，《祖堂集》早于《景德传灯录》，在宋代良价的偈颂已广泛传播了。敦煌石窟中有3首良价禅师的偈颂流传，其中一首《洞山和尚神剑歌》为落浦和尚所作，《祖堂集》卷九有载，传抄有误。其他为《先洞山和尚辞亲偈》（见P.2165）与《达摩论》（见P.3360）

### 《先洞山和尚辞亲偈》P.2165

不好浮荣不好儒，愿乐空门舍俗徒，烦恼尽时愁火灭，恩情断处爱河枯。

六通戒定香风引，一念无生惠力扶。为报北堂休怅望，譬如身死譬如无。

这首诗偈，是陈尚君先生据《新修大藏经》47册《筠州洞山悟本禅师语录》录出，《全唐诗续拾》卷三也收录此偈。原题为《后记北堂颂》与P.2165有些差异，"不求名利不求儒，愿乐空门舍俗徒。烦恼尽时愁火灭，恩情断时爱河枯。六根戒定香风引，一念无生慧力扶。为报北堂休怅望，譬如死了譬如无"。在宋释如佑录《禅门诸祖师偈颂》卷四，有《洞山辞亲书》，后面有题《后书》云："良价自离甘旨，杖锡南游，星霜已换于十秋，歧路俄经於万里。伏惟娘子收心慕道，摄意归空，休怀离别之情，莫作倚门之望。家中家事，但且随时转有转多，日增烦恼。阿兄勤行孝顺，须求冰里之鱼；小弟竭力奉承，亦泣霜中之笋。夫人居世上，修己行孝，以合天心；僧在空门，慕道参禅，而报慈德。今则千山万水，杳隔二途，一纸八行，聊伸寸意。"由于没有证据证明，敦煌抄卷和宋代遗稿孰是孰非，徐俊先生采录敦煌卷，汪泛舟先生则将两者并录，我们以为宋代僧如佑录为原文。理由如下：在家书中，良价用直白朴素的语言表达了自己修行的决心和对家人的希望。他希望娘子收心慕道，希望兄弟在家尽孝，特别用了王祥卧冰求鲤和孟宗哭竹生笋的典故以明其意，更重要的是，信中强调了僧俗尽孝的差异性："夫人居世上，修己行孝，以合天心；僧在空门，慕道参禅，而报慈德。"结合家书中决绝的态度和朴素的表达，诗偈也应是自然朴素的，所以偈颂中出现直白的表述："不求名利不求儒。"而且与自己"参禅慕道"相对。"浮荣"为贬义形容词，与诗意未合。另外，"譬如死了譬如无"也体现白话口语的特征。"六根戒定香风引"之意是指十年来，诗人坚定地戒除六根，即眼、耳、鼻、舌、身、意对修道的影响，所以能感到香的净心醒脑的存在。"六通戒定香风引"则指三件事，得六神通、守禅戒和行香。这与"一念无生慧力扶"的对句文义不符。此句意为修道就是增长智慧的过程。从平仄来看"不求名利不求儒"是七言平起式，但敦煌本是拗句。所以，宋抄件准确，敦煌件为抄件有讹。

这首七律用朴素的语言决绝地表达自己喜欢的生活模式的向往及对凡俗生活的厌弃态度。

### 《达摩论》P. 3360

　　向前物物尚求通，只为原来不识宗。如今觉了都无事，方知万法本来空。

这首七言，押"东"韵和"冬"韵，抒发了自己对修禅的体验，"如今觉了都无事，方知万法本来空"，语言风格与前首相似，通俗简明。诗的核心是觉悟"无"与"空"。只有四句却有两层意思：努力修行并非觉悟，第二层悟到"无"与"空"才是觉。

### 又 S. 2165

苦是今时学道流，千千万万认门头。恰似入京朝圣主，只
到潼关便却休。

### 《答僧问如何是主中主》

嗟见今时学道流，千千万万认门头。恰似入京朝圣主，只
到潼关便即休。

若从体现修禅的层次观察，则是在第二层次，即初悟阶段，这
一阶段所有事相归为理体，《参同契》中"灵源明皎洁，支派暗流
注"，世间万物，均在虚无中。纵观敦煌僧诗只有《筠州洞山悟本禅
师语录》《答僧问如何是主中主》反映了曹洞宗的禅理境界如何是
主中宾？师曰："青山覆白云。"曰："如何主中主？"师曰："长年
不出户。"曰："宾主相去几何？"师曰："长江水上波。"曰："宾主
想见，有何言说？"师曰："清风拂白月。"这里通过主宾关系探讨
禅的层次，它由主中主、主中宾、宾中主、宾中宾四个层阶构成。
它们和偏正五位、君臣五位、功勋五位共同组成曹洞宗的禅理体系。
但这样的诗在敦煌石窟僧诗中并不多，也未见到在禅理方面辩论的
诗作。总体上，敦煌僧人选择中原地区的诗偈，一般为比较接近世
俗世界的形式，以便传播佛学观念和信仰。通俗远比艰涩易接受。
另外，敦煌归义军时前半期，即大中二年（848 年）到后梁乾化四
年（914 年）的张氏归义军时期，金山国短暂的历史可作为归义军
历史的过渡段。即便如此，在贤照时期归义军俗世统治首领对僧人
采取上对下的管理模式。紧张的周边局势，使敦煌僧人无暇进行禅
理的深入挖掘，向中原地区有选择地吸收是简洁有效的办法。从内
容上看，"嗟"直接回答了修禅人认门头，不认自性即佛性的做法，
所以敦煌卷可视为对《新修大藏经》47 册《答僧问如何是主中主》
的改造。

### 十四　唐肥田伏禅师慧光

《景德传灯录》卷十六、《祖堂集》卷九均有记载，后者稍详。

肥田伏禅师嗣石霜。师讳慧光。有诗偈"心静愁难入，无忧祸不侵。道高龙虎伏，德重鬼神钦"。在 S. 5648 有佚名诗作《道情诗如意园》三首，其中之一为"知命愁难入，无亏祸不侵。道高龙虎伏，德重鬼神钦"。两首诗的差别是：前者用"心静"与"无忧"同为偏正结构，后者"知命"与"无亏"一为动宾结构，一为偏正结构，从境界来看，敦煌文献中的《道情诗如意园》应为僧人修改之作。在《祖堂集》卷九还存有禅师的一首诗偈是："修多妙用勿功夫，返本还原是大愚。古佛不从修证得，直绕玄妙也崎岖。"这首诗偈与前首诗偈的境界也是一致的。

### 十五　唐澧州乐普山元安

史称乐普和尚，夹山法嗣。《祖堂集》第九卷与《宋高僧传》卷十二和《景德传灯录》卷十六比较，更加详细地介绍了石头下曹溪六代法孙的事迹："师讳元安，凤翔麟游人也，姓淡，自幼歧阳怀恩寺从兄佑律师受业至于经论，无不该通。先礼翠微，次谒临济，各有所进。后闻夹山，抠衣数载不惮劳苦日究精微。师有《神剑歌》16 韵，后做《浮沤歌》。师光化二年（899 年）戊午岁十二月迁化，春秋六十五，僧夏四十六矣。"《景德传灯录》卷十六："唐光化元年戊午秋八月诫主事，十二月一日告众，二日别僧。寿六十有五，腊四十六。"《宋高僧传》卷十二，语言简短。师"答酬请益，多偶句华美，为四海传焉，以昭宗光化元年戊午十二月迁灭，享受六十五。临终告众，多警策辞句云"。因此释元安生活的时间应是唐文宗大和八年（834 年）到唐昭宗光化元年（898 年），因为戊午是光化元年。从《宋高僧传》，敦煌写卷《神剑歌》P. 3591，原卷有《洞山和尚神剑歌》，汪泛舟先生作《敦煌石窟僧诗校释》时，作者署名为元安。录入的理由是，此诗被陈尚君入《全唐诗补编》，陈氏据《祖堂集》卷九录的，所以"权且依陈书作者署名"。笔者已查《祖堂集》与《景德传灯录》，作者均为落浦和尚。徐俊《敦煌诗集残卷辑考》中注明《祖堂集》卷九收此诗，为洛浦和尚元安作，但仍按敦煌原卷著录，为《洞山和尚神剑歌》署名良价。项楚先生则采信陈祚龙先生的考辨认为为良价所作，并结合敦煌本中多出的一段僧人学习此"歌"文字，确认"敦煌较《祖堂集》可称为'足本'了"。笔者以为，在《宋高僧传》中有对元安禅师"答酬请益，多偶句华美，为四海传焉"的美誉，检测《浮沤歌》借浮沤的形成，似有实无与人生作比，"解达蕴空沤不实，方能明见本来真"。其语言几乎是两两对举的，且明白如话不用典故，自然成韵。观《神剑歌》则更加含蓄，甚至晦涩，善用典故，如"刻舟求剑"，而且"小人""君子"这类名词也出现在诗中，这与良价人生经历相一致。所以《神剑歌》为良价作品而非元安。

### 十六　梁成都府东禅院贯休

贯休字德隐，俗姓姜氏，金华南溪登高人也。生于文宗大和五年（831年），归寂于梁乾化二年（912年），《宋高僧传》卷三十有传。七岁，父母雅爱之，投本县和安寺圆真禅师出家为童侍。日诵法华经千字耳。所闻不忘於心。与处默同削染，邻院儿居，每隔篱论诗，互吟寻偶对，僧有见之，皆惊异焉。受具之后，诗名耸动於时。乾宁初，谒吴越武肃王钱氏，因献诗五章，章八句，甚惬旨，遗赠亦丰。乾宁三年（896年），与吴融往来论道论诗，吴为休作集序。蜀主王氏，盛被礼遇，赐赉隆洽，署号禅月大师，常呼贯休为"得得来和尚"。贯休所长者歌吟，讽刺微隐，存于教化。体调不下二李、白、贺也。梁乾化二年，终于所居。春秋八十一。

《贯休文集》由其弟子昙域编辑，有诗"约一千首"，今存702首，首为吴内翰序，域为后序。《全唐诗》收贯休诗12卷710首；《全唐诗补编》共补收贯休诗16首、残句10，二者合计726首、残句10。这个数量在唐代诗僧中仅次于齐己，居第二位。贯休的诗作总体上可分为两类：一类是反映世俗生活的诗作，另一类是反映其僧侣生活的作品。敦煌石窟中存有两首，均为禅门诗。其一《禅月大师悬水精念珠》，见于 P.2987；其二《禅月大师赞念法华经》，在 S.4037、P.2104，《敦煌歌辞总编》卷三，《全唐诗续拾》中收录。

### 《禅月大师悬水精念珠》P. 2987

　　磨琢春冰一样成，更将红线贯朱缨。似垂秋露连连滴，不湿禅衣点点清。弃抛乍看廉外雨，散罢如睹雾中星。要知奉福明王①处，常念观音水月名。

　　这是首七言古诗，"成、缨、清、名"押"庚"韵，"星"押"青"韵，属押邻韵。诗中赞美佛珠的质地润泽清凉，色彩晶莹明亮，用冰、露、雨、星作比，形象可触，红线穿就突出水精佛珠的可爱。喜悦之情，跃然纸上。禅月大师的诗工也清晰透出。

### 《禅月大师赞念法华经》S. 4037、P. 2104

　　空王门下有真子，堪以空王为了使。常持菡萏白莲经，屈指无人得相似。长松下，深窗里，历历清音韵宫徵。短偈长行主客分，不使闲声挂牙齿。吾师吾师须努力，年深已是成功积。桑田变海骨为尘，舌根长似红莲色。

　　这首诗也为七言古诗。七言，其中杂有三言，"子、使、似、齿"押上声"纸"韵。"真子"，如来之真子。是诸菩萨之意，信佛法，并且可以使佛业得以传承。诗赞美念法华经僧为真子。法华经，就是《妙法莲华经》，佛理幽深，为诸佛经最上，一般人难于企及，所以"屈指无人得相似"，但若年久功成，念经真子即使肉体不复存在，甚至沧海变化为桑田，其舌根依然鲜艳如生，"舌根长似红莲色"。以此赞《妙法莲华经》永恒的价值。项楚先生对此有专门的考证。

### 十七　龙牙居遁和尚

　　《祖堂集》卷八与《景德传灯录》卷二十九均有传。居遁嗣洞山，讳居遁，俗姓郭氏，抚州南城人。年十四，依吉州满田寺剃落。

---

　　① 明王：称教令轮身，受大日觉王教令，现忿怒身降服诸恶魔诸尊，称明王。明王有不动明王，大威德明王等称呼，光明之义，有以智力摧破一切魔障之威德。（丁福保：《佛学大辞典》，中国书店 2011 年版，第 1491 页。）

又六年诣嵩岳受具。初谒翠微不契。至临济亦不契。乃造洞山悟本价禅师。问如何是祖师西来意。价曰："待洞水逆流即告汝道。"遁豁然大悟。研味其旨，悲欣交集。服勤八年，日增智证。价称其能。马氏方据有长沙，兴崇梵坊。闻遁名请，说法于龙牙法济禅寺。僧问："如何是道？"遁曰："无异人心。"道是众生体性。未有世界，早有此性。世界坏时，此性不灭。唤作随流之性，常无变易。作么生可持以与人。又可作意，而修得哉。伪梁龙德五年癸未八月示疾。九月十三日夜半，有大星殒于方丈前，诘旦加趺而化。阅世八十有九，坐六十有九夏。（宋，惠洪《禅林僧宝传》卷九）《祖堂集》卷八云：初参翠微、香严、德山、白马，虽请益已劳，而机缘未契。后闻洞山言玄格外，语峻时机，遂乃策筇而造其席。师出世近四十年，凡歌行、偈颂并广行于世。《祖堂集》卷八，认为龙牙居遁于梁龙德三年（923 年）癸未九月十二日归寂。历史上"龙德"只有三年，所以《景德传灯录》中的记载有误。龙牙和尚《居遁颂》十八首载于《景德传灯录》第二十九卷。"居遁颂"就是赞颂在家出家修行，这是龙牙和尚对禅宗佛法的体悟。敦煌僧诗中《龙牙和尚偈》有六首流传，出现在 S.2165、S.4037、北图 8380 中。

　　　　扫地煎茶并把针，更无余事可留心。山门有路人皆去，我户无门那畔寻。

　　龙牙和尚居遁，作为曹洞宗的承继者之一，深得洞山"正偏五位"参禅修行之法的精髓。这首七言押"侵"韵。用扫地、煎茶、把针等日常琐屑的行为看作修行者的修行生活。生活即是修行，事理无二，体用一如，这是最高的境悟。"我户无门"暗合洞山的"无中有路"修行境界，同时指出众多修行者以为入得山门修行，为真修行错误认识。

　　　　得道蒙师诣却闲，无中有路隐人间。饶君会尽千经论，一句临时下口难。
　　　　得圣超凡不做声，卧龙长怖碧潭清。人生若得常如此，大地难能留一名。

以上两首七言，均是对洞山关于"正偏五位"诗偈的理解。前一首存在于《景德传灯录》卷第二十九，暗合洞山诗偈"正中来，无中有路隔尘埃。但能不触当今讳，也胜前朝断舌才"。"无中有路"指的是修行者悟明自心，初正圣境的情形，本体达到无念之境，泯灭了主体与客体，超越了自我回归了真我。这种超越的奇妙之处不可用一般言语表达，也不可用佛经中的句子来表达，这即是禅，非师指教的结果而是自悟的结果。正因如此才有"饶君会尽千经论，一句临时下口难"的困难与妙境感知。后一首则暗合洞山"兼中到，不落有无谁敢和？人人尽欲出常流，折合还归炭里坐"。在曹洞宗这里，参禅者达到"兼中到"的阶段，既已觉知万物由本体派生，同时万物空无自性，就脱离了二元与对立进入自度与度人的层阶了。这即是居遁诗偈中的"得圣超凡不做声，卧龙长怖碧潭清"。

在梦哪知梦是虚，觉来方觉梦中无。迷时恰似梦中事，悟了还同睡起夫。

这首诗偈出现在《景德传灯录》卷第二十九中，悟道就是悟空，迷就是梦，梦就是迷。悟就是醒，醒就是悟。

成佛人稀念佛多，念来年久却成魔。君今欲得自成佛，无念之心不教多。

这首诗偈在《景德传灯录》卷第二十九中，念佛不能停留在嘴巴上，不能死记经书的言语，而是用心实施和感悟。如若将念佛的形式当作目标，就是把手段当目的，无异于三毒中贪毒作怪。在实践中"成佛人稀念佛多"的原因就在这里。

以上两首诗偈浅白通俗，是用来启发初入道的修行者，与禅宗其他派别并无差别。

卧龙没伎俩，未断百思想。佛也不曾念，日日菩提长。

这是首评卧龙禅师修行道行的诗偈。卧龙禅师超越一切，回归凡俗，度脱众人，菩提得以增长。依据文献有慧能回应的诗偈，因此项楚先生认为此诗为佚名伪作。

### 又偈

万般施设莫过常，又不警人又久长。久长恰似秋风浴，无意凉人人自凉。

一切设计都是为了方便启发智慧。形成自然才能作用于人的内心世界。此诗在《景德传灯录》卷二十九中不存在，在《祖堂集》和《禅门诸祖师偈颂》中有个别变化："万般施设不如常，又不警人又久长。如常恰似秋风至，无意凉人人自凉。"从内容上看，应该是《祖堂集》等抄写有误。

## 第三节　五代及宋初高僧及其作品

### 一　释传楚

关于传楚禅师事迹，在《景德传灯录》卷二十有记录，标明为乐普元安禅师法嗣，文中对传楚禅师的相貌特点做了描述，但对别的信息记载并不多。相对而言，宋·梁鼎《大宋凤翔府万寿禅院记》对传楚及其弟子和再传弟子的记述则较翔实。文中先对青峰山的地理位置、形貌做了文学化的描述，接着对传楚本人抱负、才能以时间为序做了详解。"同光初，有释传楚者，本陈仓人，幼抱高志，辞亲隶道。奄有顿法。悟即心即佛之旨。长兴末，为人天开示大法。时清泰主潜斯地，奉禅师若师傅，禅师遽请结庐兹峰。以为禅诵宴坐之所。"晋天福二年（937 年）秋八月二十二日，禅师示寂。禅师上足清免善继先志，免去世后，清悦嗣之，悦终，悦之门人义成继其主事。景德二年义成撰写禅院记。同光初（923 年）到天福二年

（937 年）十五年时间，为宋王的老师，以二十岁具足戒的传统，传楚应该很年轻就寂灭了。景德二年为 1005 年，已传第四代，即清免——清悦——义成，这是一则重要的断代信息。景德年间的中原佛教情况，敦煌依然可以获取。据敦煌归义军史记载，1002 年曹延禄及弟曹延瑞被迫自杀，曹宗寿掌管归义军政权。虽史料留存有限，但敦煌与中原的宗教往来并未断绝，这大约算一例。敦煌僧诗 S. 2165 写卷存有《先青峰和尚辞亲偈》，又有《青峰山和尚戒肉偈》。汪泛舟先生认为，《青峰山和尚戒肉偈》与《先青峰和尚辞亲偈》均为洛浦元安禅师法嗣传楚的作品，徐俊先生在《敦煌诗集残卷辑考》中引陈祚龙先生《关于先后青峰和尚的行谊及偈子》认为《先青峰和尚辞亲偈》为传楚所作，而《青峰山和尚戒肉偈》为后青峰和尚传楚法嗣清免所作。但均未得到证明。笔者根据创作风格《先青峰和尚辞亲偈》言语向俗，而《青峰山和尚戒肉偈》向雅，可以确定为两个人的作品。

### 《先青峰和尚辞亲偈》S. 2165

释传楚

愚夫迷乱镇随妖，渴爱缠心不肯抛。恰似群猪恋青厕，亦如众鸟遇稀胶。

广营资产为亲眷，罪累须当独自招。欲得不偿无物苦，速须出离得逍遥。

这是首白话七言诗，押"萧"韵、"肴"韵，属押邻韵，语言直接，有敲打愚顽的架势。披头就将众生唤作"愚夫"。又用猪恋猪圈，鸟遇稀胶作比，痛斥愚夫的不觉悟。正是世俗之人对爱的眷恋才让人受困。最后再次呼唤众人，念佛出离现世，获取自由。

### 《青峰山和尚戒肉偈》S. 2165

传楚法嗣

类禀万般形，咸同一妙灵。为迷灵作境，法界混虚名。约此兴违顺，由斯增爱生。爱极名骨肉，迷极系冤情。遂使逢缘昧，观涉触事盲。不量他痛苦，只务我欢荣。解射思维中，能弹岂虑惊。犬鹰夸骏捷，布网陆津横。阑圈甘枸系，哀音痛忍听。剚截谁见愍？脔割任分零。食者贪今味，退寻后岂惺？互来相恼乱。何日是休停。曩昔冤须解，延龄勿损生。胜事难逢过，泥黎动劫烹。诚令勿啖肉，免识牙相诤。

这是首五言白话诗，15 韵，押"青"韵，"庚"韵属于押邻韵。行文清新雅致。诗偈指出芸芸众生杀生的根源，描述了杀生的种种行为，质询了被杀的感受，指出了杀生的后果，直接警告众人放弃吃肉的恶行。

### 二　兴元府青剉和尚释如观

兴元府青剉和尚如观属曹洞宗青原下五世的洛京白马遁儒禅师上足。白马遁儒禅师则为洞山良价禅师法嗣，所以如观禅师应为青原下六世。汪泛舟先生引《五灯会元》845 页如观为"曹洞宗青原下'六世'的白马儒禅师法嗣"似乎可以再商榷。在《景德传灯录》卷十七、卷二十分别有，洛京白马遁儒禅师和兴元府青剉和尚的参禅语录。问："三千里外向白马，及乎到来为什么不见？"师曰："是汝不见，干老僧什么事？"问："如何是学人本分事？"师曰："昨夜三更日正午。"问："如何是学人急切处？"师曰："俊鸟犹嫌钝，瞥然早已迟。"问："如何是和尚家风？"师曰："无底篮子拾生菜。"问"如何是白马境？"师曰："三冬华木秀，九夏雪霜飞。"这些言语来自师徒对经纶的探讨，因而完全在超乎现实言语的理解之上，体现了曹洞宗"触目菩提，能所俱泯。活泼流转随缘任运"之妙。完全是禅师，觉悟到无碍状态的高妙境界的言语体现。敦煌写本 P. 3591 中有《青剉和尚诫后学铭》，徐俊先生在《敦煌诗集残卷辑考》指出此诗不见其他传世文献。

### 《青剉和尚诫后学铭》P. 3591

出家本逃生死，却被无名驱使。不能亲近上流，又不自家决志。忽然无常到来，临时如何抵拟。自言我是沙门，合消人间信施。不曾一念相应，只是求财求利。贪色如蝇见血，爱恋入骨入髓。僧中到我暑夏，破戒无惭无愧……不知自己是佛，忙忙炎里求水，要急直须枯却，也似石人吐气。堪受人之供养，真诚沙门释子。

这首七言白话诗，共 37 韵，主要押"真"韵，如"离、利、义、器、为、醉、食、愧、魅、志、位、类、地、易、备、睡、忌、记、智、恣"，也押"未"韵，如"气、贵"，还押"纸"韵，如"水、止、使、理、喜、子"，"支"韵如"知"等，属于押邻韵。禅师用语直白而尖锐。本诗从四个层面给僧徒以教导：第一层，提出写作动机，出家人没有出家的追求，结果令人忧虑。第二层，历数沙门打破戒律，放纵自己的种种恶行，以警示受教者。贪财、色、利；妄情、妄语；好吃、纵酒。第三层，劝告：不伦不类，不如做个凡人；断绝尘缘须决绝果断，了然心理自分明。修佛也需念佛，内道外道各不同。第四层，结论：真修行，才配受人供养的沙门释子。

### 三　圆鉴大师

圆鉴大师云辩是五代后唐至后周广顺初生活于洛阳、开封一代的著名俗讲僧，他的诗文在敦煌写卷中有 S.4472，诗三十首，还有流传更为广泛的《故圆鉴大师二十四孝押座文》，出现在翟 8102、P.3361、S.3728，俄藏 1064、1699、1700、1701、1702、1703、1704，以及拼合卷，还有 P.2603 署名为"相国寺主上座赐紫弘演正言当讲左街僧录圆鉴"的《赞普满偈》等。启功先生曾对云辩有研究，在宋代张齐贤的《洛阳缙绅旧闻记》卷一《少师佯狂》中记载了云辩与杨凝式的逸事。王重民先生在对《二十四孝押座文》校录时，将其收入《敦煌变文集》，并引述了启功先生的研究，丰富了云辩其人其诗的内容。刘铭恕在《佛祖统纪》中发现了有关云辩的记载：卷 52《国朝典故》记有"唐庄宗圣节，敕僧录云辩与道士入内谈论"条。卷 42《法运通塞志》有"天成二年诞节，敕僧录云辩与道士入内殿谈论"的记载。向达先生曾把《敦煌变文集》卷五中的《长兴四年中兴殿应圣节讲经文》与《旧五代史·明宗纪》做了比照，刘铭恕先生证明入内讲论的正是云辩。宋代赞宁《大宋僧史略》卷下《诞辰谈论》条："明宗、石晋之时，僧录云辩多于诞日谈赞，皇帝亲坐，累对论议。"由此可知，云辩从庄宗开始，到明宗、后晋时，一直入内讲论。

关于弘演正言与圆鉴大师。陈祚龙先生认为自后唐明宗起，圆鉴即已受诏而内讲论佛法，开运二年（945 年）为卞梁相国寺上座赐弘演正言，获朝赐"圆鉴大师"称号。敦煌写卷中还有《二十四孝押座文》，见 S.01 刻印本、S.3728、P.3361（陈祚龙《中华佛教文化史散策初集·释云辩及其诗文》）。根据《赞普满偈》原卷末题记："开运二年正月日相国寺主上座赐紫弘演正言，当讲左街僧录圆鉴"应为同一人。《宋高僧传》卷七《梁东相国寺归屿传》："至后唐清泰三年（936 年）十月十日谓门人洪演曰：余气力惙然，无常将至。汝好住修进"，距离开运二年有九年，洪演可能即弘演。

敦煌卷中的云辩诗偈都是抄卷，而且都抄于梁都。据卷末题记，是因沙州某大德参寻圣境，远达梁京，与长白山人李婉相遇，于显德元年（954 年）春月，请李婉抄云辩诗文，携归沙州。又据荣新江先生的《归义军改元考》：天福九年（944 年）七月一日改元开运，至第二年末始用新年号。P.2603 的《赞普满偈》题记云："开运二年正月日……"敦煌此时纪年应是"天福十年"，所以此诗抄于开封。

在云辩诗中有疏头，疏头通常指为敬神佛而向人们募捐的册子，以说明募捐的缘由。《赞普满偈》诗前小序有"谨课偈词十首，便当疏头"，而诗题为《修建寺殿募捐疏头辞十首》，原为《阙题》，诗中出现云辩两次，作者为云辩无疑。根据第十首中的"感恩感义修行语，一一铺舒在疏头"，任半塘先生在《敦煌歌辞总编》中以此诗为《修建寺殿募捐疏头词》通过题下的"左街僧录圆鉴大师云辩进"可知是云辩献给君王的诗偈。

## 第一首

去年开讲感皇情，敕旨教书云辩名。缘得帝王出圣泽，遂令佛会动神京。

　　筵中日日门徒集，座上朝炒施利盈。圣主寻宣天使造，讲堂功德立修成。

### 第四首

　　君王全不奏笙歌，感动龙神瑞应多。冬里三回雪烂漫，春来五遍雨滂沱。

　　人心宽泰差徭息。稼穑丰登景象和。千载难逢明圣主，好修功德报恩波。

### 第八首

　　君王年少断骄奢，怜爱生灵事好夸。济瞻虽然亏国力，那荣不欲取人家。

　　而今快乐须欣喜，以往烦苛可叹嗟。报答皇慈恩广大，修崇佛殿减些些。

这组七言白话诗，以感皇恩，赞君德为引子，以募捐修建寺殿作为讲经场所为目的，力赞宣扬佛法对社会生活的作用。除此而外，圆鉴还有赞普满偈（十首），见 P. 2603 写卷。普满塔始建于唐至德二年（757 年），五代时重建，敦煌石窟僧诗出现的云辩诗，任半塘与陈祚龙先生有研究，徐俊与汪泛舟先生有校辑（释）。

　　圆鉴所作诗歌以其现实的内容，朴素的语言特点，在僧人中广泛传播。二十首诗集中于为募集建殿阁、修佛塔费用的疏头。

### 四　释道猷

　　北图 6774《梵纲经纪卷上》背载宋至道元年（995 年）道猷牒状。①

　　宋至道元年（995 年）往西天取经僧道猷等状（北图 143：

---

　　① 唐耕耦、陆宏基：《敦煌社会经济文献真迹释录》（第五辑），全国图书馆文献缩微复制中心 1990 年版，第 52 页。

6774）

奉宣往西天取经僧道猷等

右道猷等，谨诣

衙祇候

起居，伏听□□处分。

牒件状如前，谨牒。

至道元年十一月二十四日灵图寺寄住

道猷在敦煌留有诗一首《寄孔目五言二十韵并序》

夫以因于闲暇，采集巴句，幸寄孔目五言二十韵，伏惟不阻为幸，寄灵图寺沙门道猷上。

多幸遭逢处，知交信有恩，偏承相见重，频沐厚光荣。眷恋常推许，人情每普平。（后缺）

从残损的内容看，道猷感谢孔目对他们西去的一行人的关照。由于内容不全，无法了解写作的真正动机，但牒状与这一首诗反映出敦煌作为文化交流的门户、东西宗教界特别是佛教界互动的重要站点，是毋庸置疑的。在敦煌写卷中还存有那些途经敦煌对敦煌僧界赞美的诗僧的诗作，说明经常会有僧人在此过往。在 P. 2044 中就有途经敦煌的外地俗讲僧人答谢沙州府主与众僧的《诗偈十一首》，其中前八首与俗讲有关，后五首是离别赠诗。

### 《奉府主司空别偈子》 P. 2044

论情今日是多生，司空一见如弟兄。来时鞍马迎接引，去时亲送更虔诚。

小师头重不久住，未免取别进前程。但愿此生平善达，回来恩照大乘经。

### 《别僧众僧偈子》（疑为"别赠"） P.2044

沙州僧众法乳情，个个慈怜如弟兄。必若他时同缘就，酬恩只用大乘经。

### 《军府相送偈子》 P.2044

沙州弟子好儿郎，家家户户道心强。既能相送来至此，不审尊用安也么？

### 《别军府信士偈子》 P.2044

沙州弟子总道心，个个恩怜尽敬钦。今日相送终须别，努力修口莫退心。

P.2044 文献真实记录了敦煌对宗教活动的高度重视，反映了宗教与敦煌僧俗密切的关系。依据归义军历史上被称为"司空"的共六位：张议潮、张承奉、曹议金、曹元德、曹元深、曹元忠，而俗讲僧的讲唱必须在业已形成的信奉佛教的氛围中，同时，社会生活环境需相对安定，由此可以推知以上诗偈最有可能诞生于曹氏归义军时期。

### 五 大行净觉禅师

大行净觉禅师可能是宋僧，自号潜夫，敕赐号净觉，初从四明山延庆寺法智处学道，后自成一派，世谓之外山派泰斗。著有《楞严会解五卷》，《发轸抄》五卷，《熏闻记》五卷，《弥陀经疏》二卷，《十不二门文新解》十二卷，《杂录明义》十二卷，《义学杂编》六卷。敦煌写卷《舍大行净觉禅师开心劝道禅训》见于北图8412（海字51）。

昔日将心求外佛，今将知佛在心停。灵堂习听原非听，空谷传声岂有声。终岁劳身犹弄影，何期身影共同行。观身观影非非影，真如非重亦非轻。

　　这是首七言古诗。"听、停"押"青"韵，"声、轻、行"押
"庚"韵，属押邻韵，颔联、颈联对仗。但属于宽对。诗偈的核心意
思是净觉禅师借佛教十喻之一的"如影"告诫净修禅者，"身影"
无实，修佛须自悟，佛在心中，无身无影，无声无响，没有分量无
法称量。所谓"如影"是指世间一切皆非真实。《大智度论》卷六：
"复如影，映光则现，不映则无，诸结烦恼遮正见光，则有我相法相
影。复次如影，人去则去，人动则动，人住则住。善恶业影亦如是，
后世去时亦去，今世住时亦住，报不断故，罪福熟时则出。……影
非有物，若影是物，应可破可灭，若形不灭，影终不坏。以是故空。
复次影属形不自在故空。虽空而心生眼见，以是故说诸法如影。"开
心是打开心结，放下凡俗生活中包袱的意思，禅师以此教导修禅者
感悟自身就是感知真如。

　　通过对流传于敦煌的偈颂（诗）的 49 位大德中的 25 位所做的
一个粗线条梳理，我们发现敦煌僧界所选择的中原大德高僧诗作有
如下特征。

　　一是来自曹溪禅者为多，并展现出清晰的传承脉络。从三祖僧
璨开始，经过六祖慧能创立南禅宗，其重要代表玄觉、神会、行思、
本净均有作品在此传播，特别是南岳怀让法嗣马祖道一和青原行思
法嗣石头希迁对后来的临济宗与曹洞宗的创立产生了重要影响，曹
洞宗创立者良价也有偈颂出现在敦煌写卷中，但敦煌僧界多选择通
俗诗偈来传播佛理，说明敦煌僧界更多地吸收了曹溪禅法。

　　二是僧诗创作的时间从十六国时期（4 世纪初）的释道安到五
代宋初（11 世纪）传楚禅师及其法嗣清宪禅师，长达八个世纪。其
中创作的黄金时间段为 7—9 世纪，这也正是曹溪禅创立与发展到产
生广泛影响的时期，最早的敦煌本六祖《坛经》就是 780 年产生的。
这段时期，敦煌僧人在敦煌的政治、文化、经济、外交等方面拥有
较高地位，应是在 896 年张承奉掌权之前，即 9 世纪，说明在此之
前，敦煌僧人能较为自由地从中原佛教界获取信息。10 世纪较为有
影响的是云辩，证明俗讲僧人对敦煌僧俗界的作用，自张承奉之后，
特别是曹氏归义军掌握政权后，僧人与世俗的王权的关系有了重大
的转变，祈福禳灾的念经唱经成了僧人的主要任务。敦煌僧人由研

究佛教禅理做高层的心灵导师，转向成了为普通僧俗群众普及佛教常识教化社会向善、宣传因果报应教育者。敦煌佛教世俗化成为不可逆转的事实。

三是通过法照等的五台山赞诸多篇章在敦煌的传播，表明了敦煌的净土信仰与禅宗信仰对僧俗均发挥作用的事实。

四是外地大德偈颂多以白话诗的形式传播到敦煌。

### 敦煌诗僧及僧诗作品一览表

| 序号 | 名师 | 宗派 | 流传于敦煌的诗作 |
| --- | --- | --- | --- |
| 1 | 释道安（314—385） | 创立东土丛林组织者 | 《身是菩提树》 |
| 2 | 释亡名（梁元帝承圣年间即 552—555 年前） | | 《亡名和尚绝学箴》 |
| 3 | 僧璨（大业二年即 606 年前） | 东土三祖 | 《信心铭》 |
| 4 | 释慧能（638—713 年） | 东土六祖曹溪禅 | 《身是菩提树》 |
| 5 | 永嘉玄觉和尚（665—713 年） | 曹溪禅（嗣六祖） | 《证道歌》 |
| 6 | 菏泽神会（686—760 年） | 曹溪禅（嗣六祖） | 《南宗定邪正五更转后题诗》 |
| 7 | 青原行思（？—741 年） | 曹溪禅（六祖法嗣） | 《思大和尚坐禅铭》 |
| 8 | 释本净（666—761 年） | 曹溪禅（嗣六祖） | 《本净偈》 |
| 9 | 释自在（741—821 年） | 曹溪禅（嗣马大师） | 《嗟世三伤吟》 |
| 10 | 释天然（738—823 年） | 曹溪禅（嗣石头） | 《丹霞和尚玩珠吟》 |
| 11 | 释无名（721—793） | 曹溪禅（嗣神会） | 《无名歌》 |
| 12 | 释利涉（？—766 年之前） | | 《利涉法师劝善文》 |
| 13 | 释法照（751—838 年） | | 《有作观身赞文》等 |

续表

| 序号 | 名师 | 宗派 | 流传于敦煌的诗作 |
|---|---|---|---|
| 14 | 释无著 | | 《文殊偈和童子偈》 |
| 15 | 草堂和尚（780—841 年） | 曹溪别出五世 | 《草堂和尚偈》 |
| 16 | 释良价（807—869 年） | 曹溪禅曹洞宗的创立者 | 《神剑歌》《先洞山和尚辞亲偈》 |
| 17 | 释慧光 | 曹溪禅（嗣石霜） | 《道情诗》 |
| 18 | 释元安（834—898 年） | 曹溪禅六代法孙 | 《浮沤歌》 |
| 19 | 释贯休（832—912 年） | | 《禅月大师赞念法华经》等 |
| 20 | 释居遁（835—923 年） | 曹溪禅良价之法嗣 | 敦煌流传六首诗偈 |
| 21 | 释传楚（？—937 年前） | 曹溪禅元安法嗣 | 《先青峰和尚辞亲偈》 |
| 22 | 释如观 | 曹洞宗（白马遁儒禅师法嗣） | 《青㓤和尚诫后学铭》 |
| 23 | 释云辩（944 年后） | | 敦煌有多首诗偈 |
| 24 | 释道猷（995 年之后） | | 《寄孔目五言二十韵并序》 |
| 25 | 释净觉（宋初） | | 《舍大行净觉禅师开心劝导禅训》 |

（注：为了保证主题的统一性，内容的清晰性，在大德的选择上，文献记载中，释宝志、傅大士、卫元嵩、智顗、释昙伦等，他们或传说较多或身份复杂或身份不详，所以没有列入；神秀有诗偈一首，他与慧能共同影响了敦煌僧界，但不能与其他大德简单并列，为集中笔墨不列入。唐代有十二位大德与悟真酬答有专门章节介绍此处没列入；王梵志本为诗人集体名词不列入；融禅师、释玄本、释弘远等因身份不详不列入；释慧超虽然作为新罗僧人对法照的生卒年有证明作用，但材料不详，且诗与主题不符，不列入。）

# 第三章

# 敦煌高僧及其创作

敦煌僧诗除了流传于敦煌的中原大德偈颂外，敦煌当地一批大德高僧也创作出了一批反映当地僧俗社会的诗偈、铭赞及酬答诗，反映了敦煌僧诗的创作水平。其中有唐悟真的《国师唐和尚百岁诗》，翟法荣的《春日相钱一首》等，张道真的《上曹都头诗并序》，释善来的《故李教授和尚赞附诗》，释灵俊的《阙题》（灵俊言出用着实），释金髻的《同前》《罗什法师赞》《佛图澄罗汉和尚赞诗》，释法舟的《同前》等，泰法师的《题金光明寺钟楼》，沙门日进的《登灵岩寺》等。我们将主要通过唐悟真、翟法荣、张道真等僧人的作品分析，对敦煌僧人诗的创作情况予以揭示。

## 第一节 唐悟真及其创作

### 一 唐悟真的生平

唐悟真是敦煌吐蕃统治后期，张氏归义军时期最有影响力的僧界领袖之一，是晚唐五代敦煌历任都僧统中任职最长的一位（869—895年）。敦煌文书里保存了唐悟真的作品和大量与唐悟真相关的文献，有关他的研究成果也很多。有竺沙雅章《敦煌的僧官制度》、陈祚龙《悟真研究》、续华《悟真事迹初探》、邓文宽《敦煌文书位字七十九号〈唐贞观八年五月十日高士廉等条举氏族奏抄〉辩证》、荣新江《关于沙州归义军都僧统年代几个问题》、陈祚龙《敦煌写本洪辩悟真告身校注》、苏莹辉《陈著〈敦煌写本洪辩悟真告身校注〉斠读记》等，其中齐陈骏、寒沁在《河西都僧统唐悟真作品和见载文献系年》中①，对唐悟真生平创作做了详细的考证。唐悟真，历任灵图寺主，都法师、都僧录、副僧统、都僧统等僧官。大和三年至九年（829—835 年），他出任灵图寺主，根据"二十进具，依师学业""年登九夏，便讲经纶"（P. 3720 写卷《悟真自叙》），这时唐悟真有 29 岁。大中二年到四年（848—850 年）悟真升迁为都法师，（P. 3770）《敕河西节度使牒》：僧悟真充沙州释门义学都法师，俗姓唐，都管灵图寺。（P. 3720）《悟真告身》第一件，记载大中五年悟真入朝时的身份是"沙州义学都法师"，大中五年，洪辩派都法师做入朝使奉图牒入朝，受到唐宣宗礼遇，擢河西都僧统洪辩京城内外临坛供奉大德，悟真京城临坛大德并赐紫。大中十年（856 年）唐悟真升迁都僧录。P. 3720 写卷《悟真告身》第二件：敕京城临坛大德兼沙州释门义学都法师，僧厶乙，以八解修行，一音演畅；善开慈力，深入教门。降服西土之人，付嘱南宗之要；皆闻福祐，莫不归依。边地师臣，愿加锡命。宜从奏请，勉服宠光。可供奉，充沙州都僧录，余如故。大中十年四月二十二日。咸通三年（862 年）悟真升迁河西副僧统。P. 3720 写卷《悟真告身》第三件副僧统告身：敕京城内外临坛供奉大德沙州释门义学教主都法师兼僧录赐紫沙门悟真："复古地必有雄杰之才，诱迪群迷亦类慈悲之力。闻尔天资颖拔，性禀精严，深移觉悟之门，更法修时之操，慧灯一照，疑网顿开，云屯不俟于指麾，风麾岂劳于谈笑，想河源于东注，素是朝宗，睹像教之西来，本为向化，师臣上列，弘济攸多，特示鸿私，以光绀宇，可河西副僧统，余如故，咸通三年（862 年）六月二十八日。"咸通十年（869 年）唐悟真升迁为河西都僧统。张淮深曾上奏云：右河西道沙州诸军事兼沙州刺史御史中丞张淮深奏：臣当道先有敕授河西管内都僧统赐紫僧法荣，前件僧去八月拾肆日染疾身死，悟真见在当州……今请替亡僧法荣，更充河西都僧统，

---

① 齐陈骏、寒沁：《河西都僧统唐悟真作品和见载义献系牛》，《敦煌学辑刊》1993 年第 24 卷第 2 期。

裨臣辅政，谨具如前……咸通十年（869年）十二月二十五日牒。①
乾宁二年（895年）唐悟真病故，由康贤照接替悟真出任都僧统一
职。唐悟真寿龄约95岁。

　　唐悟真有着特殊的人生经历，曾获中原王朝的四次告身，使其
在敦煌地区有着极高的威望，同时，作为学问僧人，唐悟真的作品
种类、数量在敦煌佛教界留存最多，成就最高。所以他是当时敦煌
佛教界当之无愧的文学领袖。在“前河西节度使掌书记试太常寺协
律郎苏翚”撰的《河西都僧统京城内外临坛供奉大德兼阐扬三教大
法师赐紫沙门悟真赞并序》（P.4660）中，以韵文的形式对唐悟真
的高才与硕德及对敦煌僧俗界的影响，尤其对大中五年的献款成就
毫不吝啬地大加褒扬。“三冬教学，百法重晖。讨瑜伽而麟角早就，
攻净名而一览无遗。纵辩泉而江河喷浪，骋舌端而唇际花飞。前贤
接踵，后辈人师。逗根演教，药病相宜。洞明无相，不住无为。将
五时之了义，剖七众之犹疑。趋庭者若市，避席者追风。不呼而来，
不招而至。裁诗书而靡俗，缀牋简而临机。赞元戎之开化，从辕门
而佐时。军功抑选，勇效驱驰。大中御历，端拱垂衣。入京奏事，
履践丹墀。升阶进策，献列宏规。忻欢万乘，颖脱囊锥。丝纶颁下，
所请无违。承九天之雨露，蒙百辔之保绥。宠章服之好爵，赐符告
之殊私。受恩三殿，中和对辞。丕哉休哉，声播思维。皇都硕德，
诗咨讽孜。论八万之法藏，破十六之横非。旋驾河西，五君标眉。
宣传敕命，俗易风移。怀瑾握瑜，知雄守雌。其直如弦，其平如砥。
处众卓然之象，弘施黪太简之慈。六和御众，三十余期。香风草靡，
教诫箴规……”② 赞中先叙述唐悟真勤奋努力，精通《瑜伽师地论》
《净名经》，后写他作为人师善于传播佛教理念，启发僧俗智慧且言
辞漂亮得体。语言极尽溢美之词，说唐悟真在交谈、辩论、交流、
实施教化时，知识如滔滔江河，从唇齿间飞出，所以在当地僧俗中

----

　　① 唐耕耦、陆宏基：《敦煌社会经济文献真迹释录》（第四辑），全国图书馆文献缩微复
制中心1990年版，第29—32页。
　　② 唐耕耦、陆宏基：《敦煌社会经济文献真迹释录》（第五辑），全国图书馆文献缩微复
制中心1990年版，第114—116页；郑炳林：《敦煌碑铭赞辑释》，甘肃教育出版社1992年版，
第116页。

影响极大，"趋庭者若市，避席者追风。不呼而来，不招而至"。赞辞对唐悟真善于辞章本领，更是赞美有加："裁诗书而靡俗，缀牍简而临机。"说明他不仅通佛学，对儒家经典也是融会贯通的。P.3770《敕河西节度使牒》说唐悟真："释门口奥，儒学兼知。"唐悟真在自创的《唐和尚百岁诗》中回忆自己一生的功过时，写道自己曾用尽心力，专门学习写诗作对的技巧："盛年耽读骋风云，披检车书要略文。学缀五言题四句，务存遍计一生身。"赞辞虽然感情充沛但所指有理有据，并不过分。最后赞词详细地描写了唐悟真在大中五年奔赴京城面见圣上，出色地完成献款使命的史实。在朝堂上，面对君王的讯问应对裕如，令君王无限欢心，凸显了其卓越的才华；在随后接受诏令巡礼左右街僧寺，与大德唱和时，他的交流能力、学养和写诗作赋的才能得到左右街大德的一致叹服。悟真是敦煌归义军政权与中原王朝的使者，他的努力为的是让中原王朝给予归义军政权高度重视。在中原王朝无暇西顾的情况下，谋得自保与发展，奉中原王朝为正朔一直是归义军坚持的外交原则，所以唐悟真在归义军史上留下了灿烂的记录。他的文学作品能够引起重视保留后世居多，应与此事不无关系。

　　关于唐僧统的寿龄：在郑炳林先生的《敦煌碑铭赞辑释》中有《都僧统唐悟真邈真赞并序》（P.4660），原文由"前河西节度使掌书记试太常寺协律郎苏翚"于广明元年（880年）撰，由沙州释门法师恒安书写。其注释"耳顺从心"时，引用了《论语·为政》，指出悟真过六十至七十多岁。又据竺沙雅章和邓文宽的研究，认为唐悟真，春秋八十五。所以，此时的唐悟真应约70岁。但续华认为唐悟真生于801年，此时应为80岁。其实持这一种观点的还有《敦煌高僧》的著者屈直敏和《归义军时期敦煌僧官的选擢因素》的孙宁①，孙先生认为"悟真于乾宁二年病逝，享年95岁，这是一个难以奢望的年龄"。而张锡厚先生在《敦煌文学源流》中不同意陈祚龙先生考订的唐悟真生卒年816—895年之说，认为唐悟真"约生于

---

　　① 孙宁：《归义军时期敦煌僧官的选擢因素》，《南京师大学报》（社会科学版）2011年第5期。

元和六年（811）……享年83岁"。真是众说纷纭。在齐陈骏、寒沁的《河西都僧统唐悟真作品和见载文献系年》中，对悟真职务的升迁和作品考察极为仔细，但也没有明确指出唐悟真的寿数，在文章的排序上将《河西都僧统唐悟真邈真赞并序》（P.4660）置于唐悟真自撰的《唐和尚百岁诗》之前，认为《赞并序》"历述唐悟真七十岁以前的生平功绩"，而《百岁书》诗前的序文说"年逾七十，风疾相兼，动静往来，半身不遂"。这样看来，研究者认为前者时间早于后者。其实，对唐悟真年龄问题，主要纠结于《都僧统唐悟真邈真赞并序》中的"耳顺从心，色力俄衰"的理解，根据《论语·为政》"六十而耳顺，七十而从心所欲不逾矩"①，文中是将二者结合起来表述的，即六七十岁以来，直到现在，眼力身体都走向衰朽。"俄"，"不久"之意。陆龟蒙《奉和袭美太湖诗·初入太湖》："才迎沙屿好，指顾俄已失。"结合后文"了蟾蜍之魄尽，觌毁箧之腾危"顺前文而来，即顿悟了然，蟾魄将尽。腾，腾蛇，传说中的一种能飞的蛇。《慎子·威德》："腾蛇游雾，飞龙乘云，云罢雾霁，与蚯蚓同。"显然在这里，这句的意思明白如话，到了这个年龄，已经能看见一切归于原点的情形。在同一年即公元880年，唐悟真撰写的回顾自己一生检讨自己一生行迹的《唐和尚百岁诗》中写道："年逾七十，风疾相兼，动静往来，半身不遂。"这里的"年逾七十"即过了七十岁以后。但不能理解为刚过七十结论为寿龄85岁，这个判断有些笼统，其实，根据唐悟真的升迁轨迹此刻应为80岁。根据文义，是说七十岁以来的自己身体状况以及关注的问题。即撰写《百岁诗》时已遭受中风的折磨长达十年之久。根据其于乾宁二年（895年）去世的史实，享年95岁，是合理的。

## 二　唐悟真的酬答诗

唐悟真，儒释兼通，且喜爱诗文，作为敦煌归义军时期著名的文坛领袖，他是敦煌署名诗僧中留下文学作品最多的一位，共计有邈真赞14篇、碑铭赞2篇、《上河西节度公德政及祥瑞兼十二时并

---

① 杨伯峻：《论语译注》，中华书局1980年版，第12页。

序》、《四兽恩义颂》1 首、《唐和尚百岁诗》、五七言诗 12 首、功德文 2 篇。特别是其进京献款与京城大德和朝官互有酬答，因而备受研究者重视，有诸多研究成果，但还有些问题需要再讨论。首先是关于进京时间，荣新江先生认为，唐悟真入京献款是大中五年（851 年）五月，项楚先生认为是大中二年（848 年），查明昊博士认为是大中二年和大中五年两次。① 其次在确认悟真的诗中，有一首看似不合诗题的诗《又赠沙州僧法和尚悟真辄成韵句》，汪泛舟先生根据题下无名，而前一首为道钧，疑似，但无证明，所以题名为"同前"并加了"？"号，意思是道钧的作品，但内容又值得怀疑。徐俊认为是唐悟真的作品，查明昊持有相同观点。在此诗中有"春景氛氲乾坤泰，敦煌披缕再献陈"的诗句，这或许是对敦煌派使者再次来京的证明。再次，观察历史留存的悟真诗，现实性较强，汪泛舟先生论敦煌石窟僧诗的功利性特点时，首先提到悟真的酬答诗，并评价极高，说"这既是张议潮坚持祖国统一和爱国的历史见证，也是僧人出世而又入世的参政实录"。在笔者看来，这是敦煌归义军地方世俗政权与佛教僧团共同治理沙州的历史记录。悟真儒释皆通的学识，为与世俗王权的交流搭建起桥梁，从而圆满地完成了出使献款的使命。由于儒学的影响，悟真的诗歌不仅酬答诗有明显的君臣味道，即使对自己一生的回顾也兼具僧俗融合，很少禅韵，即使有大约没能留下或遗失了。下面在详细分析唐悟真酬答诗的基础上对此做一分析。

（一）京城酬答诗及特征

1. 京城酬答诗的内容

由于唐宣宗高度重视张议潮遣使献款一事，唐悟真在朝堂的应答诚恳得体，备受唐宣宗赏识，特诏令唐悟真巡礼左右街僧寺，于是有了历史上著名的悟真与京僧朝官以诗酬答的盛事。在《都僧统唐悟真邈真赞并序》中对唐悟真的才能极尽赞美之词："受恩三殿，中和对辞。丕哉休哉，声播思维。皇都硕德，诗咨讽诀。"原酬答组诗在唐悟真表白之前有一段"右街千佛寺三教首座入内讲论赐紫大

---

① 查明昊：《唐五代敦煌诗僧群体研究》，《晋阳学刊》2008 年第 3 期。

德辩章"的赞奖词。其内容如下：我国家德被遐荒，道高尧舜，万方归依，四海来王。咸歌有道之君，共乐无为之化。瓜沙僧悟真生自西蕃，来趋上国，召入丹墀，面奉龙颜，竭忠恳之诚，申人臣之礼。圣君念以聪慧，贤臣赏以精持，诏许两街巡礼诸寺，因兹诘问佛法因由。大国戎州，是同是异，辩章才非默识，学寡生知，惭当讲论之科，接对瓜沙之俊。略申浅薄，词理乖疏，却请致言，稗聆美说。

辩章作为两街大德领袖，做了酬答现场开场白，简要概述酬答的由来。先高度赞扬当今君王的仁德"道高尧舜"，进而赞美悟真来于西蕃，态度诚恳，礼数无缺，深得君王和重臣的赏识，于是有了当朝明君诏京城大德与西蕃高僧论议佛法大义酬答唱和的盛举。最后辩章自谦浅薄，将悟真请于台前。应者辩章的诚邀，悟真作了五绝：

### 《未敢酬答和尚，故有辞谢》 P. 3720、P. 3886、S. 4654

生居狐貊地，长在碛边城，未能学吐凤，徒事聚飞萤。

这首五言绝句，应辩章的高度赞美之词，表达谦逊有礼。说自己生活居住在"狐貊地""碛边城"见识短浅，不善于表达心声，言语没有多少文采，虽然努力也只是在徒劳而已。诗中"狐貊地""碛边城"，"狐"即狐狸，"貊"同"貘"。"碛"，常被理解为沙石地，沙漠之义。杜甫《送人从军》"今军度沙碛，累月断人烟"。相对于国家政治经济文化中心的长安，真实地反映自己来自偏远荒僻之地的事实，也为后文做了铺垫，接着用"聚萤"点出车胤囊萤夜读的典故，以此自比学习勤苦的状况。《晋书·车胤传》："胤恭勤不倦，博学多通。家贫不常得油，夏月则练囊盛数十萤火虫以照书，以夜继日焉。"后以囊萤比喻为苦学。"吐凤"则来自扬雄的《太玄经》，意思是擅长写作。《西京杂记》卷二："雄（扬雄）著《太玄经》，梦吐凤凰，集《玄》之上。"后以"吐凤"称颂文才或文字之美。唐代王勃《乾元殿颂》序："词庭吐凤，乱鸟迹於春籞；书帐翻萤，阅虫文於夏阁。"《旧唐书·文苑传序》："门罗吐凤之才，人擅握蛇之价。"亦作"吐白凤"。唐代白居易《赋赋》："掩黄绢之丽藻，吐白凤之奇姿；振金声於寰海，增纸价於京师。"全诗押"庚"韵和"青"韵，属于押邻韵，是首典型的五绝，属平起式，因而整首诗大气、稳重，在谦虚中彰显了悟真的诗才。印证《赞》中"纵辩泉而江河喷浪，骋舌端而唇际花飞"的评价，也是悟真精通儒学的明证。

**《依韵奉酬》** P. 3720、P. 3886、S. 4654

辩章

生居忠正地，远慕凤凰城。已见三冬学，何言徒聚萤。

辩章依前押"庚"韵与"青"韵，诗中诚恳地表达了对悟真的赞赏之情。"生居忠正地"肯定了唐悟真生活在本属于唐王朝的版图之中的边地重镇——敦煌且心归唐王的忠诚，同时，诗中有比喻和用典等修辞手法，反映了辩章的才学，"凤凰城"指唐君王所在地，"凤凰"传说中的鸟，雄为凤，雌为凰，此处为偏义复指，突出"凤"，"凤"比喻君王，"凤凰城"也可称"凤城"，京都，帝都。李商隐《为有》诗云："为有云屏无限娇，凤城寒尽怕春宵。""三冬学"，赞美悟真才华出众，学识渊博，即囊萤成果显著。"三冬"，三个冬季，即三年。表明学识渊博。来自《汉书·东方朔传》："年十三学书，三冬文史足用。"

不仅辩章见识了悟真的才华，其他十一位大德，也都以诗的形式，赞美了当时的圣君，夸奖了悟真的德行和才学，同时也展示了自身的诗才，为唐代僧诗史留下了永久的佳话，所以在王秀林的笔下，在长安诗僧群体中将悟真列为第一。这次唱和的十一位僧人其诗作分别还有：

**《七言美瓜沙僧，献款诗二首》** P. 3720、P. 3886、S. 4654

宗苣

沙漠关河路几程，师能献土远输诚。因兹却笑宾敖旅，史籍徒章贡赋名。

行尽平沙入汉川，手摇金锡意朝天。如今政是无为代，尧舜聪明莫比肩。

七绝二首，前者押"庚"韵，为仄起式，以明快的调子，高度赞扬法师不辞辛劳献土输诚的行为，并由此嘲笑历史上文献中记载远道献宠物的事件，借以突出这件事的历史影响力。后者，押"先"韵，也为仄起式，描写法师不畏艰难，长途跋涉，从边陲到达中原，以宗教代表的身份朝见当今圣上，赞美了法师在文化交流中的作用，同时赞美当今皇帝的英明和感召力。前者用典，宾璈旅指《书·旅獒》：西旅献獒。后者赞当朝君上不乏夸张成分，"尧舜聪明莫比肩"。

### 《五言述瓜沙僧，献款诗一首》P. 3720、P. 3886、S. 4654

彦楚

乡邑虽然异，衔恩万国同。远朝来凤阙，归顺贺宸聪。冒暑闻莺啭，看花落晚红。辨清能擊论，学富早成功。大教从西得，敷筵愿向东。今朝承圣旨，起坐沐天风。

这首五言排律，押"东"韵，"阙"古代王宫、祠庙门前两旁的高大建筑，可引申为朝廷，"凤阙"即指代京都。"宸"，北极星所居，借指帝王的宫殿，也可作为帝王的代称，诗中指出在大唐帝王的有力统治下，远方归顺是明智之举。赞赏献款之人，一路风尘却也风景无限：可听到莺鸟婉转的歌唱，可欣赏花儿伴随灿烂的晚霞飘落的胜景，更欣赏献款者辩才卓越，学识广博。佛教智慧虽然来自西方，但虔诚的信徒，不断向东弘扬。最后指出，得到当今圣上的旨意，即得到君王赐紫职衔的告身，这是极大的荣光。这首诗歌行文平和，站在唐帝国的视角，用"归顺"一词，揭示出归义军政权为藩镇的事实。你我界限明显，反映了诗人在赞美归义军行为时冷静的态度。

### 《立赠河西悟真法师》P. 3720、P. 3886、S. 4654
有孚

沙徼虏尘清，天亲入帝京。词华推耀颖，经论许纵横。
幸喜乾坤泰，忻逢日月明。还乡报连帅，相率贺升平。

　　这首五言，押"庚"韵，颔联、颈联与尾联均对仗。"徼"，边关，边陲。《史记·司马相如列传》：西至沫、若之水，南至牂柯为徼。（牂柯：古代江名，又为郡名，在今天云南、贵州地区。柳宗元《得卢衡州书因以诗寄》："林邑东回山似戟，牂柯南下水如汤。"）边涯。《老子·一章》：无名天地之始，有名万物之母，故常无欲以观其妙，常有欲以观其徼。"耀颖"，光芒闪耀之意。源于成语脱颖而出。《史记·平原君虞列传卿》：夫贤士之处世也，譬如锥之处囊中，其末立见……使遂早得处囊中，乃颖脱而出，非特末见而已。这里借指悟真如毛遂一样表现出出众的才华。首句即入韵，首联勾画悟真入京的背景，颔联赞唐悟真精通佛儒又辞采过人的本领。颈联表达遇唐宣宗承平时代的幸运，借以赞唐宣宗的文治武功。尾联，承上而来，希望敦煌地区能够共享这样天地安宁、日月顺运的圣明时代。其视角与境界不同于彦楚，笔法精练圆熟，行文神采飞扬。

### 《献诗一首》P. 3720、P. 3886、S. 4654
建初

感圣皇之化，有敦煌郡法师悟真上人持疏来朝，因成四韵：
名出敦煌郡，身游日月宫。柳烟清古塞，边草靡春风。
鼓舞千年圣，车书万国同。褐衣持献疏，不战四夷空。

　　这首五律有序有诗，押"东"韵。"日月"，指君与后，"日月宫"，指王宫，这里代指帝都。"车书"，指国家的体制制度。《礼记·中庸》："今天下车同轨，书同文。"也指推行制度。李杲卿《孟邦雄墓志》："朝廷得以车书陇右，开拓巴蜀，皆公之力也。"此处应为后者。"褐衣"，指粗布衣服。白居易《东墟晚歌》："褐衣半故白发新，人逢知我是何人。"这里借指悟真。因为悟真为僧，身穿衲衣，衲衣为十二头陀行之一，穿衲衣的功德在于去贪。首联即入韵，除尾联外均对仗。首联赞唐悟真僧人的绝俗身份，颔联颈联相连，赞美当今君王（唐宣宗）治国有道，恩泽遍及四方，所以有车书万国同的局面。尾联赞美宗教界的介入，为社会太平提供了思想的帮助。用语有明显的夸饰色彩。如"千年圣""万国同""四夷空"等。"边草靡春风"即是指边地春天的景色，又指当今君王的恩泽如同春风拂及边地。

### 《五言四韵奉赠河西大德》P. 3720、P. 3886、S. 4654

太岑

肃肃空门客，洋洋艺行全。解投乙天上，日下不住禅。

飞锡登云路，抠衣拂戍烟。喜同清净教，乐我太平年。

这首五律，押"先"韵，颔联尾联对仗。重在赞美法师的形象，也表达同供佛祖，又享太平的愉悦心情。关于法师形象，诗中用了"肃肃"和"洋洋"等叠字，赞其威德与博学多能。"肃肃"指严正，恭敬。《史记·乐书》："夫，肃肃，敬也。""洋洋"指本领多且过人。《汉书·司马相如传下》："德洋恩普，物靡不得其所。"诗歌既从威仪严肃的气质、博学多能的才干等进行了一般形象的叙述，又细致刻画法师一路奔向京城的行为。尽管一路风尘仆仆，但法师威仪依旧，每日夕阳西下法师必做功课。这样一位虔诚勤勉的法师，虽满身戍烟，但在漫漫旅程中，始终以极大热情朝天阙方向阔步迈进。综观组诗，这是唱和中法师形象最具体的一首。

### 《奉赠河西真法师》P. 3720、P. 3886、S. 4654

栖白

知师远自敦煌至，艺行兼通释与儒。还似法兰趋上国，仍论博望献新图。已知关陇春长在，更锐河湟草不枯。郡去五天多少地，西瞻得见雪山无？

这首七律，押"虞"韵，颈联颔联对仗。"法兰"即竺法兰，中天竺僧人。《高僧传》中记载在东汉明帝永平年间，他与迦叶摩腾来我国，在洛阳白马寺译出了《四十二章经》标志着汉译佛经的开始。"博望"，博望侯省写，此处借张骞之官阶名代张骞。见《史记》："将军张骞，以使通大夏，还，为校尉。从大将军有功，封为博望侯。"全诗均在赞悟真。赞美了法师此行发挥着竺法兰和博望侯张骞相同作用，加强了敦煌政权与中原王朝的联系，促进了敦煌与中原文化的交流。这个评价是酬答诗中最高的。诗歌首联肯定了来自敦煌的悟真法师"兼通释与儒"博学多能，堪当重任。颔联则把唐悟真与竺法兰和张骞作比，高度评价悟真在文化交流中发挥的历史性的作用。由于敦煌归义军边地政府心向中原王朝，维护国家的统一所以颈联中对敦煌的现实做了评价，对未来做了预测，"关陇""河湟"虽处边地，但感圣明君主的力量将"春长在"，"草不枯"。无论敦煌离五天竺多远，道路都会畅通。这与太岑的"喜同清净教，乐我太平年"是相似的表达。

### 《五言美瓜沙僧，献款诗一首》P. 3720、P. 3886、S. 4654
子言

圣泽布遐荒，僧自来远方。愿移戎虏地，却作礼仪乡。
博学词多雅，清谈义更长。名应恩意重，归路转生光。

这是首五律，押"阳"韵，首联、颔联与颈联对仗。因一致押下平声，属高音位，诗中或存有核心文化对边地文化俯视的心理。不过，诗人对法师的博学和才华还是称赞有加的。

### 《 赠沙州悟真上人兼送归 》P. 3720、P. 3886、S. 4654
景导

河湟旧邑新通后，天外名僧汉地来。经讲三乘鹙子辨，诗吟五字慧休才。登山夜振穿云锡，渡水环浮逆浪杯。明日玉阶辞圣主，恩光西迈送书回。

这首七律押"灰"韵，颔联、颈联对仗。这首诗是此次酬答用典最多的一首，不仅对仗工稳，而且用典雅致，突出了诗人学识的渊博。作者以鹙子与慧休比悟真，赞扬悟真是一位有着无比智慧的佛教大师，更是一位才华横溢的诗僧。诗中用典，鹙子：为舍利佛，智慧第一；慧休，以诗才闻名。另外诗中对悟真的不畏艰难的精神给予高度评价，领到使命后不舍昼夜，风雨兼程，山高路远，不辞劳苦。山环水绕渡水东行，饥餐渴饮忠诚在胸。其中，拆解了"渡杯"，"杯"指舟船，据《高僧传》记载：有一僧人，用木杯作渡船，于是被称"杯渡和尚"。"渡杯"即指悟真以渡人为使命，因而，此诗用了双关的修辞手法。总之，将行程中的万状艰辛集中于领联，尾联写经过一番风雨兼程后，悟真法师终于到达中原朝堂，在庄严的朝廷上又以横溢的才华打动当今圣君，于是在得到告身赐紫的洪恩后，法师即将返回边关，完成这次伟大的壮举。通篇表达了诗人对悟真的钦敬之情。

### 《同赠真法师》 P. 3720、P. 3886、S. 4654
有道（？）

　　明王大启无极化，万里尘消世界通。远国观光来佛使，边庭贡籍入王宫。

　　翩翩一鹤冲天阙，历历双眸饮帝风。却到敦煌传圣道，常思日月与师同。

这是首七言律诗，押"东"韵，领联颈联对仗。"无极"，无边际，无穷尽。《庄子逍遥游》：吾惊怖其言犹河汉而无极也。这里极力赞扬君王昌明政治的影响面积之广。"翩翩"是风度、文采优美的样子，一般形容人才德相得。曹丕《与吴质书》："元瑜书记翩翩。"这里用于赞美释悟真及其才情。首联指出唐悟真献款的背景，正是英明君王治理下国运昌明之际，世界消除了战争之时。领联写法师从遥远的边庭来到王宫献款。颈联用比拟的修辞手法，赞法师是一飞冲天的白鹤，清雅高尚，清晰分明地包揽帝都的风物。尾联写希望法师回到敦煌，一定将帝都风范加以发扬，不忘君王之恩，更要坚守法师的职责。这首诗将悟真置于世中又放在世外，反映了诗人对修行者做世人师表角色的神圣感。

### 《同赠沙州都法师悟真上人》P.3720、P.3886、S.4654

道钧

河西旧地清尘虏，献款真僧入贡来。谈论妙闲金粟教，诗情风雅豆边才。边廷望回平沙月，出塞逢河几泛杯。丹阙礼仪新奏对，恩深未放使臣回。

这首七言诗，押"灰"韵，更近古体，拗句明显且对仗也属宽对，表达自由，诗情饱满。诗以赞美悟真为主体，主要赞其儒释兼通本领，赞佩他执着的精神，这些都表现在颔联和颈联句中。颔联句描写悟真从边庭出发，一路看过无数个月升月落，端起河里无数次浮起的杯子，具体刻画悟真执着东向、艰苦行进的身影，突出作者对悟真将敦煌等十一州回归中原王朝的事业忠诚的赞赏和钦佩。颈联特别通过"金粟教"和"豆边才"这些特指意象，赞美悟真是通儒通佛的大德高僧。所以颔联和颈联是对悟真德才的描写。首联则是悟真献款的背景，尾联是悟真卓越的表现产生的影响。在朝堂的口吐莲花，使君王延缓了悟真返回的步履，这才有了酬对事件的发生。

这首诗与景导的诗写法上情感上都颇为相似。内容均有三个层次，先陈述背景，再精描细绘，最后转向君王的对此番行为的回应。写法上都使用典故，使诗歌的历史与文化的底蕴增厚。只是，道钧赞誉跨两界，景导赞其在佛教界的影响。

2. 京城酬答诗的特点

这次影响悟真政治生涯，又成为诗僧界一大盛事的酬答活动有以下特征。

（1）酬答者地位高

参与这次高规格大规模的酬唱盛会的有包括悟真在内的十三位大德贡献了 15 首诗，其中唐悟真为沙州释门义学都法师；辩章，右街千佛寺三教首座入内讲论赐紫大德；宗蓝，京右街千佛寺内道场表白兼应制赐紫大德；圆鉴，京右街千佛寺内道场应制大德；彦楚，京右街崇先寺内讲论兼应制大德；有孚，唐内供奉文章应制大德；建初，唐报恩寺赐紫僧人；太岑，唐报恩寺内供奉沙门；栖白，京福寺内供奉大德；子言，唐右街千佛寺沙门；景导，唐左街保寿寺内供奉讲论大德；有道，唐内供奉僧人；道钧，唐报恩寺京城临坛大德。十二位大德中有 4 位应制大德，5 位供奉，3 位赐紫大德，由此可知悟真受到大唐礼遇的程度。"应制"指由皇帝下诏命而作文、赋诗的一种活动，主要功能在于娱帝王、颂升平、美风俗。汉武帝命文学侍从之臣待诏金马门，应制奏赋，赋遂成"一代之文学"。"供奉"，职官名，指在皇帝左右供职的人，唐玄宗时设有"翰林供奉"专门用于应制，李白的官职即是翰林供奉。可见这种安排对悟真既是荣耀，也是考验。但通过大德的赠诗，证明了悟真博学多能，儒释皆通，礼仪周到，戒行圆满。其中七言律诗或绝句 6 首，五言律诗或绝句 8 首，除悟真致辞外，其他 13 首均以赞美悟真才德为主旨，同时兼顾对当今圣君泽被天下、国泰民安的赞美和同享太平的喜悦心情的表达。

（2）酬答者才学高

在这组酬答诗中，有不少对悟真才学和德行赞美的诗篇，集中于对悟真此行细节的刻画，使悟真形象鲜明，生动可感，同时，以用典的表现方法赞美悟真，在表达方式上做到了议论、抒情、描写兼具，在审美意境上达到情景交融的高度。这些特点其实就是酬答者技巧娴熟，才学卓越的体现。代表性的作品如栖白的《奉赠河西真法师》、道钧的《同赠沙州都法师悟真上人》、有道的《同赠真法师》、景导的《赠沙州悟真上人兼送归》、太岑的《五言四韵奉赠河西大德》等。诗中最能体现酬答者才华的是用典了。这十三首诗用不同的典故赞美悟真的学识广博，德行高尚。如宗苣的《七言美瓜沙僧，献款诗二首》用了"宾爰旅"；景导的《赠沙州悟真上人兼送归》中用了"鹙子辨"、"慧休才"。鹙子，是舍利佛，佛弟子智慧第一，辨，为其论辩的才能。慧休，唐僧人，是以天下称道的名僧。辩章的《依韵奉酬》中用了"聚萤"，"聚萤"本为悟真自况，这里用以车胤囊聚萤赞美悟真勤奋之功效；道钧的《同赠沙州都法师悟真上人》用了"金粟教""豆边才"，"豆边"为古代祭祀和宴会时常用的两种礼器。木质为豆，竹制为笾。笾盛果品，豆盛肉食。《礼记·礼器》："三牲鱼腊，四海九州之美也，豆笾之荐，四时之和气也。"悟真进京献款，答辩，宣宗授京城临坛大德、赐紫的美誉，所以道钧用"豆边才"来赞美。不仅如此，悟真兼通儒、佛教和藏传佛教，论议金粟教娴熟自如。"金粟教"即是佛教，这种说法来自维摩诘居士。金粟如来指维摩诘居士之前身。这是自古以来的传说，并不见经文。维摩诘，菩萨名，略称为维摩。其义为净名，清净无垢之意，又称为净名大士，是释迦牟尼佛在世时比耶离城居士，自妙喜国化生于此，委身在俗，辅助释迦牟尼进行教化。由此，金粟教依然是佛教的意思。其中包含教化之意。除此而外，在乾宁二年（895 年）悟真任都僧统期间撰写了《四兽恩义颂》，此诗抄于《四兽因缘》的后面，原来中国佛教典籍中只有三兽，在西藏佛寺保存的唐卡上才有四兽因缘本生故事画，《四兽因缘》应出于藏文佛典，由此可以证明，悟真通藏文，对藏传佛教有所研究。因此道钧在《同赠沙州都法悟真上人》中写道"谈论妙闲金粟教"。

（3）酬答诗风格多样

这次酬答活动中有一位大德语言特色独具，以语言朴素迥异于他人，他就是京右街千佛寺内道场应制大德圆鉴，试看他的作品：

### 《 五言美瓜沙僧，献款诗一首 》P. 3720、P. 3886、S. 4654

圆鉴

圣主恩方洽，瓜沙有异僧。身中多种艺，心地几千灯。

面进输诚款，亲论向化能。诏回应锡赉，殊宠一层层。

这首五言四韵诗，押"蒸"韵，三四句、五六句对仗、一二为宽对。开始将"圣主"与"异僧"相对，接着将"身"与"心"相对，突出唐悟真儒释皆通、智慧圆融的才学。然后用"面进"与"亲论"来赞扬唐悟真以使者身份面圣博得君王的欢心，又与众多大德从容探讨教化俗众的心得本领，是个精通僧俗世界的智者。尾联"诏回应锡赉，殊宠一层层"，获得殊荣成为自然的结果。与其他大德酬答相比，圆鉴语言较为通俗浅白，直接不修饰，也不用典，表现圆鉴特立独行的特点。与此相对，酬答大德，多用雅词和典故，以体现学识。如道钧的《同赠沙州都法师悟真上人》（S.4654）。在这首诗的首联，诗人即陈述酬答的背景，称赞张议潮收复瓜沙诸州"清尘庑"，对句写僧人悟真受命献款。颔联以后着力赞誉悟真兼通佛学和儒学是位学识渊博、智慧通达的高僧。颈联勾画悟真长途跋涉，不畏艰难的形象，尾联赞悟真在庄严富丽的朝堂之上，才能卓异，口吐华章，绝辞妙对且礼仪是洽，因而赢得宣宗恩宠得以巡礼左右大寺并酬答的机缘。诗歌洋溢着道钧对悟真的才学，德行的高度赞美和钦敬之情。与圆鉴大师的酬答相较：一白描，一精描；一概括，一具体；一口语，一用典；一直接，一含蓄；一冷静客观，一深情款款。从而体现出酬答诗风格多样的特征。

3. 关于《又赠沙州僧法和尚悟真辄成韵句》一诗的作者

在十五首诗里，唯有《又赠沙州僧法和尚悟真辄成韵句》（P.4654）一首，录者有不同看法，汪泛舟先生录《悟真与京僧朝官酬答诗》皆有署名，唯此诗题下无署名。而前面诗作者为道钧，其诗题又有"又赠"二字，故校者疑此诗的作者或为道钧。所以仅以"同前"后加"?"以示之。徐俊先生则将诗题拆为"又赠沙州僧法和下阙"，"上缺悟真辄成韵句"解释为原题滞碍难明，认为是两首诗的前后部分。因抄写舛行，致使前后二诗题拼接，前诗未抄而佚去。前者为赠悟真的诗，后者究其诗意应非赠悟真之作。"悟真辄成韵句"与卷首的"未敢酬答和尚故有辞谢"诗的署名方式相同，同为悟真答诗。在笔者看来，这首诗本为悟真答诗，题目应为"又赠沙州僧法师悟真辄成韵句"，由于历来学者关注悟真与京城大德的酬答，却将一起参与酬唱活动的朝官杨庭贯忽略了。在这次活动中，杨庭贯有《谨上沙州专使持表从化诗二首》，从题目看，他的表述与其他大德迥然不同。遍观前十二首诗，题目不是"献款诗一首"，就是"奉赠河西大德"，唯独杨庭贯用"谨上"极其谦虚，可见在唐宣宗时中原和敦煌一样富有名望的高僧拥有为师的尊严。所以《又赠沙州僧法和尚悟真辄成韵句》的诗作是悟真赠给杨庭贯的，这就是唐悟真出世入世皆自由的证明。下面试做简要分析。

流沙古塞没多时，人物虽存改旧仪。再遇明王恩化及，远将情恳赴丹墀。

这首七言古诗，押"支"韵，一般意义地表明了杨庭贯对这次唐悟真献款的认识：即敦煌落入吐蕃之手时间近七十载，所以风俗一定变化不少。当再次遇到明君的时候，唐悟真法师怀着对唐王朝归附的忠心从遥远的边地奔赴当今天子庄严华丽的朝堂。语言质朴无华，感情自然朴素。表达方式是叙议结合式。

对于杨庭贯的敬赠，唐悟真做了下面的回赠。

敦煌昔日旧时人，虏丑隔绝不复亲。明王感化四夷静，不动干戈万里新。春景氛氲乾坤泰，敦煌披缕再献陈。礼则宛然无改处，艺乘德传化塞邻。羌山疏长思东望，蕃浑自息不动尘。迢迢远志归帝阙，□□愿教好博闻。莫辞往返来投日，得睹京华荷圣君。

这是首押"真"韵、"文"韵，属于押邻韵的排律诗。首联，追昔，由于吐蕃的入侵，敦煌与中原不能亲近。第二联，抚今，中原圣君威德无限，终于迎来偃旗息鼓的新气象。第三联，在这春意盎然乾坤安泰的时候，再次迎来献款的机会，这里指在此之前，悟真等人大中二年到四年出使曾经受阻。因为在 P. 2748 写卷中记载："大中四年（850 年）七月二十日，天德以下七人至。忽奉赐金帛棉练，蒙恩荣赐，诚欢诚惧，顿首当回，发史细人挟接掠，所以淹等七人，于灵州赖吐谷浑不知委不敢说实情，六人奉河西地图上，今谨遣定远［下缺］"说明大中四年七月，使团一行七人，奉河西地图入秦，一人被羁于灵州。因此件出现在《唐和尚百岁诗》卷里理应与唐悟真相关。至于敦煌"礼则宛然无改处，艺乘德传化塞邻"，是由于敦煌是在汉人"不迁徙"的情况下投降的，所以文化破坏程度较甘凉等州轻，加之吐蕃重视佛教推广，为汉文化在寺院保护创造了条件，所以悟真在第四联里表达了欣慰之情。第五联，敦煌人东望中原，心归圣君，现在边地因吐蕃吐谷浑无力发动战争，迎来了西域安宁的环境。第六联，悟真不舍千里之遥拜见国君，广闻博识，增长见识。第八联，不妨在献款来京城的日子，多蒙受圣君的恩泽。这首诗显然缺了第七联对高僧大德与己唱和的评价，这样，作为总结的第八联就有些突兀。可以肯定是抄漏了。

通过这首诗与杨庭贯做了具体的交流，纠正了杨庭贯对敦煌文化认识上的偏误。同时表达敦煌人的中原王朝认同的强烈愿望和自己此行喜悦的心情。通过"再献陈"表明敦煌边地政权在唐悟真此行之前，已表达过对中原王朝的忠诚，全诗行文为叙述兼议论方式。行文层次分明，笔法娴熟自然，态度雍容大度。

4. 其他京都面圣诗

（1）《阙题四首》（见 S.4654，根据内容应为悟真作品，第一首与悟真辄成韵句相同，此处不录）

重云缭绕拱丹霄，圣上临轩问百寮。龙沙没落何年岁，牒疏犹言忆本朝。

表奏明君入紫薇，便交西使诏书进。初沾圣恩愁肠散，不对天颜誓不归。

龙沙西尽隔恩波，太保奉诏出京华。英才堂堂六尺貌，口如江海决悬河。

第二首诗，是七绝，押"萧"韵。首句入韵，语言幽默，趣味横生，行文随性自然。其核心内容是：敦煌与京都虽然因故疏离，但敦煌人对本朝的归属感从未丧失。起笔是特定场景描写，在似重云般的香烟缭绕的雄伟殿堂，在高大敞亮的窗边，君王与百官一起议事。（此处也可有别解：在重云缭绕苍穹之下，在君王雄伟殿堂前敞亮的平台之上。）接着是特写：君王问：敦煌陷落吐蕃几多年？唐悟真答：无论多久，牒疏等公文与本朝高度保持一致性。

第三首以七言的形式表达了悟真他们将表奏明当朝圣上，得到传唤，心情愉悦，愁肠舒散的心理。而且还表明自己一定要面见圣颜的信心与决心。

第四首诗中出现"太保"，说明这首诗与前面的诗存在时间上的差异，需要做一番考察。根据荣新江先生的《归义军史研究》对张议潮一生的称呼的考证可知：大中二年（848 年）到大中五年（851年）归义军政权创立，张议潮自称兵部尚书，大中十二年（858 年）张议潮自称仆射。咸通二年（861 年）自称司空，咸通八年（867年）入朝，授司徒。咸通十三年（872 年）去世，诏赠太保。在张氏归义军时期，太保的称呼一直属于张议潮，在曹氏归义军时期，称张议潮为张太保。毫无疑问，第四首是张议潮奉诏进京时张议潮形象的描写，诗中赞美张议潮相貌堂堂，口才出众。由此可知这首诗写于张议潮去世之后，即咸通十三年（872 年）之后。徐俊先生认为"内容均与涉及奉诏入朝，面谒龙颜，与大中五年悟真赴长安献款有关"或有不当。

（2）《三五年来复圣唐》（P. 2078）

　　三五年来复圣唐，去年新赐紫罗裳。千花座上宣佛敕，万岁楼前赞我皇，谈始（士）休夸登御席，道门虚设座龙床。圣晨莫慕灵山会，只是眉间夹放光。

这首七律押"阳"韵，颔联颈联对仗，诗末署名，根据内容及表达的技巧应是悟真所作，而且是回敦煌之后所作。在等级森严的中国，作为边地僧人能目睹中原君王的容颜又得恩遇是极其难得和光荣的事情，所以悟真笔下将自矜的心态不自觉地流露出来。

（二）地方酬答诗《奉酬判官》

　　姑臧重别到龙堆，屡瞰星河转四回。十里獯戎多狡猾，九垄山河杜往来。
　　幸沐尧风威化被，征骑稀踪渐田开。结好阁众［下缺］

这首七律押"灰"韵，写作的时间为咸通十年（869 年），据文献显示，P. 3681："奉酬判官，七言。维次岁赤奋若律申中官冀凋捌叶，释□□□灵岩九纪悟真谨上。""赤奋若"为十二支中"丑"的别称，咸通十年（869 年）为己丑年，因为姑臧是凉州的治所，从《张议潮进表》看，收复于咸通二年，悟真与判官的相遇应在此后，咸通二年之后的丑年应为咸通十年。"重别"说明这是收复之后再次见面离别之时所作。"猘"，狗发狂。《淮南子·说林训》："狂马不触木，猘狗不自投于水也。"也指发狂的狗。韩愈《许国公神道碑铭》："在贞元世，汴兵五猘，将得其人，众乃一惕。"此诗内容依旧有赞美当朝君王之意。诗的形式多用数量词以揭示归义军在维护大唐边疆的功绩。这首诗是悟真在敦煌当地所作，张锡厚先生评此诗："显露释氏构思恢宏，用句精妙和讲究声韵的特点。"

### 三　唐悟真的自创体诗

通过对悟真原稿 S.930、P.2748、S.2847、P.3054、P.3681、P.3821、P.4026、P.3195 等卷的研究解读，可以意会敦煌高僧善于辞章，学识渊博，在凡俗之间自由出入的学养，无论唱和酬答的得体，回忆自省的直率，还是讲究辞章的完美都是悟真作为归义军初期敦煌僧诗杰出代表极好的证明。在敦煌当地悟真最有代表的诗是《唐和尚百岁诗》，这首诗前有序：

> 敕授河西都僧统赐紫沙门悟真，年逾七十，风疾相兼，动静往来，半身不遂。思亿一生所作，有为事实，虽竞寸阴，无为理中，功行阙少，犹被习气，系在轮回，自责身心，裁诗十首，虽非佳妙，狂简斐然，散虑摅怀，暂时解闷，鑑识君子，矜勿诮焉。

这个序成为研究者判断唐悟真年龄的依据之一，其实笔者认为正因为行动的限制，给了他思索一生经历，"自责身心，裁诗十首"的机会。从诗中看唐悟真丝毫没有因年老体弱而表现出沮丧，恰恰与《邈真赞》相互映照，以冷静客观的态度回忆了自己叱咤风云的一生，最后则以平静与淡然作为心境的归结。"圆明正觉觉无尘，罪根福性性齐均。森罗动植皆非相，无过返照一生身。岁有荣枯秋复春，千般老病苦相奔。从此更莫回顾恋，好去千万一生身。"作为一个以教化众生为己任的佛教弟子，在追求的最高境界里，即使生活在尘世也不沾染尘心。而且在自觉后必觉他，才可觉行圆满。"万仞峰头盘结草庵，逍遥的超出尘世。十字街头解开布袋，热情地投入生活。"生老病死是自然之事。正如六祖所言"叶落归根"，良价禅师"劳生息死"一切归于自然。

　　　　幼龄割爱欲投真，未报慈颜乳哺恩。子欲养而亲不待，孝亏始终一生身。

　　　　从师陶染向空门，惟忻温故乐知新。冰谨专行八正路[①]，犹恐辜负一生身。

　　　　迷情颠倒起贪嗔，还曾自赞毁他人。口过闲谈轻小罪，如今追悔一生身。

　　　　丰衣足食固辞贫，得千望万费心神。徒劳蓄积为他有，呼嗟役到一生身。

　　　　情误往往显名闻，奢心数数往来亲。衣着绮罗贪锦绣，矜装坯器一生身。

　　　　盛年耽读骋风云，披检车书要略文。学缀五言题四句，务存遍计一生身。

　　　　男儿发愤建功勋，万里崎岖远赴秦。对策圣明天子喜，承恩至立一生身。

　　　　绍继传灯转法轮，三车引驾玄迷津。智海常流功德水，些须浮泛一生身。

　　　　圆明正觉觉无尘，罪根福性性齐均。森罗动植皆非相，无过返照一生身。

　　　　岁有荣枯秋复春，千般老病苦相奔。从此更莫回顾恋，好去千万一生身。

----

　　① 八正路：指正见，见苦集灭道四谛之理而明之也；正思维，既见四谛之理尚思维，而使真智增长也；正语，以真智修口业，不做一切非理之语也；正业，以真智除身之一切邪业住于清净之身业也；正命，清净之身口意之三业，顺于正法而活命；正精进，发用真智而强修涅槃之道也；正念，以真智忆念正道而无邪念也；正定，定也，以无漏之定为体。八法尽离邪非，故谓之正。（丁福保：《佛学大辞典》，中国书店 2011 年版，第 126 页。）

　　这首诗作于公元 880 年，即悟真 80 岁时，一方面让他人给自己写《邈真赞》，另一方面，自己创制了一种总结一生的诗歌形式，每总结一个阶段即以"一生身"作结，形成重章叠唱的形式，强化了主题。张锡厚先生在《敦煌诗歌考论》中说此诗："语言通俗，明白如话，叙事说理，即情而发，虽然说不上名篇佳作，却也表现释氏佛门追求口语体白话诗的倾向。"解读唐悟真自述诗，可以了解大德对生命的客观、认真的态度。悟真在诗前序中，明确自己在行动不便的情况下，反思了自己人生历程。认为作为僧人，有为之事做了很多，昔时努力，但"无为理中，功行阙少"，表达了人生短促，遗憾甚多的心理。的确，为了得到中原王朝信任与支持，悟真在从担任都法师开始，一直参与归义军政治外交工作，在完成出使工作中，利用儒释皆通的优势，进行了卓有成效的文化交流活动。在敦煌归义军历史上、中国诗歌史上留下了重要的史证文献。

　　第一首诗中，悟真回忆自己一生，"孝亏始终"，遗憾终生，说明中国传统的孝道对悟真影响是根深蒂固的。虽然沙门早有对孝道的评述。但处于敦煌地理环境中的悟真深受儒学和佛教影响，自然有这种心理。

　　第二首，唐悟真表达了献身佛教事业的不懈追求。"忻"为喜悦，高兴。回忆自己一生，都按照佛家修行八正路来行事。八正路也叫八正道、八圣道，因道离偏邪，自认为这一生是无悔的一生。

　　第三首对照八正道，"迷情颠倒起贪嗔，还曾自赞毁他人"，从而检讨自己在人生道路上行为的瑕疵，真诚悔过。

　　第四首，检讨自己贪得的心理与作为，预告一切随生命的完结而结束。"得千望万""徒劳蓄积"即是无明的具体体现。

　　第五首，检讨自己在修行的路上没有放弃名利追求，没有完全割断尘缘，好穿"绮罗锦绣"等种种表现。

　　第六首，追忆自己在社会中谋求生活的技能，"披检车书要略文，学缀五言题四句"即完全按照儒学的培养模式成就自己。"车书"，《礼记·中庸》中有云："今天下，车同轨，书同文。"后"车书"泛指国家体制制度。除了熟悉国家法令制度外，悟真专门学习了诗歌创作的技巧，通过悟真可以证明，在唐代的敦煌，寺院本身就是一个教育的机构。张议潮的学郎诗，也是直接的证明。

第七首，悟真回忆自己一生中最得意的事情，就是作为献款使臣的代表奔赴中原王朝，唐悟真因精于诗歌的创作的本领，让他有机会面见唐宣宗、与十二大德酬对赋诗，这为他带来了一生的荣耀。

第八和第九首追忆自己坐禅修行所达到的境界及为敦煌教育所做的贡献。"三车①引驾玄迷津，智海常流功德水。"最后以坦然淡静的态度，对待病痛与死亡的问题。"从此更莫回顾恋，好去千万一生身。"诗歌的内容由现实走向虚幻，由儒士转向大德完成人生的蜕变。

悟真大师，以通俗白话，评价了自己参禅悟道的一生，即先投身于现实事务中，以入世为业，耳顺之后则将精力集中出世方面讲经转法轮，这与敦煌的社会环境一致，随着张议潮应诏入京，不过两年，悟真就继翟法荣之后将精力主要集中于敦煌寺院管理方面，若依据禅宗的三境界说，似乎与此相背，但"圆明正觉觉无尘，罪根福性性齐均。森罗动植皆非相，无过返照一生身"。可知，悟真作为大德，其完全悟得"荷叶团团"与"菱角尖尖"的一致，和"六六三十六"自然结果，完全达到对立与统一的和谐。所以回顾一生认为自己"无过"。

### 四　唐悟真的《四兽恩义颂》

895 年即在悟真去世的同一年，还在工作，并写了《四兽恩义颂》（P. 2187）：

#### 唐僧统和尚赞述四兽恩义颂

为行孝因果，今感得成佛因缘，其由如是：奇哉四兽，能结好事。敬大识小，以树为类。布恩行义，低心下意。动止相随，匪辞重类。连襟缀袖，陈雷莫比。感世清平，灾殃不起。风调雨顺，吉祥呈瑞。迦尸国人，无不欢喜。圣教称扬，诸天

---

①　三车：羊车、鹿车、牛车。如此次第，乃以声闻乘、缘觉成、大乘者。（丁福保：《佛学大辞典》，中国书店 2011 年版，第 304 页。）

赞美。后得成佛，福因有此。

这是首四言 10 韵诗，押"真"韵。明显带有说教的性质。诗歌内容是借通过颂扬四兽布恩行义，带来迦尸国风调雨顺吉祥呈瑞的结果。追究根源，四兽本为如来及其弟子的化身，由此教导大众，四兽行恩，有大功德，何况是人。

《四兽恩义颂》前有《四兽因缘》讲的正是迦尸国，人则安乐，五谷丰稔，四序调和，没有灾疫。国王、王夫人和太子都认为是自己的福带来的感应。因不能确定谁正确，于是请教了修道仙人。修道仙人的回答是：与他们三人无关，是山林中的迦毗罗鸟、兔、猕猴和象等四兽，结为兄弟，行恩布义，互相尊敬，天地感动才有这种结果。四兽何以结为兄弟？因为它们识得大小。它们以问答识大小，它们的排行是：鸟居长、兔第二、猕猴第三、白象最小，于是它们按大小行恩义，命终后尽得生天[1]并得帝释的赞叹。如来告诉大众：鸟就是佛自身，兔是舍利，猕猴是大目乾连，白象是阿难陀。这个故事讲的便是佛及其弟子的神迹，召唤人们信佛教讲恩德。从语言和故事内容来看，主要的教导对象是普通的百姓和信众。

这里值得注意的是：悟真在晚年将传播佛教作为自己的主要责任。《四兽因缘》本来自藏文，这一方面证明悟真懂得藏文，精通藏传佛教，可见悟真对佛教的虔诚与孜孜以求。

从唐悟真的创作时期看可以分为三个阶段，且与其一生的行迹关系密切。第一阶段伴随着政治才能的施展，诗歌达到高峰，诗歌反映政治生活，赞美当朝君王为主要内容，讲究韵律，辞采华美，豪迈自得。第二个阶段，关注生命自身价值，语言走向通俗，豪气转化为淡然清气。第三个阶段，回归教化，诗的韵味淡化，处于无我状态。

---

① 天：在佛教中，是自然之义，光明之义，清净之义，自在之义，最胜之义，受人间以上胜妙果报之所。生天，为四天王乃至非想天，众生可生之天处，是六趣中的天趣。（丁福保：《佛教大词典》，中国书店 2011 年版，第 463 页。）

### 五　唐悟真的僧诗创作成就

#### （一）创制了新的诗歌形式

作为一代高僧，唐悟真的主要事业是自我修行，启迪众生，特别是给在战争中挣扎的敦煌僧俗以精神的慰藉与解脱。因而唐悟真诗歌反映出了佛教文学以人为关注点的传统。无论参加京城大德和朝官的酬答，对进京献款经历的描写，还是自己人生的总结以及对大众的教化诗中，均以抒发求精进、敬王者、泛爱众的情感为旨归，所以唐悟真的创作是一个高僧大德真实生活的写照，而并非纯粹为诗歌而创作诗歌，于是集一生之才学和修行者的经验，不经意间创制了一种新的诗偈形式，即《唐和尚百岁诗》。

唐悟真创制的《唐和尚百岁诗》，以十年为单位，对人生历程加以叙写，并以"一生身"作结，形成重章叠唱格式。读来上口，记诵方便。在当时就产生了影响。前文对内容与形式已做分析，此处不再赘述。《河西都僧统悟真作品和见载文献系年》①认为，悟真去世后他的诗《唐和尚百岁诗》等及京城大德赞美悟真的诗被广泛传抄。文人学士将唐悟真的一生编成《缁门百岁篇》，为人称颂并作为寺学课本。

#### （二）代表了敦煌僧人诗歌创作的最高成就

唐悟真的诗作五言、七言，甚至四言兼工。尤其是五言，不仅悟真自称专门学习，而且得到了京城高僧大德的肯定。悟真在《唐和尚百岁诗》回忆自己的学习历程时写道："盛年耽读骋风云，披检车书要略文。学缀五言题四句，务存遍计一生身。"悟真的努力在景导的酬答诗中也得到证明："经讲三乘鹙子辨，诗吟五字慧休才。"慧休（548—646年），为唐初高僧。张固也先生在《唐初高僧慧休记德文考释》中引记德文中对慧休才能的赞美如下："并皆探赜玄宗，敷通幽捷。畅十诵之口典，演五时之精义。其辞口而旨微，其文华而理奥。诚先达之领袖，实后贤之冠冕。及讲解释，辩若悬河，

---

① 齐陈骏、窦沁:《河西都僧统悟真作品和见载文献系年》,《敦煌学辑刊》1993 年第 24 卷第 2 期。

听之者忘疲，唻之者心醉兮……法师俨然高视，擅名当世，虽弘论未交，则望尘而旗靡；辞锋才接，亦漼（通'摧'）然而辙乱。《慈润寺故大论师慧休法师刻记德文》贞观二十一季四月八日。"由此可知，慧休并非以诗文名闻天下，而是在高僧云集的法会或讲坛上，有口吐莲花之功，汩汩滔滔之能，拨动听者心弦，启发无明之智，也反证了慧休善于驾驭文辞以阐述深奥的佛理本领。这里用慧休比唐悟真，正是赞美唐悟真阐释佛法能深入浅出的本领。

　　唐悟真还善于运用多种诗歌表现形式抒情言志。如，他在为前任都僧统翟法荣写《翟家碑》时以"楚辞体"赞美了一代高僧翟法荣营造敦煌莫高窟85窟之功。这种语言风格在其他僧人笔下较少见到，敦煌碑铭赞多为四言，不过在赞后诗中可略寻到"楚辞体""兮"的踪迹，说明楚辞体对敦煌的碑铭赞或有影响，但观唐悟真的《翟家碑》则自如地运用了这种诗体，由此反映出诗人诗歌造诣之深。何谓楚辞，宋代研究楚辞的学者黄伯思认为："盖屈、宋诸骚，皆书楚语，作楚声，纪楚地，名楚物，故可谓之楚辞。"楚辞最早出现在《史记·酷吏列传》中："买臣以楚辞与助俱幸。"说的是朱买臣因讲楚辞得到汉武帝赏识的事。楚辞大量使用"兮"字，它既起到表情作用，又有调整节奏的功能。在《赞僧统诗》中，诗人以七言行文、词语间以兮连接，用以表达对翟和尚功绩的赞赏的情绪。"兮"直接起到感叹的作用，突出整首诗抒情和议论味道。（为行文整齐的需要，关于《翟家碑》中的诗将在本章第四部分着重讨论。）

　　由于唐悟真在僧俗界的巨大影响，出现在 P.3963、P.3259 写卷中的《纪念唐和尚文》云："敦煌胜地，累代高僧，非唯索、李、宋、石、王之明公，近复唐、曹之大哲，我先师都僧统，河西应管内敕授赐紫都僧政和尚，此郡人也。其和尚龙堆俊宝，向代英才，学盖今古识达通仁，指一言而万派得源，谈三宝而千门领会。"索，应指释法颖，又称释玄颖（416—482 年），俗姓索，敦煌人，出家凉州公府寺，博览经律论，尤精律部，为律学宗师，后东下游学，与发上法师交往密切；元嘉末年深得刘宋孝武帝刘骏赏识，任都邑僧正。南齐建元元年南齐高帝萧道成任释法颖为京邑僧主。释法颖留有许多著述（《高僧传》卷十一《明律·释法颖传》）。李，应指释慧远（523—592 年），敦煌人，俗姓李氏。幼年曾受儒学教育，十三岁告别叔父，到泽州（今山西晋城）东山随古贤寺僧思禅师学习。后来随禅师到怀州北山丹谷修行。再跟随大隐律师学习《四分律》，对佛教戒律进行全面的整理。在北周武帝宇文邕准备灭佛时，慧远主动与周武帝辩论，被佛教僧侣誉为"护法菩萨"。隋文帝即位后任命慧远为洛州沙门都，隋文帝曾召集天下大德高僧六人到长安说法，慧远是其中之一且慧远一生著述等身。而与唐悟真同时代的高僧曹法镜则以讲《维摩诘经》著称。此文将唐悟真与历代高僧相提并论，足见唐悟真在敦煌僧俗中至高的地位和声望，而诗歌应是成就其称誉不可或缺的部分。

## 第二节　翟法荣及其创作

释法荣，俗姓翟氏，吐蕃统治晚期至归义军初期沙州著名僧人。祖籍江州浔阳，约在南北朝时迁居敦煌，至隋唐翟氏成为敦煌世家大族之一，当地有翟村。翟法荣之父翟涓以品行端正，道德高尚著称，在吐蕃时期担任行政职务，被称为"一郡提纲，三端领袖"，晚年剃度出家。翟法荣自幼崇信佛教，宝历二年（826 年）在酒泉一带弘法行医。唐文宗大和五年（831 年）移居敦煌龙兴寺。龙兴寺藏经丰富，寺学发达，是敦煌重要的讲经场所，在吐蕃统治敦煌时有较高的地位。翟法荣到龙兴寺后不久被任命为沙州释门法律，后又升任释门僧政，在吐蕃统治后期，升任释门都教授之职。大中五年（851 年）经归义军节度使张议潮举荐，唐宣宗敕命其为释门都僧录，大中八年（854 年），翟法荣任河西都僧统，京城内外临坛大德三学教授兼毗尼藏主，赐紫衣。咸通十年（869 年）示寂。同年唐悟真为其撰邈真赞《河西都僧统翟和尚邈真赞》云："五篇洞晓，七聚芬香。南能入室，北秀升堂。戒定慧学，鼎足无伤。俗之缥袖，释侣提纲。传灯暗室，诲喻浮囊。五凉师训，一道医王……天命从心，寝疾于床。"① 从唐悟真的赞语可知，翟法荣是位救死扶伤的高僧，不仅医术高明，而且对禅宗的顿、渐修法均圆融贯通，其修行达到悲智双运、自度度人的地步。升任河西都僧统后于咸通三年（862 年）到咸通八年（867 年），翟法荣开窟造寺，名为 85 窟，后世称为"翟僧统窟"。唐悟真特撰《大唐颍川翟僧统修功德记》也叫《翟家碑》载于 P. 4640 写卷，其内容先赞美翟僧统的家族及翟僧统之德能，后叙述开凿窟龛原因，开凿及毕工的时间，描述窟中所绘内容。在功德记的最后，唐悟真特撰诗以彰其德："我僧统兮德弥天，戒月明兮定惠圆。导众生兮示真诠，播芳名兮振大千。敕赐紫兮日下传，镌龛窟兮福无边。五彩庄严兮模圣贤，聿修厥德兮光考先。刻石铭兮宝刹前，劫将坏兮斯迹全。"② 翟法荣也是归义军早期一位重要的诗僧，即有诗歌在敦煌遗稿 P. 3353 中出现，《伯希和劫经录》云：此卷为残道经，背为施舍疏数件，诗四首，又佛经解释一段。原诗接抄于律部疏释等文书之后，均为倒行抄写。第一首仅存首句，第四首末写了"法荣灵图寺等杂写"。由此推断诗应是翟法荣的作品。但也有疑问翟法荣为龙兴寺僧，灵图寺为何出现法荣后面，待考。

### 《五言一首》

将军定边计，出［下缺］

### 《春日相饯一首》P. 3353

相送至河梁，相思殊未央。山顶日杳杳，涧底水飓飓。
蒲生半池渌，花发一园香。交横无数酒，若个是离觞？

①　唐耕耦、陆宏基：《敦煌社会经济文献真迹释录》（第五辑），全国图书馆文献缩微复制中心 1990 年版，第 130 页；郑炳林：《敦煌碑铭赞辑释》，甘肃教育出版社 1992 年版，第 175 页。
②　唐耕耦、陆宏基：《敦煌社会经济文献真迹释录》（第五辑），全国图书馆文献缩微复制中心 1990 年版，第 90 页；郑炳林：《敦煌碑铭赞辑释》，甘肃教育出版社 1992 年版，第 56 页。

### 《五言》

鸟来鸟专使，岁来岁非遥。面上红颜色，头中白发绕。

人生日复日，怀愁朝复朝。百年凡几夜。三万六千宵。

天地心间净，日月眼中明。仁做千年贵，金银一代荣。

从诗题材来看，非一时所写。第一首，明显是写赞美归义军统帅张议潮的，翟法荣去世时间是咸通十年，这时张议潮，已入京，遥领归义军，诗歌应早于咸通十年。

第二首，语言为古律体，虽然押"阳"韵，首联即入韵，颔联、颈联对仗，如山顶对涧底，日杳杳对水飔飔，蒲生对花发，半池渌对一园香，但首联并不严格，词语相重，自然不事雕琢。"未央"，未尽。《楚辞·离骚》："及年岁之未晏兮，时亦犹其未央。""杳杳"，高远的样子。《楚辞·哀郢》："尧舜之抗行兮，瞭杳杳而薄天。"全诗以清新自然真挚的语言表达了与朋友难以分离的情感。诗中有送别朋友的动态，沿着河梁，一程兼一程，不忍分手，仰望山顶太阳遥不可触，俯视空谷清凉，涧水缓缓流淌。更有具体的场景描写：在一个花香满园、蒲草蔓生半池碧水的地方和朋友们觥筹交错，离别的愁绪为相互劝酒的气氛所消解。因而此诗尊崇了"哀而不伤"的思想原则。

第三首，仿民歌形式，押"萧"韵与"筱"韵，属押邻韵。较前一首语言白话特点突出，重复的词语，反复的修辞手法，将人生多烦恼的主题恰切地托付于短促的节奏。

第四首出现在日僧空海的《文镜秘府论》中，为此张伯伟有研究认为此诗作者为初唐佚名《文笔式》，流传广泛。这首诗完全是以诗歌的形式进行儒学事理教化，强调仁义价值远远超越了金银对人生的作用。这样看来这首诗是法荣抄写的。

在张氏归义军时期唐、翟两位都僧统都有诗作，根据诗歌内容，表达的主题，均以儒学思想为主体。关于禅理在翟法荣诗中几乎没有。究其形式，在不多的几首诗中就有酬答诗。可见僧人与俗界的交往比较频繁。法荣的《春日相饯一首》："交横无数酒，若个是离觞？"在佛教里"酒"为僧俗之戒，五戒第五，十诫之第五，具足戒中，九十单堕之第五十一，菩萨四十八轻戒之二，智度论列三十五过。四分律举十失。《大爱道比丘尼经》曰："夫酒为毒药。酒为毒水。酒为毒气。众失之源。众恶之本。"由此可见在佛教中对饮酒是严格控制的。根据唐悟真咸通十年撰的《河西都僧统翟和尚邈真赞》赞翟法荣"俗之襟袖，释侣提纲"，可见翟法荣的行为既出世又入世，其修行所谓在尘而不染尘，作为僧界领袖与俗界联系紧密是自然不过的事，虽自己持戒，大约送的朋友却非僧徒，所以诗歌表达情意是站在俗界的角度的，这也说明在张氏归义军时期，僧人交游方面有一定的自由度。

## 第三节　张道真及其创作

释道真，俗姓张，五代宋初沙州敦煌著名僧人。早年出家于沙州三界寺，后唐长兴五年为比丘，后汉乾祐元年（948年）为三界寺观音院主，后汉乾祐三年（950年）升任沙州三界寺释门僧政，后周世宗六年（959年），任内道场讲课念，北宋乾德二年（964年）任三界寺戒坛授戒师主兼讲论大法师，获恩赐紫衣殊荣，授徒施戒，雍熙三年（986年）任沙州释门都僧录。释道真对敦煌僧界卓越的贡献主要是对寺院佛经的聚集、收藏与整理。这个工作一直可以上推至后唐长兴三年。在敦煌石窟中留下了他的六首诗，代表了敦煌五代宋初时僧人的创作倾向。

《重修南大像北古窟题壁并序》（P.2641），陈祚龙先生命名为《南大像北边古窟得观音院主释道真修葺竣工题壁》；郑炳林先生在《伯2641号背莫高窟再修功德记撰写人探微》、李正宇先生在《敦煌遗书宋人诗辑校》、徐俊先生在《敦煌诗集残卷辑考》、汪泛舟先生在《敦煌石窟僧诗校释》中均录有其诗。

### 《重修南大像北古窟题壁并序》

偶因团聚，思想仙岩，诣就观瞻，龛龛礼谒，堆砂扫窟之次，忽见南大像北边一所古窟，摧残岁久，毁坏年深。去戊申岁末发其心愿，至己酉岁中方乃修全，以兹推砂扫库，崇饰功德。……观音院主道真等十人，悟四大而无实，睹丘井以悬藤，虑水地以火风，恐强象而煎逼，道真等唯见牛车，火宅空然，劝时侣发无上之善心誓坚修于胜果。今因作罢，余才亏翰墨，学寡三坟，不惮荒芜，辄成短句。

释道真于乾祐元年（948 年）升为三界寺观音院主，曾随曹元忠巡礼莫高窟发现南大像北边一所古窟"摧残岁久，毁坏年深"，当即戊申岁（948 年）发愿修葺窟龛，到次年（己酉岁，949 年）完工，为了记录这一功德，更为了保护窟龛，特作诗并在诗前加上了序言。"三坟"，传说中我国最早的典籍。《左传·昭公十二年》："是能读三坟、五典、八索、九秋。"（杜预注："皆古书名。"）这里"学寡三坟"是释道真自谦的说法。

人生四大总是空，何个不觅出樊笼。造罪人多作福少，所以众生常受穷。坚修苦行乃本分，禁戒奢华并不同。今生努力勤精炼，冥路不溺苦海中。日逐持经强发愿，佛道回去莫难逢。为报往来游礼者，这回巡谒一层层。

这首七言六韵的白话诗，押"东"韵和"冬"韵。"巡谒"，巡，巡视，往来视察。《史记·封禅书》："即帝位三年，东巡郡县。"谒，拜谒，瞻仰。《史记·吕太后本纪》："太子即位为帝，谒高庙。"这里表达了释道真对莫高窟虔敬的态度。语言近似口语，从诗歌内容看，主要是教导僧徒要每日需"持经发愿""坚修苦行"。道理也并不新奇：人生是因缘假和的结果，地、水、风、火，四大为空，人所生活的世界就是樊笼，受穷是人的常态，只有坚修苦行、持经发愿才可能在轮回的路上不至于落入苦海。诗歌传递着对犯禁的人的恫吓的意味。而结束时又以独特的身份，劝虔诚的僧徒、俗众逐一瞻仰敦煌窟龛中的佛与菩萨，以便帮助僧徒做功德，使被救赎者获得解脱。

### 《某人述》P.2641

白壁从来好丹青，无知个个乱提名。三途地狱叫谁忍，十八湔铜灌一瓶。

镂龛必定添福利，凿壁多层证无生。为报往来游玩者，辄莫于此骋书题。

这首七古，押"庚"韵与"青"韵，颔联颈联使用宽对。诗歌的目的性极强，主要为了警告无知的游人勿在刚刚绘好的窟龛里乱画，于是用地狱的恐怖来教导游人。同时用福报劝导游人为修窟龛多出力。诗歌语言直白，态度明朗，表达基本没有艺术性。

### 《依韵》P.2641

白壁虽然好丹青，无间迷愚难悟醒。纵有百般僧氏巧，也有文徒书号名。定留佳妙不题宣，却入五趣陷尘境。唯（为）报往来游观者，起听前词□□□。

"起听前词□□□"汪泛舟先生录为"怨讽□□偈无声"。

这首七古因依韵，所以依然押"青"韵与"庚"韵。"无间"，没有间隔，不间断。"境"，汪泛舟先生录为"泥"恐与韵不合。这依然是首劝诫诗以对举行文，即刚修葺一新的窟龛本应干干净净，但有好事者则胡写乱画，即使僧人画师已用尽心力，还是有人多此一举，结果因亵渎行为而入恶道，再次奉劝游人，恭敬为妙。诗的表达方式为议论与评价并夹杂有用恶行恶果来告诫好事者。

### 《某人述》P.2641

能将净意作禅家，唯驾牛羊白鹿车。嫌闹砌前栽树少，怕空不种后园花。

菩提上路因修得，佛果无生证有涯。此处涅槃观净土，自然捷路到龙华。

这首七律为修禅诗。押"麻"韵。颔联颈联对仗。"龙华"，

《法苑珠林》有记："弥勒为佛时，於龙华树下坐。华枝如龙头。"这里指的是龙华会，弥勒菩萨在华林园中龙华树下开法会，普度人天。诗以龙华会隐喻禅僧修行得道。从"净土""龙华"中反映出释道真时期敦煌信仰净土宗的事实。从诗歌行文和用语来看，释道真的诗歌造诣毫不逊色，这说明曹氏归义军时期对僧人控制严格，僧俗内外界限分明。

### 《上曹都头诗并序》P. 2641

偶因闲日，家事无迁，蒙王氏以呼招，乃书题於窟记。伏见僧俗等五人个个苦行，不异檀特山各各谈空，有似释迦园内。且曹都头门传阀阅，帝子王孙，衣上惹熏郁之香，颜前茉桃花之色。念让宝之存宝，行越前贤；思知足而常足，来求善友。听经不倦，制意马以停嘶；恋寂有诚，拨心灯而更耀。既有斯愿，必上羊车，更多奇功，兴誉不尽，辄上诗一首。

谯国门传缙以绅，善男即是帝王孙。文高碑背题八字，武盛弓弦重六钧。

既出四门观生老，便知六贼不相亲，夜迺将心登峻岭，心定菩提转法轮。

这是首七律，诗前有序，起首即入韵。"檀特山"，也叫檀德、檀陀。《西域记》云：此山在北印度犍陀罗国，为往昔须大挐太子修菩萨行之处。《玄应音义》五曰："檀特山或云单多罗迦山，译云阴山。"禅门记录为悉达太子之苦行处。"文高"，徐俊先生录为"文高"，汪泛舟先生录为"文商"，依据文义似应为"文高"。"八字"，《涅槃经·行品》："生灭灭已，寂灭为乐。称为雪山八字。"陈祚龙先生、李正宇先生、郑炳林先生、汪泛舟先生均对此诗有校录，项楚先生还进行了细节考证。汪泛舟先生在《论敦煌石窟僧诗的功利性》一文中做了专题论述，分析了此诗的内容和艺术特点，认为此诗赞美曹都头采取用典、隐语和比喻的表现手法。特别解释了"商碑"的含义："儒家将《诗》、《书》、《易》、《礼》、《春秋》等列为儒典，还将尧舜与汤文武周公等先贤列为膜拜对象。商碑，字面为汤王碑之义，这里，却是儒家的代称。"项楚先生也对"文高碑背题八字"句进行了考证，以为典出《世说新语·捷悟》中魏武帝与杨修对曹娥碑背八字谜语的拆解，结论为"绝妙好辞"。笔者诵读序与诗歌的内容，发现曹都头"听经不倦，制意马以停嘶；恋寂有诚，拨心灯而更耀"，即曹都头是信佛的武将，没有关于好儒的文字。所以诗文中若为"文高碑背题八字"恰好与"武盛弓弦重六钧"构成工对。文高，指学问高；武盛，指武有盛名。"题八字"，题本为此行的目的："乃书题於窟记。"因而，就典故而言应为"绝妙好辞"，结合内容题"八字"是否还暗合"雪山八字"之意呢？它来自"雪山大士半偈杀身"的故事。《涅槃经》十四："我住雪山，天帝释为试我变其身为罗刹，说过去佛所说半偈：诸行无常，是生灭法。我於尔时闻半偈心生欢喜，四顾唯见罗刹，乃言善哉大士，若能说余半偈，吾终身为汝弟子。罗刹云，我今实饥，不能说。我即告曰：但汝说之，我当以身奉大士，罗刹于是说后半偈'生灭灭已，寂灭为乐'。"在这首诗中，释道真赞赏曹都头能书写"生灭灭已，寂灭为乐"的八字，证明了他对佛理理解的到位，所以确信他能够"夜迿将心登峻岭，心定菩提转法轮"。言语中自然有奉承的成分，但根据序文赞赏的成分也是存在的。毕竟是在佛言佛，曹都头笃信佛教也是僧人所希望的。这是首入律古风，押"真"韵，颔联颈联对仗。这首僧诗的存在，再次证明释道真不仅仅是位"释吏"，而是精通诗词格律的诗僧。有的诗歌下笔粗朴、浅白，是受制于世俗统治者的结果。

　　　　三危山臬内世□（贤），结此道场下停闲。侍送门人往不绝，圣是山谷水未觉。一旬僧久住，感动三神赐霜树。□值牟尼威力重，此山本□住僧田。

　　这首七古因残缺对诗的内容理解易产生歧义，但是古体风貌清晰可辨，如前四句押平韵，后四句押仄韵，平仄交互即是古体。当然，就显现的文字看，诗歌已走向了形式。
　　总之，从释道真的诗歌来观察曹氏归义军时期的僧诗，基本失去了吐蕃占领期、归义军早期的统治者崇尚佛教时的大气与豪迈。僧界对俗世政权的依附十分明显，情感趋向于赞颂与劝诫。赞颂世俗高层对宗教的重视，劝诫凡俗对宗教的不恭。语言也因内容的浅显而美感缺损，即使讲究格律也无助于诗歌入耳动心。

## 第四节　敦煌碑铭赞中的僧诗

### 一　敦煌的碑铭赞

敦煌文献中存有大量的碑铭赞，由于碑铭赞属于散体文范畴，所以它们真实地记录了敦煌的历史、民风民俗及其变迁的情况，可以补充正史的不足或纠正正史的误差。文献显示敦煌民风淳厚，崇尚礼教，"敦煌胜境，地杰人灵，每习儒风，皆存礼教，谈量幸解，言语美辞，自不能口，须凭众赖，所以共诸英流，结为壹会。先且钦崇礼典，后乃逐洁追凶"（《社条》见 P. 3730 写卷）。佛教东传，敦煌"乡间之务于谦恭，士庶各怀于佛道"。可见敦煌儒释兼行。《沙州释门索法律窟铭》："人驯俭约，风俗儒流，性恶工商，好生恶煞，耽修十善，笃信三乘。"敦煌的文化精神亦可集中体现在敦煌碑铭赞中。统计显示：敦煌碑铭赞有 135 篇，碑文 32 篇、墓志铭 8 篇，邈真赞 94 篇。①

敦煌碑、铭、赞，分别指的是开凿龛窟的功德记，墓志铭文和邈真赞文。敦煌社会，建窟是一种传统，也构成一种文化现象，建窟者有高层当局者，有高僧大德，也有普通百姓。据郑炳林先生考证"敦煌社人建窟记载较多，敦煌社条之一就是做佛事活动修寺建窟"②。如敦煌写卷 P. 2991，存有《敦煌社人平子讪等宕泉建窟功德记》，但留存更多的是社会上层人士的开窟功德记。一般可写为"碑""铭""功德记"。"铭"可以用于赞开窟的事件，也用于墓志，敦煌的墓志铭多与社会上层僧俗有关。邈真赞，是敦煌文学中

---

① 郑炳林：《敦煌碑铭赞辑释》，甘肃教育出版社 1992 年版，第 1 页。
② 同上书，第 327 页。

独具特色的一类，蒋礼鸿先生在《敦煌变文字义通释》中云：邈，貌，就是描画，貌本义是容貌转成动词，作图写容貌解，读作入声。从留存的邈真赞写卷中看，绝大多数的篇目是为僧俗上层所作。碑铭赞是敦煌人重视人的生命价值，注重祭祀的体现，赞扬的对象大多为高僧与高级官吏，是佛教教化与儒学教化共同影响敦煌的表征。

碑铭赞行文方式一般都是散韵结合的。尤其是赞文，一般为四言韵文，篇幅较长。赞文后可以缀诗赞，它是对内容的高度浓缩。它们的主要功能是通过记事、抒情来纪念被赞对象，针对性强。这三种散文均可在文后缀诗赞。如善来的《李教授和尚赞》（P. 4660），唐悟真的《翟家碑》（P. 4640），璆琳的《刘金霞和尚迁神墓志铭并序》（P. 3677）。也可以就是四字韵文的赞，如唐悟真作的邈真赞就是典型。他一生中为僧俗写就邈真赞 14 篇，碑文 2 篇：《梁僧政邈真赞》（P. 4660）、《阴文通邈真赞》（P. 4660）、《索义辩和尚邈真赞》（P. 4660）、《河西翟僧统邈真赞》（P. 4660）、《河西管内都僧统邈真赞并序》（P. 4660）、《索法律智岳邈真赞》（P. 4660）、《阎英达邈真赞》（P. 4660）、《康使君邈真赞》（P. 4660）、《阴法律邈真赞》（P. 4660）《康通信邈真赞》（P. 4660）、《都僧政曹僧政邈真赞》（P. 4660）、《勾当三窟僧政曹公邈真赞》（P. 4660）、《金光明寺索法律邈真赞并序》（P. 4660）、《京兆杜氏邈真赞并序》（P. 4660、P. 4986）。功德记有《沙州释门索法律窟铭》（P. 4640）、《翟家碑》（P. 4640）。悟真所撰的邈真赞从大中十二年（858 年）《沙州释门赐紫梁僧政邈真赞》，到大顺元年（890 年）撰写最后一篇邈真赞《钜鹿索公故妻京兆杜氏邈真赞》（P. 4660、P. 4986），这些邈真赞都是韵文，整散结合。四言、六言、七言均有，但以四字韵语为主，且语言极其相似，似文范："邈之影像，播美无穷。"（梁僧政，大中十二年即 858 年）"记功勋兮永古，播业术兮长年。"（阴文通，咸通三年以后，即 862 年后）"图写生前兮影像，笔端聊记兮轨躅。"（索义辩，咸通十年以后即 869 年后）"邈之影像，往来瞻眄。"（阴法律，广明元年即 880 年）"邈其影像，铭记千春。"（康通信，中和元年即 881 年）"图兹影像，往来瞻谒。"（曹僧政，中和三年即 883 年）"文波述其故迹，宣毫记其遗踪。"（勾当三窟曹公，883—888 年）"请宣毫兮记事，想殁后兮遗踪。"（索法律，889 年）"绘生前之影像，想殁后之遗踪。"（杜氏，大顺元年即 890 年）。关键词主要有"影像""遗踪""记功""记事""瞻睹"等。还有也可以赞诗同体，如善来的《李教授和尚赞》（P. 4660）。

另外，从时代变化来看，一些佚名邈真赞中也有诗作。如《后周管内释门僧正贾清和尚邈真赞影赞并序》（P. 3556）中《贾清和尚赞诗》，《氾嗣宗和尚邈真赞并序》（P. 390）中的《氾嗣宗和尚赞诗》，《后晋河西敦煌张和尚邈真赞并序》（P. 3792）中的《张和尚赞》等，这反映了唐代邈真赞与五代邈真赞的些许差异。还有一个值得注意的问题是无论邈真赞，还是墓志铭，在用语上多有重复。如《河西都僧统阴海晏墓志铭并序》（P. 3720）中赞美阴海晏，精通儒释道之学，专精禅理，严守戒律，品行高洁，所以无数僧众和百姓都向他求教，受他感召。原文内容是："证三教而穷通，修四禅而凝寂。戒同卞璧，鹅珠未比于奇公；操性霜明，该博研精于内外。故得千千释众，乞难禅庭，万万白衣，云臻就业。"在《唐故河西释门正僧政临坛供奉大德兼阐扬三教毗尼藏主赐紫沙门和尚马灵佺邈真赞并序》（P. 3718）中有如下句子："证三教而穷通，修四禅而凝寂。戒珠皎皎，恒晖满月之光；行洁冰壶，每严持而无失。"在佚名《张灵俊和尚写真赞并序》（P. 2991）中，也有类似的句子，如："证三教而精通，修四禅而凝寂。戒圆盛月，鹅珠未比于才公；操性霜明，弘阐研究于内外。"应该说赞语在敦煌碑铭赞里通用。这样，即使诗歌有外在形式的差异，内容是相近的。郑炳林先生在《敦煌碑铭赞辑释》的前言写道："敦煌碑铭赞文书，集中于晚唐五代敦煌地区，记载了敦煌地区 300 年左右的历史。敦煌碑铭赞所记载的历史、敦煌名人、名僧的事迹，正史或其他文献记载甚少，或者根本没有记载。"[1] 同时这些不见于正史的碑铭赞，揭示了敦煌社会风习特征，反映了敦煌上流阶层的社会教化导向，成为了解敦煌社会的一面镜子 。所以我们将其中的诗也作为敦煌僧诗的部分来观察。

---

① 郑炳林：《敦煌碑铭赞辑释》，甘肃教育出版社 1992 年版，第 2 页。

## 二　敦煌碑铭赞中的僧诗

（一）《翟家碑》

《翟家碑》（P. 4640）是悟真用楚辞体为翟法荣开 85 窟写的功德记。缀在文章最后的赞是：

> 我僧统兮德弥天，戒月明兮定惠圆。导众生兮示真诠，播芳名兮振大千。敕赐紫兮日下传，镌龛窟兮福无边。五彩庄严兮模圣贤，聿修厥德兮光考先。刻石铭兮宝刹前，劫将坏兮斯迹全。

《翟家碑》在蒋斧的《沙州文录》、苏莹辉的《敦煌论集》、唐耕耦的《敦煌社会经济文献真迹释录》、郑炳林的《敦煌碑铭赞辑释》中均有录。

诗赞美翟僧统德行高尚，严守戒条，禅定圆融，已练就了纯洁静净之躯。以启蒙大众智慧为己任，讲经说法时能显示真理的文句，所以名满大千世界。也因其功业，受到当今君王赐紫的恩遇。于是修建龛窟以增加福田。龛窟塑造了众多圣贤的模样，施以青赤白蓝黑的色彩，使塑造的形象富有神采。这种修功德的形式使先父备受荣光。为此特别在宝刹前刻石碑以铭记此事。

"振大千"，在汪泛舟先生《敦煌石窟僧诗校释》为"振大干"，有误。"劫"梵语劫波的省略，意为极长的一个时期。佛教认为，每一劫之后，世界将毁灭，然后重新开始。慧皎《高僧传》卷一：又昔汉武帝穿昆明湖底得黑灰，以问东方朔。朔云："不知，可问西域人。后法兰既至，众人追问之，兰云：世界终尽，劫火洞烧，此灰是也。"① 劫有二种。一种是世界成坏而立之数量也。一种是岁数劫，算昼夜日月之数量也。此处指第一种含义。表明《翟家碑》将永存史册。诗歌为七言十韵，即句句押韵，犹如柏梁体，押"先"

---

① （梁）释慧皎：《高僧传·竺法兰》，朱恒夫、王学钧、赵益注译，陕西人民出版社 2010 年版，第 4 页。

韵，同时此诗有明显的仿楚辞体的特征，"兮"字出现在句子中起到调节语气，抒发情感的作用。

（二）《沙州报恩寺故大德禅和尚金霞迁神铭并序》P. 3677

《沙州报恩寺故大德禅和尚金霞迁神铭并序》为吐蕃占领时期报恩寺僧人璎琳所写。释金霞，盛唐沙州报恩寺著名僧人，生于天宝三载（744年），卒于唐德宗贞元十七年（801年）四月二十八日，享年五十七岁。金霞上人，十岁拜师学习佛法，十七岁在报恩寺出家，九部经典通读诵遍。二十岁受比丘具足戒，拜沙州释门法律大德凝德古门下，三十岁拜洪真和尚为师研修禅法，从此学习以心传心法门，不立文字，不以言语直以心为印。经过近三十年修行成为与摄摩腾、佛图澄、竺法兰等比肩齐名的大德禅和尚。在郑炳林《敦煌碑铭赞辑释》和唐耕耦、陆宏基《敦煌社会经济文献真迹释录》中均有录文。

> 达士与物兮不为凝滞，迁神净方兮有若蝉蜕。
> 彼美吾师兮尘网莫拘，化俗未尽兮今也则无。
> 丘垄寂寂兮晨钟不发，原野青青兮晓露晞珠。

这是首九言三韵诗，仿楚辞体，押"虞"韵。"丘垄"，坟墓。《吕氏春秋·孟冬》："审棺椁之厚薄，营丘垄之大小高卑薄厚之度。"本诗的主题是：刘金霞远离了世俗尘网就要迁到神方净土。当时的情景是：植被茂盛的原野上，晓露刚刚散为玉珠，墓地清寂晨钟尚未敲响。场景清晰，气氛压抑，正与事件相合。

由于刘金霞的门人守孝情景打动了诗人，所以在表明送葬的时间后，又缀了一首诗，专为赞金霞的门人，成为敦煌写卷中独特的抒写现象。原文是："蕃中辛巳（801年）五月一日葬于南沙阳开渠北原之礼也。吊守墓弟子承恩褚孝子。"

> 擗踊下头巾，荒迷不顾身。茹荼何足苦，衔蓼未为辛。
> 雨目恒流涕，双眉锁作颦。唯余林甲鸟，朝夕助啼人。

"擗踊"指捶胸顿足。《孝经·丧亲》："擗踊哭泣，哀以送之。"蓼，蓼蓝，有辛辣的味道。荼，苦菜。《诗经·邶风·谷风》："谁谓荼苦，其甘如荠。"这是首五言律诗，押"真"韵，颔联、颈联对仗，"擗踊"逼真地再现了刘金霞弟子守墓时痛苦万状的神情，还用苦味的荼，辛辣味道的蓼蓝与他们失去敬仰的尊师的感觉比况，"何足"与"未为"直抒失去尊师痛苦之深。林中鸟儿的啼叫声强化悲伤的气氛。由于进行了动作和神情的描写及环境描写，守孝弟子的形象被描写得生动传神。这首诗反映出佛家弟子与俗家子弟相同的守孝的仪轨，可见在敦煌，佛儒是兼容的。

（三）《悼海晏诗》P.3720

源于张灵俊撰写的《后唐清泰六年（939年）河西都僧统海晏墓志铭》。释海晏，俗姓阴氏。生于852年，晚唐五代归义军时期沙州敦煌僧人。早年出家沙州乾元寺，修习四种禅法。除此而外，涉猎儒家、道家及诸子百家典籍，二十多岁成为寺院中众多僧人所尊崇的高僧。张承奉因阴海晏"证悟三教，群通九流，博识内外"，且"得千千释众，乞难禅庭；万万白衣，云臻就业"，举荐海晏出任乾元寺寺主。曹议金出任归义军节度使之后，在后唐同光四年（926年）向朝廷举荐，敕受海晏为河西应管内都僧统，加封京城内外临坛供奉大德兼阐扬三教毗尼藏主等尊号，并赐紫衣。后唐长兴四年（933年）归寂，享年七十二岁。释门僧政阐扬三教大法师赐紫沙门张灵俊"余奉旨命，不敢固辞"撰写墓志铭《河西都僧统阴海晏墓志铭并序》，文末赞词即是《悼海晏诗》P.3720：

> 良木秀兮风以隤，甘泉竭兮复难洄。将为挺生膺五百，弘宣正教誓为材。
> 忽遇法梁倾大厦，何图舍世殒终催。道俗含悲起广塔，门人孙侄助坟哀。

这首诗七言四韵，押"灰"韵。起句中"兮"，及"道俗含悲"的记述，"何图"的质询使诗歌产生浓烈的抒情韵味。以"良木"和"甘泉""法梁"比拟海晏，诗歌极力宣扬海晏作为启智大德的不可替代的作用和生命难为的无可奈何。作为诗赞的结尾组成部分，记述道俗对海晏纪念的形式——建高塔，修坟茔。其中甚至用了典故"膺五百"，五百也作伍伯，指古代衙门里的役卒，多为车卫前导或执仗行刑。以此证明海晏身份的特殊。

（四）敦煌的佚名赞

五代时期，敦煌邈真赞写卷中的书写格式为前序后赞的形式，这从以下的写卷中可以观察到：《后周管内释门僧正贾清和尚邈真赞影赞并序》（P.3556）中有《贾清和尚赞诗》，《氾嗣宗和尚邈真赞并序》（P.390）中有《氾嗣宗和尚赞诗》，《后晋河西敦煌张和尚邈真赞并序》中有《张和尚赞》等。

### 《后晋河西敦煌郡张和尚邈真赞》P.3792

佚名

南阳胜族塞标名，禀宿胎膺诞关西。门传阀阅朱轩望，簪组联绵代降英。师之仪貌无伦比，杰世天然奇异灵。龆年早晓儒王教，龀岁归真守严精。四禅澄户而冰雪，万法心台龟镜明。释儒道俗皆役化，郡主称贤措优荣。升坛首座诣徒众，律仪不犯口戒清。悟世虚华如罅隙，不钵余外离求荣。每睹银轮频西转，常愁碧水逝东倾。一朝殒及冥泉下，虑葬寒乖世上情。乃命丹青而仿佛，恳盼生仪写真形。隆之寡昧无才议，不免穷辞觑浮萍。枉间数行遗岁月，永古千秋记标题。

这首诗，七言13韵，押"庚"韵与"青"韵。"阀阅"，古代官宦人家门外左右树立的石柱，用以自序功状。《玉篇·门部》："在左曰阀，在右曰阅。""朱轩"，古代王公贵族或朝廷使者乘坐的红漆车。《后汉书·陈忠传》："比遣中使致敬甘陵，朱轩骈马，相望道路。"此处借"阀阅"和"朱轩"代张和尚的门第。诗对张和尚一生进行了概括，即张和尚出身高贵，体貌出众。少年学习儒学，后来专攻佛业。儒释皆通成为名师。本人德行高贵勤勉惜时，但难于抵御岁月的消磨，所以请人描画形象，撰写赞文。后面将自谦也编织到邈真赞中。这是敦煌碑铭赞中最长的一首诗。

《贾清和尚赞诗》见于《后周管内释门僧正贾清和尚邈真赞影赞并序》（P.3556）中，唐耕耦先生《敦煌社会经济文献真迹释录》和郑炳林先生《敦煌碑铭赞辑释》有录文：

> 极乐知何吉，阎浮如此凶。上人生厌见，示寂早胸中。道俗徒哭泣，耆寿尽辍春。三光愁愤腾，四部喷愤胸。吾师得去处，坐化尽硕研。图写平生影，标留在世踪。后来瞻眺者，须表世间空。

这是首五言七韵诗，押"冬"韵与"东"韵，属押邻韵。内容涉及广泛，有对极乐世界的赞美，有对现实世界残酷的指责，有对上人从容人生的钦敬，有对僧徒老幼痛苦形象的描述，也有对时间速疾的无奈。最终一切归于吾师轻松与快意的离去。在一切尘埃落定之后，佚名诗人表达了诗颂的目的：图写上人容貌，便于来瞻仰遗貌者，更要证明世界一切是空虚无物的。

从敦煌的碑铭赞中撷取的诗歌在表现手法上，有以下特点：感情浓烈自然，善用"兮"调节诗歌节奏。诗歌形式不拘，可九言、七言、五言；可短韵可长篇；可传递多层信息，也可单纯赞对象之德行。

# 第四章

## 敦煌佚名僧诗探讨

### 第一节　《陷蕃诗》的辩证

#### 一　《陷蕃诗》诗名及其愁绪

在众多敦煌僧诗中，P. 2555 号《陷蕃诗》是极为引人注目的诗歌写卷，地域特征鲜明，但时间段不太确定，又无题记，又是佚名之作，于是研究者通过不断考察多种文献，试图探明诗人身份、创作目的，确定创作时间。由于信息的缺损，于是说法多样。先是王重民先生到巴黎调查伯希和劫掠的汉文卷子发现这些诗，整理并全文录出，当时即定为"陷蕃者之诗"，后来发表论文，确认"作者可能是一位身遭吐蕃拘禁的敦煌使臣"，这些诗所表现的时间和地点，约在唐代宗大历元年（766 年）凉州陷于吐蕃到德宗建中二年（781 年）敦煌沦陷之间。法国戴密微在《吐蕃僧净记》中认为是"在吐蕃统治时期的汉文诗词"。20 世纪 70 年代，舒学先生在《敦煌唐人诗集残卷》里认为该诗"反映了唐代被困在吐蕃的汉人的精神状态"，这种观点得到学者的广泛支持，直到 20 世纪 90 年代末（1997 年）陈国灿先生在《敦煌五十九首佚名氏诗历史背景新探》中通过对内容的考察，确认组诗为张承奉金山国时作品。他提出的理由主要有以下几个方面：一是"退浑"称呼变化，从吐谷浑转称为退浑做了时间断定，二是敦煌郡名字的历史变迁，三是诗中多次出现"缧绁"一词，结合 P. 3633《辛未七月沙州百姓上回鹘天可汗书》，可确认诗作者身份是唐朝灭亡之后，归义军张承奉称君王时人戎乡作为外交使者的僧人。具体时间，大体在公元910—915年。①
我们以为陈国灿先生对这一组诗歌的时代确定，是符合历史事实的。

（一）《陷蕃诗》中"愁"与"悲"等意象反映的家国观念

在59首《陷蕃诗》中，佚名诗人用了较集中的反映处境的意
象，如"羁""缧绁"等，表现情感的意象词，如"愁"与"悲"
等，展现了诗人强烈的家国观念，这是历史上士大夫责任意识的表
现，透过这些意象，塑造了悲怆、无奈却坚守气节的诗人形象，真
实而立体地记录了出使南蕃却难以完成使命的僧人兼士大夫的心路
历程。

诗中首先出现了与"羁"相关的词语，"羁"原意是马笼头。
由于马笼头的作用在于控制马的行为，于是"羁"拥有多种引申含
义，如拴住、受牵制、受控制，客居在外、停留，均有控制与不自
由之意，与"羁"组合的词有"羁旅""羁泊""羁縻""羁绁"
等，羁绁这个词最接近"羁"的本意，"羁绁"，马络头和马缰，是
牵引牲畜的绳索。后来有束缚之义。《三国志·魏书·何夔传》注：
故高尚之徒，抗心于青云之表，岂王侯之所能臣，名器之所羁绁哉！
"羁绁"最早出现在《左传·晋公子重耳之亡》中：及河，子犯以
璧授公子，曰："臣负羁绁从君巡于天下，臣之罪多矣。"本诗中，
应指这个精通儒学的僧人，身心被困的真切感受。其儒的核心思想
是家国思想，并且因为汉儒是高势能文化的传承者，民族优越感极
强，要改变其对其他地区的态度是困难的。综观59首"陷蕃诗"所
用的意象基本没改变。诗人创造了与"羁"相关的词语表现特定情
境下的自我形象。如"羁愁"，"皎皎山顶月欲低，月厌羁愁睡转
迷"（《秋夜望月》）。"羁思"，"昨来羁思忧如捣，即日愁肠乱似
麻"（《秋日非所书情》）。"羁旅"，"自然羁旅肠堪断，况复猜嫌
被网罗"（《秋夜》）。"羁人"，"旅雁嗺嗺□□□，羁人夜夜心如
捣"（《首秋闻雁并怀敦煌知己》）。"羁缧"，"常时游涉事文笔，今
日羁缧困戎敌"（《晚秋羁情》）。"羁绁"，"羁绁时深情愤怒，漂泊

---

① 陈国灿：《敦煌五十九首佚名氏诗历史背景新探》，载郑阿财、颜廷亮、伏俊琏《中
国敦煌学百年文库·文学卷》（1—5卷），甘肃文化出版社1999年版，第542—551页。

乡遥心感激"（《晚秋羁情》）等。

关于诗人境况的还集中体现在"缧绁"二字上。缧绁：原意是捆绑犯人的绳索。《史记·孔子世家》：身举五羖，爵之大夫，起缧绁之中，与语三日，授之以政。"缧绁"含义远胜于"羁思""羁旅"等，说明诗人不仅是长期滞留，而且人身受到伤害，可见两国关系恶化，诗人被软禁。在 59 首诗中，15 处出现了"缧绁"一词，且它们大多出现在被羁押的第三个春天以后，甚至在诗题中有《久憾缧绁之作》，足以表明使者处境困难的状况。《非所寄王都护姨夫》："缧绁偿逢恩降日，宿心言豁在他辰。"《哭牙押圆寂》："缧绁时深肠自断，更闻凶变泪沾裳。"《失题》："缧绁今将久，归期恨路赊。"《感丛草初生》："缧绁淹岁年，归期唯梦想。"《晚秋》："戎庭缧绁向穷秋，寒暑更迁岁欲周。"《失题》六首："缧绁戎庭恨有余，不知君意复何如？"等等。

表达感情的主要意象有"愁"与"悲"。初步统计在诗中有关"愁"字有 25 处，如《冬出敦煌郡入退浑国朝发马圈之作》："步步针愁色，迢迢惟梦还。"《登山奉怀知己》："极目愁无限，椎心恨未遑。"（遑：闲暇。《三国志·吴书·吴主传》："夙夜兢兢，不遑假寝。"这里可理解为停止。）《夏中忽见飞雪之作》："海阔山恒暝，云愁雾不开。"《冬日野望》："云随愁处断，川逐思弥长。"《夏日途中即事》："愁来竟不语，马上但长吁。"《临水闻雁》："□来临水吊愁容，忽睹愁容泪满胸。"（注：依据前一篇名《秋中雨雪》，空处应为"秋"）《秋中霖雨》："寒雨霖霖竟不停，羁愁寂寂夜何宁？"《秋夜望月（之二）》："愁眠枕上泪痕多，况复寒更月色过。"《秋日非所书情》："昨夜羁思忧如捣，即日愁肠乱似麻。"《忆故人》："一更独坐泪成河，半夜相思愁转多。"《晚秋登城之作》："目前愁见川原窄，望处心迷兴不宽。"《秋夜闻风水》："为客愁多在九秋，况复沧流更千里。"《困中登山》："戎庭闷且闲，谁复解愁颜？"《冬夜非所》："愁卧眠难著，时时梦里惊。"《除夜》："亲故睽携长已矣，幽缧寂寞镇愁煎。"《失题》："愁云暗□（海）畔，寒色暝天涯。"（注：海畔对天涯，故补。）《失题》（六首之二）："发为多愁白，心缘久客悲。"《失题》之六："白日欢情少，黄昏愁转多。"

《非所夜闻笛》:"夜闻羌笛吹,愁杂豺狼□。"直到最后的《闺情》之一:"总为相思愁不寐,纵然愁寐忽天明。"等等。

即使不是正面写"愁",也间接表达了"愁"情。如《春宵有怀》:"独坐春宵月见高,月下思君心郁陶。踌躇不觉三更尽,空见豺狼数遍号。"这里描写的是诗人在异域第三个春节,在清冷的月下,孤独地守候到天明的形象。"豺狼"是动物,也是诗人对出使国的人的蔑称,此处用双关的修辞手法,表达愁怨与对未来的不可测的迷茫。这正应李清照在《声声慢》中所言:"这次第,怎一个愁字了得。"且其愁肠百转较李清照的闲愁来,以及贺铸《青玉案》:"一川烟草,满城风絮,梅子黄时雨"的烦闷之愁,要沉重许多。这是一种远离熟悉故土的不适应之愁;高势能文化驾驭者屈从于低势能文化者的委屈、愤怨之愁;为国家使命奋争而又不能的失望之愁;也是"归期唯梦想""梦魂何处得归期"的彷徨之愁。

"悲"有时单独出现,有时是与"愁"相互结合的。《冬日书情》:"殊乡寂寞使人悲,异域留连不暇归。"《青海卧疾之作》:"男儿到此须甘分,何假含啼枕上悲。"《青海望敦煌之作》:"独悲留海畔,归望阻天涯。"《秋中霖雨》:"寒雨霖霖竟不停,羁愁寂寂夜何宁?山遥塞阔阻乡国,草白风悲感客情。"诗中的"悲"字,集中体现了抒情主人公因滞留无以还乡,未能完成使命的悲哀与感伤。"悲"与"愁"的结合,使情感表现得丰富而充沛。

情感意象除了"愁"与"悲",还有"恨"字,组诗中出现的"恨"有10处。"恨"的主要含义有二:一个是遗憾、后悔。如诸葛亮的《前出师表》:"先帝在时,每与臣论此事,未尝不痛恨于桓、灵也。"另一个意思是"不满",进而引申为怨恨、仇恨。如杜牧《泊秦淮》:"商女不知亡国恨,隔江犹唱《后庭花》。"在这组诗中,诗意集中于后者。如《登山奉怀知己》:"极目愁无限,椎心恨未遑(遑,闲暇)。"《晚秋至临蕃被禁之作》:"一到荒城恨转深,数朝长叹意难认。"《除夜》:"为恨飘零无计力,空知日夕仰穹天。"等等。诗人无奈、困顿、感伤的情绪由此可见。

无论愁、悲还是恨,都可以泪水的形式出现在画面中,在这组诗中"涕""泪""泣"出现了22处之多,《失题》六首之一:"每恨沦流经数载，更嗟缧绁泣千行。"《非所夜闻笛》："涕泪落如雨，肝肠痛似刀。"《晚秋》："斑斑泪下皆成血，片片云来尽带愁。"《冬日野望》："徘徊噎不语，空使泪沾裳。"《久憾缧绁之作》："黯房莫能分玉石，终朝谁念泪沾裳。"《有恨久囚》："空知泣山雨，宁觉鬓已斑。"《梦到沙州奉怀殿下》："睡时不知回早晚，觉时只觉泪斑斑。"《题故人所居》："相见未言语，唏吁先泪流。"等等。

诗人还用一系列的与"戎"相关的概念，表现出不自觉的文化优越感，表达了对南蕃文化的鄙夷态度。戎：为古代我国西部少数民族的泛称。《礼记·王制》："西方曰戎。"《国语·周语上》："我先王不窋用失其官，而自窜与戎狄之间。"戎原来并无贬义，但是经过中央集权大一统政治体制的不断强化，以及与此相宜的农业经济的繁荣，使得牧业地区的发展稍显逊色，所以诗中明显表现了诗人的不屑。诗从敦煌出发的冬季开始，如《冬出敦煌郡入退浑朝发马圈之作》和《冬日书情》有"殊乡"和"戎俗"；经夏到秋，《首秋闻雁并怀敦煌知己》有"戎庭"，《忆故人》有"戎歌"，《晚秋羁情》有"戎敌""戎夷"；直到出使第三个年头秋天还有"戎乡"，见《失题》；至于"戎庭"意象多次出现在诗中，如《晚秋》："戎庭缧绁向穷秋，寒暑更迁岁欲周。"《失题》："戎庭缧绁恨有余，不知君意复何如？"《困中登山》："戎庭闷且闲，谁复解愁颜？"《望敦煌》："男儿留滞暂时间，不应便向戎庭老。"等等。

与此相对，诗中反复出现的词是"旧国""乡国"。《冬日书情》："万里山河非旧国，一川戎俗是新知。"《夏中忽见飞雪之作》："唯余乡国意，朝夕思难裁。"《登山奉怀知己》："黯然乡国处，空见路茫茫。"《秋中雨雪》："乡国只今迷所在，音书纵有遣谁传。"《秋中霖雨》："山遥塞阔阻乡国，草白风悲感客情。"《晚秋登城之作》："乡国云山遮不见，风光惨淡益转深。"等等。与"戎庭"两相对照，表现了作者强烈的家国情怀和不得返回家乡的伤感情绪。

在这组诗中，若没有《春日羁情》中诗人的自述："童年方剃削，弱冠导群迷。儒释双披玩，声名独见跻。"依据前文内容和情绪，读者很难在诗歌中觉察到诗人的僧人身份。从诗人所描述的情中之境，到诗人处境的直白表达，自始至终交织着愁与恨的情绪。

所以此诗实在是一个以国家使命为己任，勇于牺牲自我生命，但又无可奈何的具有儒士精神的僧侣出使南蕃的真实经历的记录。在《秋中霖雨》中有"才薄孰知无所用，独嗟戎俗滞微名"等句，表现了诗人一心要建功立业，挽救国家危亡而自叹能力不及的感伤。在《春日羁情》中，更是用"触槐常有志，折槛为无蹊"的诗句，拿鉏麑和朱云自比，很有孟子在《滕文公章句》下中说的"富贵不能淫，贫贱不能移，威武不能屈，此之谓大丈夫"的气概。可见主人公具有儒士的特点。诗中表现出对少数民族鄙薄的态度，对故土家园始终不渝的热爱情感，反映了诗人不自觉的大汉族民族中心主义观念，诗中完全没有僧人的超脱意识和众生平等的思想观念，这似乎与僧人特征不符。因为僧徒的追求以脱离世俗事务，摆脱世俗情感，甚至以淡化肉体的存在超越生死观念为前提，所以有研究者作出"反映唐代被困在的吐蕃的汉人精神状态"的判断，也是完全可以理解的。

其实这种亦释亦儒，儒胜于释的现象是敦煌历史特有的文化现象。敦煌的历史基本以汉文化为主流，中间即使有少数民族统治敦煌，多种宗教汇聚敦煌，依然没有改变汉文化的基调，特别是吐蕃统治敦煌后，不少士大夫不愿在吐蕃政权中为官而隐退或坠入空门。如吴僧统之父吴绪芝，曾任唐王府司马、上柱国、赐紫金鱼袋千夫长，后因军功授建康军使，吐蕃占领凉、甘、肃诸州后与主帅一起退守敦煌，一生不再出仕，吴洪辩的二兄辞官研究佛法，吴洪辩则幼年出家成为归义军时期第一任都僧统。而且"9、10世纪的敦煌僧团所属各大寺院均从事启蒙教育活动。敦煌文献所保存下来的编于寺院的教材和写于寺院的作业中，基本上都是非佛教内容的启蒙读物"①。可见在敦煌，儒与释有着难以分割的关系，诗人虽然幼年出家，但在寺学中成长，"儒释双披玩，声名独见跻"。张承奉时期虽然崇尚谶纬之术，僧人基本以祈祷禳灾为务，不过，"敦煌僧团的各个寺院平时还执行由官府分给的迎送朝廷'天使'及兄弟民族使

---

① 马德、王祥伟：《中古敦煌佛教社会化论略》，中国社会科学出版社2010年版，第144页。

团的任务"①。因而，在《陷蕃诗》的开始部分有诗人"步步针愁色，迢迢惟梦还"（《冬出敦煌郡入退浑国朝发马圈之作》）的极不情愿，但诗人自己的命运与金山国的危亡息息相关，为情势所迫别无选择，"须缘随恳请，今乃恨睽携"。组诗还真实地反映了在罗通达出使南蕃之前，金山国已多次派使者，与南蕃结盟，以抵御甘州回鹘的努力，由于甘州回鹘强大的势力，致使诗人滞留南蕃，联系诗人的身处困境，诗歌便是其内心真实自然的独白。

（二）关于《冬日野望》等问题

这组诗中有首《冬日野望》，汪泛舟先生在其研究中指出，学界有人以为，据诗反映的季节"冬日"应为"夏日"，但为了尽可能保持文献原貌，依然在《校释》中采用了《冬日野望》的题目。徐俊先生在《敦煌诗集残卷辑考》中用了《冬（夏）日野望》，后附有注："从王重民校。"项楚先生认为"冬"是"夏"误书并用岑参《白雪歌送武判官归京》"胡天八月即飞雪"证明此首诗第六句"晚吹低丛草"属夏日景物。笔者试图再做点分析，对诗题加以确认。

### 《冬日野望》

出户过河梁，登高试望乡。云随愁处断，川逐思弥长。
晚吹低丛草，山遥落夕阳。徘徊噎不语，空使泪沾裳。

这是首五律诗，押"阳"韵，而且首句入韵，由于阳为平声韵，结合诗人远离故土且"殊乡寂寞"的心情，诗歌弥漫着抑郁的气息。作为律诗，首联、颔联、颈联均对仗。并符合粘对的规范，但观察内容与诗题并不协调。冬日何来"晚吹低丛草"的景象？

笔者以为应为《夏日野望》，理由有三：

第一，就地理环境而言，使者出使的地区为青海，其自然环境与吐蕃所在的西藏高原属于同一个地理单元，为青藏高原向东北的延伸部分，是吐蕃和李唐王朝的中间地带，对于以农业为主体的李

---

① 马德、王祥伟：《中古敦煌佛教社会化论略》，中国社会科学出版社 2010 年版，第143 页。

唐王朝来说河湟以外的地区可以看作不毛之地，但对吐蕃可是风水
宝地，是向东扩展的战略要地。公元 5 到 7 世纪，吐谷浑所居住的
青海就是东西交通的要径之一。松赞干布君臣一直觊觎着吐谷浑地
区，到公元 663 年兼并了吐谷浑，又经过几年的经营吐蕃与唐在公
元 670 年展开了大非川战役，最后以李唐的失败告终，吐蕃彻底拥
有了青海地区。到 10 世纪，这一地区成为多个民族聚集的地区，主
要有吐蕃、退浑等。青海有三个地理单元，东部河湟区，在青海东
北部，日月山以东，同仁县以北，山脉河谷相间排列，夏季凉爽，
冬季寒冷干燥，是青海唯一的适农区。西部的柴达木区：指日月山
以西，青海湖盆地、柴达木盆地及周围群山，这里盐湖盐泽遍布，
一派草原景观，气候干燥。第三个区域是青南高原区，是昆仑山以
南的青海中南部。这里地势高峻，空气稀薄，牧草生长稀疏矮小。
由此可以推知，即使使者出现在温暖的东部地区，冬日也难得见
"晚吹低丛草，山遥落夕阳"的景象。

　　第二，诗人在其诗歌中，就出使地区的气候风物进行过反复的
描写，以反映青海不同于内地的景致。如《夏日非所书情》："山河
远近多穹帐，戎俗追观少物华。六月尚闻飞雪片，三春岂见有烟
花。""烟花"泛指春天的景色。杜甫《洗兵马》："青春复随冠冕
入，紫禁正耐烟花绕。"最有名当属李白的《登黄鹤楼》："故人西
辞黄鹤楼，烟花三月下扬州。"既然"六月尚闻飞雪片"，冬日何来
"晚吹低丛草"？

　　第三，在《青海望敦煌之作》中有"九夏呈芳草，三时有雪
花"的诗句；诗人发现在南蕃，只有夏天才能看见草木生长，其他
三季时不时有雪花飞舞。即使不下雪的秋天草也早早枯萎色白了。
何况"晚吹低丛草"表明草木茂盛，暖风让草低伏，这与自然气候
不符。所以，诗名应为《夏日野望》。

　　另外，在《夏日非所书情》中也有类似情况，此诗名在徐俊先
生的《敦煌诗集残卷》中为"夏日"，在汪泛舟先生《敦煌石窟僧
诗校释》中为"秋日"。笔者以为：应是"夏日"。"凌晨候闪奔雷
电，薄暮斯须敛霁霞。"这是夏天的天气特征，电闪雷鸣大雨滂沱，
忽然雨过天晴，霞光耀眼，秋天则难得一见。其中的疑点是诗中有

"自从去岁别流沙，犹恨今秋归望赊"的诗句，这个"今秋"作何解，笔者以为不是指当下，而是诗人根据处境，预计的是不容乐观的未来情形。"归望赊"指回归的希望渺茫。"赊"，远，长。李白《送王屋山人魏万还王屋》："眷然思永嘉，不惮海路赊。"所以，因"今秋"的推测，忽略了"凌晨倏闪奔雷电，薄暮斯须敛霁霞"夏日景况的描摹，似乎不符合实情。

（三）P.2555 写卷中秋的含义

《陷蕃诗》五十九首诗歌，从情感上来看，悲和愁一以贯之。诗人由开始接受任务的勉为其难，对家乡的眷恋，对出使前景的茫然，到看见完全不同内地风光气候和生活习惯的戎乡，悲愁油然而生；随着金山国与回鹘关系的恶化，进而向回鹘投降，金山天子称可汗为父，诗人的处境陷入困境。"昔日曾虎步，今日被禽笼"，悲愁的情绪进一步加深。在这组诗中有一个值得注意的现象，即有相当数量的秋日抒怀的诗，如《秋夜》《首秋闻雁并怀敦煌知己》《秋中雨雪》《秋中霖雨》《秋夜望月》《秋日非所书情》《晚秋至临蕃被禁之作》《晚秋登城之作》《秋夜闻风水》《晚秋羁情》《晚秋》等，一方面说明诗人写作的季节为秋天，另一方面，说明青海的秋天迥异于内地，虽然短促，但令诗人印象深刻。同时不能不说其中体现出诗人对人生之秋的感悟，所以这组诗秋的意象是不容忽视的。

秋天自古以来是古代士大夫悲叹人生的对象。北宋文坛领袖六一居士欧阳修的《秋声赋》最富于代表性：

"夫秋，刑官也，於时为阴；又兵象也，于行用金；是谓天地之义气，常以肃杀而为心。天之於物，春生秋实。故其在乐也，商声主西方之音；夷则为七月之律。商，伤也，物既老而悲伤；夷，戮也；物过盛而当杀。嗟乎，草木无情，有时飘零。人为动物，惟物之灵。百忧感其心，万事劳其形。有动于中，必摇其精。而况思其力之所不及，忧其智之所不能。宜其渥然丹者为槁木，黟然黑者为星星。"①

————————

① 《四部丛刊》影元本《欧阳文忠公集》卷十五。

"渥然"光润的样子，渥，光润。曾巩诗云："脱苞紫栗迸，透叶红梨渥。""星星"指二十八星宿之七星。欧阳文忠公在此文中，对自然之秋用五行的理念做了分析，同时对人生之秋形象产生的情感因素也做了诠释，还将自然之秋与人生之秋以情相连。作者为儒士，见秋伤怀也就不足为怪了。在 P.2555 写卷中，诗人记述了长达三个年头的出使经历，直接表现秋的内容的有 14 首，这即是秋天客观的存在，也说明秋的巨大的时空差异给诗人深刻的印象，更是以儒为主导的秋文化含义的外化。

小结：这组诗，就诗歌形式而言五言、七言兼具，绝句律诗俱美。印证了诗人"儒释双披玩，声名独见跻"的才能。其中五言律诗 15 首，五言绝句 5 首，七言律诗 16 首，七言绝句 17 首，其中七言律绝 33 首，超过这组诗半数以上。足见这位佚名的诗人对格律诗的娴熟技巧。反映出继唐悟真之后，敦煌诗僧创作的又一个高度。

## 二 其他滞留南蕃的诗作

### 《上人清海变霓裳》P.3967

上人清海变霓裳，弱水凌晨且洗肠。莫望逍遥齐物志，终须振鹭到仙乡。特俗蓬头安可居，每啼朱泪洒穹庐。怀书十上皆遗弃，未解提戈空羡鱼。危山岩峇潜龙虎，流沙忽震如鞞鼓。松竹虽坚不寄生，四时但见愁云吐。敦煌易主镇天涯，梅杏逢春旧地花。归期应限羝羊乳，收取神驹养渥洼。

这首诗见于 P.3967，已失题，这本是一组表达滞留不归的官员和僧人情绪的诗歌。"振鹭"，见《诗经·鲁颂·有駜》："振振鹭，鹭于飞。"毛传："鹭白鸟也，以兴洁白之士。""岩峇"，也可写"岩崿"，山势深险的样子。嵇康《琴赋》："玄岭巉岩，岩崿岖崟。""羝羊乳"，羝，公羊。羝羊乳，比喻不可能发生的事情。这里指苏武北海牧羊的典故。见《汉书·苏武传》："乃徙武北海上无人处，使牧羝，羝乳乃得归。"这是首七言古体，其中透露出当时归义军政权发生重大变化的信息。"敦煌易主镇天涯，梅杏逢春旧地花。"显然说的是曹氏代张承奉掌管归义军的事件。这在前面的 59 首诗中没有出现。就诗人情绪而言是多变的。这首诗出现"阳""鱼""虞""麻"韵四个韵，因而此诗是换韵的七言古体。诗歌起笔先指出出使南蕃的大德离世，诗中并没有悲伤的情绪，因为对修行者而言，这是一个自然的过程。这四句用了"阳"韵。接着四句写自己滞留不归而又无能为力的困境，为了形象表达，特引用了《战国策》中《苏秦始将连横》中苏秦向秦惠王"说秦王书十上而说不行"的典故，这一层次用了"鱼"韵。随后将笔触转向正在激战的战争前线，表达了虽被羁押，但不改气节的心声，诗人用松竹自喻，用了"虞"韵。末四句，叙述战争中忽闻敦煌易主，诗人对未来信心倍增，用"梅杏逢春"热切地表达了对敦煌未来的希望，并用苏武回归汉朝的典故昭示自己，终会获得解放，为新的政权效力，用了"麻"韵。这首诗内容丰富，情绪复杂，更像四首七绝。由于九到十二句，押的是仄声韵，而且除前四句，是规范的平起式外，其他诗句在粘对上并不规范，因而是首典型的七古。它与前面 59 首诗，地域情境相似，但主人公形象心境大不相同，情绪高昂，意志坚定，关键在于敦煌的局势向诗人希望的方向发展。所以，此诗与前面的组诗具有相关性。

## 第二节　敦煌本中的两类《九相观诗》

九相观是僧徒禅定的法门之一，《止观》九曰："禅门无量，且约十门。一、根本四禅。二、十六特胜。三、通明。四、九相。五、八背舍。六、大不净。七、慈心。八、因缘。九、念佛。十、神通。"九相观，"相"通"想"，即让修禅者通过联想在人生短暂道路上发生的形貌变化，特别是对死后丑陋的躯壳的描写，令人产生厌恶的情感体验，借此便于帮助禅僧摆脱肉体的羁绊转而一心向佛，追求精神的不灭。九相，在佛学中释义为："於人之死相，起九种观想也，是为观禅不净观之一种。即使贪着五欲之法，起美好耽（沉溺于欢乐）恋之迷想者，觉知人之不净，除其贪欲之观想也。"一胀想，二青瘀想，三坏想，四血涂想，五脓烂想，六啖想，七散想，八骨想，九烧想。此九种想，为观练熏修中禅之第一也。在敦煌石窟中保存完整的《九相观诗》有四种形式，即 P. 3892 写卷、S. 6631 写卷、S. 3022 写卷、上博四八（41379）写卷。对照佛教九相，披阅《九相观诗》，内容并非完全一致，《九相观诗》强调了躯体失去生命后的胀想、坏想、骨想，同时融会了人的生命之初带给亲眷的喜悦，人生盛年感受到的志得意满、奢华富贵的荣光，人生暮年品味着风光不再、病痛缠身的无奈等内容，既有序地展开了人生旅程的回顾，又于死相中产生九种不净观想，具体生动地传播了佛教一切为空的理念。

关于《九相观诗》，陈祚龙先生最早做过校录，汪泛舟先生在《敦煌石窟僧诗校释》中，做了校订，并撰文《敦煌〈九相观诗〉地域时代及其他》，对 P. 3892 写卷、S. 6631 写卷、S. 3022 写卷，做了专题探讨。从诗歌的具体内容出发，对《童子相》中"聚沙为塔"做了考证，认为这是对敦煌聚沙脱佛、脱塔信仰的描写，也是这一佛事活动在敦煌世代相传的反映，从而确定 P. 3892 写卷为敦煌当地作品；通过对"短晨锋日域，长夜掩泉靡"的考证，确认"唐代释门有信仰道家地域的观念"，确定 S. 6631 成诗于盛唐、中唐时期；通过对《衰老相》"年侵蒲柳竟桑榆，骨竭筋枯皮肉疏"中"蒲柳"平仄的考证，"《广韵》为仄平，《集韵》为仄仄"，确认 P. 3892 敦煌卷为"五代北宋曹氏政权时期，出自敦煌僧人之手的作品"。汪泛舟先生还结合三个卷本探讨了《九相观》的艺术特征，结论是："P. 3022 确实是一篇具有异于组诗而又同组诗有着共同使人增长佛性之妙的作品。"项楚先生在《敦煌诗歌导论》中对 P. 3892 写卷、S. 6631 写卷、上博四八（41379）写卷做了详细的考证。

笔者试图在以上研究的基础上再做一点工作。根据对前面研究的探查，可知敦煌石窟中至少有四种《九相观诗》，敦煌和外地均有《九相观诗》，说明敦煌地区传播并自创有自身特点的《九相观诗》，特别是上博四八（41379）《九相观诗》，前有序，后有诗，原卷抄于《上皇劝善断肉文》之后，《白侍郎十二时行孝文》之前，其中有题记，如"时当同光二载（924 年）三月二十三日"及《天福八年（943 年）敦煌乡文书》，能够反映出其所处时代为从后唐到后晋，内容与形式有敦煌特征，若结合在一起分析，敦煌《九相观诗》因外地传播作品的成熟而易于遮蔽。《九相观诗》的读者对象应以僧人为主。《九相观诗》，就是僧徒吟诵人生短暂，对人生空无的具体描画。

**一　敦煌《九相观诗》（P. 3892）与《九相观一卷并序》上博四八（41379）写卷探讨**

（一）敦煌《九相观诗》P. 3892

### 九相观诗（七言九首）

#### 初生相

初生满月字婴孩，内外亲罗送喜来。男号明珠女百匹，门前车马擘不开。

#### 童子相

日月相摧成幼童，三三五五作一丛 。虽解聚沙为佛塔，心中仍未辩西东。

#### 盛年相

三十红颜盛少年，英雄意气文武全。荣华衣冠车马足，妻妾纵横满目前。

#### 衰老相

年侵蒲柳竟桑榆，骨竭筋枯皮肉疏。面上红颜千道皱，欲行十步九长嘘。

#### 病苦相

四肢沈重染缠疴，日夜尫羸苦渐多。百味目前俱不人，业合如斯知奈何。

### 死相

妻妾平生多捧拥，及至死时谁不恐。伬家苦哭三五声，获
时送出慎（填）丘冢。

### 胖胀相

送至荒田丘冢间，亲戚妾奴各自还。唯见一堆浓血聚，何
曾更有旧红颜。

### 烂坏相

日炙风吹皮肉烂，见者谁不怀嗟叹。虫衔兽曳当头令，筋
骨分离肢节散。

### 白骨相

纵横白骨色如银，尽是门家豪族人。莫言即日埋荒草，亦
曾意气驱风云。

这是敦煌当地创作的《九相观诗》。因其中《童子相》中有
"聚沙为佛塔"的诗句可以判定其地域。"聚沙为佛塔"源于《阿育
王本生故事》童子戏聚沙作佛塔供养，于是与佛结缘的故事。由于
敦煌特殊的地理位置和历史，印沙、脱佛脱塔成为当地的传统。根
据谭蝉雪《敦煌岁时文化导论》："敦煌每年正月举办印沙佛会。"①
S.0527《显德六年女人社再立条件》："社内正月建福一日，人个税
粟一斗，灯油一盏，脱塔印沙。"可见脱塔印沙不只是寺院僧尼为特
殊目的而作，是敦煌的一种社会文化现象。在《烂坏相》中"炙"
与"炙"因形似，在古代有混用现象。敦煌诗中有所表现，这九首
七绝与中原地区创作的《九相观》相比较，语言通俗，简洁明了。
四句一韵，由婴孩而押"灰"韵，由幼童而押"东"韵，由少年而
押"先"韵，由桑榆而押"鱼"韵，由缠病而押"歌"韵，由捧拥

---

① 谭蝉雪：《敦煌岁时文化导论》，新文丰出版有限股份公司1998年版，第26页。

而押"肿"韵，由丘冢间而押"删"韵，由皮肉烂而押"翰"韵，由色如银而押"真"韵、"文"韵，九首诗经过八次转韵，形式与内容完美结合，形成清晰的《九相观》人生由美而丑的形象。在九相中，只有三相写人生的快乐，而婴孩相是写他人快乐，幼童相是写懵懂的快乐。只有盛年相，少年似乎享受快乐：才华显露，生活富足，妻妾成群。但漫长人生是由《衰老相》《病苦相》《死相》《胮胀相》《烂坏相》《白骨相》六相紧紧围绕的，其中三相：老相、病相、死相是丑陋痛苦的，另外三相是常人难目睹但客观存在的，胮胀相、烂坏相、白骨相，《九相观诗》极力在此落笔，将尸骸的令人恐惧的丑陋样貌描摹得细腻逼真。以此达到降低人对现实的欲望，产生人生为空为虚的深刻体验，一心为追求佛国的理想世界做精神的准备。敦煌作《九相观》主要的表达方法是描写，有场面描写、动作描写、肖像描写、神态描写、细节描写，结合和谐诗歌韵律，展示了敦煌僧人诗歌创作的卓越才华，及虔诚的修行趋向。

（二）《九相观一卷并序》上博四八（41379）写卷

如来妙法大慈悲，广度众生无尽期。地水风火成四大，观心阿那是无为。世人每思九想观，即知变太化来非。识性了心须觉悟，从生至死缀成词。

这首九相观诗的序言，交代了写作九相观的目的"识性了心须觉悟，从生至死缀成词"。语言通俗直白。"阿那"来自俗语，指"那个""谁"，也有补充音节与调节节奏舒缓语气的作用。下面撷取部分进行分析。

弟（第）二观，作瞳朦（童蒙），骑竹马，逐游従（虫）。或聚砂来作米棗，或时觉（脚）走趁旋风。能争鹦鹉迁猢子，筑城弄土一丛丛。行来失伴窥门觅，归家吃饭亦无容。追朋日日过庠序，斗咏诗书阿那聪。路上逢人唤父父，不知自是白头翁。

弟（第）三观，盛少年，整（正）是初成气力全。拓石翘开唯斗壮，弯弓遥射五陵前。各路英雄兵吏部，论诗说赋定华篇。三军不肯随旌节，久竟争游车马前，求作乐，爱管弦，觉（脚）走贪杯趁酒泉。呼朋日日追於赏，结伴朝朝花果园。

……

弟（第）九观，傍孤坟，髑髅白骨总离分。只见终冬霜雪变，何曾白骨永长存。冬月草里白如粉，春夏草生骨不新。纵使黄天日日照，终归变化作灰尘。世人每想九相观，不知何处是我身。若也世间合有我，在生富贵总犹人。十二因缘轮回转，但是无常莫共亲。智者若能悟此事，听取西方净土因。

……

这组诗前后相承，依序，为（弟）第一观，到（弟）第九观，并无定名，且句数不统一，从五韵、六韵、九韵，到十一韵、十二韵不等，就是相同的六韵，句式也有变换，反映了诗歌行文长短不拘的特征。而且表达方式特征尤其突出，描绘细致极尽铺排，将不同年龄段的事件，事无巨细，如数家珍。语言风格则通俗浅白。"猧"，一种宠物狗。元稹《梦春游七十韵》："鹦鹉饥乱鸣，娇猧睡犹怒。""五陵"，汉武帝时代建五陵县，唐代成为富家子弟游乐的地方。根据"五陵"可推知这首诗可能为中原作的白话《九相观》，但诗中"五陵"前的动词为"遥射"，可见此诗并非真的写在"五陵"前；又根据"觉（脚）走贪杯趁酒泉"句中"酒泉"一词，可以基本确定，此诗与中原较远，随着酒泉郡在汉代的设立早有了固定的含义。唐代著名诗人李白、岑参均生活于 8 世纪，并均有诗歌流传到敦煌，他们有诗直接写到酒泉，如李白在《月下独酌》中写道："地若不爱酒，地应无酒泉。"岑参在《酒泉太守席上醉后作》中写道："酒泉太守能剑舞，高堂置酒夜击鼓。"同时期的王维和杜甫也有诗作与酒泉相关。王维在诗歌《陇西行》中说："都护军书至，匈奴围酒泉。"杜甫在《饮中八仙歌》中则说："道逢曲车口流涎，恨不移封向酒泉。"9 世纪温庭筠所创作的以唐教坊曲《酒泉子》为词牌的《酒泉子》词被称为正格，所以酒泉只属于酒泉，在这首诗的"酒泉"之前有动词"趁"字，这一表达与李白等对"酒泉"的表达不同，"趁"有乘，利用机会的含义。白居易的《答韦八》云："早知留酒待，悔不趁花归。"能乘酒泉的人一定不在中原。结合幼童相中"聚沙"及"筑城弄土""春夏生草"等地域特征，更符合西北的地理特点。这组诗更加奇特的是不仅前有序文，强调《九相观》的目的，在第九观后直接生发议论，语言直白，劝告僧俗听众摆脱六道轮回，信仰弥陀佛，趋向极乐国。"智者若能悟此事，听取西方净土因。"

**二　流传于敦煌的其他两种《九相观诗》**

　　其一首佚名的为五言八韵《九相观诗》（P. 3022），其一组为五言九首的《九相观诗》（S. 6631），这两首九相观诗与前面引用的九相观诗出现在不同的卷本中，形式不同，核心观点及写作目的相同。对僧人修禅和众生启智均有作用。下面试分析之。

### 《九相观诗》P. 3022

　　　　荣盛宁堪久，红颜俄已迁。早怀白首恨，更苦病来缠。
　　　　枕席宵难度，伤吟齯齿年。何期无避处，含怨赴黄泉。
　　　　神气栖躯壤，鸟唼两目穿。肉从狼虎口，月照骨荒筵。
　　　　万化皆归尽，露生咸逝川。终须风野散，世事总徒然。

　　这首五言八韵的《九相观诗》（P. 3022）通押"先"韵。"齯"，王泛舟先生以为齯即倪，不确。齯：老人齿落复生，古人认为是长寿的表现。《尔雅·释诂》："黄发、齯齿……寿也。"倪：幼儿。《旧唐书·玄宗纪下》："垂髫之倪，皆知礼让。"在他的新著《敦煌诗解读》中说，齯，读"倪"，这本为两个字。"万化"，《华严经》疏五曰："以通力变现种种之相也。"这里指世间的各种物态、色彩及其变化。诗歌集中凸显了病苦的老年相，无法回避的死相、令人恐怖的烂坏相、月夜返照的白骨相。将抒情与描写相互结合，表达一切为空的思想观念。

## 《九相观诗》（五言九首）S. 6631

夫大雄演教，普拯济含灵；开阐玄门，示苍生於觉路。然则法体寂绝，名言显其幽微；舍相归真，止观源於妙有；无量寿觉，权开十六之宗。释迦牟尼，爰敷九相之要。因兹妙观，知烦想之虚生；察念正勤，识缘心之妄起。三界迷俗，虚梦宅而长眠；六贼竞驰，入无明之暗室。诈相亲附，渴名色之无厌；役使身心，遍五道而为业。往来生死，长沉没於爱河；胞胎受形，永漂沦於苦海。何有智者，不返斯源。伤哉痛哉，为害兹甚。普劝有识，归心解脱之门；凭此胜因，同登涅槃之路。诗陈九相，列在后文。

### 婴孩相第一

色醉明神暗，贪迷达识昏。情尘交触境，冥阴托灵魂。孕气成珠貌，顷生露胞分。宠怜膝下育，娇爱掌中存。肝胆非为比，珍财岂足敦。宁知是虚幻，聚散等浮云。

### 童子相第二

状貌随年盛，形躯逐日红。三周离膝下，七载孕成童。竹马游间巷，纸鹞戏云中。花容艳阳日，绮服弄春风。宠爱量难比，恩怜靡与同。那堪百年后，长奄夜台空。

### 盛年相第三

壮年非久驻，盛色岂长留。群迷曾未觉，结伴恣欢游。林间施鸟网，水下诱鱼钩。烹鲜充美馔，酌醴献交酬。堂馆笙歌合，庭台舞伎流。永言同此裳，谁悟暗泉幽。

### 衰老相第四

倏忽红颜谢，须臾绿鬓移。肌肤随日减，容发逐年衰。忆昔望歌旧，赊游处伛（yu，曲背）期。形消魂屡怯，气弱魄增微。杖策身难举，心行足不随。烦怨坐空室，悲叹泪沾衣。

### 病患相第五

复叹老将至，悲病忽假身。赢魂去悄悄，气弱识沈沈。幽卧无人问，梵居羡鸟音。神游形不及，伏老日哀吟。始悔平生罪，悬悲业镜临。信知秤善恶，何不早归心！

### 死相第六

逝水无还淌，流光岂再追。景驰难暂止，命侍亦如斯。气逐风灯化，神从朝露晞。短晨锋日域，长夜掩泉靡。行路兴哀叹，堂庭起恸悲。古今生死地，伤叹欲何为？

### 膨胀相第七

生涯哀有拯，死路去何充。伤哉百年内，俄奄九泉中。魄散形留黑，魂离体胀肜。亲邻咸惧见，朋处畏相逢。名与身俱灭，人将我共终。昔时歌笑地，今日尽成空。

### 烂坏相第八

感叹躯摧壤，伤嗟命靡存。迎宵群兽啮，凌曙众禽奔。肢节一离散，形骸几断分。泉台游暗魄，蒿里止幽魂。可患无常境，浮生若电云。何贪此火宅，不向涅槃门。

### 白骨相第九

冥寞形神古，摧残白骨新。支离散荒野，零落瘗沙尘。永与庭台别，长为蝼蚁亲。百龄终莫绍，千载止幽神。禅慧由兹觉，知令离我人。心逾解脱境，起度涅槃津。

该诗有序言，它是描写较为细腻的一个写卷。陈祚龙先生《敦煌简策订存》里也有收录，但对卷中讹误订正较少，所以笔者用的是汪泛舟先生校录的定本。

序言核心大意为：释迦牟尼普救大众，打开智慧玄机之门，以示普罗大众觉悟之道。使人们应德行圆满而获无量寿觉。为了达此目的特铺成九相的特质，教人们明白一切虚生来于心中妄想，但不觉悟的俗众，放纵六贼驰骋于世，因名色欲望难于满足，便役使身心从而受累。更为严重的是，沉溺爱河永受沉沦之苦不得解脱。下面陈列九相之恶，普劝众生，回归解脱的心门。序言大体有三个层次：第一，九相观是为启迪大众智慧而作。第二，现世普罗众生陷于痛苦却沉湎于不觉悟中。第三，陈列九相，劝说众生归心解脱之门。这首诗的序言较为文雅深奥，用了许多佛学专有名词，如"含灵"，含灵魂者，同含识，含生，有情等，《大宝积经》三十八曰："假令三界诸含灵。一切变为声闻众。""止观"，定慧，寂照，明静。止，止息妄念也，观，观智通达，契合真如。"十六"，华严以十数为满数，真言密教以十六数表圆满无尽。"妙观"，《光明记》三曰："妙观者空，即三谛，假中亦然。名即一而三。三谛具空，假中依然，名即三而一。""名色"，五蕴之别称，五蕴，旧译为阴，新译为蕴。是积聚之义，众者众多和聚之义。分别为色蕴，受蕴，想蕴，行蕴，识蕴。

具体内容将人的一生纳入诗歌，重点描写死后不净的观感。以生发人生短促，死相丑恶的认识。婴孩相，议论与描述的表达方式相结合，且以议论驾驭描述，呈现婴孩的孕育、出生、受宠的情形，但毫不客气地指出："宁知是虚幻，聚散等浮云。"童子相，描述为主，议论为辅。写3—7岁的孩童快活地在闾巷玩竹马，兴奋地在开阔地放飞风筝的情形。结句同样冰冷：无论怎样宠爱与怜惜"那堪百年后，长奄夜台空"。盛年相，描写兼议论。描写林中张网扑鸟，水中下饵扑鱼残害生灵，更有盛大场面描写，在庭台堂馆，广开宴席，席间管弦生生，歌伎舞动，席上美味珍馐不胜言说，高朋满座，觥筹交错。但不管有多少美好的祝愿，时光已逝，暗流涌动。衰老相，以描述为主，从容颜的失色，如云黑发变白、肌肤消损，到身影佝偻，气喘微微、步履蹒跚、行不随心，再到独守空室、泪沾衣襟、悲怨填胸。逐一展示了随年老的变化，人的身心的变化，于是人从无知的快乐转向了无助的痛苦。病患相，伴随老将至，就是百病缠身，这在《唐和尚百岁诗》中亦能看到。病患在床，又回到议论驾驭描述的表达。由于行动不便，气息微微，只好卧床，但卧床孤独无助，无人关照，不禁羡慕鸟儿的自在快乐。以此反衬病苦者的感受。因行动不便又无人询问，于是神游千里，开始反思自己的一生，慈悲的心怀由此产生。但此时已晚，诗人以他者的身份给予指责，明白善恶，早应寻找解脱。死相，"逝水"，用论语中的典"子在川上曰：逝者如斯夫"。前四句二韵，用流水、流光作比，时光不可停留，美景难以停顿，生命也是如此。气，如风中的灯烛，被蚀化，神，如早晨的露水瞬时被晒干。于是能够感受鄷都的晨光极短暂，而漫漫长夜掩映在黄泉之湄。这里含蓄地表达了人的生命的终止。膨胀相，以抒情、议论为主，哀伤人生的有限，悲叹生命的短促。人的归宿只有九泉之下。人死肌肤发黑，魂魄离体，体型膨胀，这种形象让亲朋心生恐惧，更别说他人。随着生命终止，一切的名声与躯体同时消失，证明一切都是空无的。烂坏相，描述随时光流逝，肉体腐坏，于是成为禽兽的食物，被撕扯得肢节散乱的惨象，魂魄无处藏身，只有隐匿在黄泉边、蒿草里。于是诗人以反问的语气，表达了对生命否定的态度，且以抒情、议论的方法告诫人们不必贪恋火宅，应转向对智慧的追求。最后为白骨相，以议论结束全诗，人生不过百岁，死去散落的白骨与蝼蚁为邻，这一事实足以促人觉悟，摆脱我、人、众生、寿命的牵绊，人心获得真正解放，这就是走向智慧的开始。

这首五言九首的《九相观诗》与敦煌当地之作七绝九首的《九相观诗》比较，在认识层次上并无差别，均运用了描写、议论抒情的表达方式，但此诗用佛家语较多，如"火宅"，三界之生死，譬如火宅也。《法华经·譬喻品》曰："三界无安。犹如火宅。众苦充满。甚可可怖。常有生老病死忧患，如是等火，炽然不息。"又如"我人"，我与人也。《缘觉经》曰："一切众生。从无始来，妄想执有我人众生及寿命。认四颠倒为实我体。四颠倒，四种颠倒之妄见也。"一种是无常、无乐、无我、无净，执常乐我净为凡夫四倒。一种是涅槃之常、乐、我、净，执无常、无乐、无我、无净，等等。还采用了对仗的诗句，如："短晨锋日域，长夜掩泉靡。行路兴哀叹，堂庭起恸悲。""迎宵群兽啮，凌曙众禽奔。肢节一离散，形骸几断分。泉台游暗魄，蒿里止幽魂。"等等。使诗歌齐整富有韵律美。

　　总之，四首《九相观诗》核心都是启发众生不必太热衷于欲望的满足，人生不过是空，应及早获得精神的解脱。但诗形式多样，以不同的形式和多种表达方式的结合，甚至以释迦牟尼的名义诱导，也有用西方净土来诱导的，由此至少有四种形式的《九相观诗》在敦煌传播，在僧俗界所产生的影响是显而易见的，只是敦煌地区的《九相观诗》语言通俗，行文自由，如"阿那"俗语在《九相观诗》一卷中就出现了三次，而且韵句从五韵到十二韵不等。而中原地区的《九相观诗》语言较古奥，行文更整齐，并多专用术语。

# 第三节　敦煌僧诗中的《心海集》

　　敦煌石窟僧诗中关于心性的探讨的诗歌达到95首，名为《心海集》，出现在 S.3016 写卷中，另有 44 首亦名《心海集》出现在 S.2295 写卷中，二者形式不同，内容多寡不同。S.3016 写卷集中体现了僧人借助诗歌的形式，分为"迷执篇""解悟篇""勤苦篇""至道篇""菩提篇"五部分对应修禅的五个步骤以帮助僧人或信徒摆脱烦恼，实现精神的解脱的努力，这五个篇章也是僧人自悟的体验记录。在 S.2295 写卷中的《心海集》44 首，一例为五言白话，只有"至道篇"和"菩提篇"，二篇。关于《心海集》，在汪泛舟先生之前，幻生法师在《敦煌佛经卷子巡礼》，陈祚龙先生在《关于敦煌古抄〈心海集〉》，巴宙先生在《敦煌韵文集》，任半塘先生在《敦煌歌辞总编》（下）和王书庆先生在《敦煌佛学·佛事篇》中均有研究。笔者拟通过对 S.3016 中五个层次的内容的解读来揭示僧人修禅的内在机理和真实的内心体验，比较 S.3016 和 S.2295 在内容、形式和禅悟的差异。通过解读《心海集》中对人性的阐释，比较中国哲学流派中儒学、道教、佛教对人性认识的区别，并发掘禅宗对中国哲学的贡献，从而发现《心海集》作为僧诗的文献价值。

　　我们先了解 S.3016 五篇的内容及其含义：第一篇，《迷执篇》，七言白话诗 7 首。在迷执篇中以"迷子"领起，分别涉及僧人念经做功德的生活。先描绘僧人执着于念经的情态"迷子念佛声切哀"，但是在行动上，内心世界里"万恶丝毫不肯改"。由于信徒将念经的形式误做修行本身，而不是在念经中净化心灵，因而不得解脱，依然是"迷子"。其次写僧人企图通过持戒摆脱现实世界，在弥陀净土世界里获得永生，不知持戒的结果，依然回到轮回的世界中，持戒的目的不纯，终究没有结果。"迷子持戒舍娑婆，求生极乐念弥陀。持戒生天受福尽，还沉苦海入泥涡？"在僧人追求精进勤转毗尼，常修禅戒，虔诚追求道果，但"不解调伏欲贪痴"，"自心不肯断贪嗔"，所以难免"当来还变成饥寒"。这组诗在于强调"迷子"没有悟道，在形式上大做文章，却不肯关照内心世界的"贪""嗔""痴"三毒，这样《龙牙和尚偈》（S. 4037）"成佛人稀念佛多，念来岁久却成魔""君今欲得自成佛，无念之心不较多"就不奇怪了。

第二篇，被称为《解悟篇》。共有七言白话诗 51 首，以"解悟"统领组诗。帮助修禅者树立信心，扬弃外修，深入内心世界。这样，顿悟自性本质就是一件容易的事情。"解悟成佛易易歌，不劳持诵外求他。若能扬簸贪嗔却，高升彼岸出泥河。"并且可出离对西方极乐世界的依赖，在此岸世界即可达到解脱，"解悟成佛易易歌，不行寸步出娑婆。观身自见心中佛，明知极乐没弥陀。""解悟成佛易易歌，是心是佛没弥陀，是心作佛无别佛，明知极乐是娑婆。"至于如何做到"解悟成佛"呢？在态度与性情上需为人虔诚恭敬行正道，而且以悟人为要务。"回融憍倨作虔恭，咨谏有情行正道。""解悟成佛易易歌，调心理念语温和，出言中然皆合道，见闻回向顺伏他。"在境界上，达到清闲无为，舍去财色与名利，达到利他济物的高度。"解悟成佛绝不难，无为无做履清闲。清闲无伴无俦侣，独居物外自蹒跚。""解悟成佛只道易，舍财弃色辞名利。简却三毒我人心，行用慈悲一切智。""解悟成佛绝不难，利他济物不求安。运渡众生若不尽，誓不取证入泥垣。"在意识中，摆脱实有及对立的存在观念，"解悟成佛绝不难，独行物外履无端，无端无依无处所，无处所故久长安。""解悟成佛只道易，无我无人无彼此，运渡他人若自身，直到菩提极果地。"而且在解悟的外在表现上，不以聪慧、狡黠取胜，往往在世俗观念中"佯憨似痴没贪嗔，随类现形相极济，还如运渡自家身"。对解悟成佛的凡俗之见，修行者需了解并坚持正教主张不改变，"解悟成佛行踪少，迷子邪途脚迹多。道深智浅人难会，讥嫌信谤任从他"。当修行者自己觉悟，还未成佛，只有以运渡有情为己任，才能成就自觉觉他的佛。"解悟成佛实是仁，忧济含生若己身，运渡有情三界苦，誓尽方自出笼尘。"在这里，儒学中的关键词"仁"被纳入了佛教修行中，从而方便了中国人对佛教的信仰的理解。"运渡有情功行毕，如火薪尽没根寻。"这与善来在《故李教授和尚赞附诗》中"苍生已度尽，寂寞入莲花"意蕴完全一致。运渡有情的过程是以随类现形来启发，以钟鸣来警醒，以"水月现波""波月水响"来暗示，最终实现迷子的"明心见性"自觉顿悟。"解悟成佛无处所，犹如波月水声响。内外寻求滤不得，无方无所逐人行。""解悟成佛无处所，犹若重杵击鸣声。鸣声不居钟杵里，贯穿终始自别行。"而修行者即实现了成佛的理想追求，就达到了不可思议的境界。"解悟成佛无处所，随形万类作人师。训诲有情烦恼尽，还如自性涅槃时。""解悟成佛快矣哉，清虚裸露没尘埃。堂堂显见如明月，无处团圆不见来。""解悟成佛不可论，七宝庄严法界身，如空独秀无依据，贯穿终始俨然新。"

第三篇，《勤苦篇》，七言白话诗7首。勤苦的根本意义在于找到菩提的方法与门径，彻底收伏攀缘的思想，用心寻到使心安的处所。"勤苦穿凿菩提道，昼夜镌雕心路门。功深若能开阖得，无端掩蔽作梁津。""梁津要路守心关，捉搦思想断攀缘。教得无念精勤子，将升彼岸出笼缠。""安心何处安寻逐，寻逐起出用心看，看见安心不安处，了见安处在无端。"

第四篇，《至道篇》，为七言白话诗11首。佛道并非在别处，就在寸心之中，所以所谓的度有情是使被度者"明心见性"。"道者心迹非别物，往来游履逐众生。虽然移步脚踏出，不知心遣是身行。""身行心使几千强，六道轮回方寸场。逐念形生如响应，轮回三有没家乡。"（"三有"是三界之异名，生死之境界。分别为：欲有，欲界之生死也；色有，色界之生死也；无色有，无色界之生死也。《仁王经》曰："三有业果，一切皆空。"）"大道本际住无端，不来不去离中边。文字语言诠不得，如空无据迥依然。"大道即是佛道，有限的语言难于诠释，所谓"此中有真意，欲辨已忘言"，一切尽在一悟。而且是彻悟，非实非虚，空与有均不存在，所以非用语言可以诠释。

第五篇，《菩提篇》，五言白话诗 42 首。菩提（Bodhi），旧译为道，新译为觉。道者，通义。觉者觉悟之意。《智度论》四十四："菩提，秦言无上智慧。"菩提是到达，是修行的最终目标，是无尚智慧。达成这一目标者，可以随处自然，"从心所欲不逾矩"，身体可随教导对象而随类变化，同时多用言语教导有情，"菩提犹若响，有声应语音。更无来往处，住在有情心。""菩提语里宣，口海涌入泉，教诏含识类，解悟出笼缠。"而且教导的语言如同钢一样硬，如剑一样利，足以拔除有情烦恼之苦，割断有情世界不完善的思维。"菩提百炼钢，为剑利如霜。剖宰迷疑网，割断百思量。"菩提本无我人的区别，为了启智，以方便的释迦形象显示有情。"菩提无我人，假作释迦尊。真身随六趣，拔苦极沉沦。"（注：六趣，指众生因由业因的差别，而趣向六个处所，也叫六道。分别为地狱趣，八寒八热等苦处。饿鬼趣，常求饭食的鬼类生处。畜生趣禽兽所生之地。阿修罗趣，常怀嗔心而好战。大力神之生的地方，以深山幽谷为依所。人趣，人类所生处，分阎浮提等四大洲。天趣，身有光明，自然受快乐的众生名为天。）这一目标的达成会产生久远的影响，"菩提万路长，智海无边疆，贯穷终始劫，香美远闻香"。

不同于 S.3016，S.2295 在至道篇中，强调言语在修道中的作用："至道无方物，清虚若响音，响无来往出，住处语言心。""谈话言诠无，评章响里音。无形不可见，语里说心身。""语里精微语，心中洞彻心。圆明贯一切，尊极不可寻。""至极精微物，无形语里寻。巧言方便说，证说合方圆。"而心悟与迷者，感受各不同，"虽是随时语，情遥意义深。迷人轻若土，悟者重若金。"虽如此，但禅理不变，"五蕴皆空幻，身心一切无。妄情习气转，尘劫饶三途"。至于菩提篇五言白话 15 首，也不同于前者的强调其巨大无比的功能的表达，而是说，菩提什么都不是。"所言皆尽理，语说不偏邪。菩提只个是，更没涅槃家。""说论心开阔，无端万路门。菩提只个是，更没十方尊。""谦恭常敬爱，卑下履无端。菩提只个是，原来没泥垣。"若懂得菩提之深意，结果自食，"美口甘甜物，馨香百味之，菩提万品食，消渴复消饥”。这两个卷本，可相互补充，使修行者圆融佛理，了悟修行。关于了悟，敦煌本中有多卷满和尚的《了性句并序》〔S.3558，S.4064，P.3434，P.3777，北图8385（裳字67）等五个〕，其核心就是“安”。67韵，不少重字。诗歌主要内容是：“无物可求心自安，行住坐卧即涅槃。涅槃清净同寂灭，十方世界不离安。”要发现安的重要性，须人生的磨砺，“沉沦多劫缘不信，受苦常时请自知”。醒悟不安的原因，就悟得了自性，自性即佛性。“明知烦恼即菩提，只为众生未离迷。若能度却贪嗔海，定到真如佛性低。”明白了自性，就能够做到圆融，“若能洁志安心坐，俄尔还同旧法身，法身圆满遍虚空，荡荡滔滔处处通。”能在实相中安坐，“若能安心实相中，一切妄识从此灭。”“忽遇一乘真正理，何愁不到本来安。”不生妄念，就回到原本安然的状态。一切妄相由心而起，追逐望相，失掉自性，沉入迷中，心不得安放，了然禅定，心自安定。佚名诗中五言绝句三首之一，抄写在津136（背）与津194（背），诗歌内容如下：“禅定消长夜，心中不觉寒，常观三界内，无有一人安。”充满修禅者的悲悯情怀。修禅者发现，僧俗处于两个完全不同的世界。禅定的僧人没有寒热的感知源于内省的安宁；相反，凡俗之人则没有安宁。解读《心海集》悟到菩提心就能察觉，其心受贪、嗔、痴的纠缠的缘故。

我们对《心海集》的认识是：《心海集》是在敦煌传播的或有敦煌僧人创作或参与创作的对曹溪禅理解的白话诗偈的集合。曹溪禅的顿悟修禅法就是对人性的探讨，曹溪禅所谓人性即佛性。只有认清这一点，人才能在现世得到解脱。在《六祖坛经》里佛对人性充满信心。它已超越人性是恶的西方观念。马基雅弗利提出人性恶的理论，黑格尔是人性恶的鼓吹者，恩格斯对此持赞成的意见，他说：“卑贱的贪欲是文明时代从他存在的第一日起直到今日的动力；财富，财富，第三个还是财富，不是社会，而是这个微不足道的个人财富，这就是文明时代唯一的具有决定意义的目的。”也非中国儒学主流坚持的人性是善的观点，“恻隐之心，人皆有之，羞恶之心，人皆有之；恭敬之心，人皆有之；是非之心，人皆有之。”“仁义礼智，非由外铄我也，我固有之也。”更非告子的人性非恶非善说，告子曰："性犹湍水也，决诸东方则东流，决诸西方则西流。人性之无善与不善也，犹水之无分于东西也。"① 也非理学家张载的人性善恶二元论。张载认为天地之性为善之源，气质之性为恶之源。

善与恶。佛教的理解与世俗有差异，试比较如下，《菩萨璎珞经》讲：以顺理为善，违理为恶。《大乘义章》七曰：顺名为善，违名为恶。《唯识论》：以顺益此世、他世之有漏无漏行法为善，与此世、他世违损之有漏行法为恶。所以佛超于现实善恶之上。因此，无善恶是中国佛教在人之本性上脱离了一切而达到至高的智慧，这一智慧人是可以悟到的。这就是摩诃般若婆罗蜜。在惠昕本《坛经》下卷有对此的解释："摩诃般若婆罗蜜，是梵语，此言大智慧到彼岸。""何名摩诃？摩诃是大。心量犹如虚空，无有边畔，亦无方圆大小，非青黄赤白，亦无上下长短，无嗔无喜，无是无非，无善无恶，无有头尾。世人妙性本空，无有一法可得。""世界虚空，能含万物色象，日月星宿，山河泉源溪涧，一切树木恶人善人，恶法善法，天堂地狱，一切大海，须弥诸山，总在空中，世人性空，亦复如是。""万法在自性中。""若见一切恶之与善尽皆不舍，也不染著，心如虚空，名之为大。""何名般若？般若是智慧。一切处所，一切时中，念念不愚，常行智慧，即是般若行。""何名波罗蜜？汉言到彼岸。摩诃般若波罗蜜，最尊最上最第一，无住无往来。用大智慧，打破五蕴烦恼尘劳，若人修行，定成佛道，变三毒为戒定慧。"② 当然这一智慧是给大智人说的，小根小智人心生不信。这与儒学中对君子贤人的说法是一致的。只有君子才会有"修身齐家治国平天下"的理想和才能。佛学中，只有上根人才可心开悟解。小根人邪见障重，烦恼根深。迷心外检修行觅佛，未悟自性。由此可知禅宗，超越了儒道对人性的认识，对人性持积极的正面态度。对人性认识自身本性与世界本源充满自信。儒学对"仁"的理解是己欲立立人，己欲达达人。其消极的方面是"己所不欲，勿施于人"。二者都以师者的角色定位自身，用以启发教育愚人。但他们对人本

① 杨伯峻：《孟子译注》，中华书局1980年版，第254页。
② （唐）慧能：《六祖坛经》，王月清注评，凤凰出版社2010年版，第173页。

性的认识不同，教导的目标不同，教导的方法不同。儒学认为人性善。此善意为，美好。《荀子·非相》："术正而心顺之，则形相虽恶心术善，无害为君子。"《后汉书·董扶传》："任安记人之善，忘人之过。"儒学之善是具体的善，佛学之善为抽象之善。这样佛学顿教认为人性同，并不做判断。儒学关注的是此岸世界人的关系及社会运行的秩序，佛学关注的是人在现世世界悟得人本性的虚空又涵纳万物，从而获得现世解脱，达到永生不灭。应该说佛学走得更远。对人性有通透的认识，对缓解现世烦恼作用更大。《荀子·劝学篇》中"君子博学而日参省乎己，则知明而行无过矣"的表述带有强迫和自觉的努力的含义，伴有价值判断。禅宗教导的方法主要是启发修行者自悟，在于明心见性，无须价值判断。正如六祖给五祖弘忍的答复："人即有南北，佛性无南北。"关于顿渐的认识，六祖以为见有迟疾。自性顿修，亦无渐契。而神秀的渐修法，落于名词与判断。如关于戒定慧的认识："诸恶莫作名为戒，诸善奉行名为慧，自净其意名为定。"六祖对戒定慧的认识是：心地无非自性戒，心地无乱自性定，心地无痴自性惠。六祖慧能最契合与儒学对心性的探讨，又超越了儒学本身。无怪乎"博综六经，犹善《庄》、《老》"与范宣子同隐乡野，探讨人生至理的庐山慧远在慕释道安之名，听安讲《波若经》后，豁然而悟，乃叹曰："儒道九流，皆糠秕耳"，毅然和其弟慧持头簪落发，委命受业。① 在与儒释道主体内容的比较之上，慧远发现佛教是超越现实，研究生死大义的学问。《论语》中孔子明确指出："未知生，焉知死。"为佛教预留了研究人生学问的空间。同样，道教讲求在世修炼成仙为人生的极乐。"从思想文化史上说，印度传入的佛教经过老庄的洗礼而化为'禅'；而老庄也受禅的洗礼而变得更加人间化与生活化。"但"庄子关心的不是政治、道德，而是个体存在境界问题"②。禅理正是解决儒学与道教未能解决的问题的学问，禅理并非仅仅停留于个人的理想人格或卓越人格上，它一定要回到平常人中，做平常人的导师。而且正因有高尚人格，

---

① （梁）释慧皎：《高僧传》，陕西人民出版社 2010 年版，第 281 页。
② 刘再复：《读书·浑沌儿的赞歌》，生活·读书·新知三联书店 2013 年版，第 111—118 页。

才有居尘不染尘的能力和至高智慧。在慧远看来，儒释道都是人们所需要的，他著有《沙门不敬王者论》五篇。在《出家》篇中，他谈道："谓出家者能遁世以求其志，遁世则宜高尚其迹。夫然，故能拯溺俗语沉流，拔玄根于重劫。"在《体极不兼应》中认为："谓如来之与周、孔，发致虽殊，潜相影响，出处诚异，终期必同。故虽曰道殊，所归一也。"在笔者看来曹溪禅，追求高尚人格，不役于物，故而禅高于儒，同于道，在教化有情方面怀着拔苦三界的理想，禅高于道同于儒。所以佛教在中国化的过程中，并非简单地屈从于中国儒学，而是找到二者的契合点。

在众多敦煌僧诗中，无论外地大德高僧的诗偈还是本地僧人的修禅诗作，都大体可以分为两类：一类是对《六祖坛经》关于心性的内容不断阐发，以开悟修行者和教导有情者，通过心性的顿悟获得现世解脱。一类是直接揭示人生的短暂与虚无，肉体的丑陋及人心的邪恶，借以否定人生存在意义，教化众生不必执着于物。S. 1631 的修禅诗："心平不用持戒，行直何须坐禅。恩则普同妇子，义则上下叹然。苦口则是良药，淤泥定出黄莲。菩萨向心如觅，天堂即在眼前。"此诗就是对《六祖坛经·无相偈》的改造，原句是："心平何劳持戒，行直何用修禅？恩则孝养父母，义则上下相怜。让则尊卑和睦，忍则众恶无喧。若能钻木取火，淤泥定出红莲。苦口的是良药，逆耳必是忠言。改过必生智慧，护短内心非贤。日用常行饶益，成道非由施钱。菩提只向心觅，何劳向外求贤。听说依此修行，天堂只在目前。"①

禅宗还将身体比作邪魔和真佛都可进驻的客舍，"真如自性是真佛，邪见三毒是魔王。邪迷之时魔在舍，正见之时佛在堂。性中邪见三毒生，即是魔王来住舍"②。这种比喻在王梵志诗中俯首即是。如《身如内架堂》《身如大店家》《身卧空堂内》。在《身如内架堂》中，王梵志写道："身如内架堂，命似堂中烛。风急吹蜡灭，即是空堂屋。"比喻生命脆弱局促短暂，肉体只是短暂生命依附的空

① （唐）慧能：《六祖坛经》，王月清注评，凤凰出版社 2010 年版，第 54 页。
② 同上书，第 141 页。

壳，命尽身死，因而人生的追求意义变为虚无。贪嗔痴，三毒伴随
人的生命历程，使人永不得解脱。从现实教化看，佛教是在否定人
生，但从佛教教化帮助人抑制对外物的贪欲上看，可以在明心见性
的基础上，摆脱对物不懈追求，使人心获得安宁，实现社会得以和
谐的众生愿望。敦煌僧诗中的《心海集》就是对禅宗认识人性的内
省实践。它们与敦煌石窟中的其他大师的诗偈一起互为表里，构成
敦煌僧诗倾向曹溪禅，寻求顿悟成佛心理体验的特点。

　　在敦煌僧诗中，敦煌域外的大德署名的有四十八位，可见敦煌
僧界与内地僧界联系紧密。这些流传于敦煌的诗偈多是对自净自性
的认识，与敦煌本坛经是相辅相成的。《真觉和尚偈》（P.3360，
S.2160，S.6000等），《丹霞和尚玩珠吟》（P.3519），《祖师偈》
（S.2165），《青剉和尚诫后学》（P.3591），当然这还远远不是影响
敦煌僧界意识导向的外地僧人的总数，但已能反映出敦煌僧诗以传
播曹溪禅理为核心的特点。

　　试举《心海集》几例分析，以做证明：（1）感悟解脱的含义；
（2）白话语言特征；（3）议论的表达方式。

　　例一见《迷执篇》之七：

　　　　迷子念诵贪功德，昼夜求佛觅福田。不知贪求心是罪，当
　　来还变成饥寒。

　　这首七言白话诗，押"先"韵与"寒"韵，属于押邻韵。"迷
子"，佛经中比喻凡夫据菴摩罗识之佛性，流浪于三界。《金刚三昧
经》："譬如迷子手执金钱，而不知有。游行十方，经五十年贫穷困
苦，专事求索而以养身，而不充足。""功德"，功者，福利之功能，
此功能为善行之德故。德者，得也。修功有所得故。"福田"，田以
生长为义，于应供养者供养之，则能受诸福报。如农夫种于田亩有
秋收之利。在《坛经》中六祖说："功德须自性内见，不是布施供
养之所求也。"本诗核心内容是指出凡人念经，求佛的行为的功利性
导致了人对自性的迷失，如同拿着金子要饭，终究要受饥寒。由此
启发念佛之人，须悟自身佛性，修养功德。"贪"和"觅"是给心

寻找罪念，与功德福田无关。

例二见《解悟篇》之三十六：

> 解悟成佛不异人，只是无我没贪嗔。居止有情含识里，随类同尘不染尘。

这首白话七言诗押"真"韵。"无我"，非我。常之一体，有主宰之用者为我，于人身执有谓人我；于法执有谓之法我；于自己执有谓之自我，于他执有谓之他我。然人身者五蕴指假和，无常一之我体。法者，总为因缘生，无常一之我体。既无人我、无法我，则无自我、他我。"含识"，含有心识，即有情也。《行事钞·资持记上》四一："心依色中，名为含识，总摄六道有情之众。"此诗揭示了解悟的本质，即佛与一般人没有不同。与一般人的差别在于与没有我的存在，没有贪婪和愤怒。行居于大众之中，但纯粹无染。这即是说，所谓悟，就是要达到真正纯粹的境界的。敦煌《坛经》云："性中但自离五欲，见性刹那即是真。"

例三见《勤苦篇》之四：

> 教君修道觅菩提，菩提犹如脚底泥。从他践踏如尘土，不辞遂吹往东西。

这首七言白话诗押"齐"韵，大师指导修行者须以洒脱的态度，对待觉悟的过程，因为这里觉悟比作脚下的泥，任由踩踏如尘土一般，也不在乎被风吹散何处。觉悟，虽然需自悟，但这个自悟须经历苦难的磨砺才可从中自悟生智。所以《坛经》中有"烦恼"即是"菩提"的说法。

例四见《至道篇》之五：

> 身行心使几千强，六道轮回方寸场。逐念形生如响应，轮回三有没家乡。

这首七言白话诗押"阳"韵，直指凡夫之心的作用，即人的行为都由心来指使。心生念则形诞生，但是三有终究为虚。由此至道即是无道。

例五见《菩提篇》之四：

菩提誓愿深，拔苦似还沉。十方恭敬礼，无限大悲心。

这首五言白话诗偈，押"侵"韵，语言直白朴素。"悲心"，悲他人之苦之心也。《止观》四曰："悲心彻骨，如母念子。"所以此诗主要是在讨论慈悲与智慧的关系。佛经认为，诸佛菩萨有二德，智德与悲德。智德指自利之德，悲德指利他之德。悲，是指测怆他人之苦而欲救济之心。《大乘义章》十一曰："爱怜名慈，测怆名曰悲。慈能与乐，悲能拔苦。"由此发弘誓成就大智慧的修道者，因有普度众生的责任，有时必沉入凡俗生活，于是得到天地十方恭敬的礼遇。原因在于能推知他人之苦。

从《心海集》的逻辑来看，修禅者首先需认识自性清净，摆脱向外求佛的做法。其次，需认识佛不是异于凡人的独立存在。再次，菩提就是生活，生活让人增长智慧。复次，不存在所谓的道，一切是心的作用。最后，若真正觉悟，就得有二德，这样才能成为人师，受到恭敬的礼遇。

从表达形式来看，《心海集》言说佛教之理主要是议论，且将比喻等论证手法运用于说理，在启发中不失形象。

从语言风格上来看，《心海集》的话语浅白甚至是口语、俗语，如"脚底泥"，但意蕴深邃，它们无疑是《坛经》的具体化、通俗化。

# 第五章

## 敦煌五台山文殊菩萨信仰与
## "五会念佛"赞

在敦煌石窟中出现了多首五台山赞文，法照和尚景仰赞，特别是出现了法照的"五会念佛"赞，而且与法照撰写的《五会念佛诵经观行仪》《净土五会念佛略法事仪赞》相结合的赞，在敦煌写卷中有 S.382、S.447、S.3096、S.4654、S.5569、S.6109、P.2483、P.2690、P.2960、P.2963、P.3645、北图 8347（生字 25）等多种，P.4597、P.3843、S.370 主要是净土乐赞、依无量寿观经赞、净土五会赞、极乐庄严赞、高声念佛赞、归西方赞、净土法身赞、五会赞，以及与此相对应的无名氏的归西方赞、十愿赞、散花乐等。"五会念佛"仪轨的创立是中国净土信仰在实践形式上的一次重大突破，也为其他教宗提供了念佛的样式。大历元年（766 年），法照在南岳弥陀台般舟道场，依《无量寿经》首倡"五会念佛"，并用一生大部分时间，依"五会念佛"的仪轨传播净土信仰，在中国净土宗史上有极高的地位，被称为中国净土宗四祖，可是敦煌高僧中没有关于法照的记载。在宋代赞宁的《宋高僧传》中，关于法照大师有对其巡礼五台山文殊菩萨道场的经历进行的传奇式描写，文殊菩萨对法照启示道："汝今念佛，今正是时。……故知念佛，诸法之王，汝当常念无上法王，令无休息。……此世界西有阿弥陀佛，彼佛愿力不可思议，汝当继念令无间断，命终之后，决定往生，永不退转。"并且通过佛陀波利训示法照："师所见台山灵异，胡不流布？"[①] 但在法照传中没有对法照及其"五会念佛"赞与敦煌的关系

---

① （宋）赞宁：《宋高僧传》（下），中华书局 2012 年版，第 540—541 页。

的文字记载。施萍婷先生的论文《法照与敦煌文学》在论及法照晚年行迹时推测：他可能回到了故乡。刘长东先生在《法照事迹新考》中依据南宋陈思《宝刻丛编》和宋朝佚名《宝刻类编》的记载，推测法照示寂之地可能在长安。又据荣新江先生《归义军史研究》，有专门的章节对敦煌五台山文殊信仰的始末进行的考证，特别叙述了同光元年（923年）前后，莫高窟出现画新样大圣文殊师利菩萨一躯和观世音菩萨一躯的事件，也没有论及法照及其与五台山"五会念佛"相关的作品，笔者以为，这一方面是因为法照活动的年代早于曹氏归义军政权76年以上，另一方面"五会念佛"赞的吟诵早已成为敦煌净土宗及其他教宗念佛的仪轨，并且"五会念佛"赞文在敦煌不断被传承和被创作。鉴于敦煌石窟中出现了数量众多的与法照相关的"五会念佛"赞文，却尚未确定法照晚年近四十年时光，依据"五会念佛"的仪轨，弘扬文殊菩萨净土信仰的活动场所，本章我们拟结合敦煌写卷中出现的称颂法照的赞文、署名法照的赞文、佚名的"五台山赞文"和与"五会念佛"相关的赞文等，联系文殊信仰在敦煌的传播情况，具体探讨敦煌的五台山的文殊净土信仰及与之紧密联系的弥陀信仰和弥勒信仰的传播，阐明法照在传播文殊净土信仰中发挥的作用，分析敦煌五台山文殊信仰兴盛原因，从而证明法照在人生近四十年时间在敦煌以"五会念佛"的仪轨弘扬净土宗的现实性，进而解读敦煌写卷中的法照及佚名的五台山赞作品，揭示敦煌"五会念佛"赞的内容及其形式。

## 第一节　净土宗与法照的"五会念佛"

净土宗独尊念佛，正如《五台山竹林寺法照传》中文殊所言，念佛是一切诸佛之心要，菩萨万行之司南。修行者需借助外力，口念佛号受到诸佛的加持而得以往生。

中国净土宗历史研究显示，净土信仰源于印度，传播到中国后，净土信仰大致可分为弥勒净土和弥陀净土两种。弥勒净土信仰由释道安首倡，重要的标志见《高僧传·道安传》记载："安每与弟子法遇等，于弥勒前立誓，愿生兜率。"弥勒信仰盛行于北魏，梁齐后衰。弥陀净土信仰在中国的流行始于释道安的弟子、东晋的慧远大师，重要标志事件是东晋安帝元兴元年（402 年）慧远在庐山东林寺召集僧人、各界士大夫名流居士 123 人，建立莲社，他们在阿弥陀佛像前，建斋立誓，专修念佛三昧，共期往生西方，刘遗民著文勒石，以明所誓。《高僧传·慧远传》中刘遗民誓词曰："维岁在摄提格，七月戊辰朔，二十八日乙未。法师释慧远贞感幽奥，霜怀特发。乃延命同志息心贞信之士百有二十三人，集于庐山之阴，般若台精舍阿弥陀像前，率以香华敬荐而誓焉……"① 由此，净土宗弥陀信仰在中国始创。

净土宗信仰的规范化始于唐代善导大师（613—681 年）。善导念佛奉《无量寿经》《观经》《阿弥陀经》为正依经典，依龙树菩萨《易行品》，天亲菩萨《往生论》，昙鸾大师《往生论注》《赞阿弥陀佛偈》，道绰大师《安乐集》，善导大师《观经疏》《观念法门》《法事赞》《往生礼赞》《般舟赞》为相承祖师论；尤尊善导大师《观经疏》为开宗立教之根本祖典。这样，净土信仰不仅有念佛的形式，也有了可以依据的佛典，净土信仰有了一次质的飞跃，而且善导大师对佛认识的超越性、他力性符合普通百姓对自我救赎无助的心理，加之善导提倡称名念佛的简易性和"临终的助念"的慰藉性都适合净土宗在普通信众中的弘扬。于是继善导之后，出现了诸多净土宗大师，他们有承远大师、怀感大师、法照大师、少康大师等。唐开元时出现了慈愍三藏，他曾由南海去古印度等七十余国游历，学习净土经义，凡十八年，著有《净土慈悲集》《般舟三昧赞》等，提出禅净一致的念佛禅，融会诸宗，其思想对后世影响极其深远。

若论法照大师在净土宗史上的卓越贡献，主要应是指大历元年（766 年），他创设了"五会念佛"的仪轨，这个仪轨是在净土宗有佛典可依，禅净一致的念佛禅的观念确立以后，在弘扬净土信仰的实践中渐渐成熟的一种念佛的形式。其念的规矩是平声缓念，平上

① （梁）释慧皎：《高僧传》，朱恒夫、王学钧、赵益注译，陕西人民出版社 2010 年版，第 283 页。

声缓念，非缓非急念，渐急念，四字转急念。前四念均为"南无阿弥陀佛"，最后一念是"阿弥陀佛"。"五会念佛"的确定，使净土宗集会念佛的形式有了严格的规范，实现了净土宗信仰念佛形式的一次飞跃，加强了净土宗对信徒的约束力和对世俗社会的影响力。《佛祖统记》记载了法照在太原和长安弘扬净土宗的情况："师于并州行五会教化念佛。代宗于长安宫中常闻东北方有念佛声，遣使寻之，至于太原，果见师劝化之盛，遂迎入禁中，教宫人念佛，亦及五会。"这里指的是贞元四年，法照念佛产生了广泛影响，代宗闻讯请法照入长安的事件。

## 第二节　法照的"五会念佛"赞与敦煌的五台山文殊信仰

关于法照及其"五会念佛"赞与敦煌的五台山文殊信仰关系研究最有代表性的有杜斗城《敦煌五台山文献校录研究》（山西人民出版社 1991 年版），施萍婷《法照与敦煌文学》（《社科纵横》1994 年第 4 期），张先堂《敦煌本唐代净土五会赞文与佛教文学》（《敦煌研究》1996 年第 4 期），刘长东《法照事迹新考》（《佛学研究》1998 年第 2 期）等。其中杜斗城先生"对敦煌五台山文献做过精深而系统的校录研究，并论及文殊信仰"①。但在论及法照时并未涉及"五会念佛"。施萍婷先生依据资料在论文中，首先否定了"过去研究法照的人，都认为有关他的事迹最早见于《宋高僧传·释法照传》"的说法，以为《宋高僧传·释法照传》记述法照的感应故事的内容，"多都是无稽之谈"。接着将搜集到的二十多种资料，选择性地进行了组织，从中勾勒出了法照和尚的生卒年月。这些材料中有唐代吕温撰的关于法照师傅承远的《南岳弥陀寺承远和尚碑》和唐代柳宗元的《南岳和尚碑并序》；有日本僧人圆仁的《入唐求法巡礼行记》中记载开成三年（838 年）法照圆寂，谥号"大悟和尚"；P. 2130 开头部分有大历七年（772 年）法照被请入太原的记

---

① 党燕妮：《五台山文殊信仰及其在敦煌的流传》，《敦煌学辑刊》2004 年第 1 期。

载，法照在太原住了十七年，于贞元四年（788 年）入长安；
P. 3792 背有法照"本贯凉州，年十一出家至二十岁在衡州山寺居
口"的记载；《广清凉传·法照和尚入化竹林寺》记载了贞元十二
年皇帝诞辰设万僧供，颂扬法照的《五台山设万僧供记》。经过罗列
事实，可知法照出生于天宝十年（751 年），宝应元年（762 年）出
家，大历五年（770 年）巡礼五台山，大历七年（772 年）入太原，
贞元四年（788 年）入长安，开成三年（838 年）迁化。享年 87
岁，谥"大悟和尚"。法照所有著作都与五会念佛有关，五会念佛法
事，要唱许多赞。在施萍婷的论文中，搜检出有关五会念佛诵经的
赞，署名的有彦宗、善导、慈愍、净退、神英、灵振、法照等，多
则六首，少则一首，法照是五会念佛仪轨的创立者，存有十一种。
但更多是佚名作者的，达 61 个不同名称的赞，可见"五会念佛"在
敦煌盛行的情况。可从史载情况看，法照的事迹，在 799—838 年并
无记载，或有载但目前尚未发现。施萍婷先生推断最大的可能就是
法照回到家乡进行了佛教传播活动。施先生的观点甚是，已经搜检
出 61 个与"五会念佛"相关的佚名写卷，就是最好的证明，这 61
个卷本有北图生字 25、果字 41、重字 20、文字 89、乃字 74、衣字
37、推字 79、周字 90、S. 263、S. 370、S. 382、S. 447、S. 779、
S. 1781、S. 2945、S. 3096、S. 3287、S. 3685、S. 4504、S. 5466、
S. 5473、S. 5539、S. 5569、S. 5572、S. 5581、S. 5689、S. 6273、
S. 6417、S. 6631、S. 6734、S. 6923、P. 2066、P. 2130、P. 2147
背、P. 2157　背、P. 2250、P. 2483、P. 2563　背、P. 2690　背、
P. 2945、P. 2963、P. 3011、P. 3118、P. 3120、P. 3156、P. 3216、
P. 3242、P. 3246、P. 3373、P. 3645　背、P. 3824、P. 3839、
P. 3890、P. 3892、P. 4028、P. 4118、P. 4572、P. 4597、P. 4617、
P. 4641、龙谷大学藏本。这些写卷以充足的数量证明了敦煌五台山
文殊信仰的存在和普及的程度。

　　刘长东先生则分阶段对法照的生平进行考证，他以为：法照和
尚生于天宝五年（746 年），至德元年（756 年）出家，大历元年
（766 年）在南岳首创"五会念佛"法门，大历五年（770 年）巡礼
五台山，贞元四年（788 年）以前的 17 年往返于五台山、太原与长

安之间，大历十二年（777 年）到贞元十二年（796 年）建造五台
山竹林寺，晚年法照可能定居于长安章敬寺，并最终示寂于长安。
享年 93 岁。又据《入唐求法巡礼行记》卷三"会昌元年二月八日"
条"又敕令章敬寺镜霜法师于诸寺传阿弥陀净土念佛教"，确认镜霜
为法照弟子。施萍婷与刘长东两位学者在法照出生的年代，"五会念
佛"创制时法照的确切年龄及其示寂的地点等方面的认识存在着明
显的差异。但他们一致认为 799—838 年，法照和尚的事迹不可考。

张先堂先生主要探讨了佛教赞文与中国传统赞文的区别，回顾
了佛家赞文的产生及在中国的发展史，重点分析了敦煌本净土五会
赞文的文学特点。为我们研究敦煌"五会念佛"赞、五台山文殊菩
萨净土赞开启了思路，提供了方法，不过关于法照与敦煌五台山赞
文的关系则涉及不多。

笔者以为，P. 2130、P. 3792 背的记载及 80 多种"五会念佛"
赞的存在本身就是法照在敦煌借"五会念佛"的仪轨弘扬净土宗的
直接证明。法照一生以"五会念佛"为己任，大量的佚名"五会念
佛"赞文就集中反映了法照弘法的效果。

在敦煌佛教史上，生活于 8 世纪的高僧昙旷曾在敦煌居住传道
二十多年。在"敦煌撰写了《大乘入道次第开决》、《大乘百法明门
论开宗义决》、《瑜伽师地论疏议》等佛教著作"①，因而在敦煌写卷
中发现他的《大乘起信论略述》存有 40 个卷号。《大乘入道次第开
决》留有 4 个卷号、《大乘百法明门论开宗义决》存有 12 个卷号。
这是否可以间接证明法照曾在敦煌弘扬净土信仰？

敦煌五台山文殊信仰为净土信仰的一种类型，具有净土宗的一
般特征，文殊信仰就是借助口念弥陀佛号，心尊文殊菩萨，得以往
生西方净土的信仰形式。

五台山文殊信仰源自《华严经·菩萨住处品》，称东北方有菩萨
住处，名清凉山，文殊师利菩萨常居此说法。② 在西晋竺法护译的
《佛说文殊师利法宝藏陀罗尼经》中载有："文殊所居，为瞻部州东

---

① 屈直敏：《敦煌高僧》，民族出版社 2004 年版，第 94—95 页。
② 《大正新修大藏经》第九卷，大正新修藏经刊行会 1960 年版，第 590 页。

北方之国，名大振那，其国中有山，号为五顶。"在大乘佛教中，文殊菩萨以无上智慧、无限功德成就文殊净土，在《华严经》中尊奉毗卢舍那佛为主尊，文殊与普贤为上首菩萨，文殊司智，普贤司理，他们合为华严三圣，同时主尊与两位上首菩萨是因与果的关系。自北朝以来，五台山即被尊为文殊菩萨的道场。大历年间，宰相王缙在五台山建金阁寺，五台山更是声名远播，其影响东至日本、新罗，西到吐蕃。开成五年（840 年）日本慈觉大师圆仁巡礼五台山并留有《入唐求法巡礼行记》，其中还记载了"巡礼寺舍，曾有法照和尚于此念佛，有敕谥为大悟和尚，迁化来二年，今造影安置堂里"的史实。由此可知，法照的"五会念佛"是对佛陀波利传播弥陀净土训示的回应，自然，法照的"五会念佛"与五台山文殊信仰关系密切。

荣新江先生在《归义军史研究》中论及五台山文殊信仰与敦煌的关系时，认为敦煌与五台山关系始于同光元年（923 年），证据是《皇帝癸未年膺运灭后梁再兴□□迎太后七言诗》和《礼五台偈》被带到沙州抄写，于是五台山信仰流传开来。能够流传的理由是，宋本《册府元龟》卷九七二《外臣部·朝贡五》中记载同光二年（924 年）四月"沙州曹议金进玉三团、硇砂、羚羊角、茸褐、波斯锦、白氎、生金、金星矾等"。庄宗拜曹议金为归义军节度、沙州刺史检校司空。敦煌终于与中原王朝再次建立了关系。另外同光二年（924 年）鄜州开元寺智严大师西行求法，途经沙州并巡礼圣迹，留有后记"愿我皇帝万岁，当府曹司空千秋，合文武崇班，总愿皈依三宝，一切士庶人民，悉发无上菩提之心。智严回日，誓愿将此化身于五台山供养大圣文殊师利菩萨，焚烧此身，用来酬往来道途护卫之恩，所将有为之事，回向无为之理，法界有情，同证正觉"。若说五台山文殊信仰在沙州达到巅峰的状态，应该在曹元忠统治时代，标志性的事件是敦煌莫高窟第 61 窟文殊堂的开凿，这是曹元忠夫妇的功德窟，其整个后壁绘制了精细的五台山图。不仅统治者提倡五台山信仰，而且政府高级官员也参与其中，在第 220 窟的甬道北壁正面，绘文殊像一铺，文殊像下有发愿文："清士弟子节度押衙守随军参谋银青光禄大夫检校国子祭酒兼御史中丞上柱国浔阳翟奉达，抽减口贫之财，敬画新样大圣文殊师利菩萨一躯并侍从，兼供养菩萨一躯及救苦观世音菩萨一躯。"这是关于敦煌文殊信仰的明确记载。但是不可因此否认法照的"五会念佛"赞，作为五台山文殊信仰的实践形式在同光年前已经存在。

其实文殊信仰在敦煌肇始于竺法护。《高僧传》云："竺昙摩罗刹，此云法护，其先月支人，本姓支氏，世居敦煌……是时晋武之世，寺庙图象，虽崇京师，而《方等》深经，蕴在葱外。护乃慨然发愤，志弘大道，遂随师至西域，游历诸国。外国异言三十六种，书亦如之。护皆遍学，贯综训诂，音义字体，无不备识。遂大梵经，还归中夏，自敦煌至长安，沿路传译，写为晋文。所获《贤劫》、《正法化》、《光赞》等一百六十五部。孜孜所务，唯以弘通为业。终身写译，劳不告倦，经法所以广流中华者，护之力也。"① 在竺法护所译佛经中，文殊类经典不少，他重新翻译了《文殊师利普超三昧经》，新译了《文殊师利问菩萨署经》等。其中《佛说阿惟越致遮经》于太康五年（284 年）在敦煌译出。当然，在中原，把文殊信仰与五台山相联系则是北魏之后的事，特别是由于历代帝王的扶持与唐代后各教宗在五台山的活动推动了五台山文殊信仰的发展。如北齐高氏父子，均信佛教，广建寺庙。隋，唐君王在五台山建寺度僧，甚至蠲除税敛，造塔供养。而佛教各宗派名僧，包括华严宗、天台宗、密宗、净土宗、禅宗等到五台山巡礼弘法，更是壮大了五台山文殊信仰的声威。法照在敦煌对五台山文殊信仰的传播，是在成功地用"五会念佛"弘扬净土宗后，将此经验带到了敦煌，不过，直到同光年间的曹氏归义军时期，五台山文殊信仰才真正引起了统治阶层的重视，净土宗信仰也就成了敦煌宗教信仰的主流。

文殊信仰伴随"五会念佛"的仪轨在敦煌广泛传播应是法照的功绩，敦煌写卷中既有法照的《大乘净赞》，见 S.382、S.447、S.3096、S.4654、S.5569、S.6109、P.2483、P.2690、P.2963、P.3645 和北图 8347 生字 25 等十个卷号，《作观身赞文》见 P.2147、

① （梁）释慧皎：《高僧传》，朱恒夫、王学钧、赵益注译，陕西人民出版社 2010 年版，第 37 页。

P.4572,《叹弥陀势至观音赞》见 P.2250、P.3118、S.5572,也有佚名僧诗《法照和尚景仰赞》,见于日本龙谷大学藏卷 62,《五台山赞文》,见 P.2483、P.3843、P.3645、S.370 和日本龙谷大学藏卷 62。

　　文殊信仰能在敦煌传播,源于人们对以救赎为己任的文殊师利的企望。唐朝中叶以后,敦煌屡遭吐蕃、回鹘等政权及其他割据势力的侵害,战乱给人们的生产生活带来破坏,给生命带来戕害,迫使人们去寻找神灵的护佑,获取智慧和力量,而文殊菩萨因灵验的神迹成为僧俗心中至高无上的存在。《宋高僧传·法照传》云:(法照)在"大历五年(770 年)四月五日到五台县,六日到佛光寺,又遇感应事:见善财、难陀二童子,并在其指引下见到文殊菩萨和普贤菩萨,二圣为其授记。四月三十日夜见佛陀波利"①。在莫高窟出现的新样文殊画中,依然有佛陀波利的形象,他是以"一比丘扶杖合十"的形象出现在《敦煌白画》中的。佛陀波利本是西域高僧,《宋高僧传》有记载,佛陀波利于仪凤元年(676 年)到五台山礼拜文殊菩萨,并得到启示,这个时间距离新样文殊画诞生已有 250 年光景,由此可知,文殊信仰能在敦煌各阶层长时间传播。关于文殊菩萨的灵验与神奇不仅有佛陀波利和法照的事迹印证。在《宋高僧传》中,与五台山文殊菩萨相关的僧传大都归到《感通篇》中,如《五台山华严寺无著传》《五台山竹林寺法照传》《五台山法华院神英传》《五台山华严寺牛云传》《五台山清凉寺道义传》等,这些高僧虔诚信佛,得到了文殊的眷顾,获得了神通。文殊成为敦煌人信仰的对象,自然不难理解。曹氏归义军时期,是敦煌这个西北藩镇地位稳固的时期,新样文殊像一经传入便得到敦煌当政者的崇尚,百姓因当政者的提倡,因此来于中原和西域的大德对文殊信仰的传播便成为普遍信仰,加之新图样的文殊菩萨画在敦煌莫高窟里,大多敦煌僧人就不用花费太多气力与周折去遥远的五台山巡礼了,普通信众也能就近礼拜文殊菩萨了,于是文殊菩萨净土信仰在

---

　　① 施萍婷:《法照与敦煌文学》,见郑阿财、颜廷亮、伏俊琏《中国敦煌学百年文库·文学卷》,甘肃文化出版社 1999 年版,第 470—475 页。

同光年间成为敦煌社会的主要信仰。而与五台山关系密切的法照及其"五会念佛"赞更加得到重视，众多佚名作品也因此层出不穷了。

　　法照的行迹及其"五会念佛"赞与五台山信仰的关系在敦煌文献中目前尚未发现。依据法照的行迹，若他于799—838年在敦煌弘法，这正处于吐蕃统治敦煌的时代。吐蕃统治者信奉佛教，在密教中，文殊被称为"吉祥金刚""般若金刚"，但此时吐蕃赞普关心的是以心传心的大乘空宗的禅理及禅宗的顿渐问题，在P.4646及S.2672的《顿悟大乘正理决》中有记：8世纪末，吐蕃赞普墀松德赞为了调整吐蕃宗教正教，准备在印度佛教和汉地佛教两者之间选择其中一个，于是邀请印度婆罗门僧等三十人和大唐汉僧大禅师摩诃衍等三人到逻些传教，结果摩诃衍弘扬的禅宗得到当地僧俗的广泛支持，贞元十二年（796年）摩诃衍被授予"蕃大德"的称号，这是汉传佛教和藏传佛教交流史上的一件大事。另一位生活在8世纪的敦煌高僧昙旷，在其晚年，还为吐蕃赞普回答了《大乘二十二问》。其他敦煌高僧如吴法成精通藏传佛教与汉地佛教，其弟子唐悟真更是儒释皆通。与他同时代的翟法荣，则"南能入室，北秀升堂"……由8世纪末到9世纪中叶的文献可知，敦煌佛教重视禅理的探讨，对于念佛的形式记载则较少。法照"五会念佛"的写卷的存在，说明五台山文殊净土信仰的传播，满足了下层信众对自我救赎无力的情感需求，而尚未完全引起吐蕃统治者的重视。但随着对"五会念佛"赞资料的全面挖掘和进一步解读，法照在敦煌五台山文殊信仰传播中发挥的作用将会越加清晰。

## 第三节　法照与佚名的"五会念佛"赞作品

### 一　《五台山赞文》与法照传

　　由于法照创制了"五会念佛"的仪轨，使念佛不是自我的随机行动，而是经过规范化的集体念佛行为有效地传播了净土宗与文殊的信仰。简明且有节奏的吟诵形式和特定的语调的安排用以唤起修道者对西方净土的热望。这种心理暗示法巩固了人们对净土宗与文殊信仰，法照遂成为修道者敬仰的对象，所以在五台山赞文有专门描写法照故事的《五台山赞文》。

## 《五台山赞文》

### 佚名

　　凉汉禅师出世间，远来巡礼五台山。白光引人金刚窟，得见文殊及普贤。菩萨身中有宝珠，明光显照遍身躯。减割多少将布施，借问众生须不须？如来圣化五台山，恒沙菩萨结因缘。坐禅起居一束草，不羡聚落万重毡。东台香烟常不绝，西台解脱亦如然。南台脚下金刚水，中台顶上玉花泉。北台毒龙常听法，雷风闪雷隐山川。不敢与人为患害，尽是龙神集善缘。五台山上一埵花，和尚摘来染袈裟。染得袈裟紫檀色，愿我众生总出家。圣寺原无额，房房尽没僧。五更风扫地，夜夜月燃灯。五台行化号文殊，普贤菩萨亦同居。每日光华云中现，恒沙圣众礼真如。东台维摩方丈室，西台演法证须臾。南台妙药金刚水，中台香气满街衢。北台毒龙常镇此，如来方便坊安居。各各令藏渐归伏，非时不敢礼空虚。五台修道甚清闲，到彼见善胜人间。山中有寺皆恒化，十恶顶谒还皈还。五台险峻极嵯峨，四面陡堑无漫坡。有路皆须船索上，发心上者实能多。志愿来登得达彼，退心遍现出天魔。五台山里极清幽，盛夏犹如八月秋。积雪寒霜常不散，衣钵自至不劳求。送供路傍临难过，一自开花施无休。设斋动成百万众，宿残饮食不得留。每寺众僧有千个，尽皆清洁住禅修。五台圣化夜光灯，遍满山坡万千缯。照辉众生造十恶，总教归向比丘僧。五台山内足虫狼，恶人行路访相当。若见善人皆能避，纵然逢遇亦无方。五台童子号难陀，善才问对灭天魔。有人心志皆来现，口中只勤念弥陀。知汝真诚来求法，努力将法遍娑婆。我得如来疾证法，转宣施汝莫蹉跎。修真住寂山间胜，城隍闹乱事烦多。不如勤住山中学，不来不去永无魔。端坐澄心莫随境，客尘妄念不来过。五台山里有真如，诸天菩萨住空虚。一万圣贤常镇此，佛陀波利肉身居。法照远头山顶礼，白光直照法身躯。便起随光行到彼，亲承大圣听经书。所叹宏扬念佛赞，真实非说漫陈虚。有缘须来相同学，法照其时到台中。亲自口传念佛教，如梦直入文殊宫。在生高念弥陀字，劝称名号至身终。文殊处分法照回，努力回化莫悲哀。广劝众生令念佛，疾门长闭人不开。诸人传教无能忘，观汝心内无往来。前生早已曾相遇，今生再睹坐花台。努力却回勤劝化，众生贪世实无穷。法照已闻令回去，恓恓哀泣苦悲离。便欲不来山中住，诸凡圣众不堪依。汝须莫辞来去路，回还不救莫生疑。众生相劝恒须念，同归净土佛边期。法照其时出山里，再三顶礼珍重意。奉教阎浮行教化，乞莫天魔相逢迟。各念弥陀佛，各念弥陀佛。

《五台山赞文》出现在敦煌写卷 P.2483、P.3843、P.3645、S.370 和龙谷大学藏第 62 号写卷中，全诗以凉州僧人法照长途跋涉巡礼五台山起笔，又以法照带着文殊菩萨教化僧众的使命，再三顶礼五台山结束，共 60 韵。除了赞美五台山神奇特质"风扫地"，"月燃灯"四句二韵为五言，其他内容均为诗七言。篇幅虽长，但均为平声韵，且押邻韵，又多次转韵，韵脚分别是"东""先""删""尤""鱼""灰""支""歌"等，诵读就能产生清心悦耳、心身宁静的效果。除个别词语如"宝珠"（宝珠即摩尼珠，也叫如意珠。《法华经》曰：净如宝珠，以求佛道。《宝悉地成佛罗尼经》曰：心性宝性无有染。）、"一束草"（指吉祥草）、"万千缯"（缯通橧，指远古人架木构成的住所。这里指五台山有以万计的僧房，说明修行者众多。）等外，整个赞文语言通俗，文质朴素，佚名诗人以崇敬心绪，描写了五台山的五台各异的景致：

东台香烟常不绝，西台解脱亦如然。南台脚下金刚水，中台顶上玉花泉。北台毒龙常听法，雷风闪雷隐山川。不敢与人为患害，尽是龙神集善缘。

五台的奇妙之处：

北台毒龙常镇此，如来方便坊安居。

五台山陡峭的地势：

五台险峻极嵯峨，四面陡堑无漫坡。有路皆须船索上，发心上者实能多。

五台山宜人的气候：

五台山里极清幽，盛夏犹如八月秋。

五台山修行者众多：

每寺众僧有千个，尽皆清洁住禅修。五台圣化夜光灯，遍满山坡万千缯。

五台山法会的规模巨大：

设斋动成百万众，宿残饮食不得留。

其中还有用第二人称进行的语言描写，有现场的表达效果。如：

"五台童子号难陀，善才问对灭天魔。有人心志皆来现，口中只勤念弥陀。知汝真诚来求法，努力将法遍娑婆。我得如来疾证法，转宣施汝莫蹉跎。"

恰是文殊教给法照以念佛来教化僧众的使命现场的特写。具体的画面，质朴的语言，增添了五台山道场的真实可触性。同时诗中不乏夸张的描写：

"五台山里有真如，诸天菩萨住空虚。一万圣贤常镇此，佛陀波利肉身居。"

结束以"各念弥陀佛"反复，劝告信徒以弥陀净土为修行的终极目标。

《赞文》以劝人念佛为目的，"众生相劝恒须念，同归净土佛边期"。用赋的铺排手法，第三人称的视角，对法照在五台山巡礼中观察到的五台山山形地势、环境气候、修行者的规模和法事的影响力，进行了工笔描绘，同时还有童子交代念佛的语言描写和法照对五台山不舍的神情描写。法照巡礼五台山的神奇的经历简直就是宋赞宁的《宋高僧传》的情节的具体化、生动化。赞中有"白光引人金刚窟，得见文殊及普贤"，在《宋高僧传》中多次提到"白光"，如："大历五年四月五日到五台县，遥见佛光寺南数道白光。""其夜四更，见一道光从北山下来射照，照忙入堂内，乃问众曰：'此何祥也？吉凶焉哉？'有僧答曰：'此大圣不思议光，常答有缘。'""又大历十二年九月十三日，照与弟子八人于东台睹白光数四，次有异云霼靆。云开，见五色通身光，光内有圆光红色，文殊乘青毛狮子，众皆明见。"二者相互映照，法照"五会念佛"赞无疑对僧徒的五台山净土信仰起到心理的强化作用。因此会有多个赞美五台山和法照的《五台山赞文》卷本。

## 二　法照及佚名"五会念佛"作品

（一）法照的《大乘净土赞》（一首）

法照

法镜临空照，心通五色现。见心净妙察，法界总同然。意珠恒自净，身光照十方。知心无处断，解脱得清凉。观相而无相，高声不染声。了知无所有，惠镜朗然明。策子由空净，恬然无所缘。坐卧空霄裹，超出离人天。暂引池边立，洗却意中泥。清净无尘垢，愿汝登菩提。惠镜无令暗，智者常用明。尘劳须断却，宝座自然迎。池里金沙水，莲中法性流。花开化生子，说我本根由。住想常观察，三昧宝王真。洞娴三藏教，拂却意中泥。人今专念佛，念者入深禅。初夜端心坐，西方在目前。念则知无念，无念是真如。若了此中意，是为法性殊。净土在心头，愚人向外求。心中有宝镜，不识一生休。诸佛在心头，汝自不能求。慎勿令虚过，急手早勤修。宝镜人皆有，愚人不能磨。不能返自照，尘垢更增多。宝镜人皆有，智人则能磨。勤勤返自照，尘垢莫过来。意珠恒莹徹，自性本圆明。悟理知真趣，念佛即无生。碎末有金矿，矿中不见金。智者镕销炼，真金腹内现。佛相观无相，真如寂不言。口谈文字教，此界妄想禅。涅槃未予法，秘密不教传。心通常自用，威光度有缘。三乘无不识，外道未曾闻。小根多毁谤，誓愿莫流傅。道逢好良贤，把手则相传。道逢不良贤，子父不相传。

这首《大乘净土赞》在敦煌写卷中有 12 个卷本，如 S.382、S.447、S.3096、S.4654、S.5569、S.6109、P.2483、P.2690、P.2960、P.2963、P.3645、北图 8347（生字 25）等。《大乘净土赞》多个写本的存在正是敦煌净土宗传播的明证。诗歌紧紧围绕念佛展开："人今专念佛，念者入深禅。"篇幅较长，但语言极其朴素，有四十韵，押"先"韵、"霰"韵、"庚"韵、"尤"韵、"侵"韵、"真"韵、"箇"韵。多次转韵，朗朗上口，便于记诵，便于在僧众中广泛传播。有意思的是《大乘净土赞》中："念则知无念，无念是真如。""口谈文字教，此界妄想禅。"说明"念佛"与禅宗是融合无碍的。

（二）佚名的"五会念佛"篇章

有 8 韵（15 个卷号）的《十愿赞》、10 韵和声的《宝鸟赞》（多种有名、佚名的写卷中）、25 韵的《鹿儿赞》（S.1441、S.1973）、7 韵（10 个卷号）的《散花乐》、10 韵和声（11 个卷号）的《辞道场赞》、6 韵（对式律）的《归西方赞》（P.2550、P.3118、P.4572）。

### 《十愿赞》

S.1215、　　S.3795、　　S.4504、　　S.5535、　　S.5581、　　S.5618、

P. 2374、P. 3115、P. 3216、P. 3760 等

> 一愿三宝恒存立，二愿风雨顺时行。三愿国王寿万岁，四愿边地无刀兵。五愿三途离苦难，六愿百病尽除平。七愿众生行慈孝，八愿屠儿莫杀生。九愿狱囚得解脱，十愿法界普安宁。眼愿不见刀光刃，耳愿不闻怨枉声。口愿不用违心语，手愿不杀一众生。总愿当来持弥勒，连臂将相入化城。

《十愿赞》基本用"庚"韵，只是"宁"用了"青"韵，属于邻韵现象。说是十愿，实则是十四愿，前十愿为正说，后四愿又从眼、耳、口、手进行反说，强调了念佛者愿望。前十愿分别是以数字为序，反复吟唱的形式表达僧人对敬三宝者的祝愿，对生活富足的祝愿，对当朝统治者生命的祝愿，对和平的祝愿，对健康的祝愿，对母慈子孝的家庭的祝愿等等，与今日一般人的祝词相去不远。后四愿反复用否定副词"不"，具体反映了愿望的现实性，赞文最后表达了回归弥勒净土的理想。全诗语言浅白且情感真挚。

## 《鹿儿赞》

### S. 1441、S. 1973

> 昔有一贤士，住在流水边，百鸟同一窠，相看如兄弟。有一傍河人，失脚堕流泉。手把无根树，口称观世音。鹿儿闻此语，跳入水中心。语汝上鹿背，将汝出彼岸。赵人出彼岸，与鹿做奴仆。鹿是草间虫，饿来食百草。渴则饮流泉，不用做奴仆。有人问此鹿，莫道在此间。有一国王长大患，夜梦九色鹿。谁知九色鹿，分国赏千金。赵人闻此语，叉手向王前。臣知九色鹿，长在流水边。国王闻此语，处分九飞龙，将兵百万众，围绕四山林。有一慈乌树上叫，鹿是树下眠。国王张弓拟射鹿，听鹿说一言。大王是迦叶，鹿是如来身。凡夫不惜贤，莫作圣人怨。国王闻此语，便即卸弓弦。弓作莲花树，箭作莲花枝。翅作莲花叶，忍辱颇思议。无人知鹿处，只是大患儿，报道黑头虫，世世莫与恩。

这是首仿乐府名歌的叙事诗，通过讲述神奇的九色鹿，救人却又被利令智昏、利欲熏心的赵国落水人出卖，终因九色鹿为如来化身而无大碍，而赵人却落得"报道黑头虫"的下场的故事，以此传播了"善恶终有报"的佛学理念。全诗语言以五言为主，兼有七言。这是敦煌石窟中较为少见的一种诗歌形式。语言通俗，画面生动。表述语言的角色多次转换，诗内容有层次、富有立体感。由于"善恶终有报"的理念深入面对命运捉弄而无能为力的俗众心中，从而给予俗众希冀借助佛力以战胜邪恶的勇气与力量，所以不仅有《鹿儿赞》的文献数种，在敦煌莫高窟中有多铺九色鹿的壁画，将《鹿儿赞》文中的场面描写的文句转换成精细的描画。

### 《辞道场赞》

S. 779、S. 1947、S. 5572、S. 5652、S. 5722、S. 6143、P. 2575、P. 4028 等

我今顶别诸圣众，（道场）恒沙诸佛一时间。（同学）好住道场诸徒等，（道场）努力勤修般若因。（同学）如若在先成佛去，（道场）莫忘今时诵赞人。（同学）乘云之时同一路，（道场）说法之时同一门。（同学）和尚门徒非血肉，（道场）唯留佛教以为亲。（同学）讲经直作耶娘想，（道场）说法还同父母因。（同学）坚持禁戒好坐禅，（道场）来证出离死生身。（同学）龙华三会登初首，（道场）弥陀再睹如圆成。（同学）有缘再得重相见，（道场）无缘一别永长分。（同学）倘若出离波吒苦，（道场）愿汝慈悲相接取。（同学）善哉善哉。

这是首七言10韵的赞歌，押"真"韵、"文"韵和"元"韵，属于古体诗类型，以歌赞形式讴歌了僧徒对佛教的忠诚与热爱。把皈依佛教比作回家，"和尚门徒非血肉，唯留佛教以为亲。讲经直作耶娘想，说法还同父母因"。同时，结合和声（道场与同学）展示了吟诵时庄严的气氛。《辞道场赞》中的"龙华三会"本来指弥勒佛于华林园中龙华树下成道，开三番法会，度尽上中下三根众生，

从而引导众生进入弥勒净土。而《辞道场赞》又有"弥陀再睹如圆
成"句，阿弥陀佛在《阿弥陀经》中指："彼佛光明无量，照十万
国无所障碍。"由此，在敦煌僧诗中，僧人的修行是打通弥勒净土和
弥陀净土的。对生兜率的愿望和无量寿的追求，结合同学和道场召
唤使僧徒获得了身份的认同和心灵的归宿感。

《散花乐》

　　S. 1781、　S. 4690、　S. 6417、　S. 5557、　S. 668、　S. 5572、
P. 4597、P. 3645 等

　　　稽首皈依三学①满，（散花乐）天上大圣十方尊。（满道场）
昔在雪山求半偈，（散花乐）不顾躯命舍金身。（满道场）巡历
百城求善友，（散花乐）敲骨出髓不生嗔。（满道场）帝释四王
捧马足，（散花乐）夜半逾城出宫闱。（满道场）苦行六年成正
觉，②（散花乐）鹿苑初度五俱轮。③（满道场）弘誓慈悲度一
切，（散花乐）三乘设教济群生。（满道场）大众持花来供养，
（散花乐）一时举手散虚空。（满道场）

　　这也是首和声诗，七言7韵，主要押"真"韵，兼有"元"
韵、"先"韵，属古体。全诗以和声的方式，又与宗教仪式结合，主
体内容则追根溯源，赞美释迦牟尼不惜性命，寻求真理，最终在雪
山修道完成"苦行六年成正觉，鹿苑初度五俱轮"的功绩，但佛祖
的愿望是"度一切""济群生"，因而引来大众虔诚供奉与稽首追
随。通过诗句间的"散花乐""满道场"这样的和声直接敲击僧人
的心理，使僧人对佛教的追求有了神圣性，这种神圣性在齐声的应

---

　　①　三学：学佛的人可通的学问有戒学、定学、慧学。戒，禁戒之意，能防禁身口意所
做的恶业；定者禅定之意，能使静虑澄心；慧者智慧之意。观达真理而断妄惑。戒学者律藏
之所诠，定学者，经藏之所诠，慧学者，论藏之所诠。《名义集·三学篇》："道安法师云，世
尊立教，法有三焉。一者戒律，二者禅定，三者智慧，斯之三者至道之由户泥恒之关要。"所
谓"三学满"是指僧人精通经、律、论三藏。
　　②　正觉：梵语三菩提。一切诸法之真正觉智。成佛曰成正觉。
　　③　五俱轮：即五佛子，佛最初度的五比丘：憍陈如、頞鞞、跋提、十力迦叶、摩男拘
利。

答中，在长期的吟诵中形成了习惯。。

### 《归西方赞》

P. 2550、P. 3118、P. 4572 等

三界无安如火宅，四衢路地终尘埃。厌住生死居骨肉，何能五荫处胞胎。正值今生发道意，稀逢净土法门开。愿得西方安养国，弥陀圣众要相携。定散二门能得往，精庐九品①尽乘台。到彼三明八解脱②，长辞五浊③见如来。

《归西方赞》存在于法照念佛赞和佚名作品中，并且在敦煌写卷中不止一种形式。这首《归西方赞》以"对式律"的格式（每联上下两句平仄格式保持一致，使全诗失粘），"埃""开""台""来"等以"灰"为韵调，以反复的节奏，吟诵俗世的不安与短暂，盛赞弥陀净土的威力，抒发佛陀救赎的欣喜，高唱西方极乐的永恒。

总之，"五会念佛"是法照和尚对净土宗念佛的具体化与成熟化，"五会念佛"的仪轨和赞文的诵读，以可操作的方式作用于宗教僧徒的精神世界，并不断强化他们的净土意识，从而使净土宗得以代代传承。由于法照的卓越贡献，于是法照巡礼五台山的经历，被僧徒以诗文形式加以颂扬，甚至治史学者写成传文被净土宗僧徒传扬。目前为止，众多对法照研究的学者均未从敦煌文献中发现他在人生后 40 年的行踪，但毫无疑问作为净土宗"五会念佛"的创立者和推行者，法照对敦煌宗教界一定产生过直接或间接的影响。否则

---

① 九品：九种品类。有即上上、上中、上下、中上、中中、中下、下上、下中、下下。感、智、机行等都分这九种之品类。《观无量寿经》所说，上品上生乃至下品下生为九品。其往生为九品之往生，其来迎为九品之来迎，其佛为九品之弥陀，其往生之土为九品之净土。

② 三明八解脱：佛徒修持所得之圣果。三明：在佛曰三达，在罗汉曰三明。智之知法显了故名为明。具体指宿命明、天眼明、漏尽明。达宿命明者，能知自身、他身宿世之生死相；达天眼明者，能知自身、他身未来世之生死相；达漏尽明者，能知现在之苦相、断除一切烦恼。八解脱：又名八背舍。违背三界之烦恼而舍离之解脱其紧缚之八种禅定，分别是内有色想观外色解脱、内无色想观外色解脱、净解脱、空无边处解脱、识无边处解脱、无所有处解脱、非想非非想处解脱、八灭受想定解脱。（见丁福保《佛学大辞典》，中国书店 2011 年版，第 144 页。）

③ 五浊：劫浊、见浊、烦恼浊、众生浊、命浊。

这多达 61 个"五会念佛"的佚名写卷的出现，就无从解释。正确的解释是，在敦煌，文殊信仰早已有之，法照在创立了"五会念佛"后，积极传播文殊净土信仰并为此修建了竹林寺，在贞元四年定居长安章敬寺后，直到贞元十三年他还往来于太原与长安之间，其后很可能去了敦煌，用"五会念佛"的仪轨传播了净土宗，而且将念佛号和净土宗、禅宗紧密结合。在敦煌五台山赞文中，弥勒净土、弥陀净土与文殊净土交汇在一起的现象时有体现。在《五台山赞文》中有"在生高念弥陀字，劝称名号至身终"的诗句，在《十愿赞》却是"总愿当来持弥勒，连臂将相入化城"，甚至在法照的《叹弥陀观音势至赞》中有"观音势至人今见，宝叶莲花个个空。但念弥陀千万遍，不久还生极乐中"诗句，将菩萨信仰一并用于"五会念佛"中。真实地反映出中土的生死观念和泛宗教的信仰。法照在敦煌时间应该是吐蕃统治敦煌的阶段。吐蕃信仰文殊菩萨，有史料记载，吐蕃赞普曾在 828 年派使者往五台山请文殊菩萨像供奉，说明敦煌佛教界与中原佛教界的交流并未断绝，只是吐蕃统治敦煌的时期更重视对禅宗的探讨，因此法照"五会念佛"的净土信仰受到一定程度的遮蔽。在曹氏归义军时期，由于政权的稳固，社会的安定，统治阶层将文殊菩萨新图样请到敦煌，自己大力提倡并践行文殊菩萨信仰，于是文殊信仰为代表的净土宗成为敦煌宗教信仰的主流。根据南宋陈思《宝刻丛编》卷八所云："唐章敬寺法照和尚塔铭，僧镜霜述并书，大中十二年，京兆金石录"可以推断：法照和尚晚年大约又回到了长安章敬寺，并在章敬寺圆寂。无论怎样，法照对敦煌五台山文殊净土信仰的影响是不可争辩的事实。

　　敦煌写卷中富有代表的"五会念佛"赞，情感表达细腻真实可观，行文五言、七言、杂言不等，且以七言为主，同时有不少和声诗，为"五会念佛"的仪轨在敦煌流传做了清晰的注脚，而几乎白话的诗风，为在普通信众中传播文殊净土信仰提供了便利条件。

# 第六章

# 敦煌本《王梵志诗》中的僧诗

## 第一节　王梵志其人其作

关于王梵志其人，研究者普遍用晚唐冯翊子的《桂苑丛谈》中《史遗》记载："王梵志，卫州黎阳人也。黎阳城东十五里有王德祖者，当隋之时，家有林檎树，生瘿大如斗，经三年，其瘿朽烂。德祖见之，乃撤其皮，遂见一孩儿，抱胎而出，因收养之。"至七岁，能语，问曰："谁人育我？"及问姓名。德祖具以实告，"因林木而生，曰梵天，我家长育，可姓王也。""作诗讽人，甚有义旨，盖菩萨示化也。"从这则颇有神奇色彩的故事来看，王梵志，曾是个弃婴，被王姓，名德祖的人收养，因资质聪慧，善于作诗，颇有启迪他人智慧的才能，所以编故事的人以为受到菩萨的点化。由于王梵志诗歌拥有丰富的内容，语言通俗，其诗流传广泛，于是其人其事被人们传得神乎其神。经过时代的浸染，研究者便对王梵志有了各种猜测，有以为胡僧的，或以为化俗法师的，或以为是在俗佛人的共称，或者怀疑其人的实在性。台湾敦煌学学者潘重规认为："据我们了解，王德祖只是发现了一个安置在树瘿掩蔽中的婴儿，抱来抚养成人。他心里想这个婴儿定然是被生身父母所遗弃，不过他没有对王梵志说出他的心里的想法罢了。"项楚先生则举出历史上关于"先民古老传说的特定模式有许多变种"的史实，在支持潘重规先生认为王梵志其人的身世没有丝毫神异的色彩的同时，对"弃婴"的论断给予质疑。如《吕氏春秋》所载伊尹生于空桑的故事，而且就谶纬书关于孔子也生于空桑之中的传说做了分析。我们以为这些人本为凡人，却成就了非凡的事业，对社会的发展做出了令人仰止的贡献，人们才会杜撰出其非凡的出生。伊尹被重用之前为厨师出身，因为辅助商汤名垂史册。李太白的《行路难》中曾有诗云："闲来垂钓碧溪上，忽复乘舟梦日边。"其中就引用了伊尹被任用前，曾梦见自己乘船绕日月而过的传说故事。这里李太白怀有雄才大略，因自伊尹自比，而孔子是儒学的创立者，儒学对中国文化精神的塑造作用足以使崇拜者为他撰写出非同寻常的出生以顶礼，显然王梵志享受同样等级的待遇。王梵志以诗的形式探讨了有关生与死的哲学问题，用以教化与启蒙大众的思想，在战争频仍，人民生活困苦不堪，饿莩遍野的时代，向大众传播生命为空，死胜于生，在于慰藉那些备受生活折磨的生灵，给他们未来指向，所以王梵志被视为是普罗大众的精神领袖和心灵的导师。

在王梵志诗中除了用浅显的白话，表达对生的厌倦，对死的无畏，甚至向往之外，还有对佛教禅理诠释，这部分内容哲理性强，表达隐晦，非普通民众所能理解。如 P. 3833 号王梵志诗卷有"人去像还去""一身元本别""以影观他影""观影元非有""非相非相""但看茧作蛾"等诗。《摩诃般若波罗蜜经·序品》云："解了诸法，如幻，如焰，如水中月，如虚空，如响，如犍婆城，如影，如梦，如镜中像，如化。"这就是般若十喻。这种哲理诗所表达的层次与敦煌写卷中修禅诗是一致的。可见王梵志诗所传播的思想，对普通民众与一般知识阶层是不一致的。若将其传播的佛教思想划分为高低两个层面的话，在较低的层面上直面社会生活和人生，宣讲人生无常，生的痛苦，人生不平皆属常理，便于普通人接受。在较高层面上则是探讨人性与佛性的关系问题，从而给儒学、道学研究者在对心学的探讨方面给予了启发。

由于《王梵志诗》时间跨度大，内容复杂，甚至存在思想上的矛盾性，诗歌主体角色转换灵活，诗歌形式多样，足以让王梵志诗因满足不同读者的心理需求，而广泛流传。于是不断有人冒王梵志之名，创作梵志体白话诗，于是有人对《王梵志诗》的著者产生了怀疑，也有研究者认为王梵志是一个虚构的作者。

项楚先生在《王梵志诗校注》（增订本）前言中明确表示："王

梵志其人在唐代民间是十分有名的，所以才有关于他的神话流行。并有人假借他的大名以高自位置。但我们对他所知甚少，王梵志仍然是一个尚未完全猜透的谜。"但是通过对王梵志诗的分析，项先生又认为"它们不可能是某个特定个人的创作"。敦煌有关王梵志诗的写本，共有35种，结合唐宋诗话笔记、禅宗语录中的王梵志诗，张锡厚先生在《王梵志诗校辑》中确定了336首，项楚在《王梵志诗校注》（增订本）中校注了390首，其中包括盛唐三卷本《王梵志诗集》、一卷本《王梵志诗集》和法忍本《王梵志诗集》，根据其内容的广度、时间的跨度，三种诗集并不重复等因素确定，王梵志诗绝非一人所为。项先生还专门就宗教内容进行了集中探讨，他发现王梵志诗对宗教情感褒贬不一，内容中大小乘佛教戒律错杂呈现。结论是："尽管王梵志其人仍然是一个尚未完全参透的谜，但我们既然知道王梵志诗是若干无名白话诗人作品的总称，那么实际上就已经摸索到解开这个谜的线索。从王梵志诗的内容看来，他们的作者应该主要是一些僧侣和民间知识分子。"

这一结论与《王梵志诗集序》中所反映的创作动机不谋而合。《王梵志诗集序》作者（不可考）指出，本诗结集数量，有三百余首，内容表现是"具言实事，不浪虚谈"。表现风格一反过去子曰诗云的习惯，"不守经典，皆陈俗语"。主导思想是"以佛教道法，无我苦空。知先薄之福缘，悉后微之因果"。从而达到使"智士回意，愚夫改容。贪婪之史，稍息侵渔，尸禄之官，自当廉谨"的目的，实现"逆子省翻成孝，懒妇晨夕事姑嫜，查郎子生惭愧，诸州游客意家乡。慵夫夜起□□□，懒妇彻明对缉筐。悉皆咸臻知罪福，勤耕恳苦足糇粮"的社会理想。作者对本诗集的社会教化效应有足够的信心："纵使大德讲说，不及读此善文。""但令读此篇章熟，顽愚暗蠢悉贤良。"

由敦煌三卷本《王梵志诗集》序言可知以下信息：当时佛教在社会上已有广泛的影响，大德高僧的俗讲备受百姓欢迎，这本与中国自古注重教化的传统相合。自西周周公制礼作乐以后，中国的祭祀天地、神灵、祖宗的活动有了制度，为中国的道统文化打下了基础。春秋战国的时代，即被雅斯贝尔斯称为"轴心时代"，百家争鸣的出现，思想的解放也诞生了从事道统文化教化的士的阶层。这一阶层到东汉时角色定位日益明确，到东汉桓帝时印度佛教传入中国，知识分子或佛教信徒，高僧在翻译佛讲经典时，结合中国语言艺术的特征，翻译出具有中国文化的佛教，从而使儒家文化与佛教文化得以融合。从事儒学教化的知识分子也自然易接触佛教，无论敦煌地域外的高僧还是敦煌大德，有不少精通儒学者，反之亦然。所以在中央王权始终处于统治地位的历史时期，佛教作为教化的内容是很自然的。我们认为：王梵志是出现在初唐至宋初这段时间的一个有社会责任感的、通儒释的，用佛教生死观、儒学孝道观念教化大众，用白话创作以传播儒释文化的知识分子或僧侣的集合。

## 第二节　王梵志佛教诗歌的主题

目前关于王梵志诗歌的文学艺术研究已达到极高的水平。以王梵志命名的诗，有 S.0778、S.5796、S.5474、S.1399、P.3211、S.5441、S.5641、俄 11197、P.3833、P.2914、俄 00889、俄 02558、P.2718、P.3266、P.3558、P.3716、P.3656、S.2710、S.3393、S.5794、S.4669、P.2842、P.4094、俄 00890、俄 00891、俄 04754、俄 10736、P.3418、P.3724、S.6032、P.3676、S.4277 残卷校释、列 1456 等 30 多个写卷、《大正新修大藏经》。还有结集并予以注释解析的专著《王梵志诗校辑》、《王梵志诗集》、《敦煌掇琐》、《敦煌写本王梵志诗校注》、《法忍抄本残卷王梵志诗初校》、《S.4277 残卷考释》、《日本奈良宁乐美术馆藏》写本、《世界文库》、《敦煌写本王梵志诗》、《诗式》。王梵志诗研究札记有《云溪友议》《鉴诫录》《山谷提拔》《冷齐夜话》《林间录》《续墨客挥犀》《王梵志诗校辑附载梵志体禅诗》《焦氏类林》《禅林钩玄》《天圣广灯录》《类说》《唐溪诗话》《感山云卧纪谭》《唐诗纪事》《诗话总龟》《苕溪渔隐丛话》《梁溪漫志》等。由此，王梵志研究已达到了竭泽而渔的程度。从以上研究资料来看，王梵志诗大多集中保存于敦煌石窟中，敦煌僧诗中《禅门诗》的存在，它与王梵志诗中文字的相同性，证明了敦煌僧人是王梵志诗的作者之一，诗中以五言为主的节奏，通俗的语言对当地普及着朴素的佛教观念，它与《太公家教》等一起对当地人生活规范起到指南的作用。

由于王梵志诗一般用浅白如话的诗句教导俗众不要留恋痛苦无意义的现实生活，所以诗歌主题基本上是对现实的否定，包括对生命的真实存在的否定，对积累财货意义的否定，对生育儿女的价值的否定，指出爱是虚妄的，指责战争、徭役、兵役给个人、家庭带来的痛苦，高唱死胜于生的赞歌。一言以蔽之，生命是四大因缘假合的结果，六道轮回转为人世，就是来遭遇痛苦的。在众多研究者看来，这是王梵志诗歌最见华彩，有别于文人创作的部分，一般文人往往采用俯视的角度关心现实，王梵志作为生活在社会底层的知识分子则可以直视现实，于是，王梵志们以诗为武器，不以刺美为满足，而是直击具有顽疾的现实，同时也表现了对现实的厌倦和唾弃。

我们以为王梵志诗的价值是驳杂的，除了以平行的视角看待现实揭露其残酷与丑陋外，对生活的厌弃传播着负面的信息，对创造生活是有害的。但是，转向宗教的精神解脱层面来认识王梵志诗的价值，就是值得探讨的问题了。王梵志之所以被称为宗教诗人，显然与其作品是为宗教宣传服务有关，在三卷本《王梵志诗集》序言中曾强调其教化社会的效果甚至胜过高僧大德的宣讲，表现了诗人对白话诗作的社会宣传效应充满信心，也表明诗人的写作动机就在于帮助处于困苦与煎熬中人们获得心灵的安慰与解放。若分析王梵志诗歌存在的原因：首先，生活在战争频仍时代的人们倍感生命的无助与脆弱。其次，不公平的现实社会又让人们对前途感到绝望。再次，在日复一日的庸常生活中人们时时被不满和痛苦所困扰。人的这些心理疾患，在宗教那里似乎存在疗救的药方，因宗教僧侣关注的是出世的彼岸世界，即西方极乐世界，而自身肉体与现实的凡俗世界则是他们难以克服的存在，只有通过修行才在心灵中去克服它们，才能在凡俗中修得静虚之心，而不至于随波逐流。方法和手段就是断绝与现实的联系，否定现实的存在，否定人生奋斗的意义，否定肉体对情与欲的追求，抹平现实的不公平、战争的残酷，坦然接受生命的脆弱，这样就可以转向对彼岸世界意义与价值的探讨。因而《祖堂集》《景德传灯录》《五灯会元》中，有许多禅师问答，集中于祖师西来意，突出对内心感受的认识与对佛教教理的顿悟省察。在他们眼中社会不安，是内心不安的表现，内心不安是"三毒"侵扰的结果，所以在师徒对话中，在坐禅的偈颂中有许多安心之作，如三祖僧璨《信心铭》，玄觉大师的《证道歌》，释亡名的《息心铭》，传楚禅师的《戒肉偈》，释良价的《辞亲偈》，释行思的《坐禅铭》，舍大行净觉禅师《开心劝道禅训》等。王梵志佛教诗歌以平常百姓熟悉的通俗白话，简洁而有节奏的五言形式，对深奥的宗教教理作简化处理，用以清理人内心的垃圾，解答人们关于生命的难题，同时也对生命问题超越一般认识之上，做了哲学层面的思考。所以王梵志的白话诗大体由世俗佛教诗和禅理诗两部分构成。无疑，王梵志诗对现实毫不留情的批判，客观上可以起到启发社会管理者认识现状、改变现状的作用。对世俗凡人妒忌、仇视、厌倦等真实的内心世界的揭示，可以规范人们的行为。对生命失控的本然揭示，可指导人们放下贪欲，得到精神的解脱。除此以外，王梵志诗也在更高层面上揭示了宗教禅理的含义，以满足不同人群的心理需求。总之，王梵志诗集就是揭示现实的丑陋，解答心灵困惑，提供彼岸世界的心理咨询的教科书。下面做具体的分析。

## 一  民间佛教诗

### （一）生命是没有意义的

在王梵志看来人首先要认识生命本体，它是不可控制的，因而不必执着。

### 《有生必有死》

*《掇琐》、《校注》、《校辑》、《诗集》、P.3481 等*

有生必有死，来去不相离。常居五浊池，更亦取头皮。纵得百年活，须臾一向子。彭祖七百岁，终成老烂鬼。托生得他乡，随生做名字。轮回转动急，生死不由你。生带无常苦，长命何须喜。

这是首五言 7 韵的白话诗，没有统一韵脚，分别押"支"韵、"纸"韵、"尾"韵、"寘"韵等，显然出于不以词害意的需求，不仅如此，根本对论及生命的不耐烦，"纵得百年活，须臾一向子。彭祖七百岁，终成老烂鬼"。"一向子"，瞬间、片刻。平常，为"一向"解。晏殊《浣溪沙》词："一向年光有限身，等闲离别易销魂。""彭祖"，古代长寿者。《列仙传》卷上：彭祖者，殷大夫也，帝颛顼侄孙，陆中氏之中子，历夏至殷末，八百余岁。史书记载八百、七百并不统一。但《楚辞·天问》（王逸注）、干宝的《搜神记》卷一、荀子《修身》（杨倞注）等均云七百岁。但王梵志对此并不渴慕。不管生命有多长，人对自身的生死也是无力控制的，死也是生命的一种表现形式。即便长寿，人在五浊恶世中，受到痛苦的煎熬，最终难以摆脱生命轮回转世的过程，所以长寿不值得欣喜。诗歌不仅借助人生遭遇，给予生命以消极判断，而且即使儒道赞赏的彭祖，也遭到鄙弃，实际上是对生命存在的彻底否定。

### 《不见念佛声》

《掇琐》、《校注》、《校辑》、《诗集》、P. 3481 等

不见念佛声，满街闻哭声。生时同毡被，死则嫌尸妨。臭秽不中停，火急须埋葬。早死无差科，不愁怕里长。行人展脚卧，永绝呼征防。生促死路长，久住何益当。

这是首五言 6 韵的白话诗，除领句外，通押"阳"韵。"差科"，徭役。"行人"，征人。杜甫《兵车行》："车辚辚，马萧萧，行人弓箭各在腰。爷娘妻子走相送，尘埃不见咸阳桥。""征防"，征，远行。防，防备。征防，奔赴边关戍守，服兵役。《唐律疏议》卷三："征防之徒，远从戍役，及犯徒罪以上，狱成在禁，同无兼丁之例，据理也是弘通。"这首诗是代生活在社会底层的百姓对生命历程痛苦的控诉，对肉体的消亡从而获得解脱的快意，是对释然情绪的发泄。百姓的生命是短暂的，在短暂的生命中除了差科，就是征防，还要应付里长，即使死去也遭忌讳，他们活着就是义务和身心

的折磨，没有人的尊严，从生到死都是这样，所以这样的生命过程不值留恋，久住人间无啥益处。其实，对生之痛苦的揭示就是对残酷生存环境的无情揭露。

### 《你道生胜死》

《掇琐》、《校注》、《校辑》、《诗集》、P.3481等

你道生胜死，我道死胜生。生即苦战死，死即无人征。十六作夫役，二十充府兵。碛里向前走，衣钾困须擎。白日趁食地，每夜悉知更。铁钵淹干饭，同伙共分诤。长头饥欲死，肚似破穷坑。遣儿我受苦，慈母不须生。

这首诗是为死亡唱的赞歌，从充夫的青少年身上着笔，描写一天痛苦的生活。白天忙于赶到吃饭的营地，晚上还需做更夫守夜。正是能吃能睡的年龄，却吃不饱，不能睡，于是发出内心的呼声，活着受苦的煎熬，活着不如死了自在，进而转向亲人，抱怨慈母，生来受罪根本不需要来到这个世界。实际上是对生命之源的质问。

### 《无常元不避》

P.3833、《校辑》、《诗集》

无常元不避，业到即须行。纵你七尺影，俱坟一丈坑。
妻儿啼哭送，鬼子唱歌迎。古来皆有死，何必得如生。

无常在佛教语中，是指世间一切之法，生灭迁流，刹那不住，谓之无常。无常有二，一刹那无常，二相续无常。《涅槃经·寿命品》："是身无常，念念不住。犹如电光、暴水、幻炎。"《六祖坛经》："生死事大，无常迅速。"《无常经》："未曾有一事不被无常吞。"在佛教传播的过程中，无常早已进入百姓词典，汉语词典中无常：鬼名，迷信的人相信人将死时，有无常鬼来勾魂，也指人死。

这里王梵志诗全然没有对无常变化状态的恐惧、遗憾与忧郁。只是由此反思，既然生命不归自身主宰，何必走这一遭呢。

## 《五体一身内》

P. 3418、《掇琐》、《校注》、《校辑》、《诗集》

五体一身内，蛆虫塞破袋。中间八万户，常无啾唧声。脓流半身绕，六贼①腹中停。两两相啖食，强弱自相征。平生事人我②，何处有公名？

这首白话诗，五言五韵，第一、二为全诗领句，对肉体比喻为丑陋的甚至恶心的装满蛆虫的袋子。其他四韵还以押"庚"韵和"青"韵，邻韵通押的形式，吟诵蛆虫在人体内有八万之多，因不言语，所以人竟不知，但人放纵对色、声、香、味、触的需求，劫夺的人的善心，为此人们争斗甚至相残，人生不再太平，也无公平可言，所以人生的痛苦不只来自客观，更来自自身。人之欲是人生烦恼之源，由此诗歌否定了人的肉体本身。

（二）奋斗是虚无的

人身在五蕴中（色、想、受、识、触），又有六贼缠缚，只有烦恼相伴，却终无所得，若不自省，菩萨也无能为力。

## 《身如内架堂》

P. 3211、S. 5641

身如内架堂，命似堂中烛。风急吹烛灭，即是空堂屋。

王梵志将身体比作一个处所，生命的活力比作燃烧的火烛，一旦烛灭，身体就是一具空壳。因而一切努力终将以空告终，所以奋

---

① 六贼：即色、声、香、味、触、法等六识。北本《涅槃经》卷二十三："六大贼者，即外六尘。菩萨摩诃萨观此六尘如六大贼。何以故？能劫一切诸善法故。如六大贼能劫一切人民财宝，是六尘贼亦复如是，能劫一切众生善财；如六大贼，若入人舍，则能劫夺现家所有，不择好恶，令巨富忽尔贫穷，是六尘贼亦复如是；若如人根，则能劫夺一切善法。善法既尽，贫穷孤露，作一阐提。是故菩萨谛观如六大贼。"（阐提：不成佛之意。有两种含义：断善阐提，起大邪见，而断一切善根者。大悲阐提，菩萨有大悲心欲度一切众生而成佛。众生无尽，故已毕竟无成佛之期者。）（丁福保：《佛学大辞典》，中国书店 2011 年版，第 654 页。）

② 人我：佛家语，人身固执常一主宰之我有实体，谓之我之相，人我之见，由此执我见而生种种之过失。（丁福保：《佛学大辞典》，中国书店 2011 年版，第 269 页。）

斗没有意义。

## 《世无百年人》

《王梵志诗集》、《王梵志诗校辑》

世无百年人，拟作千年调。打铁作门限，鬼见拍手笑。

这首白话诗以人做"千年调"与鬼见"拍手笑"相比，嘲笑做长久打算，不停歇地追逐利益的可笑与无知，说明人对生命的无能为力。若企图做铁门槛来阻止无常鬼索命，纯粹是螳臂当车自不量力。"千年调"一词反复出现在王梵志诗中，如"有钱但著用，莫作千年调"（S.0778、S.1399）、"漫作千年调，活得没多时"（P.3211、S.5441）、"不得万万年，营作千年调"（P.3418）。到宋时，"千年调"已成为民间俚语，王梵志诗的影响可见一斑。

## 《壮年凡几日》

《法忍抄本残卷王梵志诗初校》、S.5441

壮年凡几日？死去入土蓤。论情即今汉，各各悉痴憨。唯缘二升米，是处即生贪。礼佛遥言乏，彼角仍图摊。贪钱险不避，逐法易成难。

这是首五言五韵的白话诗，押"勘"韵、"覃"韵和"寒"韵，属押邻韵现象。"摊"，摊钱，一种赌博的形式。宋洪迈《容斋五笔》卷一《俗语有出》有云："今人意钱赌博，皆以四枚数之，谓之摊。"此诗句意明白如话，人生被贪婪与憨痴占据，冒着赌输的危险，也是为满足贪婪的心理需要。若说礼佛就以穷没资财为借口，远远躲开，憨痴不明，但最终也不免一死，一无所得。

如果说《王梵志诗集》三卷本在于否定一切的话（包括否定人生活的世界、人自身），法忍本则注重了对人性修炼的阐述。即使儒家伦理哲学，法忍本也持反对观点。

### 《世间何物贵》

《校辑》、《诗集》

世间何物贵？无价是诗书。了了说仁义，愚夫都不知。

深房禁婢妾，对客诗妻儿。青石甃行路，未知身死时。

这是首五言四韵的白话诗，押"支"韵、"鱼"韵。"禁"，此处含有秘密之意。"甃"，用砖砌井池子等。白乐天《官舍内新凿小池》："中底铺白沙，四隅甃青石。"全诗以设问起笔，并给予直接回答，人人皆知的伦理哲学经典为《诗》《书》，但世上的愚昧之人，并不了解诗书的价值，只管浑浑噩噩地度日推天，对自己的经营颇为得意，但死期一到，一切皆休，就是诗书也不能给予拯救。

（三）做布施，修福田

否定了世间生命，否定经营人生的意义，王梵志奉劝凡夫俗子要相信因果报应的学说，一心向善，求得来世福报。

### 《人生一代间》（之一）

《王梵志诗集》二卷、P.3211、S.5441、俄1197

人生一代间，贫富不觉老。王役逼駆駆，走多缓步少。

他家马上坐，我身步攀草。种得果报缘，不须自烦恼。

这首诗五言四韵，"皓"韵、"筱"韵通押，形象地描绘了凡人百态，有人优游从容，有人忙忙碌碌，有人高头大马坐，有人背负蒿草行；可见人生来不平等。面对人生的等级差别，人们的困惑，王梵志从宗教的因果报应的理念中找到了答案，劝告人们不必愤愤不平，自寻烦恼。

### 《人生一代间》（之二）

《敦煌掇琐》、《诗集》、《校辑》、《校注》

人生一代间，有钱须吃著。四海并交游，风光亦须觅。

钱财只恨无，有时实不惜。闻身强健时，多施还多吃。

同样诗题，表现的是及时行乐的态度。人生命运前世注定，此生拥有的统统享用毫不吝惜，有钱就满足口欲、广交朋友、游山玩水，总之，做一个十足的消费者。这在主流文化不说钱的时代，实在是惊人的语言。同时出于因果报应的考虑，在好吃的同时将布施作为修福田功课以备后世。这首诗世俗宗教味较为浓厚。

## 《受报人中生》
### 《王梵志诗校注》卷二

　　受报人中生，本为前生罪。今身不修福，痴愚脓血袋。病困卧著床，悭心犹不改。临死命欲终，吝财不忏悔。身死妻后嫁，惣将陪新胥。

这首白话五言五韵诗，借助因果报应的理念，劝告前生有罪之人在今生消罪，多修福田，利于来世。若不勤修，人体就是冥顽不灵的"脓血袋"。勤修的办法就是布施，布施获益处，戒悭吝失福报。更糟糕的是吝啬所得为他人拥有。所以这首诗在于奉劝凡人在世间，放弃悭吝之心，广施善财以求来生之福田。这类劝善的诗在王梵志诗中比比皆是。如《布施生生富》《师僧来乞食》。

（四）斩断尘缘，现世解脱

否定了世间生命，否定经营人生的意义，王梵志奉劝凡夫俗子要向道念佛，以此来启发人的心智，免去因六尘引起的纷争。

## 《道从欢喜生》
### 《S. 4277 残卷考释》、《S. 4277 残卷校释》、《王梵志诗校辑附载〈梵志体〉禅诗》、S. 4277 等

　　道从欢喜生，还从嗔恚灭。佛性盈两间，由人作巧拙。天堂在目前，地狱非虚说。努力善思量，终身须急结。斩断三毒箭，恩爱亦难绝。明识大乘因①，镬汤亦不热。

---

① 大乘因：佛教中所讲菩提心或示诸法实相。菩提心，旧译为道，为求真道之心。新译为觉，求正觉之心。《大日经疏》卷一：菩提心名为一向志求一切之智。（丁福保：《佛学大辞典》，中国书店 2011 年版，第 402 页。）

这首白话诗五言六韵，通押"屑"韵。"欢喜"：梵语波牟提陀，接于顺情之境而身心悦也。《法华经·喻品》曰："欢喜踊跃。"在这里意为虔诚奉佛，当生欢喜之心。若生愤怒的情绪，自然不是信佛。"佛性"，佛者觉悟也。一切众生皆有觉悟之性。性者不改之义也。"两间"，天地之间。《宋史·胡安国传》："则至刚可以塞两间，一怒可以安天下矣。"诗借佛教中天堂和地狱的学说教导人觉悟自身佛性，以欢喜之心追求佛道，斩断尘缘，学习佛理，攻克三毒，就可抵达天堂，从而摆脱人间炼狱的折磨，消除坠入地狱的危险。天堂是生活于水深火热的残酷现实中的百姓的梦想。敦煌本《六祖坛经》中对天堂有特定的解释："世人自色身是城，眼、耳、鼻、舌、身即是城门，外有五门，内有意门。心即是地，性即是王，性在王在。性去王无。性在身心存，性去身心坏。佛是自性作，莫向身外求。自性迷，佛即众生；自性悟，众生即是佛。慈悲是观音，喜舍名为势至，能净是释迦，平直是弥勒，人我是须弥，邪心是大海，海水鱼鳖，虚妄即是神鬼，三毒即是地狱，愚痴即是畜生，十善是天堂。无人我须弥自倒；除邪心，海水竭；烦恼无，波涛灭；毒害除，鱼鳖绝。自心地上觉性如来，放大智惠光明，照耀六门清净，照破六欲诸天下。三毒若除，地域一时消灭，内外明澈，不异西方，不做此修，如何到彼？"① 诗歌从头至尾通为说教，几乎无诗歌韵味。可是这是以诗的外形分析天堂与凡俗关系，目的是引领信徒奔向佛教中的天堂，说服是目的，诗韵自然也必须弱化。

## 二　佛教禅理诗

王梵志诗，在较高层面上，剖析禅理本体，具有哲学的思考，与满足知识分子的探求生命意义的需要相一致。

---

① （唐）慧能：《六祖坛经》，王月清注评，凤凰出版社2010年版，第155页。

## 《观影远非有》

《校辑》、《诗集》、P. 3833

观影远非有，观身亦是空。如采水底月，似捉树头风。

拦之不可见，寻之不可穷。众生随业①转，恰似寐梦中。

这是来自佛教"如影"之喻，这首诗以比喻的修辞手法，把人生的虚幻无实拿"水底月""树头风"作比，形象地揭示了不可得到。《大智度论》卷六："如水中月者，实在虚空中，影现于水。实法相月，在如法性实际虚空中，凡人心水中，有我我所相现，以是故名水中月。复次如小儿见水中月，欢喜欲取，大人见之则笑。"此处揭示了月的空无与风的不可捕捉，启示人们不必执着。而"众生随业转，恰似寐梦中"指明业本身无定性，自然不实，如若追逐就是无明。总之，诗歌指导人们认识人生的虚无，得到心灵的真正解脱。

## 《一身元本别》

《校辑》、《诗集》、P. 3833

一身元本别，四大聚会同。直似风吹火，还如火逐风。

火强风炽疾，风疾火愈烘。火风具气尽，星散总成空。

这首五言四韵白话诗，通押"冬"韵，揭示了四大皆空的道理。据佛经世界万物由水地风火构成，人身也是因四大因缘聚会而成。《法门名义集》："四大，地水风火是也，和合成身。地者骨肉形体也；水者，血髓润也；火者温暖也，风者出入息也。"这里以风火代表四大，风火气尽，四大如星散灭，生命告终，一切都是空无的。

---

① 业：梵语摩羯，身口意善恶无记之所作也。其善性、恶性必感苦乐之果，故谓之业因。其在过去者，谓之宿业，现在者，谓之现业。《俱舍光记》卷十三：造作，名业。业为造作之义，有二：身之取舍屈伸等造作名为身业；音声之屈曲造作名为语业；与第六意识相应而起，心所中思之心所也，思之心所以造作为性，故以之为业性。即动作身之思为身业；动起语之思为语业。作动意之思为意业。（丁福保：《佛学大辞典》，中国书店 2011 年版，第 2340 页。）

《维摩诘经·方便品》："夫万事万形，皆四大成。在外则为土木山河，在内则为四肢百体。聚而为生，散而为死。"这样的诗歌是针对士的阶层准备的。按照儒士的人生追求，入仕要兼济天下。为了能实现这一目的，便孜孜以求，甚至皓首穷经。佛经这一对生命剖析，可以平复因过于执着而躁动的心。

王梵志诗还探讨了不同认识层次的人对同一生死大事理解差异，反映出了解脱之人在世外反观世情的轻松情绪。

### 《世间不信我》

《法忍抄本残卷王梵志诗初校》、列 1456

世间不信我，言我常造恶。不能为俗情，和光心自各。财色终不染，妻子不恋著。共你虽同尘，至理求不错。智慧浑一愚，我心常离缚。君自未识真，余身恒快乐。

此诗站在佛家的视域中，写诗人追求人生至理，即追求佛法的过程中，虽与凡夫同住一处，但与凡夫的一般行为有别，既不沾财色，不恋妻儿，也因此就不经营俗务，也不被家庭事务和子孙繁衍所缠缚。能做到不为俗务劳心是离缠，是断惑的表现。诗中的"我心常离缚"，"离缚"，即内心得到解脱，也即断惑，以真智断妄惑。北本《涅槃经》："真解脱者，名曰远离一切缚系，若真解脱，离诸缠缚，则无有生，亦无和合。"但从儒家现实伦理哲学的视角看，有悖常理。在《孟子·离娄章句上》中，孟子曰："不孝有三，无后为大。舜不告而娶，为无后也，君子以为犹告也。"赵岐注："於礼有不孝三者，谓阿意曲从，陷亲不义，一不孝也；家贫亲老，不为禄仕，二不孝也；不娶无子，绝先祖祀，三不孝也。"（《后汉书》卷六十四记载："赵岐，字邠卿，京兆长陵人也。初名嘉，生于御史台，因字台卿，后避难，故自改名字，示不忘本土也……曹操时为司空，举以自代。光禄勋桓典、少府孔融上书荐之，于是就拜岐为太常。年九十余，建安六年卒。先自为寿藏，图季札、子产、晏婴、叔向四像居宾位，又自画其像居主位，皆为赞颂。……岐多所述作，著《孟子章句》、《三辅决录》传于时。"）以儒学观点判断诗人所为，自然是违反道德，是造恶。但诗人却认为指责者自己处于无明，才会如此误会，诗人自己则因断惑，远离俗务的缠缚而轻松快乐。显然现实伦理哲学与佛教哲学处于认识的两个层面，交流中遇到了障碍。诗人从佛学的视角承认了指责的客观存在，包容了指责，同时也意识到这种认识冲突的难以调和，因为"世间不信我"。由此可见，王梵志诗的境界已超越了朴素佛教观念，达到圆融的状态。

## 第三节　王梵志佛教诗歌的艺术特点

在审美表现上，王梵志诗完全有别于中国文人诗歌审美追求；在题材的选择、表达方式和表现手段上独具特色，个性鲜明，语言通俗，风格清新；在表现主题方面善用白描的手法，使描写对象生动，画面感极强。下面略做分析。

### 一　议论入诗，主体鲜明

根据流传到敦煌的王梵志诗歌结集情况，无论盛唐时期产生的三卷本，贯穿于唐代及宋初的一卷本和法忍本一卷本，以及出现在笔记、札记中以王梵志命名的诗，它们表现出一致性，即以率真的态度直面生与死，尤其对死这一人生的重大问题抱有极其冷静的态度，并以议论的表达方式，评价生命的空无，因而诗人有鲜明的导师形象，其作用在于启智，而非抒发个人情感。

**《由心生妄相》**
《考释》、《校释》、S. 4277
由心生妄相，无形本会真。但看气新断，妻子即他人。
魂魄归五道，死骸谢六尘。验死怕散坏，何处有君身？

这首五言诗，押"真"韵，不讲究平仄，以自由表现主旨为目标，用人身易衰朽，会变成枯骨，来告诫男性自醒，人生不实，一切烦恼是心生妄相的结果，不必在意世俗亲情。"妄相"，不当于实曰妄。《大乘义章》三本：凡夫迷实之心，起诸法相，执相施名，以名取相所取不实。故曰妄相。这与中国文人诗歌的选材从个人、自然到社会无所不有，表现方法以赋、比、兴等为主，抒发家国情感，个人情愫全然不同，如杜甫在《月夜》中写道："今夜鄜州月，闺中只独看。遥怜小儿女，未解忆长安。香雾云鬟湿，清辉玉臂寒。何时倚虚幌，双照泪痕干。"通过景物衬托和对人物细腻的描写，表达的正是诗人对妻子儿女的想念。王梵志宗教诗是对生死的问题的关注，是人对情的拷问，这样就丰富了中国诗歌的内容和表达方式。"他们之间的反差，造成一种对比和互补的关系。"①

**二　白描的手法，尽显世情百态和人性的丑陋**

作为白话诗的代表，王梵志诗以白描见长，无论是对人间世相的勾画，还是人性丑恶的揭示，都不加掩饰，由于语言无情而尖锐，更显其反映人生的深刻和有力。如：

### 《我看那汉死》

《校辑》、《诗集》、P. 3833

我看那汉死，肚里热如火。不是惜那汉，恐畏还到我。

这首诗完全是一个普通人的内心独白。没有修饰，只有内心的真实。

### 《可笑世间人》

列 1456、《法忍抄本残卷王梵志诗初校》

可笑世间人，为言恒不死。贪吝不知休，相憎不解止。

背地道他非，对面伊不是。埋著黄蒿中，犹成薄媚鬼

这首五言四韵的白话诗，对世情的险恶，世人的无知给予了无

---

① 项楚、张子开、谭伟、何剑平：《唐代白话诗派研究》，学习出版社 2007 年版，第123 页。

情的嘲讽，并且预言，这种无知、无明状态，不仅在生命存续期间如此，即使消失，埋进坟茔也不会有变化。

## 《生时不共作荣华》

《王梵志诗校辑》、《王梵志诗集》

生时不共作荣华，死后随车强叫唤。

齐头送到墓门迥（通"回"），分你钱财各头散。

这首七言白话诗，用极简略的笔墨活画了所谓孝子们的丑恶嘴脸，"强叫唤"揭示了其形象的丑陋，表达了厌恶到极点的情绪。而"分钱""散去"的结果回应了"强叫唤"的真正原因。这种入木三分的刻画虽然冷酷，但确是现实生活真实写照，足以使人反省自己辛勤经营的价值。

### 三 通俗的语言、明快的节奏

王梵志佛教诗语言的通俗性，从诗名即可了解，如《慧眼近心空》《此身如馆舍》《不愿大大富》《本是屎尿袋》《多置庄田广修宅》《世无百年人》《劝君莫杀命》《家有梵志诗》《梵志死去来》等。

"本是屎尿袋，强将脂粉涂。凡人无所识，唤作一团花。相牵入地狱，此最是冤家。"在佛教中将人体做不净观，除称"屎尿袋"，还叫"脓血袋""破袋"等。但现世中人常常给予粉饰，结果入地狱往往是受粉饰过的"屎尿袋"的牵累。语言不仅口语化而且特俗，这是对传统中国文人诗追求文雅的一种背叛。也因此构成的王梵志佛教诗的风格。黄庭坚在《题意可诗后》说："若以法眼观，无俗不真。"

王梵志诗歌形式从三言、五言、七言、杂言都有，尤以五言居多。五言诗从审美的角度来看平仄互叶，起伏有致，行文自由，便于形成明快节奏，诵读长短适宜。以下是以项楚先生注本为主的统计结果。

**《王梵志诗校注》诗歌形式统计**

| 卷本 | 卷本一 | | | | 卷本二 | | | | 卷本三 | | | | 卷本四 | | | | 卷本五 | | | | 卷本六 | | | | 卷本七 | | | |
|---|---|---|---|---|---|---|---|---|---|---|---|---|---|---|---|---|---|---|---|---|---|---|---|---|---|---|---|---|
| 形式 | 七言 | 六言 | 五言 | 三言 | 七言 | 六言 | 五言 | 三言 | 七言 | 六言 | 五言 | 三言 | 七言 | 六言 | 五言 | 三言 | 七言 | 六言 | 五言 | 三言 | 七言 | 六言 | 五言 | 三言 | 七言 | 六言 | 五言 | 三言 |
| 数量 | 2 | 0 | 18 | 0 | 0 | 0 | 59 | 0 | 1 | 1 | 70 | 0 | 0 | 0 | 92 | 0 | 0 | 0 | 52 | 0 | 4 | 0 | 22 | 0 | 1 | 0 | 64 | 4 |
| 核计 | 20 | | | | 59 | | | | 72 | | | | 92 | | | | 52 | | | | 26 | | | | 69 | | | |

　　统计数据显示，王梵志诗集分七卷，诗歌总数 390 首，其中佛教白话 269 首，占诗歌总数的 69%，普通白话诗 121 首，占诗歌总数 31%；五言 377 首，六言 1 首，七言 8 首，三言 4 首。由此可知，王梵志诗是名副其实的宗教白话诗。

　　总之，王梵志佛教白话诗通过揭示生命长短不由人主宰，人却为此忙碌一生的事实，证明了人对生命本体的无知，许多人备受国家兵役、徭役甚至血腥战争的侵害，证明生命存在环境的恶劣，人不知自身是九孔有漏的脓血袋，还养着八万四千头的"蛆虫"，更受六尘的驱遣，遭受"三毒"危害，证明肉体的存在即是痛苦生命的源头。因而《王梵志诗》对人生的否定充满每一页每一行，将生命的价值否定尽净了。在否定生命的同时王梵志诗给予了人们基本的宗教意识，即认识生命本体的脆弱性、生存环境的恶劣性、人性欲望难以满足性等让人生充满困惑与痛苦，所以人不必执着于现实人生，要将经营的目标转向救赎人的精神的宗教，以便实现现世的精神解脱。由于《王梵志诗集》语言通俗明快，在百姓中得到广泛的流传，35 种王梵志诗的本子在敦煌石窟中的发现足以证明其对百姓思想所发挥的作用。若说曹溪禅类诗偈影响的是敦煌的宗教界，王梵志诗则影响的就是敦煌的民俗民风。《辛酉年（911 年）七月沙洲耆寿百姓等一万人上回鹘可汗状》（P. 3633）中有："沙州本是大唐州郡，况沙州本是善国神乡，福德之地。天宝之年，河西五州尽陷，唯有敦煌一郡，不曾破散。直为本朝多事，相救不得，陷没吐蕃。四时八节，些些供进。也不曾有移动。经今一百五十年，沙州社稷宛然如旧。伏望天可汗信敬神佛，更得延年，具足百岁，莫煞无辜百姓……"① 行状先追根溯源，对沙州百姓的民族归属做了确定，接着对沙州文化特征进行了评价，强调了沙州的特异之处，"善国神乡，福德之地"。敦煌虽经战祸，终因吐蕃敬畏神佛而未遭涂炭。最后以确保自身延年益寿唤起回鹘可汗对佛祖的敬畏，以保全敦煌百姓。这一行状证明了敦煌地区信教的事实，也从一侧面反映了王梵志诗在佛教教化中的作用。

---

① 唐耕耦、陆宏基：《敦煌社会经济文献真迹释录》（第四辑），全国图书馆文献缩微复制中心1990年版，第380页。

# 第七章

# 敦煌僧诗的题材

## 第一节　反映僧人理想世界的诗歌

僧人的世界与世俗凡人是不同的，凡人的世界体现在目光可以企及的自然、社会及人生具象中，僧人的世界则聚焦于眼睛看不到的理想追求中。这是两个不兼容的世界。从传说汉明帝时代第一批佛经驮入白马寺，佛教在中国传播开始了。据《汉洛阳白马寺摄摩腾》记载："腾誓志弘通，不惮皮苦，冒涉流沙，至乎洛邑。明帝甚加赏嗟，于城西门外立精舍以处之，汉地有沙门之始也。""有记云：腾译《四十二章经》一卷，初缄在兰台石室第十四间中。腾所住处，今洛阳城西雍门外白马寺是也。"① 当然，据正史记载元寿元年（公元前 2 年）《浮屠经》已进入中土，真正在中土上层有一定影响应是在公元 2 世纪中叶，那么《高僧传》的记载，为佛教不凡的来历做了注脚。作为外来宗教，沙门如何在早已创立了礼仪的中国生存，就成为重要问题，因为中国人思想行为受制于现世伦理哲学，即儒学，儒学虽非宗教却发挥着宗教教化的作用，所谓伦理则是关于现世人伦、人际的关系的道理。佛教关注的则是人的生死大事。佛教与儒学直接发生文化冲突是不可避免的。焦点就是沙门不敬王者。沙门，又称娑门、桑门、沙门那等，译为息、息心、静志、净志，意思是勤修息烦恼之义，为出家者之名。② 晋庐山释慧远将沙

---

① （梁）释慧皎：《高僧传·摄摩腾》，陕西人民出版社 2010 年版，第 1 页。
② 沙门：《四十二章经》曰：佛言辞亲出家，识心达本，解无为法，名为沙门。（丁福宝：《佛学大辞典》，中国书店 2011 年版，第 1195 页。）

门看作启蒙开智的导师。他说：沙门是什么？它是启发人们的智慧，使人们知道蒙昧世俗的昏沉无知，开启超越世俗通玄的道路，以物我两忘之道与天下人共同向前。有史记载曾经有两位慧远和尚，都为沙门不敬王的论断做了专门阐述。晋庐山释慧远撰写了《沙门不敬王者论》共五篇。其中在《在家》一篇中他认为："奉法则是顺化之民，情未变俗，迹同方内，故有天属之爱，奉主之礼，礼敬有本，遂因之以成教。"在《出家》篇中，他还写道："谓出家者能遁世以求其志，变俗以达其道。变俗则服章不得与世典同礼，遁世则宜高尚其迹夫然，故能拯溺俗于沉流，拔玄根于重劫，……虽不处王侯之位，固已协契皇极在宥生民矣。是故内乖天属之重，而不违其孝；外阙奉主之恭，而不失其敬也。"中心含义是：奉行朝廷王法的人，是顺从世俗礼教教化的在家的民众，他们怀有天然的伦理之情，需要尊崇孝亲忠君、尊奉君主的礼仪。而出家的人逃离俗世以追求他们的志向，改变自己的习俗，以通达他们的道。既然改变了习俗，服装样式也与世俗不同，其行为就应该超越世俗。他们的远大理想就是指引人们走上三乘的解脱道路。如果能使一个人成为全德的人，那么这样的道就给他所有的亲属带来了无上荣耀，这样的人不在王侯的地位却与养育万民的皇帝相契合。虽无为而治却使万民自适其性格。因此就家族而言，出家人虽然违背了天理人伦所赋予的责任，但并没违背孝亲之道。就家族外部而言，出家人缺少了忠君礼仪，但不缺少对忠君的恭敬。他还把如来与周公、孔子相提并论，他们存在在家和出家的区别，但终极归宿相同，最后他说出仕者不可以既为官又出家，出家者也不可既出家又做官。敦煌的释慧远为了避免武宗灭佛，挺身而出辩论的依然是沙门不敬王者。这样，在意识形态领域里儒佛始终存在各自不同的精神领袖。在统治者利益受到威胁时，佛教总会遇到麻烦，所以晋长空五级寺释道安提出"不依王法不能立足"的主张。但参禅入佛的人自有其理想，他们给自己创造出了一个有别于世俗的世界。

第一，佛教徒以乔达摩·悉达多道成肉身的故事，创造了属于佛世界的教主——释迦牟尼佛的形象。

北图 8347 写卷中的《降生礼文》就是叙述释迦牟尼八相成道的

故事（它们分别是《兜率来仪相》《岚比尼降生相》《四门游观相》《踰城出家相》《雪山修道相》《因缘果相》《宝座降魔相》《说法轮光相》）。释迦牟尼本身来历不凡，所以降生不凡，"因到无忧树，爰从右勒生。善神争捧拥，仙众竞来迎。毕叶枝枝秀，红莲步步荣，九龙亲注水，沐浴转光明"。但是释迦太子并不快乐，这源于太子心怀世人，善良仁慈的本性。"为叹群生苦，翻教太子愁。"于是在一个丝竹管弦伴有歌舞的普通的夜晚，悄然离开温暖奢华的家，来到山野深处。在这里，释迦太子"欲将安乐果，示现苦皆抛"于是潜心修道，"虎来寮降服，鹊向顶心巢"，甚至不惜以身献法，最后终于果业修成，首先为"五俱伦"说法启智，进而"因缘三界奉，果满十方知"。为了确认释迦的法力无边"普天劝圣众，特地珍魔军""智剑光无敌，心刀刃不群"，从此释迦太子成为三界的精神领袖，"野鹿兼灵鹫，时时转法轮。几多迷者悟，无限朽还春"。即使涅槃，释迦牟尼佛也要给予凡俗世界以导引，"鹤树难韬影，龙宫偈尚新。流于沙界内，用以示迷津"①。这样一个专门以导群迷为使命的圣者，有父母、眷属，他的出家，给家人带来痛苦，使家族蒙羞，"令朕心酸难治位，群臣见了面含羞"，做君王的父亲百般劝阻："顺吾尊意权且住，莫入深山受孤栖。皇宫行有诸伎女，免得教人别猜疑，若思违逆耶娘命，证得菩提有何为？"②但终因释迦太子意志坚定，没有尊从父亲意愿，用心苦修，成就了佛的事业。

　　"三大僧祇③愿力坚，六波罗蜜④行周旋。百千功德身将满，八

---

　　①　《降生礼文》，北图 8347（生字 25）写卷。

　　②　《太子成道因缘》，P. 3496、北图 8370（推字 79）背面。

　　③　三大僧祇：即三大阿僧祇劫略。菩萨阶位有五十，要经过第一阿僧祇劫至第三阿僧祇劫。《起信论》曰："一切菩萨皆经三阿僧祇劫故。"（丁福保：《佛学大辞典》，中国书店 2011 年版，第 312 页。）

　　④　六波罗蜜：檀波罗蜜，译为布施；尸波罗蜜，译为持戒（行）；提波罗蜜，译为忍辱；昆梨耶波罗蜜，译为精进；禅波罗蜜，译为惟修（或静虑）；般若波罗蜜，译为智慧。（丁福保：《佛学大辞典》，中国书店 2011 年版，第 772 页）。

十随形相欲全。"最后成就为佛"四王①掌钵除三毒②，功圆净行六波罗。金刚座中严灵相，鹫岭峰前定天魔。八十随形皆愿备，三十二相现娑婆"③。

释迦太子放弃了帝位，割断了与父母血缘亲情，淡漠俗世情缘，意志坚定地在山岭深处思考人生与宇宙的关系，从而思考出解决人之生老病死这些终极问题的方法，经过六年的苦修，摆脱凡人的种种桎梏，特别是发现了凡人自身藏匿的六贼使人生陷入无明，并最终坠入轮回的六道中，不能得到摆脱的问题，确认"金刚般若是常法，解具三明④证六通⑤。五百世⑥中能转念，恶道⑦三途永不逢"⑧。

第二，讲述佛的现世修行之法及其效果。

即确定修道者修道之目的与实施解脱之途径。要获得解脱，必须目标明确，自己践行。在《佛说阿弥陀经讲经文》（P. 2931）中，僧诗是这样表述的："周游云水不为难，掌钵巡门化一餐。百纳遍身且过日，一瓶添手镇长闲。看经每向云中寺，欹枕遥思海上山。观此世途浑似梦，谁能终日带愁颜。""结使⑨皆能断，身登解脱床。神通人莫测，心智福无疆。尽已超凡境，去住是寻常。若能瞻礼者，

---

① 四王：四王天也，六欲天之第一，为四大天王之所住，故云四王天，在须弥之半腹，最初之天也。（丁福保：《佛学大辞典》，中国书店 2011 年版，第 756 页。）

② 三毒：又曰三根。一贪毒，引取之心名为贪。以迷心对于一切顺情之境。引取无厌者。二嗔毒，忿恚之心名为嗔。以迷心对于一切违情之境起愤怒者。三痴毒，迷暗之心名为痴。心性暗钝，迷于事理之法者，亦名无明。（丁福保：《佛学大辞典》，中国书店 2011 年版，第 309 页。）

③ 《太子成道诗》，北图 8437（云字 24 号）与北图 8438（乃字 91 号）。

④ 三明：佛说三达，罗汉说三明。一是宿命明，即知道自身、他身、宿世之生死相；二是天眼明，知自身、他身、未来世之生死相；三是漏尽明，知现在之苦相断一切烦恼之智。

⑤ 六通：三乘圣者所得之神通。分别是天眼通、耳通、他心通、宿命通、神足通、漏尽通。

⑥ 五百世：与五百生相同，是长时的套语。

⑦ 恶道：乘恶行而往之道途。地狱、畜生、恶鬼等。

⑧ 《金刚般若波罗蜜经讲经文》（P. 2133）。

⑨ 结使：结与使都是烦恼的异名。击缚身心，结成苦果，故云结，随逐众生，有驱使众生，故云使。

罪灭几生殃。"　"进止终诸过马胜①，逶迤行步与常伦。"　"禁制贪嗔除妄想，经行②树下广修真。上从诸佛求真法，下化迷徒出苦津。"

第三，描绘僧徒修行的价值。

修行后可以转变为如《佛说阿弥陀经讲经文》中的化生童子。化生童子生活与凡间迥然不同：

> 化生③童子④本无情，尽向莲花朵里生。七宝池中洗尘垢，自然清净是修行。

> 化生童子见飞仙，花落空中左右旋。微妙歌音云外听，尽言极乐胜诸天。

> 化生童子舞金田，鼓瑟箫韶半在天。舍利⑤鸟吟常乐韵，迦陵⑥齐唱离攀缘。⑦

在僧人理想里，化生童子从荷花里诞生，以荷叶为衣，生活在美妙的仙乐中、花雨里，轻盈自由，了无挂碍，身心净静，永享极乐。诗中"箫韶"指代仙乐。"箫韶"本来自《尚书·益稷》："箫韶九成，凤凰来仪。为古乐曲名，传说为舜乐。孔子在舜乐与周武王乐曲比较中，称赞舜乐：'子谓韶，尽美矣，又尽善也……'"

---

①　马胜：梵名阿湿缚戈多，五比丘之一，以威容举止之端正著称。舍利弗失师，迷于所归，懵懵行路时，猝然见马胜比丘威仪，起问师问法之心。一次诸比丘清旦由耆崛山乞食来王舍城，以长者见马胜生欢喜念，为僧众建房60所。

②　经行：在一定的地方旋绕往来，是坐禅欲睡眠时想法防备。也指为养身疗病。

③　化生：四生之一，依托无所，忽然而生。如诸天、诸地狱与劫初之人。《俱舍论》"有情类生无所托名化生"。

④　童子：梵语鸠摩罗迦。八岁以上未冠者之总称。经中称菩萨为童子，以菩萨是如来之王子故。又取无淫欲念念。若菩萨从初发心断淫欲，乃至菩萨是名童子。

⑤　舍利鸟：鸟名，译为秋露、鹙鹭、鸲鹆、百舌鸟。

⑥　迦陵：迦陵频伽之略称。鸟名译为好声、和雅。正法念经曰："山谷旷野，多有迦陵频伽出妙声音若天若人，紧那罗等无能及者。"惠苑《音义》下："此云美音鸟，或云妙声鸟，此鸟本出雪山在谷中即能鸣，其音和雅，听着无厌。"（丁福保：《佛学大辞典》，中国书店2011年版，第1730页。）

⑦　《阿弥陀佛讲经文·化生童子》（P. 2122，P. 3210、北图殷字62号）。

在僧诗里，僧人向往的理想生活是借助现世的美好作为桥梁加以表现的。儒释的联系性在细微处可见一斑。

第四，描绘僧徒理想世界的生活。

在僧众想象中，说法的释迦牟尼有三十二美好相："珍重牟尼主，黄金丈六身。面圆如皎日，螺髻若青云。"说法的内容："每共常随泉。有时谈四谛，或即赞三乘。"说法的地点：或灵鹫山，或庵园，或祇园，或鹿园，或天宫，或龙宫，或须弥山或冥司，总之释迦牟尼将佛法传播到三界。说法的效果是让听法者："各各抛三殿，人人舍六尘。""总斋心悟解，布施佛珠珍。""笙歌声缭绕，花雨落芬芬。地振山川动，风吹草木春。""和平令宛顺，除荡劫贪嗔。教化慈悲行，休兴战斗军。""炉灰停烟焰，镬汤罢沸腾。"由于佛法难于抵御的魅力，听法的场面甚为壮观，主要的表现是：第一，听众数量多，万二千天帝释；天龙、鬼神；比丘、比丘尼；五百长者与居士等。第二，场面宏大："琼楼玉殿整遨翔，彩女双双列队行。""间塞虚空列鼓旗，奔雷掣电走分飞。""一国绮罗间塞路，万门慕信满长街。""烟霞飞晃光明耀，珠网玎珰响韵连。"[①]在这样的美好世界里，没有争斗，没有血腥，没有汤镬，只有富足、华丽、歌舞与花儿朵朵。僧诗营造了这样一个充盈着热情的修行世界，足以激发起僧人为追求理想的永生生活而努力的精神。

## 第二节　反映僧人现实世界的诗歌

这类诗歌历来被研究者所重视。它们包括，著名的《陷蕃诗》（59 首）、《上君王诗十首》、《十慈悲偈》、《无名歌》、《赞明宗奉佛与勋业诗》、《仆射颂》、《咏宋王等绝句》、《唐和尚百岁诗》（10 首）、《唐悟真与京城大德的唱和诗》（17 首）、《题金光明寺钟楼》、《送令狐师回驾青海》等，这些诗或对自己的行踪路线以诗的形式加以持续记录，反映了诡谲的战争风云及个人深刻的情感体验（《陷

---

① 《维摩诘经讲经文》（S.4571）。

蕃诗》）；或以组诗的形式，通过众大德的诗作，记录重大的历史事件，用简短的歌句展示个人的才学（《唐悟真与京城大德的唱和诗》）；或代表一方诸侯上表君王，赞美君王为仁王，同时对残酷现实给予揭示以警示当政者，如《赞明宗奉佛与勋业诗》、《咏宋王等绝句》（十九首）；或直接颂扬割据政权功德业绩以证明其合法有效（《仆射颂》）；或从自身出发，对一生的行为德行进行反思，如《唐和尚百岁诗》；或以唱和的形式表达僧人出世亦入世的生活追求（《饯送达法师》五首）；或描写在寺院游览胜景，表达情与景相悖的情绪（《题金光明寺钟楼》）；或赞美不畏艰难，毅力超拔，虔诚向佛，并以普度众生为己任的僧宝形象；或以同情的口吻表达僧尼凄苦的老年生活（《禅门苦老吟》，P.4660写卷中，原名为《习禅》，汪泛舟先生依据内容改为现在的诗名）；等等。总之，涉及生活面极广，人物：从君王到普通百姓，事件：从影响历史的重大事件到个人生活细节，地点：从朝堂到寺院，心理：从关注国家命运到感叹个人无助，等等。

试举数例证明之：

### 《十慈悲偈》（其中六首）S.4472

#### 君王

君王若也起慈悲，恩及三边及四夷。每念千官如骨肉，三军上将比亲儿。

#### 为宰

为宰若也起慈悲，忧国忧家道不亏。匡赞一人行圣德，停腾四海总和毗。

#### 公案

公案若也起慈悲，不合规谋不合为。每看公案惊心碎，拟断危人痛泪垂。

### 豪家

豪家若也起慈悲，悲怜贫寒行好施。机上用机何要学，利中生利不须违。

### 山人

山人若也起慈悲，长日长时念困危。煞重病人由出药，至贫困者也来医。

### 关令

关令若也起慈悲，小小经商润借伊。力出身中血作汗，担磨肩上肉生胝。

这组诗源于 S.4472 写卷，台湾陈祚龙先生在《关于五代名僧云辩的"诗"与"偈"》一文中有校录和分析。在这组诗中，五代著名的俗讲僧云辩大师用简明通俗的语言，奉劝国人以慈悲为怀，这样才能国泰民安，反映了僧人对凡俗世界太平盛世的希望。诗以"起慈悲"统领全诗，用铺排的表现方法，对从君王到市井的管理者，提出为人应尽本分的要求。君王要恩及三边与四夷；为宰要忧国忧家；公案要秉公执法方能少制造冤狱；富有的人需向穷困饥寒的人布施、要善待亲人与下人，即为富须仁；隐居山林中修道者不吝将自己的医术和药物献给重症患者和贫穷的人；市井的管理者需念及小小商贩养家糊口的艰辛，不要过度勒索。总之，诗人对凡俗世界中的强势人群有清醒的认识，因而用劝勉的口气提醒这些握有权柄或掌握他人生命安危的人，以慈悲的心怀进行自我约束以维护社会安宁。诗歌感情真诚，语言质朴无华。

## 《仆射颂》（三首）P. 2187
### 其一

自从仆射镇一方，继统旌幢左大梁。致孝人慈超舜禹，文萌宣略迈殷汤。

### 其二

分茅列土忧三面，旰食临朝念一方。经上分明亲说着，观音菩萨作仁王。

### 其三

圣德臣聪四海传，蛮夷向化静风烟。邻封发使和三面，航海馀琛到九天。大冶生灵垂雨露，广敷释教赞花翩。小僧愿讲经功德，更祝仆射万万年。

这组来自《破魔变文》中的《仆射颂》，为七古，除"面"押"霰"韵，其他均押"先"韵，行文通俗却不失韵律美。"仆射"，根据《破魔变文》诗前的祈愿文中有"谨奉庄严国母圣天公主，伏愿山南朱桂，不变四时"，可知此时正是曹元深或曹元忠在位时，若司徒是元深，那么仆射一定是曹元忠。王重民先生的《敦煌变文集》和潘重规先生的《敦煌变文集新书》中均有所录。虽然，据《册府元龟》卷170记载后唐庄宗"同光二年（924年），以权知归义军节度使兵马留后、金紫光禄大夫检校尚书左仆射、守沙州长史兼御史大夫上柱国曹议金为检校司空、守沙州刺史，充归义军节度，瓜沙等州观察处置管内营押蕃落等使"。依据郑炳林先生和徐俊先生的研究，诗歌是在《破魔变文》原文后补缀的，并留有题记"天福二年甲辰祀黄钟之月冀生十叶，冷凝呵笔而写记"，"居净土寺释门法律沙门愿荣写"。天福二年正是曹元忠继曹议金之后，承袭仆射称号，执掌曹氏归义军政权之时。在诗三首之一中还有"继统旌幢左大梁"的诗句，也可作为明证。纵观归义军史，有仆射称号的有四人，他们是：张议潮（858—861年），张淮深（887—890年），曹议金（920—924年），曹元忠（944—945年）。从诗歌反映的社会发展状况来看，也应为曹元忠时代，当时敦煌保持了安定和全面发展的态势，全然一幅独立王朝经营的盛世局面。俗讲僧对曹元忠治理沙州的本领给予了高度赞美，"旰食"勤于政事。《三国志·吴书·鲁肃传》注引《江表传》："方今曹公在北，疆场未静，刘备寄寓，有似养虎，天下之事，未知始终，此朝士旰食之秋，至尊垂虑之日也。"

从而使百姓安居乐业，又"和三面"，指归义军政权对南面的吐蕃和东西两面的甘州回鹘与于阗王国采取和亲政策，保持了周边睦邻友好，确保了归义军政权的安全。同时，对中原王朝恭敬慷慨，"馀琛"指珍宝。曹氏政权曾向中原后梁贡献了来自波斯的珍宝。这些行为，被俗讲僧归结为曹元忠具有观音菩萨的爱心与智慧，因而，在他的治下敦煌政通人和，行孝道，张明德远超历史上尧舜与殷汤的时代。僧人极尽夸张溢美之词，且毫不回避僧人身份，并对这样时代有着持久的期待。虽然有阿谀之嫌，但一定程度上也可借僧人的视角管窥到曹氏归义军时期敦煌社会的发展状况。

　　陷蕃诗，指在 P. 2555 写卷中的 59 首佚名诗作，已成为学界一个广泛接受的名词。陈国灿先生 20 世纪 90 年代通过时代、地名的考证，认为此诗写于金山国与回鹘的战争中，但这一说法并未完全地得到学界认可。陈先生通过对诗歌内容结合史证得出结论，应是有事实根据的。这组诗的作者应是张承奉时期身份地位低于罗通达的一个张承奉府中的属官，诗人是位通儒又敬佛的僧侣，为了挽救金山国的存亡，出使南蕃，却被困长达三个年头，诗中书写了自己在戎乡的感受。通观全诗，由于诗人出使并不顺利，加之对南蕃的地理环境、气候均不适应，所以始终流露出悲愤、困苦、孤独、感伤的情绪。"愁""苦""恨"充斥诗中。如："羁愁对此肠堪断，客舍闻之心转摧。"（《闻城哭声有作》）"亲故睽携长已矣，幽缫寂寞镇愁煎。"（《除夜》注：睽携，分离。谢灵运《南楼中望所迟客》："即事怨睽携，感物方悽感。"）"戎庭事事皆违意，虏日朝朝计苦辛。缧绁傥逢恩降日，宿心言豁在他辰。"（《非所记王都护姨夫》）"天涯地角一何长，雁塞龙堆万里疆。每恨沦流经数载，更嗟缧绁泣千行。"（《失题》六首之一）"恨到荒城一闭关，乡园阻隔万重山。咫尺音书犹不达，梦魂何处得归还。"（《失题》）。由于内心愁苦，因而面容多悲，多处有泣下和眼泪的描述。如："故人相见泪龙钟，总为情怀昔日浓。"（《逢故人之作》）"相见未言语，唏吁先泪流。"（《题故人所居》）等等。诗人的情怀与僧侣的追求完全不相干，幸而诗人在离开敦煌第三年的春天撰写了《春日羁情》，其中有"童年方剃削，弱冠导群迷。儒释双披玩，声名独见跻"的诗句，表明了其僧侣的身份，且不是普通的僧侣。诗人通晓佛典和佛事仪规，有讲经说法的能力且精通儒学经典，在同辈中享有极高的声望，堪当出使重任。这首诗的存在极其难得，通过诗人的自述，不仅见证了当时敦煌处于风云诡谲的形势，同时也真实记录了敦煌僧人处于特殊时期的心理。下面试对该诗做些具体的讨论。

### 《春日羁情》P. 2555

乡山临海岸，别业近天垼。

地接龙堆北，川连雁塞西。

童年方剃削，弱冠导群迷。

儒释双披玩，声名独见跻。

须缘随恳请，今乃恨暌携。

寂寂空愁坐，迟迟落日低。

触槐常有志，折槛为无蹊。

薄暮荒城外，依稀闻远鸡。

以"羁情"为诗名，诗人想借以表达自己被困了又一个春天的愁苦情感的意图十分明显。全诗16句八韵，仄起平收，对仗工稳，为典型排律，足见诗人功力。汪泛舟先生在《论敦煌石窟僧诗的功利性》中认为此诗为"僧诗中罕见的记传式诗篇"。的确，从诗歌内容来看，诗人通过三个层次，逐渐深入地展开了对自己生活环境，成长经历及出使情况的述说，借助个人生活环境的变化折射出当时的时代风云。第一层次，以"龙堆"和"雁塞"均表明诗人的家乡是敦煌的事实。第二层次，诗人以骄傲的口吻，回顾了自己到弱冠年纪即已能担当启蒙开智的导师的重任的辉煌历史。第三层次，思绪较为错杂，也是诗歌的重点内容。出使并非自己所愿，诗人用"恨暌携"表达了伤感的离愁别绪；用"寂寂"和"迟迟"等叠字的表现形式揭示了诗人无所作为的寂寥与无奈，同时又用"触槐""折槛"两个典故抒发了随时准备为完成使命献出生命的大丈夫情怀；在诗歌的结束部分，面对"薄暮"时分朦胧的荒城景象，诗人产生了"依稀"听闻故乡鸡鸣的幻象，足见诗人对故乡的深情。所以，即使僧人通过诗歌表明了自己真实的身份，诗歌的内容与形式也完全是文人式的，没有超越只有现实。在诗中，诗人完全没有僧人导群迷的使命，而是政治使命，这个使命与金山国的势力与外交方针有关，所以诗中所见的主要是诗人与故土的关系。虽为僧人，但诗歌表达更多的是诗人的凡俗情感，因为诗人的感情格外真挚，敦煌僧诗的现实主义精神在此诗中得到了充分体现。

## 第三节　反映僧人修禅的诗歌

敦煌僧诗中有大量反映僧人修禅的诗歌。这些诗歌有来自中原大德高僧的偈子，也有敦煌寺院为教导僧人斩除六根，反复吟诵的禅诗。中原大德的偈子有：《释道安偈》《神秀偈》《慧能偈》《卧轮禅师看心法》《先洞山和尚辞亲偈》《真觉和尚偈》《青剉和尚诫后学》《丹霞和尚玩珠吟》《龙牙和尚偈》《了性句并序》、释元安的《神剑歌》、《舍大行净觉禅师开心劝道禅训》等。敦煌寺院中有关修禅的诗更多，如《皈依三宝诗》，《乐入山赞》，《有求·善知·莲花》是领唱和跟唱结合的禅诗，《心海集》多达135首，《修道说法戒禅》更是集中了僧人修禅的内心体验和智慧。另外《九相观诗》以形象的语言对人短暂的一生进行了描写，既有中原传播到敦煌的作品，也有当地僧人的感悟，地域色彩浓厚，所以研究者一直十分重视。

修禅诗是僧人以"歌""偈""赞"等形式，面对自己的内心世界静静思考，进而觉悟的过程的一种特别表达，修禅诗目光所及不是外在的自然山水，不是社会的人伦关系，不是对人间至爱的热烈追求，恰恰相反，是以平静、适宜、和悦的心情抛弃凡俗生活，以虔诚的态度按照佛法戒律规范自己的行为仪态，用心感受现实生活的虚与幻，终生追求众生平等，不羡慕世间荣华与地位，勇于接受凡俗不理解，"讥嫌信谤任从他"。主要表达的形式是议论，缺少诗歌的形象美。修禅者的修禅之道，重在利用种种方便启发觉悟，超越娑婆的种种烦恼，以证得菩提，本不需要太多的形象。

禅在佛教中如此解释：禅那之略。旧译弃恶，功德丛林，思维修等，新译为静虑。属于色界之心地定法。于欲界人中发得之，谓之修得，生于色界而得之谓之生得，思维而修得之，谓之思维修。总之，是一种定心之法。因而禅来自内心的感悟。在已经整理出的一千多首敦煌僧诗中，修禅诗有 240 多首占了近四分之一，所以了解敦煌僧诗，修禅诗是不可忽视的组成部分。

戒定慧是修禅的主要方法。曹溪禅别出五世，终南山圭峰宗密禅师在《禅源诸诠集都序》中曾谈道："禅是天竺之语，具云禅那，翻云思维修，亦云静虑，皆是定慧之通称也。源者，是一切众生，本觉真性，亦名佛性，亦名心地。悟之名慧，修之名定，定慧通名为禅。"① 在敦煌本《六祖坛经》中曾记载有关慧能与神秀弟子后为慧能弟子的志诚讲戒定慧的问题。志诚曰："秀和尚言：戒定慧，诸恶莫作名为戒，诸善奉行名为慧，自净其意名为定。"大师（慧能）言："汝听吾说，看吾所见处，心地无非自性戒，心地无乱自性定，心地无痴自性惠。"慧能明确指出，神秀劝导的是小根气人，他劝的是上人。何谓上人，就是佛教中称的德智善行的人。苏轼在《吉祥寺僧求阁名》中云："上人宴坐观空阁，观色观空色即空。"其中慧能认为佛心圆满，关键是得悟自性，不立戒定慧。宗密以为悟是慧，修是定，定慧即是禅，即借助外在的形式，达到内在的觉悟。二者统一于禅——静虑，修禅必须将修与悟结合在一起。神秀强调修而不废悟，慧能强调悟而不废修，二者在追求精神解脱的本质上不存在区别。只是直觉顿悟的思维给认知提供了更大的自由空间。下面这首僧诗可约略见到悟和修的踪迹。

### 《定后吟》（一首）S. 2944、P. 2799

入定观空有，出定空有吟。还将出入意，返观空有心。离有还归缚，行空复被侵。只教一念裹，迥跨两边心。两边心既离，一心无由寄。纵横法性阔，森罗万象被。万象本无端，法

① （宋）道元：《景德传灯录卷》（卷十三），朱俊红点校，海南出版社 2011 年版，第 374 页。

性若为安。欲了心源净，但自熟思看。……既穷色性了，方知
人身微。莫舍灭，不无生，超圣意，越凡情。放旷随低举，萧
散任纵横……

这首僧诗出现在 S. 2944、P. 2799 写卷里，以融禅师署名的禅定
后感悟到的《定后吟》，是禅师对有与无的认识，如果要分清有与
无，那就不得解脱。一切都为空，空的概念也来自心。僧人所追求
的道就是获得精神的彻底解脱，获得解脱就要认识法性，发现事物
的本源。如果悟到了，那就会"莫舍灭，不无生，超圣意，越凡情。
放旷随低举，箫（萧）散任纵横……"

释道安在偈子里吟道："身是菩提树，心是明镜台。勤勤拂掠
下，不怕污尘埃。"菩提是修佛的最高境界。曾经译为道。后来译为
觉。道是通的意思，觉是觉悟之意思，觉悟所通所觉的至高之理。
佛教认为世界存在二法，即事理二法。理法指涅槃①，断烦恼障而证
涅槃之一切智慧，是通三乘的菩提。事法指一切有为诸法，通一切
知识和拥有解决问题的一切方法的智慧，只有佛之菩提，事理兼通
所以称为之大菩提。在释道安的这首白话诗偈中，对人证得菩提有
足够的信心，不需外求，"身是菩提树"，而人能得解脱的关键是人
心的感悟力，如同镜子能反映出事物的真面目，那样如果不断给予
刺激，就如同镜子上灰尘不断被拭去，就能保持其清净明亮。

因为僧人的修行目标是证得菩提，达到涅槃的状态，这样，面
对战争这样重大的人生灾难，及生灵涂炭的惨景，僧人的态度有同
情，但更多的是冷眼旁观。如：

### 罹乱慈悲诗（二首，其一）S. 4037

罹乱何处没刀枪，杀戮无辜可悯伤。似玉颜容刀下死，如
花美貌箭头亡。

魂灵冥寞居泉壤，骸骨东西抛路旁。好是同修菩萨行，资

---

① 涅槃：旧译为灭，灭度，寂灭，不生，无为，安乐，解脱等。新译为圆寂。（丁福
保：《佛学大辞典》，中国书店 2011 年版，第 1790 页。）

勋念佛往天堂。

诗人对"似玉颜容刀下死，如花美貌箭头亡"的人间悲剧的描绘，意在启发人对生命脆弱、人生无常的警觉，进而引导人们舍弃对现实的留恋，转向悟无上智慧的修行之路。

而对于凡俗世界的不理解，甚至冲突，修禅者的做法如下：

### 唾面与黑风诗（二首）（其一）

佚名

唾面将形识，嗔来以笑迎。但能行此道，佛道早应成。

这首诗出现在北图8412（海字51）等写卷里，说明僧人在修道六法中，"忍"是对修行者意志的考验，做起来是最为困难的，因而会成为不同写卷中的相同内容。忍：忍耐之义，忍耐违逆之境而不生嗔心，也是安忍之义，安住于道理而不动心。《瑜伽论》："云何名忍，自无愤勃，不报他怨，故名忍。"在这首诗中，不仅指忍耐环境，安忍之意，还指对人身的羞辱，"唾面"能忍，这个忍就是忍辱。忍辱是指忍受诸侮辱，恼害而无恚恨。《法界次第下之上》曰："羼提，秦言忍辱，内心能安忍外所辱境，故名忍辱。"懂得忍，懂得忍辱，并实践成自然，方为修佛之道。

修禅重在修心。"定意定识定心难，款款回意向心看。仔细寻思无一物，只为无物是心安。"此诗出现在S.1631写卷中，修心看到心中无物，就可以保持内心的安静与干净，是修禅必须依附的存在，但是生活于俗世，定心之难，是可以想象的。为了定心，修禅，选择远离繁华喧嚣的都市，众生嘈杂的乡间，进入人迹罕至的山林，是一种绝好的选择，在敦煌僧诗中就有乐入山林者赞诗并有多个卷本，如S.1497、S.3287、P.2563、P.2658等写卷。（摘录部分）

若得居山去（乐入山），誓愿昼夜不安眠（乐入山）。五荫身中有六贼（乐入山），誓愿除荡不留残（乐入山）。誓愿专心求解脱（乐入山），誓愿随佛达无边（乐入山）。誓愿专心出三界（乐入山），誓愿成佛不归还（乐入山）。

从诗的形式与内容看，这是修禅者在集体做功课时专门用来吟诵的，每句后面都有和声"乐入山"，显然借此在强化僧众入山修禅的价值取向，并以"誓愿"起兴，不断反复，押"寒"韵、"删"韵、"先"韵，属于通押现象。这首诗诗韵平和，"誓愿"起，"乐入山"结，形成了和谐的场域，起到定心安神，驱赶凡尘俗念的作用。但修行者悟道并非一朝一夕之功，菩萨的救赎不可缺少。

### 《绝句三首》津 136 背与津 194 背

禅定消长夜，心中不觉寒。常观三界内，无有一人安。

菩萨清凉月，游于毕竟空，众生心水净，菩提影现踪。

高僧住在独孤峰，心中芥子未能容。教他王宫行化去，无去无来亦无踪。

这是出现在五代时期的敦煌僧诗，大约是曹元德的时代，因为诗后有天福四年（939 年）题记，还有三界寺和尚的记录。诗中吟诵的内容均为僧人及其生活，如"菩萨"，菩提萨埵，菩提索埵，即大觉有情，觉有情等。萨埵者，勇猛求菩提故。又译作始士，开士、高士等，总名求佛果之大乘众。《法华文句》卷二曰："菩提此言道，萨埵此言心。"《佛地论》卷二曰："缘菩提萨埵为境，故名菩萨。具足自利利他大愿，求大菩提利有情故。"用通俗语言翻译，菩萨就是有勇敢的精神，自己觉悟，并拯救有情者。"清凉月"，指佛而云。在《华严经·离世间品》中有"菩萨清凉月，游于毕竟空"原句，说明敦煌僧人善于学习，并改造经中文句。"毕竟空"，《智度论》卷三十一曰："毕竟空者，以有为空与无为空破诸法无有遗余。"在这组诗中，由于高僧住在远离喧嚣之所，才能用心体察，悟得凡俗不得自在的现实。诗中的"毕竟空"一词指一切之有为法与一切无为法毕竟为空。汪泛舟先生用《尔雅·释天》诠释毕竟空："月在甲（正月）曰毕。"竟，结束，终了之意。认为毕竟，从正月到十二月，一年之数，代人间。毕竟也有物之至极，最终也。根据诗意应不是人间之义，而是一切为空之义为妥。绝句三首，表现僧人修禅之所见：烦恼充满三界之中，若众生心中净静，菩萨即会出现，则无上智慧就会出现，若修行到高僧阶段，实施教化就可以实现六通，就会"无去无来亦无踪"。

敦煌地区僧界还流传着《九相观诗》的不同版本。完整的至少有四种形式，有当地创作的，也有外地流传到敦煌的。有的有序，如七律九首，有的无序，如七绝九首，有五言八韵的《九相观诗》为一首，还有杂言并存序的长篇《九相观诗》。九相观是禅门之一，为了排除外道的干扰，为了禅定的需要。《止观九》指出禅门有十类，分别是：根本四禅、十六特胜、通明、九相、八背舍、大不净、慈心、因缘、念佛、神通。其中第四门为"九相观"，其主题是关于人的生命体征的一生变化。诗歌一般采用叙述、描写、议论和抒情多种方法就短暂人生的形貌加以刻画，特别是对一般人不熟悉的死后的丑陋躯壳的形象，精描细绘、极尽夸张，以达到形神兼备的效果。由于作者动用了尽可能多的表达手段和多种表现手法使这一形象往往给观者以厌恶的情感体验，所以《九相观》是宗教界彻底否定人生物态存在的表现。试举敦煌《九相观诗》（上博四八）的部分内容做一证明：

### 《九相观诗》（一首）上博四八 41379

弟（第）六观，病在床，想中困苦断人肠。白骨节头一时痛，黄昏魂魄胆飞飏。左旋右转如山重，昔时气力阿谁将。百味饮食将来吃，口苦嫌甘不肯尝。丈夫今日到如此，黄金白玉用何将。纵使神农多本莫（草），唯余老病断承望。路遇狂象来相趁，怕急将身入井藏。井下四蛇催命促，攀枝二鼠咬藤伤。此是众生命尽处，君知者，审思量。吾我只今何处在，千金究竟是无常。如来上床靴履别，□况凡夫得久长？

"狂象"，《涅槃经》卷三十一："心轻躁动转难捉难调，驰骋奔逸，如大恶象。"狂象在佛教观念中并非独立的意象，而是与其他意象组合构成人生命即将结束的隐喻或象征。在《宾头卢突罗阇为优陀延王说法经》中有关于人命将终的完整的故事。大意为：在旷野中，人遭象逐，攀树入井，树根有鼠洞，井下有大毒龙，井四周有毒蛇，人生畏惧，攀树，树摇，树上蜂巢落蜜，蜂也飞出螫人，野火起，树被燃。这个故事寓意为人已无生还的希望。其中旷野为生死，男子为凡夫，象为无常，井为人身，树根为人命，鼠为昼夜，毒蛇为四大，蜜为五欲，众蜂为恶觉观，火烧为老，毒龙为死。《性灵集四》："四蛇相斗于身府，两鼠征伐于命根。"更为形象地表现人命将终却无路可逃的情形。

这是作于敦煌的一组《九相观诗》中的第六观。（关于地点的求证在前文中已做详解。此处主要分析这一首诗的内容和行文特点。）这组诗是所有《九相观诗》中篇幅最长、最细腻的一组，诗前有序。第六观写的是"病苦相"，七言为主共十一韵。以当事人的视角，细致地描述了年老体衰后（第五相为衰老相），得病卧床的体验和人生感想。虽然篇幅长，但通押"阳"韵，加之语言通俗，画面感强，又直接引用了佛经故事，强化临近死亡的现场感。诗由三个层次构成，第一层通过细节描写病苦的感受，从骨节痛到口味苦，没一处轻松、适意。第二层，将佛经故事搬入诗中，感慨生命之火即将熄灭。第三层，以释然的心态面对死亡，特别以如来临终的形象作比把放弃肉身看成自然之事。

诗人既然对生死大事如此淡漠，那么对于身后之事就更是了然，一切随生命消失而不复存在。但根据第九观末因缘轮回观念的提示，说明诗人对人身无常意识的自觉，这就为信徒一心追求佛国的理想世界做了必要的精神准备。

当然理想的佛国世界，不能在现世世界里实现，不能在高僧大德身上移植，而来自人的内心世界的省察。所以敦煌禅诗中约有140首《心海集》（S. 3016 与 S. 2295），其中（S. 3016）分五个部分，《迷执篇》《解悟篇》《勤苦篇》《至道篇》《菩提篇》，以帮助修禅者破除迷执，悟得解脱，精进追求，掌握至道之法，证得菩提。

　　　　迷子勤劳不辞疲，披寻圣教念牟尼。虽知虔诚求至道，不肯舍断恶念痴。

　　迷子怕罪礼牟尼，坐禅贪福不辞疲。倚侍精勤求道果，轻欺含识长贪痴。

　　迷子常学修禅戒，昼夜披寻圣教人。勤苦虔诚求至道，自心不肯断贪嗔。

　　　　　　　　（选自《迷执篇》七古七首之四、五、六）

　　诗歌反复吟诵何谓"迷子"。虽然修禅者勤劳、精勤、勤苦，但不为觉悟致"礼"，诵"念"牟尼，从不放弃恶业中的贪、痴、嗔，因而终究是迷者。这种反复修辞的运用，意在强化修禅者的自我省察意识。

　　解悟成佛易易歌，无为无诤任从他。调心行是常为好，见闻欢喜若弥陀。

　　解悟成佛易易歌，不行寸步出娑婆。观身自见心中佛，明知极乐没弥陀。

　　解悟成佛绝不难，无为无作履清闲。清闲无伴无俦侣，独居物外自蹒跚。

　　解悟成佛绝不难，利他济物不求安。运度众生若不尽，誓不取证入泥垣。

　　解悟成佛不异人，只是无我没贪嗔。居止有情含识裹，随类同尘不染尘。

　　解悟成佛实是仁，忧济含生若己身，运渡有情三界苦，誓尽方自出笼尘。

　　　　　　　　（选自《解悟篇》七古五十一之三、四、十二、
　　　　　　　　　　十三、三十六、三十七）

　　解悟并非困难事，佛即吾心，清静无为，独居物外，利他济物，启迪众生，同尘不染，空无解脱就是解悟。诗以重章叠唱的形式，反复的辞格，伴随佛乐，极易化解解悟的困难，关注解悟的着眼点，获得方便解悟法。

勤苦穿凿菩提道，昼夜镌雕心路门。功深若能开阖得，无端掩闭作梁津。

教君修道觅菩提，菩提犹如脚底泥。从他践踏如尘土，不辞遂吹往东西。

安心何处安寻逐，寻逐起处用心看。看见安心不安处，了见安处在无端。

（见《勤苦篇》七古七首之一、四、七）

修禅，重在修心，只要有开合自如之心门，就可以看见安心不安处，从而找到无端的安心处。顶真是此篇的修辞手段，也形成连绵不断的韵律。读来朗朗上口，便于记忆。

不南不北不东西，不触不惹土尘埃。万类有情踏不著，住在无端不去来。

众生诸佛履无端，起灭犹若水中天。身心往来无去住，生死聚散若云烟。

大道本际住无端，不来不去离中边。文字语言诠不得，如空无据迥依然。

（《至道篇》七言十一首之九、十、十一）

佛学上讲道，是能通之义，大约有三种。分别是：有漏道，善业通人使至善处。恶业通人使趣恶处，故善恶二业谓之道。所至所趣之处亦名为道。《净土论注上》曰："道者通也。以如此因，得如此果，以如此果，酬如此因，通因至果，通果酬因，故名为道。无漏道，七觉八正等法能通行人使至涅槃，故谓之道。涅槃之体，排除一切障碍，无碍自在，谓之道。"显然此处"至道"指道的最高层次，是修禅者追求的至高目标。诗用多重否定的形式说明道的难以言说，道不受时空的限制与无碍自在。

菩提无住宅，居止不思议。分身千百亿，随类作人师。

菩提百炼钢，为剑利如霜。剖宰迷疑网，割断百思量。

（《菩提篇》五言四十二首之一、八）

菩提指打通涅槃之道的群体，成为断除一切烦恼的佛身，拥有了金刚不坏之躯，随处居住，随意变化，能分身无数，教化众人，其智慧的语言如同利剑，解开谜团，剖析疑问心结，斩断凡尘俗思，使人觉悟，追求至高境界，走向解脱。此篇多用比喻的修辞手法，使难以言说的修禅结果，明朗清晰。

应该说敦煌修禅诗是修行者对现实世界之厌恶、战争之残酷的直面，特别对鲜活生命逝去淡然，无论是高官还是平民，一律都在自然中腐败，最后变为枯骨一堆，这促使修行者不留恋人生，甚至生命本身，产生无所畏惧的修炼精神。集中见于 S.3016 与 S.2295 写卷，修禅者通过诵读《心海集》获得修禅之法，打开心门，安好不安之心，获得无碍的智慧，达到精神的超越，从而永离凡尘的目的。修行圆满者可超越生死，获得精神生命的永存。即获得了"三明"的智慧。这在六祖《慧能传》中可以证得。先天二年（713年）七月一日，谓门人曰："吾欲归新州，汝速理舟楫。"时大众哀慕，乞师且住。师曰："诸佛出现，犹视涅槃，有来必去，理亦常然。吾此形骸，归必有所。"众曰："师从此去，早晚却回。"师曰："叶落归根，来时无日。"回到新州后，"沐浴讫，跏趺而化。异香袭人，白虹属地"①。《宋高僧传》中说："异香满室，白虹属地，饭食讫，沐浴更衣，弹指不绝，气微目瞑，全身永谢。"② 很是神奇。得道高僧离开凡尘，修行届满，如同远行。相似的内容在《祖堂集》《宋高僧传》《高僧传》《景德传灯录》等僧传中俯首即是。如禅月大师洞山良价将行，"价以咸通十年（869年）己丑三月朔旦，命剃发披衣，令鸣钟，奄然而往。时弟子辈悲号，价忽开目而起曰：'夫出家之人心不依物，是真修行。劳生息死，於悲何有？沦丧於情，太粗著乎？'召主事僧令营斋：'斋毕，吾其逝矣。'……价亦随斋，

① （宋）释道远：《景德传灯录》，朱俊红点校本，海南出版社 2011 年版，第 103 页。
② （宋）赞宁：《宋高僧传》，范祥雍点校本，中华书局 2012 年版，第 175 页。

谓众曰：'此斋名愚痴也。'至八日浴讫，端坐而绝。"

　　修行得解脱的高僧修行期满从容离开，但徒众悲哀号哭则也是自然。在敦煌僧诗中甚至有专门的诗歌来描写他们对失去师傅的神态，且十分传神。如：

### 《吊守墓弟子承恩诸孝子》

擗踊下头巾，荒迷不顾身。茹荼何足苦，衔蓼未为辛。
两目恒流涕，双眉锁作嚬。唯余林里鸟，朝夕助啼人。

　　此诗抄于P.3677写卷，在诗前是《刘金霞和尚迁神墓志铭并序》，作者是吐蕃占领初期的学问僧人璆琳，璆琳在吐蕃占领沙州之前是沙州法曹参军，后在敦煌报恩寺出家，法名璆琳。

　　这是首五律，首句入韵，颔联、颈联对仗。"擗踊"，捶胸顿足。形容哀痛之至。《孝经·丧亲》："擗踊哭泣，哀以送之。""荼"，菜名，苦菜。《楚辞·九章·悲回风》："故荼荠不同亩兮，兰茝幽而独芳。""蓼"，草名，生长在水边，味辛辣。柳宗元《田家》诗之三："蓼花被堤岸，陂水寒更渌。"在璆琳的眼中，这些为金霞守墓的弟子，完全是孝子哀伤的样子。从面部表情上看双眉紧锁，涕泪不断；从动作来看，他们捶胸顿足，以至于顾不得自己外在形象。为了突出弟子们哀伤痛苦的形象，特别用苦菜和蓼草作比。又用范围副词"唯"突出他们哭泣的时间长久。由此可见弟子对大德崇敬与不舍。这首诗歌是敦煌僧人世俗情谊的自然流露，真挚感人。但同时证明，修行以解脱非凡俗之人容易达到的境界。

　　P.3120中的《送师赞》似乎与上首诗对应，同为书写弟子对师傅离世的悲伤情感，但视角由第三人称转换为第二人称，表达效果又有不同。

### 《送师赞》P.3120

人生三五岁，（花林）父母送师边。（花林）
师林（临）演（圆）寂去，（花林）舍我逐清闲。（花林）
送师至何处，（花林）置着宝台中。（花林）

回来无所见，（花林）唯见师房空。（花林）

举手开师房，（花林）唯见空绳床。（花林）

低头礼（理）师座，（花林）泪落数千行。（花林）

低头（政）整师履，（花林）操醋内心悲。（花林）

与师永长别，（花林）再遇是何时？（花林）

律论今无主，（花林）有疑当问谁。（花林）

双灯台上照，（花林）师去照阿谁。（花林）

愿师早成佛，（花林）弟子送师来。（花林）

　　这是首多次转韵的通俗白话诗，押"删"韵、"先"韵、"东"韵、"阳"韵、"支"韵与"纸"韵，以表白方式，在韵调转换中表达了出家弟子对师父离去的悲痛和纠结。僧人形象可触，感情真挚动人，僧人一举手一投足均触及师父生前生活的细节，于是师父富有代表性的生活特征跃于笔端，如"绳床"，指用绳子拴缚的椅子，用于修禅的简陋卧具。《红楼梦》第一回："虽今日之茅椽蓬牖，瓦灶绳床，其晨夕风露，阶柳庭花，亦未有妨我之襟怀笔墨者。"同为"绳床"，其含义固不相同，但修行者的生活可见一斑。全诗以送师之情贯穿始终，结构绵密，情动词发，行文自然，又由于为和声诗，所以形成一种强烈的情感共鸣效应。

## 第四节　反映僧人教化众生的诗歌

　　敦煌僧诗中也有相当数量的教化众生的诗歌。这是因为修行者的终极理想是修成佛。佛，作为名号，是佛陀之略，又作休屠佛陀、佛陀、浮陀、浮图等，可译为觉者或智者。觉有觉察、觉悟之二义。觉察烦恼，但不为所害，像世人觉知贼的感受，这叫觉察，佛觉知诸法之事理，而且了了分明，就能自觉复能觉他，觉他穷满被成为佛。而成佛的过程要超越二乘、菩萨。佛陀的解释是自觉觉他，觉行圆满，二乘则自觉但不能觉他，菩萨自觉觉他，但觉行不能圆满。自觉觉他从来都是修行者的目标，实现这一目标不光是自我修行，更在于对众生进行教化，教导他们从六贼中解脱。六贼在佛教中是指劫夺一切善法的一种比喻说辞，因为众生通过眼、耳、鼻、舌、身、意等感知外物，就会产生欲，凡人都有六欲，即色欲、形貌欲、威仪姿态欲、语言音乐欲、细滑欲、人相欲。有欲就会生妄想，这些欲形成烦恼的根本。一般难于从六欲中自我拯救，修行者则懂得用九相观来破人的六欲，杀六贼。佛家讲究众生平等，所谓众生一般指一切有生命者，也专指人与动物。众为四人以上之和合，众生也可看作只讲情而不讲理的人。《天台观经》疏曰："众者，四人已上乃至千百无量。"众生梵语中称萨埵仆呼善那。新译为有情。《唯识述记一本》认为："梵云萨埵。此言有情，有情识故，言众生者，不善理也。"基于这种看法，对于有情无理的芸芸众生，修行之人的本分与责任就是做好开悟启蒙的工作。集中表达这一明确态度的有敦煌本《心海集》、《王梵志诗集》。还有一首出现在敦煌邈真赞中五律，名为《故李教授和尚赞》附诗，作者是吐蕃占领时期敦煌高僧善来，诗中高度赞美了李惠因和尚一生的修行：

> 夙植怀真智，耆年厌世华。不求朱紫贵，高谢帝王家。
> 削发清尘境，披缁蹑海涯。苍生已度尽，寂寞入莲花。

这首诗不仅出现在释门法将善来的《故李教授和尚赞》（P.4460）中，还出现在释门大蕃瓜沙境大行军衙知两国密遣判官智照撰写的《释门都法律杜和尚写真赞》（P.3726）中，又出现在龙支圣明福德寺僧惠苑撰写的《都毗尼藏主阴律伯真仪赞》（P.3720）中。这三处，唯P.3726将"华""家""涯""花"改为"荣""庭""精""城"。郑炳林先生在《敦煌碑铭赞辑释》中指出了这三处诗歌同形的现象，但并未明确具体作者。徐俊先生在《敦煌诗集残卷辑考》中直接将善来的名署在此诗的作者的位置，徐先生注解时指出"权且署善来的名"。从诗歌内容与邈真赞协调一致的情况来分析，善来为诗的原创者，应该不谬。由于此诗内容带有普遍的适应性，才为其他作者借用。也说明善来此诗在当时已产生了广泛影响。而改诗在敦煌僧人中也不是个别现象。

下面试从诗歌与敦煌邈真赞的关系上来分析确认诗歌的真正作者：

### 《故李教授和尚赞》P. 4460

美哉仁贤，忠孝自天。投簪弱冠，削发髫年。枢机发日，若矢在弦。所撒皆中，匪凭镞穿。八藏①穷妙，五部②精研。恒为惠剑，割断爱缠。不假蟾魄，心灯本然。名高一郡，道贯僧口。倾城倾国，奔聚问禅。

据对作者的考证，在《辰年三月五日算使论悉若罗接谟勘牌子历》（S. 2729）中有开元寺僧人"索善来"之名。报恩寺僧人李氏只有李惠因。在敦煌写真赞中，写有关李教授的，不仅有索善来，还有吴洪辩的《敦煌都教授李教授阇梨写真赞》，李颉的《沙州缁门三学法主李和尚写真赞》，李颉为宰相判官兼太学博士为同宗同族，由此可以了解李惠因的身世。李颉在《赞》中写道："五凉甲族，武帝宗枝。孤流天外，一胤西陲。柯分叶散，留迹阶墀。稚息彤影，编入皇枝。"这里武帝指凉武昭王李暠。《唐宗子陇西李氏再修功德记》载："故府君讳明振，字九皋，即凉武昭王之系也。"《晋书·凉武昭王李玄盛传》："武昭王，讳暠，字玄盛，小字长生，陇西成纪人，姓李氏，汉前将军广之十六世孙也。"敦煌李氏皆称源自李暠之后。吴洪辩在《赞》中写道："蕃秦互晓，缁俗齐优"，"两帮师训，一郡归投"。这样印证了善来对李教授的评价：出身名门，学识广博，通秦礼蕃仪，更精佛理，且"投簪弱冠，削发髫年"，所以"倾城倾国，奔聚问禅"，或"两帮师训，一郡归投"。这样，文以"美哉"起笔抒情味道浓郁，又以"倾城倾国，奔聚问

---

① 八藏：藏，蕴积之义，包含之义。八部法藏：胎化藏、中隐藏、摩诃衍方等藏、戒律藏、十住菩萨藏、杂藏、金刚藏、佛藏。（丁福保：《佛学大辞典》，中国书店2011年版，第2797页。）

② 五部：苦集灭谛及修道。《大毗婆沙论》第五十一："圣者见道现在前时，断见所断，后若修道现在前时，断修虽短，异生修道现在前时总断五部。"也指小乘五部：佛灭百年付法藏第五世优婆毱多，下有五弟子，对戒律各有异见，大律藏始分五部：昙无德部、萨婆多部、沙弥塞部、迦叶遗部、婆麤富罗部。

禅"赞扬其学问与德行作结，诗歌则承上而来，气韵流畅。（诗歌前面已录）

这是首五律，押"麻"韵。平仄严格，讲究粘对，首联、颈联对仗工稳，颔联为宽对。其内容高度概括李教授的一生，特别赞美他以自觉觉他为己任并终生为之实践的节操。"苍生已度尽，寂寞入莲花。"显然文诗一体。由于此诗概括的凝练且有深度，揭示了僧人最高价值追求，汪泛舟先生认为这也是善来的"自白诗"。即表明自己是弘法弟子，也倾吐了自己为以济人为己任的僧人，应该不谬。

但是其他两赞，文与诗联系不是太紧密。如智照撰写《释门都法律杜和尚写真赞》原文中有："今晨呈像，法律言薨。门人聚哭，何以未凭。谢此浊世，净土招承。"思想和表达手法等均与诗的内容不协调，更多表现出书范的特征。虽然为了与文相对，诗歌在偶句韵脚处，改了四个字，即"荣、庭、精、城"，但是表达却远没有善来诗的自如和大气。惠苑撰写的《都毗尼藏主阴律伯真仪赞》外在形式仿善来："大载物望，可赞可扬。代传法印，家盛人康。始平起义，随官敦煌。清廉众许，令誉独彰。""因加俸禄，列土封疆。"显然与诗的高度不相匹配。由此可以断定，诗唯善来作品无疑。

由于以佛教教化僧俗是僧人的使命，所以关于这方面的诗歌以不同的形式出现在敦煌的多种文献中，有变文、讲经文、偈颂，更多出现在王梵志诗中。

首先是认识到人生的短暂，其次看到一生辛勤的劳作并不会给自己带来太多的利益，付出也是两手空空，更多是为他人谋利，因而贪婪是可悲的。更主要的是由贪嗔痴作用于一生，就会坠入恶道，于是僧诗警示众生多读《波罗蜜多心经》，多行布施等。其语言朴素，见解简明。

俗谛门中事相多，真空道理没偏颇。晓悟大乘无相理，自然心里伏天魔。

又将七宝依前施，不焚演说事如何，无量阿僧祇劫数，清令雅调唱将罗。

从前已过人间事，隐影思量梦一般。现在荣华如似电，未来虚幻不堪观。中秋八月寅朝露，滴滴如珠草上悬。也似人生无两重，未容快乐却循环。

《金刚经讲经文》诗（三首）之二、三

此诗录自《金刚般若波罗蜜经讲经文》（P.2133），主要是佛对须菩提等人讲解境空、慧空，说一切法无我之理。

天配人生岂自由，有亲有爱有冤仇。福深尽为多曾种，分薄都缘不广修。

贫女制衣功纺织，耕夫种植仕田畴。思量总是寻常法，何必归来独致忧。

此诗录自《佛报恩经讲经文》偈（十二首之三）

通过经书俗讲，让凡众明白普罗大众生活于血缘与婚姻所建构的亲情关系与族群关系中，每个处在关系中的人必须有相应的角色定位和行为规范。"人而无礼，虽能言，不亦禽兽之心乎?"儒学还讲爱有等差，于是内外有别，自然有爱、不爱、仇恨等情感的存在，从而使人受礼规约、因情所困不得自由，人又缺乏因缘之智，所以纵使辛勤劳作，终究难于摆脱福分薄的命运，不必为此忧心忡忡。以此启迪凡人，一定要多种与广修。

年来年去暗更移，没一将心解觉知。昨日腮边红艳艳，今朝头上白丝丝。高尊纵使千人诺，逼促都成一梦期。更见老年腰背曲，驱驱犹自为妻儿。（观音菩萨）

春夏秋冬四序催，致令人世有轮回。千山白雪分明在，万树红花暗欲开。燕来燕去时复促，花荣花谢兢推排。闻健直须知觉悟，当来必定免轮回。（观音菩萨）

以上两首和声诗，节录于 S.3491《频婆娑罗王后宫彩女功德意供养塔生天因缘》，还有一首《陈情》（一首）（P.4042 写卷背）。

四序奔流急，三辰乱箭催。蟾蜍频晦朔，旋转运天魁。
故故红颜老，新新白发来。纵横心已竭，身与力俱摧。

以上内容一总召唤人们及时修行莫迟疑。"四序"指四季，"三辰"指日、月、星，僧诗通过三辰的流转，四季的更迭，花开花谢、燕去燕来景致的变换告诫人们，时光如梭永不停歇，又用"故故""新新"叠字修饰红颜与白发，强调了人的青春的局促与无奈。于是，生命状态的多变和生命过程的短促就构成了僧诗的主题，及早修行免于落入轮回的命运就是僧诗为僧俗指点的通途。

### 身生诸偈（三首之二）S. 2165

儒童说五典，释教立三宗。誓愿行忠孝，挞遣出九农。长扬并五策，字与藏经同。不解生珍敬，秽用在厕中。悟灭恒沙罪，多生忏不容。陷身五百劫，常作厕中虫。

"儒童"，这里指孔子 。"五典"，古代五种伦理道德即父义、母慈、兄友、弟恭、子孝，也指上古时的五部典籍，早已亡佚。显然诗中意思是二者兼具。"三宗"，指空、假、不空假。在《齐书·周颙传》："颙凡涉百家，长于佛理。著三宗论。立空假名，立不空假名，设不立空假名难空假名，设空假名难不空假名，假名空难二宗，又立假名空。西凉州智林道人，遣颙书曰：'此义旨趣非始开，妙声中绝，六七十载。'"这是首五言白话诗，将儒学/教与佛教进行比较。作为儒学/教的创立者孔子，以五典为施教的核心内容，阐扬现世伦理哲学，教化士众；作为佛教哲学的阐发者周颙，从佛教关注的空与假出发，对本体进行了思辨性的研究。二者所指对象不相同，阐述的道理也不一样，但二者共同铸就了中国特有的文化精神，如不珍重佛教，就会陷入五百劫的泥坑。这种对不接受佛教教化行为的惩罚，明显是对不敬佛者的警告。这首诗在 S. 2073 写卷中有宋太祖开宝五年（972 年）的题记，所以应创作于五代，开宝年间传入敦煌。这时敦煌政权正处于曹元忠统治的晚年，与大宋因朝贡而保持着密切的关系，也说明敦煌僧界与中原僧界的联系一直紧密。

另外，在王梵志诗中，内容复杂，有相当数量的启蒙诗与太公家教一道起到教化的作用。诗中充满对人生的厌倦和人生短暂无常的感喟，所以被看作宗教普及的教科书。对于王梵志诗分析在第六章已论述，此处从略。

## 第五节　反映僧人世界与凡人世界矛盾的诗歌

僧人并非天生，佛也有父母，只是他的理想是追求心灵和肉体的解脱，经过勤苦的修行终于成为佛。僧人的奋斗的目的即是如此，但是良价诗偈"念佛居多成佛少"，在五荫世界修成非易事。这里有自身的原因，有环境的干预，更有来自凡俗世界误解，敦煌僧诗中就保存着这类诗歌，在 S.646 写卷中有：

> 假读百车经，心乱恒无定。分别说是非，吾我三毒盛。
> 如蛇出窟游，恒与万物竞。虽然读药方，终归不差病。
>
> 世有愚痴不肯信，福德贼心薄行迹。终日乞衣食擎袋，傍村走步知何去。
> 入手不还他，口是老白贼。死后安角尾，世世还他力。

在 P.4701 写卷有：

> 法师寻常大模样，今日小座屈不上。外边似个偻罗人，莫是怀中没伎俩。
> 法师适来极口夸，海林将谓晒偻罗。如今想料多没力，何事无端劫麦车。

从诗的口气分析，写此诗的人并非僧人，根据诗意僧人是被嘲笑的对象而非自嘲的对象，由此反映出僧俗之间的不和谐。S.646 写卷有两首讽刺僧人的诗。其中第一首认为僧人虽然读经但没断百思想，读经只是做样子，三毒味重，并以蛇做譬。三毒，佛教中认为是三根，它们分别是贪毒、嗔毒和痴毒，贪毒者攫取之心，以迷心对一切顺情之境，而且没有厌足。嗔毒，指心生恚愤，以迷心对于一切违情之境其愤怒者。痴毒指心性暗钝，亦叫无明，无明又有独头无明，若与贪毒交织混杂，就叫相应无明。诗歌嘲笑僧人自身有三毒，读经纯粹是做样子。蛇在僧俗世界中意义有所不同，在佛教里蛇往往是四大的代称，在俗世中可褒可贬，这里是作为贬义出现的，僧徒如同游蛇在外界与人争食，不值得尊重。不仅如此，僧人以看病为媒介传播佛教也受到嘲笑，诗歌以为僧人熟读药方诊治病患，可自身照样得病，僧人没什么神奇的。岂不知僧俗界对疾病的认识并不相同。第二首是对行脚僧化缘的嘲讽，用语直白，"入手"，即到手。白居易《闻杨十二新拜省郎遥以诗贺》："官职声名俱入手，近来诗客似君稀。"不仅不客气，还用了粗口，诅咒死后要转世为披毛带角的兽类，其中主要是误解僧人的修行方式为一般的乞讨，指责他们不劳动，白吃饭，就会"世世还他力"。第三首是写法师的。法师本是受僧俗尊敬的对象，但在这组诗中，充满了对法师知识与能力的怀疑，在 P.4701 写卷中，嘲笑法师态度明确："外边似个偻罗人，莫是怀中没伎俩。""偻罗"，机灵、伶俐之义，如此用词，不合常规。按惯例僧人要受到当地百姓的供养，但此诗直接质问法师"何事无端劫麦车？"表达了不愿供养真实态度。显然，诗的作者为凡俗之人无疑。这样的诗歌在王梵志诗歌里也存在。它们成为敦煌僧诗中不可或缺的部分。从而给后人一个完整全面的僧人的生活画面。

# 第八章

# 敦煌僧诗在内容上的特点

## 第一节　南宗为主，兼容并蓄

如前文的论证得知，敦煌石窟僧诗中，曹溪禅的高僧作品居多，在敦煌石窟僧诗中，第二十二祖摩拏罗尊者，第三十祖僧璨大师，第三十二弘忍大师旁出法嗣北宗神秀禅师，第三十三祖慧能大师，慧能法嗣吉州青原山行思禅师，司空山本净禅师，温州永嘉玄觉禅师，西京菏泽神会禅师，曹溪别出第五世，道圆禅师法嗣终南山圭峰宗密禅师，南岳怀让禅师第二世马祖法嗣伏牛山自在禅师，南岳石头希迁法嗣邓州丹霞天然禅师，青原山行思第四世，潭州前云岩昙晟禅师法嗣均州良价禅师，青原行思禅师第五世，前潭州石霜山庆诸禅师法嗣潭州肥田伏和尚，前澧州夹山善会禅师法嗣澧州乐普山元安禅师，袁州洞山良价法嗣湖南龙牙山居遁禅师，青原行思禅师第六世，前洛京白马遁儒禅师法嗣兴元府青剉山和尚如观禅师，前乐普元安禅师法嗣凤翔府青峰山传楚禅师等，众多禅师的偈颂流传到敦煌，他们以较为完整的传承体系反映了南禅宗对敦煌的影响。特别值得一提的是，先洞山和尚良价创造的曹洞宗一脉，他和龙牙山居遁禅师有多首修禅诗出现在敦煌石窟僧诗中，但并不以曹洞宗的"细致绵密幽渺艰深"① 见长，却回归曹溪禅简朴的原貌。由此可以推知敦煌宗教界深受曹溪禅的影响。我们在唐悟真的告身里也能找到证明，如告身第二件："敕京城临坛大德兼沙州释门义学都法

---

① 吴言生：《禅宗诗歌境界》，中华书局 2001 年版，第 123 页。

师赐紫某乙，以八解修行一音演畅，善开慈力，深入教门。降服西土之人，付嘱南宗之要。皆闻福佑莫不归依。"① 在大德的邈真赞中没有不赞他们在教门中修行的。在《河西都僧统翟和尚邈真赞》（P.4660）中有"南能入室，北秀升堂。戒定慧学，鼎足无伤，俗之禳秀，释侣提纲"②的文句，高度赞扬翟和尚的禅道修为。同时，在敦煌传播的《心海集》140 首更是南禅宗在敦煌僧诗的集中表现。所谓南禅宗只是一种习惯说法。在公元 780 年出现的敦煌本《坛经》中，慧能在谈戒定慧时对弟子讲禅宗宗纲："顿渐皆立无念为宗，无相为体，无住为本。何名为相？无相者于相而离相，无念者，于念而不念，无住者为人本性。念念不住，前念今念后念，念念相续，无有断绝，若一念断绝，法身即是离色声。念念时中，於一切法上无住，一念若住，念念即住，名系缚。于一切法上，念念不住，即无缚也，以此无住为本。善知识，但离一切相，是无相，但能离相，性体清净，此是以无相为体。於一切境上不染。学道者，用心，莫不思法意，自错尚可，更劝他人迷，不自见迷，又谤经法，是以立无念为宗。"在慧能的解释中无念，并不是不要念经文，而是不被经文文字所缠缚。人的性体是清净的，人的身体是无住的，所以任用人的性体，即见闻觉知，不染万境，精神就处于常自在的状态。这种对人性认识的高度，使修行者可以自悟，获得智慧，同时它又兼容了众多具体修行的法门。因而敦煌僧人系统接受了来自曹溪禅传承体系，仔细研究学习并用于自己的修行。具体表现是：一方面传抄记诵研读大德偈颂，改造大德禅师以表达自悟的状况。另一方面自己创制修禅诗。首先，在传抄、记诵与学习上，抄件署名的错误可做证明，如在 P.3591 写卷中，将夹山法嗣落浦和尚的《神剑歌》误抄为《洞山和尚神剑歌》就是一例。在内容的改造方面如 P.2129、P.3600、S.1631 写卷的修禅诗，其中一首"心平不用持戒，行直何须坐禅。恩则普同妇子，义则上下叹然。苦口则是良药，

---

① 唐耕耦、陆宏基：《敦煌社会经济文献真迹释录》（第四辑），全国图书馆文献缩微复制中心 1990 年版，第 30 页。
② 唐耕耦、陆宏基：《敦煌社会经济文献真迹释录》（第五辑），全国图书馆文献缩微复制中心 1990 年版，第 130 页。

淤泥定出黄连。菩萨向心如觅，天堂即在眼前"，就是慧能对韦璩"在家如何修行？"问题的回答的《无相偈》的改版。原文是："心平何劳持戒，行直何用修禅？恩则孝养父母，义则上下相怜。让则尊卑和睦，忍则众恶无喧。若能钻木出火，淤泥定生红莲。苦口的是良药，逆耳必是忠言。改过必生智慧，护短心内非贤。日用常行饶益，成道非由施钱。菩提只向心觅，何劳向外求玄。听说依此修行，天堂只在目前。"① 另外，P.5648 写卷有《道情如意园》三首之三："知命愁难入，无亏祸不侵。道高龙虎伏，德重鬼神钦。"汪泛舟先生以为，原卷"知命愁难入"，"人"为"人"字抄别，应该有误。这首诗在《祖堂集》卷九《肥田伏和尚慧光传》中有偈："心静愁难入，无忧祸不侵。道高龙虎伏，德重鬼神钦。"对照原卷，敦煌写卷明显是改造者，所以敦煌僧诗受到曹溪禅的影响是毋庸置疑的。《心海集》的创制与传播就是敦煌僧人对曹溪禅法门的具体实践。试举例："解悟成佛绝不难，本无修证出笼缠。迷妄众生不了幻，假说文字诚修禅。"（《心海集·解悟篇》之十六）此偈七言二韵，押"先"韵。这是以"解悟成佛绝不难"为首句的一组诗偈中的一首，是僧人对修禅理解。其大意为：解悟不难不需要通过修禅证得什么，只因众生沉迷幻境，依恋幻境不能自拔。文字只是修禅的媒介，解悟的途径与手段，指出修禅者没开悟，只会借着念佛经，诚心修禅。这正与曹溪禅无念为宗的理念相宜。

敦煌僧诗除吸收曹溪禅的智慧外，也有提倡口念"弥陀"，清净俗念以引导僧俗走向西方净土的净土宗。这从前面的法照与五会念佛及其作品已证明。由于法照创制的五会念佛仪轨，便于僧众念佛形成制度，从而在念佛环境中增长智慧，于是法照在僧徒心中有了神圣的地位。《法照和尚景仰赞》就是一首，全诗为七言八韵的白话诗，押"冬"韵与"东"韵，属押邻韵。在诗中，法照的门徒一方面颂师，另一方面又说服僧众坚持念佛。其中有这样的诗句："法照和尚非凡僧，救度众生普皆同。普劝四众常无退，和上宗正不虚

---

① （唐）慧能：《宗宝本·坛经》，王月清注评，凤凰出版社 2010 年版，第 55 页。

功。努力及时来念佛，临终定获紫金容。"① 因而敦煌僧人在尊崇曹溪禅时并不废净土宗。同时，敦煌石窟存有不少佚名的五会念佛的作品，敦煌僧人很可能成为作者，而且同一诗名，有不同内容和行文方式，这应是僧人们念佛的心得。由于世俗政权的推动，净土宗还成为世俗宗教的主要信仰。当然，由于曹溪禅扫荡一切存在，而成佛目标不变的境界，自然吸纳净土宗的念佛行为并积极借以度众生，从而与当政者意愿相合。这样敦煌僧诗就有了兼收并蓄的特点。

另外，我们发现敦煌僧诗中除反映佛家理念的诗外，还有艺术水平高且有表现儒学思想的僧诗，而且还有典型的敦煌特色，这容易使人产生误会。"日月千回数，君名万遍呼。睡时应入梦，知我断肠无。"（见 P. 2555《失题》六之五）笔者认为这组诗歌不能简单地以现世人心来比量僧人的胸怀。这是敦煌宗教界与世俗政权合作的见证。并非是宗教对世俗政权的一般妥协，恰是僧人修行的一个组成部分。现代哲学家冯友兰先生将人生的境界分了四个层次，即"自然境界、功利境界、道德境界、天地境界"。儒学的境界大于功利境界，止于道德境界。在"轴心时代"就遭到道家质疑，庄子在《逍遥游》中以大鹏的形象展示了道家可以达到理想境界："若夫乘天地之正，而御六气之辩，以游无穷者，彼且恶乎待哉？""至人无己，神人无功，圣人无名。"人因忘我、不求功名于世，即可实现至人、神人、圣人的理想，这样即可达到"与天地齐一"的状态。但道家追求的独立的人格理想状态，非佛家的人生理想，五祖弘忍给六祖信衣时交代，要"善诱迷人"，"弘化"禅宗。所以佛家有使命在身。在《心海集·解悟篇》之十三中云："解悟成佛绝不难，利他济物不求安。运度众生若不尽，誓不取证入泥垣。"（泥垣：佛教语，涅槃之义。）这首偈子押"寒"韵和"元"韵。核心含义是修佛不是远离世俗生活，恰恰是投入生活。P. 2555 写卷中的愁与苦本是肌体客观反映，由此可知，敦煌僧诗体现了敦煌僧人对佛本质的醒悟，一直将自己置于修行的路上。正因为有此体会，在修行中就可以悟到现实的缠缚对人自身本性的认识的影响。《坛经》中有慧能

---

① 《法照和尚景仰赞》见日本龙谷大学藏卷 62。

打神会的头并回答神会问题的公案，并不否认人的肌体正常的反映。在这组诗中有不少表达诗人心绪的词"苦""悲""恨""泪"等，其实这还不能简单理解为儒学中的家国之恨。他以使者的身份被拘，得不到人身的自由，"弘化"行为大受限制，虽然也曾做过努力，但因无法沟通，交流遭到中断。如：

**《久憾缧绁之作》** P. 2555

　　一从命驾赴戎乡，几度略先亘法梁。吐纳共钦江海注，纵横兢揖慧风扬。

　　今时有恨同兰芝，即日无辜比冶长。黠虏莫能分玉石，终朝谁念泪沾裳。

　　这是首七言律诗，是典型的平起式，押"阳"韵，除尾联外均对仗，而且二三句、四五句、六七句粘对。从内容看，诗作中儒释是交融的，既用了刘兰芝伶俐、聪慧、美丽、勤劳被公姥无端侵害的故事，以公冶长有特殊技能却遭到无端诽谤的典故来自比受到不公正待遇，又"吐纳共钦江海注，纵横兢揖慧风扬"表明自己特殊身份，但两国交战之时，佛的力量有些无奈，因为嗜杀与追求利益是世俗政权的特征。所以，佛的境界，在天地之间，不役于物，可以打通功利的社会与不计利益佛教的精神世界，但二者不同，因差异而发生矛盾，于是种种矛盾即作用于诗作者的情感而诉诸诗歌。

　　综上所述，敦煌僧诗深受南宗影响，但有兼容并蓄的思想特征。

## 第二节　鲜明的地域色彩

　　所谓敦煌地域特征的鲜明，是指僧诗中有明确的敦煌或与之相关的地理概念，表达了直接或含蓄的与此相关的情结。《送令狐师回驾青海》（P. 3677）："敛袂辞仙府，投冠入正真。""仙府"即敦煌异名。"往来驷马请，光照墨池烟。"（P. 2005）"墨池"，即张芝墨池，在敦煌城内。墨池"在县东北一里，效谷府东南五十步"。《饯达法师诗》（P. 3676）："目览千行如旧诵，流沙一郡世将无。"《同前》（P. 3052）金髻："流沙郡夕有双贤，牧伯吾师应半千。""流沙"敦煌异名。《奉饯赴东衙谨上》（P. 3676背）："孤雁南飞悲切切，龙堆雾气助秋烟。"《奉酬判官》（P. 3681）唐悟真："姑臧重别到龙堆，屡瞰星河转四回。""龙堆"敦煌赴西域道上的白龙堆，古代有以龙堆或龙沙为敦煌代称。《初夏登光明寺钟楼有怀奉呈》（P. 3967）："边树花开谢，危山状似秋。"《上人青海变霓裳》（P. 3967）："危山岸可潜龙虎，流沙忽震如鞞鼓。"《三危诗并序二首》（S. 4654）："三危极目耸丹霄，万里家乡去且遥。""三危"、"危山"指三危山，位于敦煌莫高窟以东，登金光明寺可眺望三危山景象。《上人青海变霓裳》诗中还有："敦煌易主镇天涯，梅杏逢春旧地花。归期应限羝羊乳，收取神驹养渥洼。"渥洼，又出现在《敦煌古迹二十咏》中："渥洼为小海，伊西献龙媒。"《某赠道清和尚诗》（S. 2014）："身到敦煌有多时，每无管领接括稀。"在《延锷奉和》（S. 4654）："古迹功臣居溪内，敦煌伊比已先闻。"《悟真与京僧朝官酬答诗》17首中，直接出现"敦煌"或"敦煌郡"5次，其他有"沙漠""平沙""关陇""河湟""瓜沙""边庭""河西""流沙"等均反映敦煌的地理位置和环境特征。

　　这些"敦煌"意象，在诗中不仅仅是地理的概念，更主要的是用以表达诗人对敦煌眷恋的情感。在《陷蕃诗》中则表现得更加集中，"敦煌"或"沙州"出现9次之多，"流沙"出现4次，"龙堆"出现2次，其他直指敦煌的概念有"乡国"或"乡园"，在诗中出现多达6次，这组诗是僧人出使南蕃的历史和心路历程的真实记录，其中敦煌的概念并非静态的景观描写，而是远离家乡，直接抒怀，表达对家乡思念的情感，也是对归义军所代表的政权的热爱的心灵写照。如《失题》六首之一："天涯地角一何长，雁塞龙堆万里疆。每恨沦流经数载，更嗟缧绁泣千行。"这是首七言绝句，押"阳"韵，讲究对仗与粘对。其中龙堆即代表了敦煌。诗人先用"一何长"来感叹出离敦煌的遥远，又用"万里疆"回应了"一何长"，表明的不是真实的地理尺度，而是诗人的心理距离，再通过"恨"与"嗟"的情绪加入和"泣"动态描写，加之押"阳"韵，于是将这种幽远绵长的情感表达得真切可感。因而，敦煌僧诗与敦煌有着密切的联系，地域特点明显。

## 第三节　僧侣内心世界的真实记录

若论真实，敦煌僧人中没有谁像张灵俊表达的那样直接了。"灵俊言出永着实，好个郎君不须夸。好个郎君莫求人，言语出来句句真。"这首七言白话诗，几乎是顺口溜。基本上不讲究韵调，只是后两句押"真"韵，两个"好个"句属于口语，直白俚俗。但如此直白的表达者并非等闲之辈。

作者俗姓张氏，生于唐懿宗咸通十四年（873 年），大约在后唐清泰三年（936 年）患病去世，享年 63 岁，为晚唐五代归义军时期敦煌地区著名僧人，早年拜灵图寺高僧河西释门僧政临坛大德兼阐扬三教毗尼藏主赐紫沙门马灵佺和尚为师。二十岁受比丘具足戒，精通儒、释、道之学，兼修四禅，操行高尚，持戒精严，在敦煌佛教界享有威望。开门收徒后，不仅讲授佛道教理，也传授儒家的文化和忠孝仁义的道德伦理。讲解能旁征博引，融会贯通，溯其本源，探其流变；辩论中对答如流。张承奉建立金山国后，向朝廷举荐，被任命为沙州释门都法律知福田司都判官，加临坛供奉大德三学法师称号，并赐紫衣。曹议金时期，在天成元年（926 年）、长兴元年（930 年）至长兴二年（931 年），举荐张出任释门僧政、京城内外临坛供奉大德兼阐扬三教大法师，后升任河西管内释门都僧政，京城内外临坛供奉大德兼阐扬三教经纶大法师毗尼藏主，加赐紫衣。张灵俊撰写了大量作品，为僧俗重要人物（范海印、张良真、阎子悦、曹盈达、刘庆力、马灵佺、程政信、梁幸德、张明德、阴海晏等）撰写邈真赞十余篇，启状两通、七言诗一首。灵俊今存诗文，最早为景福二年（893 年）正月所撰《功德铭》，最晚为清泰二年（935 年）所写。释灵俊的事迹在《张灵俊和尚写真赞并序》中有记："韶年割爱，一至精专。博通儒述，辩若河悬。森森龙象，侃侃精研。杏坛流训，梵汉翻传……年余七九，风疾侵缠。"①

这首表达说真话的诗，见于 P.3812 卷背抄于乾宁二年以后，至五代后晋间。诗意简单明确，诗人倡导求真理、去夸饰的好郎君的品行。此诗作为诗几乎谈不上诗韵，诗的意境更是无迹可寻，但直率地表明了僧人追求真实及对真诚的自信。这恰恰代表了敦煌僧诗的特点：直接、不饰伪。综观敦煌僧诗，大多为僧人真实、真诚内心感受的记载，所以要论敦煌僧诗的特征，最突出的莫过于"真实"，真实地反映了现实世界给僧人的印象，特别是战争给社会带来的破坏、归义军政权与周边政权矛盾冲突反映到情感世界的景物形貌，世事的变迁等；其次，真实地揭示了僧众乃至真个社会面对战争对原有社会秩序的破坏而产生特有的生死观，"民不畏死，奈何以死惧之"，由此生发了对彼岸佛国世界的美好向往；最后，真实反映了僧众了断现实，从诸多方面来启发自性，以完成人生精神世界的超越。

## 一　真实可触的现实世界

在敦煌僧诗中无论对现实的感知，还是对修禅悟道的心性描写，无论对割据政权领袖的赞美，还是对中原王朝的歌颂，无论对人生短暂的感叹，还是对人性缺陷的揭露，无论对僧人生命的状态，还是对凡俗的不明追求等均以冷静的笔法加以展现，突出反映了敦煌僧诗求真务实的态度。如 P.2555《陷蕃诗》59 首既可以是当时风云诡谲的地处西北的边地政权与少数民族政权博弈的历史真实的反映，又是出使僧人痛苦挣扎的内心世界的直接表露。在前面的分析中已知诗中充溢着"恨""苦""悲"等凡俗世情的字眼，这本不奇怪，此刻诗人要完成的是世俗使命，凡俗情感就是真实的。诗人经历了由使者到失去自由到放牛的奴役过程，也是僧人在总体情怀基调下不断变换的心理过程。

---

① 郑炳林：《敦煌碑铭赞辑释》，甘肃教育出版社 1992 年版，第 324 页。

### 《望敦煌》P. 2555

数回瞻望敦煌道，千里茫茫尽白草。
男儿滞留暂时间，不应便向戎庭老。

这首七言，押"皓"韵，但是仄声韵，因而为古体诗。这是诗人离别敦煌后，在第二年的晚秋滞留南蕃时的作品。望着横亘在眼前没有边际枯萎的秋草，不知何日是归程。虽有凄凉填胸，但诗人并未丧失信心。诗歌意境开阔，情绪隐忍，精神健朗昂扬。

第三年的晚秋，诗人依然不得回归，此时的生活境遇与精神已发生了巨大变化，下面这首名为《题故人所居》的排律，就是对诗人形象的真实描画：

与君惜离别，星岁为三周。今日观颜色，苍然双鬓秋。茅居枕河浒，耕凿傍山丘。往往登樵径，时时或饭牛。一身尚栖屑，庶事安无忧。相见未言语，唏吁先泪流。

这首五言六韵诗押"尤"韵。"浒"，水边，"河浒"，河岸。"栖屑"，往来奔波的样子。《北史·裴骏传》："但京师辽远，实惮于栖屑耳。"杜甫《咏怀》之一："疲苶苟怀策，栖屑无所施"。此时诗人已改换角色，不再是归义军（金山汉国）的使者，而是一个农夫，耕作与放牛是全部的生活。缧绁三年的时光，让诗人的容颜发生了剧变，双鬓已灰白，虽然没有性命的安危，但与怀有抱负的诗人的生活相去甚远，且归期遥遥，所以与故人相见未能言语，唯有以叹息与洒泪方式表达难以言传的复杂心声。比起前一年的信心满满，挫败与无望将诗人包裹，精神面貌颓然无光。

总之，同一诗人，却前后形象与情绪判若两人，自然不是诗人性情多变，而是残酷的现实在诗人身心上打下的真实烙印。

### 二 图像清晰的理想世界

僧人所创造的彼岸世界，是他们心灵渴望的真实再现。这是一个被美化了的世界。在敦煌石窟僧诗中可以发掘出一系列的关于想象世界中美丽景象的图画。如北图 8347（生字 25）写卷中关于释迦牟尼出生到初转法轮的《降生礼文》原文有八节，分别是"志心归命礼，第一护明菩萨从兜率来仪相释迦牟尼佛""志心归命礼，第二岚毗降生相""志心归命礼，第三四门游观相""志心归命礼，第四踰城出家相""志心归命礼，第五雪山修道相""志心归命礼，第六因缘果相""志心归命礼，第七宝座降魔相""志心归命礼，第八说法轮光相"。作为彼岸世界的教主，释迦牟尼的地位具有不容置疑的神圣和庄严性。彼岸世界里的生活是环境纯洁素雅宁静的；在这个世界里生活着脱离生死、能力超凡、德行洁净的人如帝释、天龙鬼神、比丘、比丘尼、居士，还有化生童子等。他们以"无情"为性，以"闻道我佛宣妙法"为业，与"飞仙""微妙歌音""舍利鸟""鼓瑟箫韶"为伴，在"七宝池"中洗尘垢，在"莲花"中诞生。在这个洁净的世界里，莲花是特有植物，在《妙法莲华经讲经文》（俄藏列宁格勒东方研究所蒙编字 365 号）中就有专门对此物色、香、形的描写："适意天花下碧空，馨香不与世间同。如霜叶上含朝露，似火枝头带晓风。地上似看春江雪，佛前如坼玉芙蓉。"诗句用比喻的修辞手法描绘了天花的色白无瑕，味香独特。如朝露短暂美好，如晓风无迹可寻，似春江雪转瞬即逝，似佛前芙蓉瓣瓣有形。这些美好的图画，是僧徒内心愿望在"玉芙蓉"色彩形貌上的凝聚和外在表征。

### 三 方便可行的智慧世界

敦煌修禅悟道诗大多是对明心见性的多种方便感悟的实录。它们可以是来自敦煌本《六祖坛经》，可以是外域大德的修禅体悟，也可以是佚名僧人的智慧。如《心海集》95 首五个部分《迷执篇》《解悟篇》《勤苦篇》《至道篇》《菩提篇》即是。又如（心海集）S.2295 五言三十首之后，原题即《修道说法戒禅之三》（十首）中：

### 第五首

修道若能炼贪痴，全胜禅戒诵持之。销镕烦恼无明尽，还同往昔释迦师。

### 第九首

修道回向事含灵，三祇勤苦不求名。匡谏有情登彼岸，梁津水尽欲何停。

### 第十首

修道良伴精勤是，同行寻觅不思议。忽悟无端自在说，方知原没指南师。

以上内容，反映了僧人对自我修行明心见性的感悟，无心是佛，别处无佛。自我觉悟不是佛的全部，"回向事含灵"，"匡谏有情登彼岸"才完成了成佛过程的认识，这就是佛的智慧。诗歌形式均为五言，押韵较灵活，第五首押"支"韵，第九首押"青"韵和"庚"韵，属于押邻韵，第十首押"支"韵"纸"韵和"真"韵，也是押邻韵。每首都以"修道"开始，有重章叠唱的民歌色彩，语言清晰简明。

## 第四节　积极地关照现世人生

僧人参与世俗生活是中国禅宗特点。中国禅宗创建、成长成熟的过程就是对中国文化的理解与中国儒学、道教相互交流融合过程，在与世俗政权关系上，禅僧以积极入世的态度调和彼此的关系，最终在角色定位上，将禅僧的社会身份与精神身份分离，在社会角色上确定君为王，僧为臣；在精神身份上禅僧则为人师。基于这种特殊身份，禅僧在与当政者传播佛教理念时，也成为社会现实的信息提供者。敦煌石窟僧诗中最有代表性反映社会生活的诗作有中唐高僧释无名的《无名歌》，五代名僧圆鉴的三十首诗偈，即《赞普满偈》（十首）、《圆鉴大师云辩上君王诗》（十首）、《十慈悲偈》（十首）等，它们或直接或间接地反映了僧人对现世生活的参与情况。

《无名歌》如前文分析，这首四声通叶诗，客观地描写了中唐时期物价飞涨、赋税沉重、民不聊生的现实，人们不得不背井离乡、流离失所的惨景。又用对比的手法描写了统治阶层的骄纵行为，最后站在僧人的立场，用因果循环警示人们，以阻止人们的恶行。表达了僧人对社会的关切。在《十慈悲诗》中，圆鉴以一个赐紫大德的身份，以悲悯的情怀，代表僧界向生活在世俗等级社会里，在不同阶层中掌管他人命运的人发出了恳切的劝诫。

有些敦煌僧诗以叙世间事，抒俗世情为目的，反映敦煌僧人师者的身份特征，他们对上以参与社会事务甚至政治事务，完成俗世政权给予的外交重任为使命，对下以教化百姓减轻对生的痛苦、死的恐惧为旨归；对自身则以僧人的诚命、顿悟禅理、读经、诵经、讲经为业。在敦煌僧诗中，精通三教，成就师者的才德的作品不少。下面做以归纳：名曰《陷蕃诗》（P. 2555），这是僧人直接从事现实生活的鲜活材料。僧人互相的酬答诗，最有名莫过于悟真与京僧朝官的酬答诗。僧人对世俗政权的赞美诗，代表作是曹元忠掌握归义军政权时期，释愿荣撰的《仆射颂》。吐蕃统治时期以释金髻和释志贞等人为代表的两组唱和诗。敦煌佚名酬答诗如《某赠道清和尚诗》《饯送达法师诗》《送令狐师回驾青海》等。由于这些诗作大部分已在前文中做了分析，这里我们特别对佚名诗人的酬答诗再做些分析。如《饯送达法师诗》五首，其中五律三首、七律两首，内容均直接赞美达上人因大德高才，而获得奉诏为东衙幕僚的殊荣，表现了敦煌僧人对参与世俗事务的积极态度。

### 《饯达法师之相幕》P. 3676

法将立当年，名偶物外传。七支徹见底，八藏妙穷源。
故得三台召，文骖驷马筵。几时回鸿驾，莫使众心悬。

这首五言律诗，押"先"韵与"元"韵，属押邻韵，只有颔联是工对，颈联为宽对。首联与颔联赞达法师因精通佛典又精持戒律而名声远播，颈联指出达法师受京师隆重召请。尾联是对达法师嘱托。从语气上反映出诗人是与达上人关系亲密且拥有崇高威望的高僧。从行文风格来看，这位大德修行极高自由出入于僧俗两界，诗中出现了如下词语："偲"，才能很多。《诗经·齐风·卢令》："卢重镉，其人美且多偲。""七支"，十恶中前七恶：杀生、偷盗、邪淫、妄言、绮语、恶口、两舌。"八藏"，八部法藏略称：胎化藏、中阴藏、摩诃衍方等藏、戒律藏、十住菩萨藏、杂藏、金刚藏、佛藏。"三台"，汉代指尚书、御史和谒者，分别称中台、宪台和外台；唐代指尚书、中书、门下三省，分别是中台、西台和东台。这里泛指王朝重要的行政机构。

### 《奉饯达上人之相衙》P. 3676

志调青云上，留情释氏家。藏锋经岁久，缩颖已年赊。

振翮朝金殿，磨宵谒相衙。扶摇今日便，脱躧弃流沙。

这首严格的五律，押"麻"韵。首联即对仗，也讲究粘对。"脱躧"，脱鞋。比喻把事情看得很容易。《史记·封禅书》：于是天子曰："嗟乎！吾诚得如黄帝，吾视去妻子如脱躧耳。"诗中"缩颖"活用毛遂自荐的故事，赞美达上人为脱颖而出已做了多年的潜心的准备。今日终有机会实现为人师的抱负。"扶摇"指盘旋上升的旋风。"扶摇"一词源于庄子的《逍遥游》："鹏之徙于南冥也，水击三千里，抟扶摇者九万里，去以六月息者也。"这里借以形容达上人一飞冲天的自由状态。在这个诗人眼中，僧人学习与实践与世俗学习没有太多的区别，精通佛学也是入仕晋爵的手段。达上人被征召，令诗人羡慕不已。如果没有"留情释氏家"很难发现此诗为僧人所作。由此也反映了世俗王权不可撼动的地位，以及僧人的世俗追求。

### 《送达上人》P. 3676

法将英灵意气殊，奇才学海富明珠。目览千行如旧诵，流沙一郡世将无，名传万里闻衙幕，驿骑飞龙驾草车。缁素执辞郊境外，未知何日再来居。

这首七言，首联平仄自由外，其他三联都平仄合辙，押"虞"

韵与"鱼"韵。首联即对仗。行文中世俗气味淡。"草车",用蒲草裹着车轮的车子,多为古代征召隐士所用。诗歌先夸赞达上人严守戒律,其次夸赞他博闻强记、聪慧过人,声名远播。所以京师派专人请达上人到重要机构任职。最后,以钱行参与者的身份,委婉表达再次会面的愿望。

### 《重赠》P. 3676

国相召高贤,昏衢化大千。戒珠将比雪,耸干透祇园。
秋雁来南地,春鸟去北天。与君从此别,早晚重归旋。

这首五言押"先"韵,个别拗句,颈联为工对。诗人赞美达上人是国相征召的贤士,具有教化三千大千世界的本领,原因是达上人持戒精严,才学在僧徒中无人能及。以"秋雁来南""春鸟去北"互文的手法,揭示了达上人被征召事件,但确信未来彼此还可再见。从诗歌庄重严肃程度来看,诗者是位地位与达上人相当的高僧。

### 《奉饯赴东衙谨上》P. 3676

众僧合邑敬如仙,法海通流遍大千。奉谒请颜未始终,无才握手泪涓涓。
孤雁南飞悲切切,龙堆雾气助秋烟。前程倘若腾荣日,专心注目望回鞭。

这是首七言,押"先"韵,平仄、对仗都较自由。这首诗内容丰富。首先赞达上人因精通佛法,德行高尚,因而在当地僧俗中拥有至高的威望,人们敬如仙人。其次,直抒再也不可以守候在老师身旁接受教诲的感伤情绪,并用动作与神情表达了与老师依依惜别的深情:弟子攥着老师的手,泪水如溪流般默默流淌,真挚的情谊可见一斑。再次,当时敦煌秋风正紧,孤雁南飞。萧瑟的秋景正应和了诗人悲切的心情,诗中适时地借助了自然环境描写,烘托了与导师分别时诗人内心的凄怆和难舍的情绪。使诗歌有了质感与厚度。最后,僧人衷心盼望未来达上人能获得更高的殊荣,更希望上人能载誉荣归故里。诗人对老师难舍的情感贯穿始终，加之恰到好处的情景交融，突出了饯别场景中的诗人个人形象。

从这组饯行诗中反映出这样的信息：僧人对参与世俗事务，态度普遍积极主动，有时甚至成为敦煌僧人一生的追求。同时，高僧从事政务比较困难，必须在严守戒律和精通佛典两个方面具有影响力，才可具备参与政府事务的条件。这留存的五首饯行诗都写道达法师在这两方面的超人之处。从行文方式上来看，因地位的高低和与达上人关系的亲疏有所差异，其中三首重点在赞，两首重点在情。除一首对达上人的高升直接表达了艳羡之情外，其他均有再见之情的美好祝愿。但无论赞美还是抒怀，都是敦煌僧人乐于参与世俗活动、希望有所作为的表现。

综上可见，敦煌僧诗具有南宗为主兼容并蓄的特点，有鲜明的地域特征，有僧人积极参与世俗生活的形象与僧人真实的内心表白。

另外，敦煌石窟僧诗除保存了以曹溪禅为主的大德的诗偈，还保存了"五会念佛"的佚名诗文，保存了 140 首僧侣的修禅感悟与精通佛学的知识分子所作的王梵志诗。通过前文对敦煌佚名诗作的讨论。我们有理由对敦煌僧诗存在大量的佚名的情况得出大胆的推论：敦煌僧诗佚名是敦煌僧诗最主要的特征之一，无须猜测与再多的证据，它们本是敦煌僧人修禅悟道的文献记录，反映了敦煌僧人修行的心路历程。依据修禅不住禅的基本原则，追求解脱且运度众生的目标，以及修禅者本姓释氏，拥有香号，没有署名是客观的存在，署名是有违修禅正道的。这样，一个令人困惑的著作权的问题，其实是简单而有解的。

# 第九章

## 敦煌僧诗的审美风格

后世文学评论家，在评价宋代文人性格和审美情趣时，以下认识基本达成了共识，即宋士大夫在承担社会责任与追求个性自由上不再是互相排斥的两极，宋人的人生态度倾向于理智、平和、稳健和淡泊；宋人的生命范式更加冷静、理性和脚踏实地，超越了青春的躁动臻于成熟之境，宋代的诗文情感强度不如唐代，但思想的深度则有所超越，不追求高华绚丽，而以平淡美为艺术极境。这源于禅宗与净土宗在宋代的传播。禅宗主动吸收儒道两家的思想，并力求适应中国传统伦理观念。因此士大夫在接受禅宗时，没有太多的心理障碍。到北宋中叶三教合一已成为一种时代思想。因此宋代文人的审美情趣也发生了很大的转变。禅宗是典型的中国化世俗化的佛教宗派，尤其是慧能开创的曹溪南禅宗，经过南岳、青原一二传以后，将禅的意味渗透在人们的日常生活中。形成了随缘任运的人生哲学。于是士大夫采取与世俯仰和光同尘的生活态度。宋人的审美态度也世俗化了。① 这种评价切中肯綮。若将文学史上推至唐代的"香山居士"到宋初的"六一居士""东坡居士"等，他们的作品就是从注重外部的事功向注重内心的圆满转化，将儒、释、道三教在思想层面上有机地融合在一起。关于这一认识已被他们身后的评论家条分缕析，这里毋庸赘言。南宋严羽在《沧浪诗话·诗辩》篇有云：宋人的诗歌"以文字为诗，以才学为诗，以议论为诗"。所以宋诗的特色和长处"不在于情韵而在于思理"，而宋诗在苏轼、黄庭坚形成自身风格之际即遭到批评，直到当代，批评之声不绝于耳。当

---

① 袁行霈：《中国文学史》第三卷，高等教育出版社 2012 年版，第 9 页。

然，也有更多的评论家认为"唐宋诗在美学风格上，既各树一帜，又互相补充，它们是五七言古典诗歌的两大美学范式，对后代诗歌具有深远的影响"①。无论如何唐代诗歌和宋代诗歌的界限是分明的。那么宋诗突然与唐诗分野，实在令人怀疑，幸而敦煌石窟僧诗的现世，最为真实和原汁原味地保持了僧人对宇宙、世间、人生、生命的理性思考。其行文风格以议论见长再自然不过。但敦煌僧诗不仅限于议论评说，抒情味浓也成为敦煌僧诗不可或缺的表达方式，而这一切源于对情理本真的追求。真的往往又是俗的，所以从趣味上来看敦煌僧诗往往通俗如话，唯有真存。当然，敦煌僧诗自身起点高，僧人作诗雅俗皆有，但无论雅俗，都统摄于对事理本真的追求，下面试证明之。

## 第一节 以理驭情，境界独高

如果文人诗歌既保持了儒士关注现实世界的道德人格，同时兼有禅宗超然物外的境界升华，敦煌僧诗则集中体现了禅宗超然物外又回归世俗的圆融与通透。所以，敦煌僧诗以洞悉心灵，启发智慧，赞美智慧为其主题，以议论为主要表达方式，表现出超越凡情，诱导凡情为其审美倾向。在敦煌石窟僧诗中，从第二十二祖摩拏罗尊者，第三十祖僧璨大师，第三十二弘忍大师旁出法嗣北宗神秀禅师，第三十三祖慧能大师，及慧能禅宗学说的继承至少有十五位之多的禅师的偈颂流传到敦煌，这些诗偈都是大师的方便教导之作，很少艰涩的作品，虽然敦煌石窟中也存有良价和其法嗣龙牙山居遁禅师的修禅作品多首，但细细品读，敦煌并未选择其玄妙难懂的一类，恰恰是回归于早期曹溪禅简朴的一类，如良价的出现在 P.2165 写卷中的《先洞山和尚辞亲偈》："不好名利不求儒，愿乐空门舍俗徒。烦恼尽时愁火灭，恩情断处爱河枯。"典型的议论。居遁的诗偈见于 P.2165 写卷："万般施设莫过常，又不惊人又久长。久长恰似秋风

---

① 袁行霈：《中国文学史》第三卷，高等教育出版社 2012 年版，第 14 页。

浴,无意凉人人自凉。"（《祖堂集》卷八,有"久长恰似秋风至"）另一首:"成佛人稀念佛多,念来岁久却成魔。君今欲得自成佛,无念之心不教多。"（《景德传灯录》卷二十九,有"无念之人不较多"）给人们指点修道迷津:念佛只要平常,只要无心。

在敦煌石窟中不仅以曹溪禅为代表的大师的诗偈创作以议论为主要表达方式,白话诗派创作的代表王梵志也是通过议论的方式启发俗众,教导凡夫。在三卷本结集时,通过序言直白表达写作的意图是:"撰修劝善,诫励非违。"果然三百多首作品几乎都在议论与评判,无论是人的日常生活行为,还是人的生存状态;无论是生命的价值,还是宗教的奥义。无怪乎王梵志诗的研究者指出:"它不以抒情见长,也不留恋风景,压根儿就没打算去创造什么'意境'。它主要是用白描、叙述、议论的方法再现生活、评价生活。"① 试举一例:"忍辱生端正,多嗔作毒蛇。若人不㑌恶,必得上三车。"在P.2718、P.3558、P.3716、P.3656、S.2710、S.3393、P.4049、日本奈良宁乐美术馆藏敦煌王梵志诗等多个写卷中都存有这首诗偈,说明其传播的广泛程度。"㑌"为困扰之义。韩愈孟郊《城南联句》:"始知乐名教,何用苦拘㑌。""三车",佛教中指羊车、鹿车、牛车。这是《法华经·譬喻品》中的说法,分别比喻声闻乘、缘觉乘和大乘。"忍辱",为六波罗蜜之一,指忍受诸侮辱恼害而无恚恨。这首诗偈教导凡夫僧侣成就佛道的方法即忍受欺辱,心中无恨,不被各种邪恶的意念和行为所困,就一定能修行成功。完全是导师的口气,句句议论。

在敦煌僧诗中以议论为表达方式的作品还集中体现于《心海集》《与京僧朝官酬答诗》《唐和尚百岁诗》,张道真《修龛短句并序》《上曹都头诗一首》等大德作品及碑铭赞中。

《唐和尚百岁诗》是"自责身心"的作品。以议论抒情为主要表达方式。如第一首:"幼龄割爱预投真,未报慈颜乳哺恩。子欲养而亲不待,孝须终始一生身。"回顾自己一生,无比遗憾。"子欲养

---

① 项楚、张子开、谭伟、何剑平:《唐代白话诗派研究》,学习出版社 2007 年版,第122 页。

而亲不待"是用典。《孔子家语》卷二《致思第八》中记载，皋鱼回答孔子问话时说："树欲静而风不止，子欲养而亲不待。"这里悟真直接搬到诗中，对自己的生活进行了评价。

在《上曹都头诗一首》中，有"夜诣将心登峻岭，必定菩提转法轮"。转法轮是佛教术语，"佛的教法是法轮，说教法叫转法轮。轮有回转和碾摧两个意思。佛的教法可以回转一切众生界，摧破诸烦恼。可转自心之法而移他心，恰如车轮"。这里，释道真赞曹都头一心向佛的虔诚，预言他定会得福报，觉悟真理。

《心海集》前文已做过分析，此处再举一例："解悟成佛易易歌，不行寸步出娑婆。观身自见心中佛，明知极乐没弥陀。"（《解悟篇》之四）这里"没弥陀"并非是否定净土宗所崇拜的偶像，而是认为我心即佛，心外无佛。解脱就在现世。"不行寸步"就是顿悟。这是典型的议论法，没任何形象描述，完全需领悟文字背后的意思。

在《碑铭赞》诗中，由于基本是对被赞者一生的回顾和评价，议论为诗的行文风格更为凸显。如《氾嗣宗和尚赞》（S.390）："沧海谁知竭，耆山岂料崩。法门梁栋折，儒苑艺皆空。辞却清凉院，早游日月宫，此生难再会，何日睹真容。""耆山"为佛教中的灵鹫山即世尊说法之处，此处用隐喻指氾僧统修道高深。这是篇佚名赞，赞美的对象据考证为都僧统孔龙辩的后继者氾僧统。诗押"东"韵、"冬"韵，属押邻韵。"法门梁栋折，儒苑艺皆空。"就是对氾僧统在敦煌精神领域里的至高评价，也是对他的离去所造成的损失的评价。从"竭""崩""折""空"来看，诗人讲究语言锤炼，诗词造诣由此可见。

## 第二节　以情驭形，述描兼用

虽然出于修禅启迪的考虑，议论入诗为敦煌僧诗的主要特征，但并不是其全部的艺术特征。像抒情、描写、叙述等表达方式，比喻、夸张、对偶、顶真、设问、反问等修辞手法在敦煌僧诗均不缺乏，而且，它们随诗歌表达的需要或独立或自然结合，从而构成敦煌僧诗洋洋大观的世界。就抒情而言，具体表现有直接抒怀的，有抒怀议论兼具的，有抒怀与描写兼有的等等。当敦煌诗僧将自然之景纳入感知当中，景一定是特定情绪中的"实景"，完全可以触摸。心理学研究表明，人在理解信息的瞬间，大脑皮层会存在一个优势的兴奋区域，这个兴奋区域被看作"光点"，其周围是处于抑制状态的"阴影"。当僧人感知到对象不同，情绪也会有所不同，反之亦然。这与文人"诗缘情""诗言志"并不矛盾，所不同的是敦煌僧诗中的描写、记叙没有独立存在于浓烈抒情的之外，恰恰是纯粹的情感驾驭了描写和叙述。文人诗中的情感则一般是借助描写、叙述来表达的，即使有直抒胸臆，也必有独立的描写，如李白的古体诗《行路难》："金樽清酒斗十千，玉盘珍羞直万钱。"就是描写。不过这个描写是为反衬诗人内心痛苦而用来蓄势的，这里的痛苦往往是指个人郁郁不得志的心绪，因而诗中有造情的痕迹。敦煌僧诗的情感抒发，不需要任何形式的烘托，景物的描写，是真实情感中的景物，也是真实景物中的情感，纯粹、自然，试举例证明之。如：

### 《夜度赤岭怀诸知己》P. 2555

山行夜忘寐，拂晓遂登高。回首望知己，思君心郁陶。
不闻龙虎啸，但见豺狼号。寒气凝如练，秋风劲似刀。
深溪多绿水，断岸饶黄篙。驿使口靡歇，人疲马亦劳。
独嗟时不利，诗笔唯然操。更忆绸缪者，何当慰我曹。

这是首七律，押"豪"韵，颈联部分对仗工稳。诗中有景、有行、有情，诗起笔于诗人艰难的山间日夜兼行及其间的内心感受，这感受就是"郁"与"寒"，诗人将内心的感受与自然景观"寒气如练""秋风似刀"紧密地结合在一起。虽然诗人使命在肩，无暇顾及个人安危，但时局不利，完成使命已然困难重重，因而难免用"独嗟""何当"直抒胸臆。无奈和纠结的复杂情绪充盈诗中，毫无遮掩。

### 《晚秋登城之作（二首）》之二 P. 2555

东山日色片光残，西岭云象暝草寒。谷口穹庐遥逦迤，碛边牛马暮蹒跚。

目前愁见川原窄，望处心迷兴不宽。乡国未知何所在，路途相识问看看。

这是首七律，押"寒"韵，首联对仗，颔联、颈联均对仗。除尾联外，几乎在写景，所用意象色调也是冷的，如"片光残""暝草寒"。诗人所见完全为异域风貌：毡帐群落蜿蜒于远处，家畜成群游移于山谷，对于迷茫的不可预测的未来，诗人在尾联处表达了询问的欲望。此诗情景交融，愁情弥漫。

由于敦煌诗僧不以扬名为目的，在诗歌创作中，个人情感因被不自觉提纯而达到空灵的审美境界。下面通过吐蕃占领期敦煌龙兴寺大德僧人日进的《登灵岩寺》对敦煌僧诗的创作水平做一简评。

### 《登灵岩寺》P. 3619

灵岳多奇势，兹山负圣图。谷中清溜响，峰际白云孤。
石壁连霄汉，长松落洞枯。澄心香阁下，烦虑寂然无。

这是首古律，押"虞"韵，颔联颈联均为宽对。诗中对净土宗道场灵岩寺所在的山形气势，山中的清幽环境，用洗练的笔墨进行了勾勒。"石壁"为山之质地，"连霄汉"与"白云孤"互证灵岩寺山势的峭拔的态势。如果山势为仰视所见，那么谷中的缓缓流淌的澄澈的溪水和布满山峦的挺拔的松林就是俯察和平视所见的。诗中的灵岩寺完全是个别于喧嚣凡尘的清寂世界。这首诗开合自如，不仅俯仰上下，而且细腻不繁。一个"枯"字即是悄然动态、自然的现象，这里更是反衬出灵岩寺被郁郁松柏所拥抱的形势。"枯"字透露出这个青青世界的勃勃生机，因为它对应的是"长松"。在这样心仪的环境中，诗人最后点出自己的感受"澄心香阁下，烦虑寂然无"。即是收束诗歌，也表达了僧人对巡礼灵岩寺深刻感受。诗歌落笔之处，灵岩寺的山形地貌、环境气氛突兀笔端、跃然纸上，加之用上平声韵，声音与内容相合，这样在审美效果上，将人与物共融于空灵之中。所以，有理由证明敦煌僧诗格调高，技巧熟。

敦煌僧诗直接抒情的方式在修禅诗中也通行。如"菩提大力哉，尘劫济人来。众生界不尽，誓不出泥犁。"（《心海集·菩提篇》之七）用"大力哉"盛赞佛教智慧的力量。

《九相观诗》（P. 3892、P. 4597），《盛年相》："三十红颜盛少年，英雄意气文武全。荣华衣冠车马足，妻妾纵横满目前。"敦煌所作《九相观诗》是敦煌僧诗中少有的描述性的作品，但描写并不细腻，"英雄意气文武全"只是抽象的观感，其中含有赞美的情绪。这个赞美正是为后文指出一切皆空的认识做准备的，《白骨相》中"莫言即日埋荒草，亦曾意气驱风云"，这才是创作的落脚点。

敦煌僧诗把关注的目光指向了有情的人本身，直接表明为释氏对生与死的看法。即使有描写，也是以人为主，若描写的画面，无论开阔的，还是峭拔的，都是纯粹不沾纤尘的，所以敦煌僧人笔下的自然是冷寂，而人则是超乎自然之上的精神的无私奉献者。由于抒写对象的限定使抒情成为议论之外敦煌诗歌的最主要的表达形式之一。

## 第三节　尚俗尚雅，唯真是存

### 一　白话诗，传递深邃的禅理

在项楚、张子开、谭伟、何剑平著的《唐代白话诗派研究》中对白话诗的渊源、发展，特别是对白话诗与禅宗的关系做过详细的论述。他们认为弘忍门下在初唐后50年的弘化期间，出现了真正意义上的禅宗白话诗，会昌法难之前青原行思和南岳怀让之门徒因探讨禅理而出现了白话诗作，会昌法难之后青原行思与怀让门徒的白话诗作再发展，大量有别于诗坛主流的诗作出现，"从思想上看，它基本上是一个佛教诗派，与佛教的深刻联系形成了这个诗派的基本特征。与其他诗派不同，它不是文人诗歌内部的一个派别，它与文人诗歌分庭抗礼，共同描绘出唐代诗歌博大宏伟的辉煌全景"。在

《王梵志诗校注》中，项楚先生如此评价王梵志诗白话的价值："王梵志诗具有鲜明的民族风格，尽管它与传统的文人诗歌是那样的不同。它以抒情见长，也不留连风景，压根儿没打算去创造什么意境。它主要用白描、叙述和议论的方法去再现生活、评价生活，这就形成了王梵志诗歌的质朴和明快的特点。""文人诗歌的长处突出了王梵志诗歌的弱点，文人诗歌的弱点，又突出了王梵志诗歌的长处，它们之间的反差，造成了一种对比和互补的关系。"在敦煌僧诗中，不独是王梵志诗具有这样的特征，敦煌石窟中僧诗无论流传的大德之作还是佚名诗作均或多或少拥有这样的特征。我们以为这不是另一种诗歌的崛起，而是另一种生活的抒写方式。

　　禅宗用景与物意会禅意禅理，语言通俗但寓意深刻，甚至逻辑难以被常人理解。如：

### 《大乘要语》偈（三首）S.985

佚名

五荫丛林密，真如土地平。一云垂雨露，三草竟分明。

树上千般叶，根从空处生。风吹叶不动，三草竟分明。

空手携锄钩，步行骑水牛。骑牛水上过，桥流水不流。

　　这组诗见S.985写卷敦煌本《大乘要语一卷》，其中语言形式散韵结合，有的语下有旁注，可见这是僧人学习禅语的心得。其中第三首，本是傅大士《颂二首》之一，是"身灭而恒河之见不灭"的诗偈版，诗偈源自《大佛顶如来密因修正了义诸菩萨万行首楞严经》卷二。这三首诗偈，均非常人之理，不易理解。但只要"三草"之义明确，诗理即明：僧人生活于俗世当中，得到禅悟，就理解三草对修佛的意义。若把修佛的过程看作植树的过程，纵然枝繁叶茂，根本为空，这样风吹叶就不会动，但修行目标是清晰分明不变的。至于第三首，其义为：若佛性不变，万物有变，所见一切都一样。如果从禅诗的诗境来看属于第三个境界，即彻悟的境界，类似的诗句还有"半夜日头明，日午打三更"。由于这是僧人修禅的智慧，是直觉顿悟的产物，在现世伦理及自然科学之理之外，用一般的逻辑语言来解读，其含义是难以理解的。

就是对自然的利用，修禅者与世人的感知也是不一样的，且看《无住偈》。

### 《茶偈》
S. 516、P. 2125、P. 3717

幽谷生灵草，堪为入道媒。樵人采其叶，美味入流杯。
静虑澄虚识，明心照会台。不劳人气力，直耸法门开。

这是首五言律诗，押"灰"韵。首联赞茶树是生长于幽深空谷中的灵异草木，具有帮人入道修禅的功能。颔联写茶叶是经樵夫辛勤采摘嫩叶加工处理而成，它清香的气味是随着注入杯中的沸水而充溢空间的。颈联，静静地嗅着香气，轻轻地呷着茶水，人心即可进入澄澈的状态，达到明心见性的效用。尾联，甚至赞美茶具有打开法门的神奇作用。茶本为凡俗饮品，清心明目定神是其功效，此处被诗人用作打开法门的媒介。

作者无住，俗姓李，凤翔郿县人，大历年间为保唐寺僧人。乾元二年（759 年）到成都净泉寺，大历九年（774 年）卒，享年 61 岁。倡导"无念为宗"。大历元年十月一日到空慧寺，当唐相国杜鸿渐和节度使崔宁，请三学硕德会聚寺中，问今后大德去何方，无住回答："无住，性好疏野多泊山中，自贺兰五台周游胜境"云云。问：无忆、无念、无名是一是三时，无住回答："无忆名戒，无念名定，莫妄名慧。一心不生，具戒定慧非一非三也。"问："如何得解脱？"答："见境心不起名不生，不生即不灭。既无生灭，即不被前尘所缚，当处解脱。不生名无念，无念即无灭，无念即不缚，无念即解脱。举要而言，识心即离念，见性即解脱。"

### 《龙牙和尚偈》
S. 2165、S. 4037、北图 8083

扫地煎茶并把针，更无余事可留心。山门有路人皆去，我户无门那畔寻。

这与南岳石头希迁的《参同契》内容也相合："触目不见道，运足焉知路。进步非远近，迷隔山河固。"修行之人彻悟时，触目皆是菩提。而执迷于事理分别之人，却不得入门，因为道本来"无中有路隐人间"。

另一类则以直白的语言教导修行者明心见性，那就是讲究叙述、议论和抒情的白话诗了。由此看来，白话诗不仅仅与文人是互补的关系，而且应是由情而理的深入，由此岸而彼岸地跨越了。在敦煌石窟僧诗中不少修禅诗是白话诗，像《先青峰和尚辞亲偈》（一首）、《青剉和尚诫后学铭》（一首）、《神剑歌》（一首）、《真觉和尚偈》（一首）等。它们以佛教禅理为旨归，语言通俗易懂，善用比喻，且意象的选择多来自生活，有的表达明白如话，不假任何修饰。因而有明显的去雅尚俗的倾向。试举例证明之：

### 《先青峰和尚辞亲偈》（一首）S.2165

愚夫迷乱镇随妖，渴爱缠心不肯抛。恰似群猪恋青厕，亦如众鸟遇稀胶。

广营资产为亲眷，罪累须当独自招。欲得不偿无利苦，速须出离得逍遥。

这是一首典型的七律，颔联颈联对仗，押偶韵。为了劝修禅者割断俗缘，将俗世之情比喻为猪对臭不可闻的居所的依恋，（厕，猪圈。《史记·吕太后本纪》："太后遂断戚夫人手足，使居厕中，命曰人彘。"）鸟被胶粘而难于脱身的情状。进一步指出积累财富只会招致祸殃。结论是奉劝迷人快速逃离缠缚，获得心理的解脱。此诗用生活中人们熟悉的事物启发修行者自觉，用词浅显生动。

### 《真觉和尚偈（一首）》
#### P.3360、S.2165、S.6000

穷释子，口称贫，实是僧贫道不贫。贫即身上披缕褐，道即心藏无价珍。

无价珍，用无尽，随物应时时不吝。六度万行体中圆，八解
六通心地印。

上士一决一切了，中下多闻多不信。但自怀中解垢衣，何
劳向外夸精进。


此诗的核心内容是赞誉佛教三宝之一的僧宝。僧宝之所以为宝
在于他们有"六度万行体中圆，八解六通心地印"的修为。其形式
是三三七，七七。几乎是流水句，前面是述，后面是对前述的解释，
通俗如同生活用语。以对比的修辞方式，简洁直白地反映了僧的神
力，其中最能体现僧的法力的是六度，即六波罗蜜，即度生死到彼
岸，具体的修法是：布施、持戒、忍辱、精进、禅定、智慧六种。
八解：内有色相观外色解脱、内无色相观外色解脱、净解脱、空无
边处解脱、识无边处解脱、无所有处解脱、非想非非想处解脱、灭
受想定解脱。六通：为六神通，即天眼通、天耳通、他心通、宿命
通、神足通、漏尽通。"六度万行体中圆，八解六通心地印"道出了
僧宝解脱的具体内容。


### 《青剉和尚诫后学铭》P. 3591

出家本陶生死，却被无明驱使。不能亲近上流，又不自家
决志。忽然无常到来，临时如何低擬。自言我是沙门，合消人
间信施。不曾一念相应，只是求财求利。贪色如蝇见血，爱欲
入骨入髓。僧中道我数夏，破戒无惭无愧。又爱毁他道人，自
己摄泥摄屎。终日纯放轻薄，贪食恰如饿鬼。吃餔不论顿数，
饮酒直须待醉。皆为多劫贪心，宜至如今未止。不知日用如何，
只为无明纵恣。将何酬报四恩，三支也遭带类。自家父母抛却，
只是徒他富贵。永劫沈轮自受，却到如斯之地。奉劝速须回光，
可惜沙门极位。疑心便是破戒，动念早已魔魅。如斯杂漫秽食，
盛于清净宝器。不如无事安然，世间更无伦比。若有纤尘在心，
业报大难难逃。猛离总须决断，更莫思量疑义。想料不由别人，
自测切莫容易。心生种种法生，心了种种具备。心理了了分明，
时中更莫疑忌。诸佛只从此去，敕是燃灯授记。努力无人替代，

亦无诸佛相比。决裂直须了却，最上聪明大智。若也念念相应，龙神尽皆欢喜。赞也任他赞扬，骂也任他骂詈。信运乐道过生，只管饱斋掣睡。向佛不求客佛，道佛只是有二。头上不可安头，嘴上不可安嘴。宝女上由不顾，岂可更收老婢。道乃同道方知，外道外寻道理。不知自己是佛，忙忙炎里求水。要急直须枯却，也似石人吐气。堪受人之供养，直戒沙门释子。

"诚"，告诫，警告。《国语·周语上》："稷则遍诫百姓，纪农协功。""夏"，佛家语，特指年，岁数。《奉国寺神照师塔铭序》："报年六十三，僧夏四十四。"也指"大"，此处，讽刺僧人自我估计过高，妄尊自大的态度。四恩：父母恩、众生恩、国王恩、三宝恩。《释氏要览》中谓四恩者父母恩、师长恩、国王恩、施主恩。从内容看应为后者。"三支"，实为"三友"，汪泛舟的《敦煌石窟僧诗校释》中录为"三支"。三友，指三种交友之道。《论语·季氏》："友直、友谅、友多闻。"三支：因明之宗与因及喻。宗者，所立之义。因者，成宗之理由也。喻者，助成宗之譬喻也。根据诗意应为三友而非三支。

这是白马儒禅师法嗣如观对学禅的年轻僧侣的警告。基本押"支"韵和"微"韵，前3韵总起全文，指出修行的目的、存在的问题及产生的后果。从第4韵开始"自言我是沙门，合消人间信施"，对沙门的不合规范的行为进行了描写与评论。它们分别是：求财、求利、贪色、毁他道人、贪食、饮酒这些都是破戒的行为。从第16韵开始奉劝沙门珍重门规和自我修行，"奉劝速须回光，可惜沙门极位"。修行主要目标是修心。因为"若有纤尘在心。业报大难难逃"；"心生种种法生，心了种种具备"；"不知自己是佛，忙忙炎里求水"。这是没能分别"道乃同道方知，外道外寻道理"的缘故。最后在第36韵处，告诫沙门弟子"要急直须枯却，也似石人吐气"，否则怎"堪受人之供养"。这是一篇语重心长的长篇有韵六言铭文。以总起、分述、总结的结构形式，通俗直白的甚至不避讳粗俗的语言，给予沙门后学者不客气的教训，以促使他们回归修行轨道，严格修行规范。

　　在敦煌高僧中，白话诗以释灵俊和道真为代表。释灵俊有阙题诗一首，"灵俊言出永着十，言语出来句句真"，几乎直白得失掉诗韵。释道真诗五首之三《依韵》："白壁虽然好丹青，无间迷愚难悟醒。纵有百般僧氏巧，也有文徒书号名。空留佳妙不题宣，却入五趣陷尘境。为报往来游观者，起德前词□□□。"这是首劝勉诗也是警世诗、宣教诗，如果可以称为诗的话，它的朴素语言和真挚的情感，可起到保护莫高窟壁画的作用。

　　在佚名诗作中有与王梵志诗内容完全一致的作品，出现在王梵志诗校注卷五第 275 首至 278 首，它们分别源于 P. 3418、P. 3724、S. 6032 中。汪泛舟的《敦煌石窟僧诗校释》中拟题为《禅门诗》十首，除了第一首五言四韵的《官宅不须坐》外，均为王梵志诗，根据是刘铭恕先生的《敦煌遗书总目索引》和黄勇武先生《敦煌遗书最新目录》，由于王梵志是一个作者群体的集合，我们不能否认其为敦煌僧人，这些诗的作者就是王梵志，下面据其中一例做分析。

### 《禅门诗》之七

　　今得入新年，合家蒙喜庆。人人皆发愿，远离时气病。岁日食他肉，肉是他家命。今朝入新年，昨暮煞他竟。

### 《禅门诗》之八

　　论时大罪过，食肉身照病。一即日短寿，二即还他命。负债早还却，门前无諠兢。怨怨来相仇，何时解摘竟。

　　这两首诗实则为一首，前一部分核心意思是人人发愿少生病，发愿不吃肉，结果又动了屠刀。后一部分指出食肉会生病，不仅损命，也要还命，最后以奉劝食肉百姓戒肉作结。这组诗在《王梵志诗校注》中合为第 277 首。诗押"敬"韵，为五言，诗人用通俗浅白的语言，干预百姓的生活，劝导百姓放下屠刀，以素洁和善行保持耳根的清净。

　　敦煌僧诗以白话诗为主体取得了辉煌的成就，不仅如此，从中国诗歌发展的历史来看，这种诗歌形式对宋代诗歌也产生了一定影响。这一点《唐代白话诗派研究》对此做了明确阐述："唐代白话诗派，便是中国佛教文学较早显示的丰硕成果，同时它的意义也超越了佛教文学而具有更加广泛的价值。它不仅开创了我国大规模的佛教文学运动，而且极大地推动了我国白话通俗文学的演进，从而对我国文学的发展的全局产生了重要影响，唐代白话诗派与文人迥异的艺术风格，丰富了我国诗歌艺术的宝库，并且直接为求新求变的宋诗提供了营养，形成了宋诗议论化和以俗为雅等特色。"① 不过宋诗议论入诗，以俗为雅的特点，从一出现就遭到自宋至今的文学评论家的诟病，现当代文学评论界就有尊宋与贬宋两派。南宋的严羽在《沧浪诗话·诗辩》中指出："至东坡、山谷始自出己意以为诗，唐人之风变矣。"明代的李梦阳在《潜虬山人记》《空洞集》卷四八中直接说"宋无诗"。

敦煌僧诗用白话描写僧人心中的理想世界，叙述僧徒的传奇故事，评价凡俗世界的种种罪恶和不公，更主要的是僧人借助白话诗的形式揭示了生命的意义，挖掘了人性的贪婪本性及自身难以摆脱的根源。就宗教在解救灵魂的意义上讲，白话的形式是最合适的形式，其实白话诗的影响不完全在于白话的形式，更在于白话所传递的信息。如果承认敦煌僧诗中宗教的启智作用，就必须承认白话诗歌形式的存在价值。宋诗的问题则在于以士大夫的视域，以通俗的语言，议论现实生活，这就会损害传统审美的蕴藉原则。如黄庭坚的《寺斋睡起》之二："桃李无言一再风，黄鹂惟见绿匆匆。人言九事八为律，傥有江船吾欲东。"这首七言，前两句写景，后两句议论抒情，"桃李无言"源于《汉书·李广传赞》"桃李不言，下自成蹊"。虽有用典，但语言总体较为通俗，核心意思是苏轼如果请求外放被批准，诗人自己也打算离开朝廷。若从诗味上来看，这首诗供人咀嚼的余地确实较小；若从诗歌的境界来看，是现实生活的平面层次，可见形式与内容的和谐对于诗歌审美的重要意义。所以，敦煌僧诗以白话行文与议论、抒情、描写、叙述等表达方式相配合，

① 项楚、张子开、谭伟、何剑平：《唐代白话诗派研究》，学习出版社 2007 年版，第 10 页。

指导人们认识内心世界，发觉人性的丑陋，找到现世解脱之路，从而为中国诗歌艺术宝库增添内容，并影响到后代诗歌创作的风格，从文学创作史上来看，其功绩是不容忽视的。

### 二　格律诗、古体诗，以雅韵为上

敦煌石窟僧诗多具有白话的俗性风格，面对普罗大众以俗言俚语行文，广泛传播佛理，以朴拙甚至粗陋的言辞但严肃真诚的态度揭露凡人的真实生存状态，用韵不严格，不讲究。但是敦煌僧诗同样不乏文言雅语讲究诗格韵律之作，下面选取"陷蕃诗"略做分析。

《冬夜非所》P. 2555

　　长夜闭荒城，更深恨转盈。星流数道赤，月出半山明。
　　不闻村犬吠，空听虎狼声。愁卧眠虽著，时时梦里惊。

这首五言四韵的诗，为诗人离开敦煌的第二个严冬所作，押"庚"韵和"梗"韵，符合古体诗押邻韵的要求。三句和四句分别用"星"对"月"，"流"对"出"，"数道赤"对"半山明"，五句与六句用"不闻"对"空听"，"村犬吠"对"虎狼声"做宽对。平仄基本为仄起平收式，但拗句较多，仄仄仄式三字尾出现在第三句"星流数道赤"中，并且第五句第二字"闻"与第四句第二字"出"（出为入声），第七句"卧"与第六句"听"不粘，因而可证此是一首典型的古体诗。这种诗体，给了诗人在陌生国度充分表达真实的内心体验的自由。诗中有具体的时间"夜"与地点"荒城"；有所见"星"与"月"；有所闻"虎狼声"；有状态"卧眠"；有情感"恨"与"愁"。所以这首诗有极强的画面感和诗人的主体形象，在画面中因注入了表达情感的词语而得以突出。追求规范的押韵反映出诗的韵律美。再看下面这首：

《困中登山》P. 2555

　　戎庭闷且闲，谁复解愁颜。步步或登岭，悠悠时往返。
　　野禽噪河曲，村犬吠林间。西北望居处，踌躇日暝山。

这首五言四韵的诗押"删"韵与"阮"韵，属押邻韵。就对仗而言只有五六句为工对"野禽噪河曲，村犬吠林间"。"野"对"村"，"禽"对"犬"，"噪"对"吠"，"河曲"对"林间"。三四句则为宽对，"步步或登岭，悠悠时往返"。"登岭"对"往返"，前者动宾后者为联合。这首诗在粘对上基本符合近体的要求。就平仄而言，偶句符合平起式的格式，但第五句第七句为拗句。分别出现了古体诗中常见的仄平仄的三字尾，如第五句"野禽噪河曲"，第七句"西北望居处"。所以依然是首古体诗。这是诗人被困南蕃第二年的秋天，当时尚有一定自由，描写某次登山所见所感。既不能归国，又无所事事，"闷且闲"统领全篇。诗人用登山来散心打发时日，因"闲"就有"步步"与"悠悠"的状态和可以听到河曲的鸟鸣和林间的犬吠。连落日都感到游移不定，说明诗人度日的委顿。"暝"，日暮，黄昏。李白《自遣》："对酒不觉暝，落花盈我衣。"此处理解为日落更确切。

揭示诗人身份的《春日羁情》是首规范的长律，五言八韵，押"齐"韵，其平仄的格式是平起式。没有拗句，讲究对仗，并善用典故表达心声，反映出诗人的作诗吟赋的才情。虽然在对仗诗句中，有的地方属于宽对。如"寂寂空愁坐"与"迟迟落日低"，动词对形容词（或者偏正词组对主谓词组）；"触槐常有志"与"折槛为无蹊"，一般名词对抽象名词；"童年方剃削"与"弱冠导群迷"等等，副词对动词。但平仄是格律诗词中要求最严格的，此诗不仅讲究平仄而且符合平仄粘对的原则，即后联出句的第二字的平仄与前联对句的第二字保持一致，在此诗中"地接龙堆北"中"接"为入声，与"别业近天垵"中的入声"业"相粘；"童年方剃削"中平声"年"与"川连雁塞西"平声"连"相粘。同样"儒释相披玩"中的去声"释"与"弱冠导群迷"中入声"冠"相粘。可见诗人精通唐以来诗词格律的学问僧人。诗人以圆熟表达技法，在前四韵中，回顾了自己曾经生活的环境，自己的秉性特征，自己的才学及在同行中的影响力，自信与自豪流于笔端。后四韵主要将写景和抒情相结合，表达了诗人无奈、忧愁、不甘、失落的心态。与前面在情感上构成强烈的反差，诗人的主体形象因内心复杂感受的呈现而具体可感。在这首长律中，诗人没有因格律形式而妨害内容自如展开，所以这组诗无疑是敦煌地区高水准的僧人诗歌的标志性作品。

不可否认的是敦煌僧诗中古体诗的比例不少。无论诗偈创作，还是个人抒情诗，都有古体诗。就押韵而言，律、绝依照韵书的韵部押韵，晚唐以后，首句用邻韵是允许的。综观石窟僧诗，宣教和自我启智为目的的诗偈，在用韵上一般符合韵书的要求，对仗却不十分讲究。例如：

### 《比丘比丘尼等四众听法偈》S. 4571

四众奔波意似催，晓鸡才曙禁宫开。六和似月孤高仕，八敬如莲冰雪裁。一国绮罗阗塞路，万门慕信满长街。高低对对如云雨，总到庵园会里来。

这首七言四韵的比丘比丘尼听法诗，押"灰"韵和"佳"韵，属于邻韵押。而邻韵出现在第四句，可见敦煌僧诗用韵的灵活。三四句和五六句的对仗属于宽对，所以应是首古体。诗中多用佛教术语，如"四众"，发起众、当机众、影响众、结缘众。又有僧伽四众，比丘、比丘尼、优婆塞、优婆夷。根据诗意应为后者。"六和"，指六和敬。僧以和合为义。和合有二义，一是理和，二是事和，有六种：有身和敬，同礼拜等身业；口和敬，同赞咏等口业；意合敬，同信心等意业；戒和敬，同戒法；见和敬，同空等见解；利和敬，同衣食、同修行之义。《祖庭事苑五》：六和。身和共住；口和无净；意和同事；戒和同修；见和同解；利和同均。这里借六和代僧人及其追求。"八敬"，主要指比丘尼所持的八敬戒。（1）百岁比丘尼见新受戒比丘应起而迎逆礼拜。敷净座请座；（2）比丘尼不得骂谤比丘；（3）不得举比丘之罪说其过失，比丘能得说尼之过失；（4）式叉摩那已学戒，应从众僧求收大戒；（5）比丘尼犯僧残，应于半月中在二部僧中行摩那埵；（6）尼于半月内当于僧中求教授之人；（7）无比丘处，不可夏安居；（8）夏讫当诣僧中求自恣之人。这八法不能违越。在诗中用八种戒命代比丘尼。诗歌描写了听众盛装赴法会的情景，渲染了热闹而隆重的场面，以此赞颂佛教的社会影响力。有意思的是，在佛教世界里，因对男性与女性因缘轮转认识不同所以对僧尼戒律各有不同，这里就用"八敬"做借代来指比丘尼，"如莲冰雪"比喻其道行深厚。

总之，敦煌僧诗是有鲜明特色，深受禅宗及其他宗派影响的，同时受到世俗政权干预的宗教文学类型。一方面学习禅宗，追求现世顿悟解脱，同时并不完全受各种宗派的限制，即使在邈真赞中附诗也多是对高僧在佛学上造诣深，在德行上戒律严的赞颂，而且言语接近，行文相似，文学的个性和多样性不突出。王梵志诗作为对普通百姓普及佛教观念的思想导师，其创作以白话为典范，在讲究诗韵的同时，语言通俗，节奏明快，态度鲜明，已发现敦煌僧人可能就是众多王梵志之一。所以敦煌僧诗有明显白话倾向。另一方面敦煌僧诗有用儒学经典内容入诗的现象，同时用文人创作手法进行写作。所以敦煌僧诗兼具社会不同层面的人的心理需求，亦雅亦俗，立体地展现了社会人生。随着进一步的研究，我们将会更加清晰地看到敦煌僧诗的面貌。

# 结　语

　　本书从各个不同的侧面对敦煌僧诗的内容与形式等做了较为系统的研究，得出了一些结论和认识，归纳如下。

　　对敦煌僧诗给予了具体的界定：敦煌僧诗是以敦煌石窟中的偈、赞、颂为主要体裁，以议论、抒情为主要表达方式，集中反映僧人对现实生活的感悟与评价、对生命意义的思考及对超越生命问题的内心体验的文学形式。包括传播到敦煌的外地高僧大德的诗偈，敦煌当地高僧的诗作，反映当地社会风云变幻的诗歌，以修禅悟道为核心的佚名诗作，以五台山赞为内容的佚名诗，以教化为目的的佛教白话诗等等。

　　将敦煌僧诗置于特定的时代和地域空间里进行了考察。首先，对敦煌僧诗创作的时间进行界定，敦煌僧诗最早的见于公元 2 世纪中叶的摩拏罗尊者偈，僧诗抄写于敦煌文书中的时间则为公元 4 世纪及其以后，结束于公元 10 世纪末或 11 世纪初张道真的创作，创作的高峰期集中于公元 8、9、10 三个世纪。其次，通过僧诗的内容和风格的分析，借以观察敦煌僧界与敦煌世俗政权之间的关系，可探知世俗政权与敦煌僧界力量的变化。结果显示：吐蕃统治时期和张氏归义军时期，敦煌僧人担当师者的重任，独立性较显著，诗歌彰显了僧人的创作水平；而曹氏归义军时期，僧人以人臣的身份担当社会教化的任务，诗歌创作受到限制，诗歌选词、炼句、节奏韵律均逊于前者。

　　集中对敦煌域外高僧的作品分唐代以前、唐代及五代宋初三类进行了梳理和研究，数据统计显示，敦煌僧界有较系统接受、学习传播和曹溪禅禅理的记录。

对对敦煌富有影响的诗僧唐悟真、翟法荣、张道真创作的诗歌进行了重点研究。发现：张氏归义军时期都僧统唐悟真的诗歌，不仅数量多，形式多，而且有自创诗体，可以代表敦煌僧诗的最高成就。翟法荣的诗歌数量并不多，但入世特征明显，风格健朗，语言生动活泼。张道真诗歌创作则集中于曹元忠的时代，说教气浓厚。

对敦煌僧诗中有代表性的佚名组诗 P.3892、S.6631、S.3022、上博四八 41379 等四个写卷的《九相观诗》，P.2555《陷蕃诗》，P.3016、S.2295 两个写卷的《心海集》进行了分析，分辨了敦煌与中原地区《九相观诗》的相同及差异；明确了陷蕃诗的确切含义及诗作中明显的儒学思想倾向；阐明了儒学、道教和禅宗在精神境界上差别；找到了《心海集》是敦煌僧人禅宗修行中具体的实践记录的依据。

对敦煌净土宗信仰进行了追溯，揭示出五台山文殊信仰对敦煌民间宗教信仰的影响。以凉州法照和尚"五会念佛"研究为突破口，找到敦煌文殊菩萨信仰分早、晚两个时期的事实，明确了敦煌归义军时期出现的新样文殊菩萨像是归义军上层对民间信仰进行干预的表现，同时也从某种程度上遮蔽了文殊信仰在敦煌早期传播的事实。重点通过与五台山文殊信仰相关的《五台山赞》《辞道场赞》《归西方赞》等诗歌内容与风格的分析，揭示了敦煌僧诗中净土宗赞佛的形式，反映了敦煌民间信仰兼容并包的特征。

对王梵志诗分民间佛教诗和禅理诗两种类型进行了讨论，数据统计显示，王梵志诗集含有典型的佛教白话诗集的特性。发现敦煌佚名僧诗存在与结集的三卷本王梵志诗内容完全一致的现象，证明敦煌僧人很可能就是王梵志诗歌创作群体中的作者之一。

对敦煌僧诗的题材进行了讨论，发现敦煌僧诗至少涉及以下题材：反映僧人心中理想世界的诗歌，反映僧人眼中现实世界的诗歌，反映僧人修禅悟道经验的诗歌，反映僧人对生与死的认知并以此教化大众的诗歌，反映僧俗之间交流冲突的诗歌，由此反映出僧人世界观与凡俗世界观的差异性。

对敦煌僧诗的思想内容上的特征进行了总结，即以南宗为主，兼容并蓄；鲜明的地域色彩；僧侣内心世界的真实记录；积极关照现世人生。首先，敦煌石窟中出现的外地大德的诗偈具有明显的南宗传承谱系的现象，反映了敦煌僧人学习、模仿的倾向性；同时，敦煌五台山及相关赞文的多卷本遗存显示了净土宗不能忽视的影响力，而明显有儒学思想痕迹的诗歌，如《陷蕃诗》同样构成敦煌诗歌不可或缺的部分。其次，在敦煌僧诗中频繁地出现具有敦煌地理特征的名词，如敦煌、渥洼、流沙、龙堆、三危、墨池等，它们成为敦煌僧诗里有鲜明地域色彩的符号，传递着僧人思考与生活的信息，证明敦煌僧人的精神离不开对于敦煌这一现实的地理空间的依托。再次，敦煌僧诗以人心作为歌咏的对象，研究敦煌僧诗即是研究敦煌僧人的心灵世界，因而心的界域就成为敦煌僧诗的界域。僧诗歌咏的对象分别有现实世界、理想世界和智慧世界三个层面，分析得出这三者在僧人笔下统统为真实有形的结论。最后，敦煌僧人将启迪众生作为自己的使命，把积极投入现世人生作为真正的修行，因而本研究对敦煌僧诗中如《奉饯达上人之相衙》等这类僧人参与现世政治活动的诗歌就其心理状况进行了专门的分析。我们发现僧诗关注的真正对象不是自然景观而是人，是对人的生命、死亡、这类人生观问题的思考，因而诗歌缺少对景物的细腻描摹，缺少对情感的含蓄表达，而是直指生命的意义本身，阐理才是僧诗创作的动机与归宿，所以议论成为敦煌僧诗最重要的表达方式之一。与此同时，作为诗歌常见的抒怀方式——抒情与描写，在敦煌僧诗中表现为直抒胸臆，场面描写、细节描写等，而且情往往决定着意象选择的倾向性，情贯穿于描写的始终，这里的情，没有儿女之情，有的是家国之情，更多的是普度众生向往彼岸世界之情，这些表达手段突出了敦煌僧诗直接、率真的特质。

　　对敦煌僧诗在表达方式上有异于唐及唐以前文人诗歌的风格做了总结，它们是：以理驭情，境界独高；以情驭形，述描兼用；尚俗尚雅，唯真是存。以理驭情，境界独高，指的敦煌僧诗的表达方式以议论为主，兼有抒情，将僧人的价值判断贯穿诗歌的始终。以情驭形，述描兼行，指在描写与抒情相结合的诗篇中又以直抒胸臆为主，描写中带有明显的个人感情色彩。尚俗尚雅，唯真是存，指的是敦煌僧诗大多以白话入诗，但也不乏讲究格律的作品，无论哪种形式，表达均真挚自然，不事雕琢。特别需要指出，就敦煌僧诗的语言风格而言，白话诗占据了各类诗歌首要位置，包括敦煌域外大德的作品、敦煌僧人的作品、敦煌佚名僧人的作品、敦煌五台山赞及相关佚名作品、王梵志宗教白话诗作等等。由于白话诗以宗教内容为主体，宗教借诗以传播，所以其语言风格以俗为特征。同时，敦煌僧诗并不排斥格律诗，敦煌僧人抒发家国情怀、酬答唱和和描写自然景观等作品均可证明他们精通文人诗歌创作技法并以中和雅致为创作风格的努力。但从创作的数量上来看，白话诗占据敦煌僧诗的主体。它们的客观存在，直接作用是促进了敦煌宗教文化精神的形成，同时，敦煌石窟对这类诗歌的保存，证明了宋诗"议论入诗"的风格不是简单的另辟蹊径，而是在儒、释、道合流后，诞生出的新的诗歌形式，是人对自然与人的关系的再认识，也是对人的内心世界深度挖掘的新努力，所以，敦煌僧诗白话的语言风格对宋及宋以后诗歌的影响是不言而喻的。

# 参考文献

## 一 敦煌文书及其他古籍

［1］《英藏敦煌文献》，四川人民出版社 1990 年版，S.01—S.1350。

［2］《法国国家图书馆藏敦煌西域文献》，上海古籍出版社 1995—2005 年版，2001—6038。

［3］《北京大学藏敦煌文献》，上海古籍出版社 1995 年版，D001—D085。

［4］《俄藏敦煌文献》，上海古籍出版社 1992—2001 年版，Ф001—Ф366 Дx00001—Дx19092。

［5］《天津市艺术博物馆藏敦煌文献》，上海古籍出版社 1996—1997 年版，001—306。

［6］张锡厚：《王梵志诗校辑》，中华书局 1983 年版。

［7］（宋）普济：《五灯会元》，苏渊雷点校，中华书局 1984 年版。

［8］（清）张澍辑：《续敦煌实录》，李鼎文校点，甘肃人民出版社 1985 年版。

［9］唐耕耦、陆宏基：《敦煌社会经济文献真迹释录》（1—5辑），全国图书馆文献微缩复制中心 1990 年版。

［10］郑炳林：《敦煌碑铭赞辑释》，甘肃教育出版社 1992 年版。

［11］姜伯勤、项楚、荣新江：《敦煌邈真赞校录并研究》，台北：新文丰出版有限股份公司 1994 年版。

［12］张锡厚：《敦煌赋汇》，江苏古籍出版社 1996 年版。

［13］周绍良、张涌泉、黄征：《敦煌变文讲经文因缘》（上、下），江苏古籍出版社1998年版。

［14］胡大浚、王志鹏：《敦煌边塞诗歌校注》，甘肃人民出版社1999年版。

［15］项楚：《敦煌歌辞总编匡补》，巴蜀书社2000年版。

［16］徐俊：《敦煌诗集残卷辑考》，中华书局2000年版。

［17］汪泛舟：《敦煌石窟僧诗校释》，香港和平图书出版有限公司2002年版。

［18］屈直敏：《敦煌高僧》，民族出版社2004年版。

［19］张锡厚：《全敦煌诗》（1—12册），作家出版社2006年版。

［20］任半塘：《敦煌歌辞总编》（上、中、下），上海古籍出版社2006年版。

［21］张弓：《敦煌典籍与唐五代历史文化》，中国社会科学出版社2008年版。

［22］张美兰：《〈祖堂集〉校注》，商务印书馆2009年版。

［23］（唐）慧能：《六祖坛经》，王月清注评，凤凰出版社2010年版。

［24］项楚：《王梵志诗校注》，上海古籍出版社2010年版。

［25］（梁）释慧皎：《高僧传》，陕西人民出版社2010年版。

［26］丁福保：《佛学大辞典》，中国书店2011年版。

［27］（宋）道元：《景德传灯录》，朱俊红点校，海南出版社2011年版。

［28］（南唐）静筠二禅师：《祖堂集》，上海古籍出版社2011年版。

［29］（宋）赞宁：《宋高僧传》，范祥雍点校本，中华书局2012年版。

## 二　研究者论著

（一）专著

［1］才让：《吐蕃史稿》，甘肃人民出版社2010年版。

［2］程观林：《古今诗歌韵律》，汉语大词典出版社2001年版。

［3］《敦煌吐鲁番研究》（1—6 卷），北京大学出版社 1996—2002 年版。

［4］《敦煌语言文学研究》，北京大学出版社 1988 年版。

［5］樊锦诗：《禅宗故事》，华东师范大学出版社 2010 年版。

［6］伏俊琏：《俗赋研究》，中华书局 2008 年版。

［7］伏俊琏：《敦煌文学文献丛稿》，中华书局 2011 年版。

［8］傅璇琮：《唐才子传校笺》，中华书局 1987 年版。

［9］高嵩：《敦煌唐人诗集残卷考释》，宁夏人民出版社 1982 年版。

［10］胡安顺：《音韵学通论》，中华书局 2003 年版。

［11］荒见泰史：《敦煌讲唱文学写本研究》，中华书局 2010 年版。

［12］季羡林：《佛教十题》，中华书局 2009 年版。

［13］姜德治：《敦煌大事记》，甘肃人民出版社 2009 年版。

［14］姜剑云：《禅诗百首》，中华书局 2008 年版。

［15］李舒：《传播学方法论》，中国广播电视出版社 2005 年版。

［16］林冠群：《唐代吐蕃史论集》，中国藏学出版社 2006 年版。

［17］李并成：《敦煌学教程》，商务印书馆 2007 年版。

［18］李富华、姜德治：《敦煌人物志》，甘肃人民出版社 2009 年版。

［19］刘进宝：《百年敦煌学》，甘肃人民出版社 2009 年版。

［20］吕思勉：《隋唐五代史》，上海古籍出版社 2005 年版。

［21］马德：《敦煌莫高窟史研究》，甘肃教育出版社 1996 年版。

［22］马德、王祥伟：《中古敦煌佛教社会化论略》，中国社会科学出版社 2010 年版。

［23］马奔腾：《禅境与诗境》，中华书局 2010 年版。

［24］穆纪光：《敦煌艺术哲学》，商务印书馆 2007 年版。

［25］南怀瑾：《中国佛教发展史略》，复旦大学出版社 1996 年版。

［26］任继愈：《中国佛教史》，中国社会科学出版社 2009 年版。

［27］荣新江：《归义军史研究》，上海古籍出版社 1996 年版。

［28］荣新江：《话说敦煌》，山东教育出版社 1997 年版。

［29］孙修身：《敦煌与中西交通研究》，甘肃人民出版社 2002 年版。

［30］谭禅雪：《敦煌岁时文化导论》，新文丰出版有限股份公司 1998 年版。

［31］汤用彤：《隋唐佛教史》，北京大学出版社 2010 年版。

［32］王力：《诗词格律》，中华书局 2009 年版。

［33］王秀林：《晚唐五代诗僧群体研究》，中华书局 2008 年版。

［34］吴同瑞、王文宝、段宝林：《敦煌俗文学概论》，北京大学出版社 2000 年版。

［35］吴肃森：《敦煌歌辞通论》，时代出版传媒股份有限公司 2010 年版。

［36］吴言生：《禅宗诗歌境界》，中华书局 2001 年版。

［37］项楚：《敦煌诗歌导论》，台北：新文丰出版股份公司 1993 年版。

［38］项楚、张子开、谭伟、何剑平：《唐代白话诗派研究》，学习出版社 2007 年版。

［39］颜廷亮：《敦煌文学》，甘肃人民出版社 1989 年版。

［40］颜廷亮：《敦煌文学概论》，甘肃人民出版社 1993 年版。

［41］颜廷亮：《敦煌西汉金山国文学考述》，甘肃人民出版社 2009 年版。

［42］杨建新：《中国少数民族史》，民族出版社 2009 年版。

［43］（民）印顺《中国禅宗史》，江西人民出版社 1999 年版。

［44］张鸿勋：《敦煌说唱文学概论》，台北：新文丰出版有限股份公司 1993 年版。

［45］张鸿勋：《敦煌俗文学研究》，甘肃教育出版社 2002 年版。

［46］张锡厚：《敦煌文学源流》，作家出版社 2000 年版。

［47］赵声良：《敦煌艺术十讲》，上海古籍出版社 2007 年版。

［48］郑阿财、颜廷亮、伏俊琏：《中国敦煌学百年文库·文学卷》（1—5 卷），甘肃文化出版社 1999 年版。

［49］郑阿财：《敦煌佛教文献与文学研究》，上海古籍出版社 2011 年版。

［50］郑振铎:《中国俗文学史》(插图本),上海世纪出版集团 2006 年版。

［51］中国佛教协会:《中国佛教》,中国社会科学出版社 2004 年版。

［52］周鸿铎:《文化传播学通论》,中国纺织出版社 2005 年版。

［53］朱凤玉:《百年来敦煌文学研究之考察》,民族出版社 2012 年版。

(二)论文

［1］陈大为:《唐后期五代宋初敦煌僧寺、尼寺人口数量的比较》,《中国经济史研究》2012 年第 1 期。

［2］冯国栋:《〈全宋诗〉僧诗补佚》,《古籍整理研究学刊》2009 年第 2 期。

［3］冯培红、王兰平:《2000 年敦煌学研究概述》,《敦煌学辑刊》2001 年第 40 卷第 2 期。

［4］伏俊琏:《唐代敦煌高僧悟真入长安事考略》,《敦煌研究》2010 年第 121 卷第 3 期。

［5］胡大浚:《唐代诗僧与唐僧诗述略》,《兰州交通大学学报》2009 年第 28 卷第 5 期。

［6］卢永峰:《唐代僧诗概论》,《淮阴师范学院学报》2002 年第 3 期。

［7］马德:《开拓敦煌学研究的新领域》,《敦煌研究》2008 年第 1 期。

［8］梅林:《吐蕃和归义军时期敦煌禅僧寺籍考辨》,《敦煌研究》1992 年第 3 期。

［9］齐陈骏、寒沁:《河西都僧统唐悟真作品和见载文献系年》,《敦煌学辑刊》1993 年第 24 卷第 2 期。

［10］齐文榜:《百年爬梳,百年开掘——〈王梵志诗集〉散佚整理辑集研究回眸》,《汉语言文学研究》2010 年第 1 期。

［11］邵文实:《敦煌 P.2762 等卷诗集试探》,《文献季刊》2000 年第 1 期。

［12］邵文实:《敦煌佛教文学与边塞文学》,《敦煌学辑刊》

2001 年第 40 卷第 2 期。

［13］孙宁：《归义军时期敦煌僧官的选擢因素》，《南京师大学报》（社会科学版）2011 年第 5 期。

［14］汪泛舟：《敦煌僧诗补论》，《敦煌研究》1994 年第 3 期。

［15］汪泛舟：《论敦煌文明的多民族贡献——兼及民族关系》，《敦煌研究》1995 年第 2 期。

［16］汪泛舟：《敦煌诗述异》，《敦煌研究》1999 年第 62 卷第 4 期。

［17］汪泛舟：《论敦煌石窟僧诗的功利性》，《敦煌研究》2000 年第 4 期。

［18］王亚丽：《论敦煌碑铭赞简化字的使用》，《西南交通大学学报》（社会科学版）2010 年第 2 期。

［19］王志鹏：《敦煌佛教歌辞的特征及其影响》，《兰州学刊》2009 年第 6、9 期。

［20］吴淑玲：《唐人选唐诗及敦煌写卷中少见杜诗的传播学因素》，《杜甫研究学刊》2009 年第 99 卷第 1 期。

［21］谢重光：《吐蕃占领期与归义军时期的敦煌僧官制度》，《敦煌研究》1991 年第 3 期。

［22］徐俊：《敦煌写本诗歌续考》，《敦煌研究》2002 年第 75 卷第 5 期。

［23］查明昊：《唐五代敦煌诗僧群体研究》，《晋阳学刊》2008 年第 3 期。

［24］查明昊、卢佑诚：《晚唐五代诗僧群体的文学理论》，《吉林师范学院学报》（人文社会科学版）2009 年第 2 期。

［25］张锡厚：《敦煌诗歌考论》，《敦煌学辑刊》1989 年第 16 卷第 2 期。

［26］张先堂：《敦煌写本〈悟真与京僧、朝官酬赠诗〉（新校）》，《社会纵横》1996 年第 1 期。

［27］张子开：《敦煌文献中的白话禅诗》，《敦煌学辑刊》，2003 年第 43 卷第 1 期。

［28］郑炳林：《敦煌文书 S.373 号李存勖唐玄类诗证误》，《敦

煌学辑刊》1991 年第 19 卷第 1 期。

　　[29] 朱良志：《禅门"青青翠竹总是法身"辨义》，《江西社会科学》2005 年第 4 期。

　　（三）专著中析出的文献

　　[1] 施萍婷：《法照与敦煌文学》，载郑阿财、颜廷亮、伏俊琏《中国敦煌学百年文库·文学卷》（1—5 卷），甘肃文化出版社 1999年版。

　　[2] 陈国灿：《敦煌五十九首佚名氏诗历史背景新探》，载郑阿财、颜廷亮、伏俊琏《中国敦煌学百年文库·文学卷》（1—5 卷），甘肃文化出版社 1999 年版。

　　[3] 汪泛舟：《敦煌讲唱文学语言审美追求》，载郑阿财、颜廷亮、伏俊琏《中国敦煌学百年文库·文学卷》（1—5 卷），甘肃文化出版社 1999 年版。

　　[4] 汪泛舟：《敦煌〈九相观诗〉地域时代及其他》，《敦煌石窟僧诗校释·附录》，香港：香港和平图书有限公司 2002 年版。

　　[5] 汪泛舟：《〈萨诃上人寄锡雁阁留题并序呈献〉再校与新论》，《敦煌石窟僧诗校释·附录》，香港：香港和平图书有限公司 2002 年版。

　　[6] 张鸿勋：《试论敦煌文学的范围、性质及特点》，载郑阿财、颜廷亮、伏俊琏《中国敦煌学百年文库·文学卷》（1—5 卷），甘肃文化出版社 1999 年版。

　　[7] 张鸿勋：《敦煌讲唱文学韵例初探》，载郑阿财、颜廷亮、伏俊琏《中国敦煌学百年文库·文学卷》（1—5 卷），甘肃文化出版社 1999 年版。

　　[8] 张先堂：《敦煌文学与周边民族文学、域外文学关系述论》，载郑阿财、颜廷亮、伏俊琏《中国敦煌学百年文库·文学卷》（1—5 卷），甘肃文化出版社 1999 年版。

　　（四）学位论文

　　[1] 董林：《唐代诗僧与僧诗研究》，华中师范大学 2006 年版。

　　[2] 李帮儒：《神秀研究》，郑州大学 2010 年版。

　　[3] 胡启文：《唐五代僧诗初探》，广西师范大学 2005 年版。

# 后 记

　　《敦煌僧诗研究》是在我的博士论文基础上修改而成的，当完成手稿准备付梓之际，心中充满惶恐。说惶恐是因为虽然在敦煌文献资料的海洋中搜寻并探索了六年之久，在诸位专家的指点与帮助下几易其稿，不断完善，但自知依然存在着不少问题和进一步提升的空间，因而，继续学习与研究是我的不二选择。

　　当敦煌僧诗的研究历经资料的搜集、整理、辑录和校注/释等基础研究阶段后，确定敦煌僧诗的概念，揭示敦煌僧诗的发展阶段，剖析其构成、总结其性质及艺术审美特质的时候就到了，也只有这样，敦煌僧诗基本的面貌才会清晰起来，敦煌僧诗的研究才具有了一定的完整性。这是我选择这一论题的主要动机之一；同时，敦煌僧诗作为反映敦煌特定历史及其社会文化的一面镜子，既是僧人精神世界的表征，又是与世俗世界沟通的桥梁。通过敦煌僧诗可以了解僧人真实的心灵所属，僧人为建立与世俗人心之间的联系所做的具象与抽象的努力；僧人在维护社会的安定和慰藉困境中的灵魂所发挥的启智作用等等。而且作为中华哲学重要组成部分的佛教哲学，经由佛教信徒借助中华诗歌的形式将中华美学和中华思维紧密结合在一起，将佛教义理、佛教情感等呈现出来，落地于中外文化交流的门户——敦煌这一特定环境中，佛教以多种形式影响着生于斯、长于斯、经于斯的僧侣士绅、贩夫走卒等芸芸众生，为他们提供摆脱现实痛苦的希冀、灵魂慰藉的指南、生命意义及超越生死终极关怀的依赖，敦煌僧诗即是表现形式之一，这就使敦煌僧诗的研究具有鲜明地域色彩和典型的历史意义，这是我选择这一论题的又一动机；当今被称为全球化的时代，多元文化认同的观念业已确立，但是，在文化巨变的时代如何继承并发扬中华优秀的传统文化，特别是将中华智慧中对世界的普世意义进行挖掘并加以传播以体现中国话语的特征已成为时代的要求，适逢习近平主席提出建设"一带一路"的宏伟战略，并为此做了一系列的讲话，其中，《在哲学社会科学工作座谈会上的讲话》中指出："要加强对中华优秀传统文化的挖掘和阐发，使中华民族最基本的文化基因与当代文化适应、与现代社会相协调，把跨越时空、超越国界、富有永恒魅力、具有当代价值的文化精神弘扬起来……我们不仅要让世界知道'舌尖上的中国'，还要让世界知道'发展中的中国'、'开放的中国'、'为人类文明做贡献的中国'。"他还说，"要加快完善对哲学社会科学具有支撑作用的学科，如哲学、历史学、经济学、法学、社会学、民族学、新闻学、人口学、宗教学、心理学等。"而敦煌僧诗是值得挖掘的中华智慧的宝藏，它是中国佛教的艺术化与世俗化，这便是我选择这一论题的第三个动机。但要将研究动机转化为令人信服的结论，并非易事，在《敦煌僧诗研究》中，必须将搜集到的纷繁的敦煌僧诗的碎片、诸多专家研究的片段等等置于特定的地域环境中，并且一定要将敦煌僧诗涉及的时段与敦煌自身的历史相关联，而敦煌的历史又需与中原王朝的历史境况相对接，这样，敦煌僧诗的内容和文学特征才会具有可以触摸的真实性，佛教的传播效应才会呈现出历史的轮廓，同时，对中华传统智慧的当今价值方能显现。为了完成这一艰难任务，我从敦煌文学入门开始起步，在翻阅了大量学者的研究成果后，才进入了对敦煌僧诗文献的爬梳，在学者研究成果的引领下，在反复诵读僧人诗歌的基础上，方才进入到敦煌僧人的精神世界，而这一世界正是我探索的主体与核心。在整个探寻的路径中，从对论题的选择到认识问题的视角，从读书到对文献资料的搜集，从对问题的思考到对问题分层的讨论，从对论证资料可靠性的甄别到文字的表达乃至标点的使用等任何一个细节都不能马虎。

在付出了汗水与艰辛的努力之后，教育部平台评审专家给论文如下评语：论文以敦煌僧诗为研究对象，系统调查考证二至十一世纪敦煌石窟中僧人、文人所撰写佛教诗歌的基本状况，从多方位探讨、论述敦煌僧诗的时代意义与文化新价值，对我国 21 世纪深入探讨敦煌石窟的重要学术价值、保护并继承优秀文化遗产具有重要的学术意义和现实意义，该论题不仅对传统敦煌学具有开拓性研究，对当前推动我国文化遗产保护工作也具有一定的指导作用。论文在前人研究的基础上，对敦煌文献中僧人诗作进行了专题性的调查研究，并首次以丰富的事例对敦煌文献中唐及五代僧人及其诗作做了全面研究。作者对敦煌僧诗的内容、特点、风格做了细致的梳理考证，如探讨净土宗在敦煌佛教信仰中的僧诗作品及表现形式，厘清部分佚名作者身份姓氏，对敦煌僧诗中具有代表性的诗作重新校注、释读及剖析，并从文化史和社会史的角度，探讨敦煌僧人白话诗的特征，具有较高文献价值。作者在进行文献学研究的同时，首次探讨了敦煌僧诗和僧侣诗人的交集，对这一时期敦煌僧人出世入世、关照世俗的境界、文化取向及理想、性格、心理做了剖析，具有一定的学术创新意义。作者在充分调查敦煌文献的基础上，对有关的方志和档案进行了细致的梳理与对比，征引丰富，考订审慎，采取作品分析法、赏析法等总结了敦煌僧诗的艺术特色和审美风格，文史兼证，结论具有说服力，反映了作者具有较强的文献研究能力，论文行文流畅，写作规范，表述具有良好的逻辑性，完全达到了博士毕业生论文标准。

　　另一评语如下：该文对敦煌出土的僧人诗作进行了较为全面、系统的梳理和研究，对其中敦煌本地、域外、中原、法照、王梵志等僧人作品进行了分类考察，通过分析、考辨，论证了这几类僧人之作的来源、时代、思想性、艺术审美特点和地域特点，揭示了敦煌出土的僧人诗作如何借助佛教所特有的文学形式在传播佛理禅思以及参与和关注世俗生活方面的积极作用。这个选题，对于认识佛教在中国传播过程中如何与本土相结合，以及佛教的传播和文学的关系等都具有重要的意义。对敦煌出土的僧人之作的思想性的分析和开掘，以及以南宗为主的特点的概括等等都有些新发现和发明。此外，作者具有扎实的专业知识功底，写作规范，文字尤其严整、简明流畅，这一点非常难得。

　　著名的敦煌学专家如此评价：敦煌遗书中的僧人诗作是中国古代特定历史时期的特殊群体的文学创作，但截至目前，国内外就此进行全面、系统的研究成果极少。《敦煌僧诗研究》即是在前人搜集整理和零星研究的基础上，采取文献考证、文化传播、作品分析等方法手段，对敦煌遗书中保存的唐、五代、宋初的数十位僧人的诗作，进行了历史性和文化性的研究，对敦煌僧诗的多源头现象做了探讨，理出了敦煌僧诗的发展脉络，从各个角度和各个层面上揭示出敦煌僧诗的含义、类别、特点及其社会意义。作者将敦煌僧诗的发展分为四个时期，在对部分代表性的僧人及其诗作、僧诗的题材、内容特点及审美风格等方面的论述均有一定的新见解；从域外与本土僧人的诗作内容分析其南宗为主、兼容并蓄的思想及其所表现的传播与创作的双重结构与多元文化融合的特点，以及关于白话诗的分析研究，均有一定社会意义。全文主题鲜明，条理清晰，论据翔实，引证规范，表述流畅，为一篇优良的博士论文。

专家的评价就是有力的鞭策，又经过近一年对内容的补充、结构的微调与文字的修改，拙作终于定稿。

在《敦煌僧诗研究》写作、修订和出版过程中，得到各个方面的帮助与支持：

感谢甘肃省社会科学发展支撑项目（项目编号 1011FKCA101）和兰州市软科学项目（项目编号 2010-1-96）对本研究的支持。

感谢西北师范大学社会科学处的有关领导，感谢为我提供帮助的相关处室的老师，感谢西北师范大学学术委员会的各位先生。

感谢我的恩师李并成教授的鼓励、支持、帮助、关怀和悉心的指导。在跟随李先生学习的五年时间里，我时时感受到恩师谦逊的为人，渊博的学识，严谨的治学态度，并深受其感染。

感谢伏俊琏教授给予的关怀和资料上的大力支持。伏先生是敦煌赋研究大家，以学识渊博，要求严格而著名，得到伏先生的指点甚感幸运。敦煌僧诗掩藏在敦煌文献的海洋之中难以寻觅，伏先生热忱慷慨地为我提供了敦煌石窟僧诗的研究资料，还将自己多年来用于敦煌学研究的敦煌文学与文化方面的资料无私地提供给我，大大加快了我对问题研究的步伐。

感谢兰州敦煌研究院敦煌文献研究所所长马德教授的悉心指导。马德先生多年来专注于敦煌学研究，成果卓著。为了搜寻资料，得到帮助，我冒昧地联系了马德先生，他不仅给予了热心的指导，还提供了相关资料，在本书撰写完成之后，请马德先生赐教，马德先生于百忙中提出了中肯的意见。

感谢田澍教授给予的指导、启发与帮助。田先生作为西北边疆史的大家，对敦煌的历史与文化有着透辟的见解。他肯定了我借《敦煌僧诗研究》对敦煌僧人精神世界进行探究的选择，并给予了认知和方法上的建议。

感谢陇东学院张多勇教授给予的资料上的支持。

感谢中国社会科学出版社对拙作的出版支持，感谢编辑张潜老师对拙作提出的宝贵建议，为拙作编辑付出的辛勤劳动。

刘晓玲

2015 年 4 月初稿，2016 年 2 月定稿于兰州西北师范大学